Für Yenay und Evren

1. Auflage 2017
ISBN 978-3-945267-04-2

Abb. Gesicht: Doreen Salcher/Fotolia,
Blutfleck: Kurapy/Fotolia, Tuch: Stillfx/Fotolia

KLEINE TODE

Roman

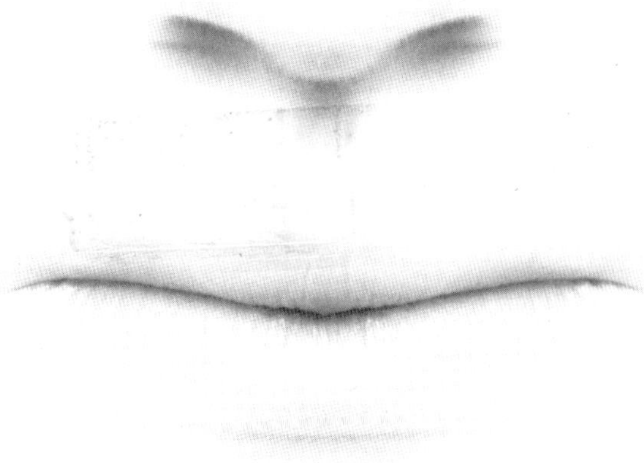

Kapitel 1

LEBEN UND TOD

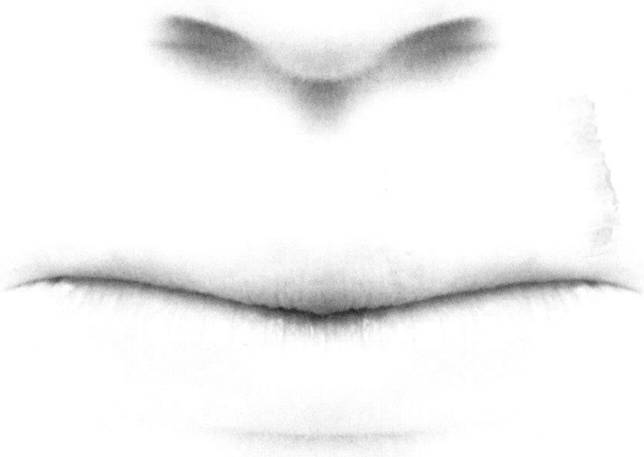

- 1 -

Sie betrachtete zunächst nur die Zehenballen. Sie waren blass, fast schon weiß. Ihr Blick glitt langsam weiter, an den Fersen vorbei die schlanken Beine entlang. Die Waden wölbten sich leicht hervor. Die Oberschenkel endeten schließlich an den Gesäßfalten, die Menschen nur wegen ihres aufrechten Gangs haben. Sie erinnerte sich, dass die Einsenkung direkt oberhalb der Pobacken Liebesraute genannt wurde, obwohl sie nie verstanden hatte, warum sie so hieß. Über der Liebesraute fächerten sich glänzende, glatte schwarze Haare auf und bedeckten fast vollständig den Rücken. Auf der rechten Seite war die Sichel einer Brust zu erahnen, neben der lange grazile Finger auf ein junges Gesichts zeigten, von dem sich eine Augenbraue und lange Wimpern hervorhoben. Die Fingernägel waren nicht lackiert – oder doch! Bei genauem Hinsehen konnte man eine leicht rosafarbene Tönung erkennen. Sie wäre vermutlich nicht aufgefallen, wären die Finger nicht ebenfalls derart blass gewesen.

Diese kleinen Besonderheiten, Formen und Rundungen eines Körpers, die den Unterschied zwischen schön und gewöhnlich ausmachten, faszinierten sie. Auch bei diesem Körper.

Sie hatte mittlerweile einige Leichen gesehen, aber die hier war nicht nur blass, sie war regelrecht weiß. Unnatürlich weiß und kalt wie Marmor. Oder wie eine Porzellanfigur, glänzend und schimmernd glatt vom Wasserfilm, der sie bedeckte. Die einzigen Unebenheiten auf der wie geschliffen wirkenden Hautoberfläche waren, wieder einmal, kleine rotbraune Kleckse an zwei Stellen des Halses. Krustige Krater mit unregelmäßigem Rand. Wie Bisse.

Es war Montag früh, beinahe noch mitten in der Nacht. Die Luft war kühl und feucht. Es nieselte.

Der Körper, den Polizeikommissarin Sabine Degenhardt Zentimeter für Zentimeter mit ihren Augen abtastete, gehörte einer Toten, die nackt auf dem Bauch lag. Aber sie war nicht wie andere Tote, wie andere frische Tote.

Degenhardt wusste, es gab in diesem Fall einen wesentlichen Unterschied zu den üblichen Leichen, auch wenn das helle Licht der Scheinwerfer und der Kontrast zur Nacht alles greller erscheinen ließen. Tote sind immer blass. Und je länger sie tot sind, desto blasser sind sie, weil bei ihnen kein Kreislauf mehr vorhanden ist, der das Blut, die ehemalige Lebensfarbe, durch den Körper pumpen könnte. Es steht dann still, sackt allmählich nach unten ab und fließt in Flecken – den Totenflecken – zusammen, während der Rest des Körpers erbleicht. Aber, und das wusste sie bereits jetzt, wenn man diesen Körper umdrehte, würde er keine Totenflecken haben. Weil er kein Blut mehr in sich hatte, das sich hätte sammeln können. Das letzte bisschen Blut, das dieser Körper allem Anschein nach noch hatte, als er hier abgelegt wurde, war tröpfchenweise auf dem weißen Laken versprenkelt, auf dem er wie eine Skulptur ruhte.

„So in etwa muss Schneewittchen ausgesehen haben. Also nackt jedenfalls!", hörte sie plötzlich jemanden sagen und blickte auf. Es war ihr Kollege, Polizeihauptmeister Sascha Jürgens. Sie war von dem Bild, das sich ihr bot, so gefangen, dass seine Worte sie aufschreckten und sie ihn nun irritiert ansah.

Jürgens zeigte auf die Tote und versuchte sich zu rechtfertigen. „Na, weiß wie Schnee, schwarz wie Ebenholz und rot wie Blut." Die Flecken auf dem Laken sahen tatsächlich aus wie in frischen Schnee getropftes Blut.

„Hier handelt es sich aber um ein völlig anderes Märchen!", entgegnete sie ihm ungehalten. „Es wäre mir neu, dass Schneewittchen in den Hals gebissen wurde!"

Jürgens antwortete kleinlaut: „Ich meinte ja nur. Wenn man bloß die Frau betrachtet – ohne das Drumherum." Das Drumherum war, mal wieder, ein Friedhof – in Ratingen, einer kleinen Stadt, die unmittelbar an Düsseldorf angrenzt. Die Leiche lag dort auf einem frischen Grabbeet, das mit einem weißen Laken bezogen war. Ein Grab als Bett für eine Tote.

Degenhardt öffnete den Regenschirm, den sie fest in der Hand hielt, ging zwei Schritte zurück und fragte, immer noch etwas verärgert: „Wer hat sie denn gefunden?“

Jürgens beließ es trotz des nasskalten Wetters beim hochgeschlagenen Kragen seines Mantels. Seine Antwort klang beschwichtigend: „Ein Aushilfs-Barkeeper, eigentlich Student, der nach seiner Arbeit eine Abkürzung über den Friedhof nehmen wollte!“ Dabei zeigte er auf ein Einsatzfahrzeug, das vor der Friedhofsgärtnerei abgestellt war und in dem der Mann saß. „Er hat sie gegen 3.00 Uhr gefunden und die Kollegen benachrichtigt. War ein mächtiger Schock für ihn.“

Noch während er das sagte, nahm er zwei Latex-Handschuhe aus seiner Manteltasche, zog sie über, hockte sich hin und hob den Körper in der Becken- und Brustgegend etwas an. Fast drohte die Leiche dabei seitlich wegzukippen. „Und hier ist es wieder, sein Zeichen!“

Degenhardt bückte sich, um es ebenfalls zu begutachten. Sie erkannte den nur leicht verschmierten blutigen Handabdruck auf dem Laken, den sie bisher schon dreimal gesehen hatte – bei den vorherigen Opfern der „Dracula-Morde“. So hatten die Medien die Mordserie der vergangenen Wochen betitelt.

Jürgens bemühte sich, die Leiche vorsichtig in ihre ursprüngliche Position zurückzulegen. Dann konstatierte er: „Soweit ich es beurteilen kann, hat sie keine weiteren Verletzungen.“ Wegen der Spurensicherung traute er sich jedoch nicht, sie nochmals anzufassen, um das zu überprüfen.

Degenhardt betrachtete erneut das aus einem dunklen erdigen Rahmen, einer weißen Leinwand und einem dreidimensionalen Akt bestehende Gemälde, das jemand, den sie mittlerweile seit anderthalb Monaten suchten, allen zur Schau gestellt hatte. Da fiel ihr ein ungefähr 25 mal 40 Zentimeter großes Stück Holz auf, das wie eine Gedenktafel am Kopfende der Toten auf der Erde lag. „Was steht auf dem Brett?“

Da er sich immer noch in der Hocke befand, watete Jürgens hin und las vor. „Da steht: ‚Sibel Yildirim, geboren am 03.11.2013.‘ Das war gestern. Damit wäre wohl geklärt, wie sie heißt und wann er sie getötet hat. Der Scheißkerl hält das Ganze offenbar für ein Spiel!“ Jürgens sah zu ihr auf. „Dieses Mal ist es aber eine Frau. Die anderen Opfer waren Männer. Hat er etwa sein Jagdschema verändert?“

Degenhardt legte die Stirn in Falten. „Da bin ich mir nicht sicher! Sie ist türkischer Abstammung, so wie die anderen Opfer auch. Vielleicht haben wir sein Schema nur noch nicht begriffen!“ Sie entfernte sich weitere zwei Schritte und ging in Gedanken versunken um die Tote herum. „Was wohl mit ihr passiert ist?“

Jürgens, der mittlerweile wieder aufgestanden war und seine Beine streckte, zeigte sich verwundert über diese Frage. „Na, … sie ist verblutet!“

Als ob offensichtlicher nicht sein konnte, woran sie gestorben war.

- 2 -

Ein Tropfen – auf seine Haube. Noch ein Tropfen – auf seine Stirn. Er würde sie sich mit dem Ärmel wegwischen, wenn er nicht steril wäre. Diese ganze Sterilität war sowieso übertrieben. Schließlich machte er hier nur eine Blasenspiegelung. Na klar, seine Hände und das Instrument, das er in die Harnröhre einführte, mussten steril sein, aber wieso, um Himmels Willen, musste er die komplette sterile Montur anhaben, und warum war der Patient abgedeckt wie zu einer riesigen Operation? Das Ganze hier dauerte doch nur zwei Minuten! Er jedenfalls bräuchte für seinen Eingriff nur zwei Minuten, wenn die Anästhesie nicht wäre. Die Anästhesisten benötigten immer extrem viel Zeit. Für die zwei Minuten, die er hier tätig war, musste er mindestens 30 Minuten warten, bis die endlich soweit waren. Und dann noch die Abdeckerei! Vollkommen unnötig. Wenn er sich außerdem das Kabel für die Kamera und deren Zubehör hätte steril anreichen lassen müssen, hätte es noch einmal eine weitere Ewigkeit gedauert. Er brauchte keine Kamera! Die war ohnehin nur dazu da, dass die anderen etwas sehen konnten. Es reichte, wenn er etwas sah. Die anderen hatten sowieso keine Ahnung von dem, was er tat, also brauchten sie auch nichts zu sehen. Ein weiterer Tropfen – wieder auf die Stirn.

Was ist denn das, verdammt noch mal? Meise-Schulze wurde es jetzt zu bunt. Er ließ den Penis des Patienten los, wischte sich mit dem Unterarm die Stirn ab, blinzelte einmal und polterte: „Nun stellen Sie schon den Tisch tiefer, so kann ich nicht operieren!“ Dann schaute er wieder in die Optik des Endoskops, mit dem er durch den Penis hindurch die Harnblase des Patienten untersuchte.

„Ich habe es Ihnen bereits zweimal gesagt: Der Tisch ist ganz unten!“, entgegnete ihm Selim Akkoyun, der Anästhesist auf der anderen Seite der „Blut-Hirn-Schranke“, wie er gelegentlich das Trenntuch zwischen der Operations- und der Anästhesieseite bezeichnete. Insbesondere dann, wenn Meise-Schulze operierte. Entnervt den Kopf schüttelnd stellte er sich jetzt auf einen Antritt, um seinen Kollegen zu beobachten.

Er fragte sich, ob Meise das Operieren überhaupt jemals Spaß machte, da er immer derartig unter Strom stand. Eigentlich ein armes Kerlchen, dachte er. Von ihm konnte der aber kein Mitleid erwarten. Um vor Kollegen und Patienten gut dazustehen, ließ Meise-Schulze nämlich keine noch so dreiste Lüge aus. Wie oft hatte er Selim und andere Kollegen bereits in große Schwierigkeiten gebracht, indem er seine eigenen Komplikationen auf sie abgeschoben hatte. Außerdem waren seine Fähigkeiten als Operateur so dürftig, dass selbst kleinste Operationen regelmäßig eine Ewigkeit dauerten. Hinzu kamen Meises politische Ansichten.

Meise-Schulze seinerseits hatte für Selim auch nichts übrig. Abgesehen davon, dass er Anästhesisten generell nicht ausstehen konnte, hatte er auch Probleme mit Männern, die größer waren als er – was bei seiner Körpergröße von nur 1,58 m auf nahezu alle Geschlechtsgenossen zutraf. Und Ausländer, die gingen für ihn gar nicht. Aber gegen Selim hegte er eine besondere Antipathie. Er hasste ihn geradezu. Ganz unschuldig war Selim daran nicht, weil er ihm immer Kontra gab und ihn gerne – insbesondere auch vor jungen Ärztinnen und Studentinnen – bloßstellte.

Ohne große Erwartungen an einen einigermaßen pünktlichen Feierabend zu haben, stellte Selim in den Raum: „Was denken Sie, wie lange unser Programm heute noch dauern wird?“

„Bis zum Mittagessen sind wir hier raus, Herr Akkoyun!“, erwiderte Meise-Schulze ohne aufzublicken.

In Meise-Schulzes Anwesenheit kamen Selim jedoch bissige Kommentare so leicht über die Lippen, dass er sie kaum kontrollieren konnte: „Herr Meise, ich denke, die realistische Frage zum Ende des heutigen Operationsprogramms ist nicht die nach dem Mittagessen. Vielmehr sollten wir uns fragen, ob wir es zur Tagesschau oder erst zu den Tagesthemen schaffen!“

Meise-Schulze giftete sogleich zurück: „Schauen Sie überhaupt deutsche Nachrichten?"

„Wie meinen Sie das?"

„Na, ihr Türken schaut doch immer türkisches Fernsehen!", provozierte nun Meise-Schulze seinerseits weiter. „Da könnt ihr doch auch gleich ganz zurückgehen!"

Selim fand, dass eine Verwarnung angebracht war. „Ich denke, Sie begeben sich gerade in ein Fahrwasser, das Ihnen noch leidtun könnte!"

Meise-Schulze fuhr jedoch unbeeindruckt fort. „Aber so ist es doch! Die meisten Italiener sind wieder zurückgegangen und die meisten Spanier auch. Nur die Türken bleiben hier, schauen ihr türkisches Fernsehen und weigern sich, sich zu integrieren!"

Jetzt war es an der Zeit, Meise-Schulze in seine Schranken zu verweisen, beschloss Selim. „Sicherlich haben Sie ihre differenzierten Ansichten von Ihrem Großvater übernommen, der Deutschland nach dem zweiten Weltkrieg bedauerlicherweise verlassen musste und später gerne wieder zurückgekommen wäre, wenn er gekonnt hätte, nicht wahr?" Sagte es, wandte sich von ihm ab und begann demonstrativ die Überwachungsmonitore zu kontrollieren, an die der Patient angeschlossen war.

Meise-Schulze wusste genau, worauf er anspielte. „Mein Großvater ist vertrieben worden, er hätte Deutschland niemals freiwillig verlassen!"

„Sie müssen schon einen Unterschied zwischen ‚vertrieben' und ‚vor der Justiz geflohen' machen, Herr Meise!" Selim holte nun richtig aus. Aus Meise-Schulzes prahlerischen Erzählungen vor jungen Assistenzärztinnen wusste mittlerweile jeder, dass sein Großvater Deutschland nach dem Zweiten Weltkrieg verlassen hatte, um einer Strafverfolgung zu entgehen, da man ihm Verbindungen zu den Nazis vorgeworfen hatte.

Meise-Schulze war nun kurz davor, auszurasten. „Mein Großvater war kein Nazi! Diese Arschlöcher haben das über ihn erzählt, damit sie unser Vermögen beschlagnahmen konnten! Die haben ihn verleumdet und uns alles weggenommen!“ Er hatte oft wutentbrannt davon erzählt, wie vermögend seine Familie gewesen war, bevor der Großvater, in Meise-Schulzes Augen natürlich vollkommen zu Unrecht, beschuldigt wurde, in die ‚Rassenhygiene-Maßnahmen' der Nazis verstrickt gewesen zu sein und mit der ganzen Familie nach Ungarn auswandern musste. Erst nach dem Tod seines Großvaters konnten sie wieder nach Deutschland zurückkehren. Woher aber das große Familienvermögen, von dem er immer sprach, stammte, hatte er nie berichtet.

Bevor die Situation jedoch weiter eskalieren konnte, rief er plötzlich: „Aha, da ist er ja! Hab ich's mir doch gedacht! Ein Polyp! Den mache ich jetzt weg!“ In lautem Tonfall, der seine Stimme von den Wänden widerhallen ließ, fuhr er fort: „Hülya, bereiten Sie alles vor, aber Zack-Zack! Ich habe nicht den ganzen Tag Zeit!“

Die angesprochene OP-Schwester verdrehte die Augen und fragte sich, warum, wenn er es ohnehin gewusst hatte, er nicht direkt von Anfang an alles hatte vorbereiten lassen. Sie hatte glücklicherweise den Endoskopie-Saal nicht verlassen und sich hinter die Abdeckung zur Anästhesie gesetzt, zu Selim und Anke, der Anästhesieschwester.

Natürlich hatte sie damit gerechnet, dass Meise-Schulze noch irgendetwas wollte. Der tat immer so, als ob bei ihm alles schnell ginge, aber dann kam immer noch etwas „Außergewöhnliches“ hinterher. Hülya kannte das nur zu gut, sie war ja schon lange hier. Nur, weil sie nichts von dem persönlich nahm, was Meise-Schulze von sich gab, konnte sie die Zusammenarbeit mit ihm ertragen. Arbeit blieb Arbeit und Privates war privat. Distanz wahren, das war ihre Devise! Die Kollegen kamen ihr bis zu einer gewissen Grenze nahe, dann war Ende. Wenn sie ihre Arbeitsklamotten nach Dienstende auszog, war sie sowieso in einer völlig anderen Welt – bei ihrer Familie, ihren Eltern und Geschwistern. Gerade noch ihre beste Freundin, selbst auch Türkdeutsche, gehörte dazu.

Sie hatte bereits alles vorbereitet, was von ihr erwartet wurde, stand auf und ging hinter den Vorhang, um Meise-Schulze die

Dinge anzureichen, die er jetzt zu benötigen glaubte.

Meise-Schulze dauerte alles wieder einmal viel zu lange. Da konnte er gleich auch noch den Rest der Blase untersuchen! Als er erneut durch die Optik blickte, hing plötzlich ein blutiger Vorhang vor dem Bild, das er eben noch klar gesehen hatte. Der ließ sich auch durch sein ungeduldiges Schütteln des Endoskops nicht entfernen. Anscheinend klebten noch Polypenreste an der Optik. Jetzt musste er die auch noch säubern! Verärgert über diese weitere Verzögerung zog er das Endoskop aus dem Penis des Patienten heraus und inspizierte es genau. Aber er sah noch immer alles rötlich verschwommen, und an seinem Ärmel hing etwas, das er nicht genau zuordnen konnte. War das Blut? Wo kam das ganze Blut jetzt her? Vom Patienten konnte es jedenfalls nicht sein. Blutete er etwa selbst? Er sah irritiert auf und erblickte Hülya, die neben ihm stand und ihn ungläubig anstarrte. Plötzlich tropfte es auf seine Schulter. Und auf seinen Kittel. Immer schneller hintereinander fielen Tropfen auf ihn herab. Reflexartig sah er hoch an die Decke – und mehrere Tropfen trafen kurz hintereinander seine Augen und seine Stirn. Voller Panik sprang er auf und wischte sich das Blut aus dem Gesicht. Hülya machte einen großen Satz zurück und beobachtete fassungslos, wie von der Decke immer größere Blutstropfen herunterprasselten. Auf Meise, auf den Hocker, auf den Boden – und auf den Patienten.

Aufgeschreckt durch die Hektik, die sich im Saal verbreitete, schauten auch Selim und Anke über die Abdeckung und wurden ihrerseits Zeugen dieses unbeschreiblichen Geschehens. Immer mehr Blut rann von der Decke herab. Meise-Schulze stand mit weit abgespreizten Armen regungslos da – wie ein Kind, das im Matsch gespielt hatte und jetzt patschnass nach Hause kam und darauf wartete, von seiner Mutter ausgezogen zu werden.

Anke, die Anästhesieschwester, fasste sich als erste und faltete die sterile Abdeckung ein Stück weit um, sodass die bloßliegenden Genitalien des Patienten vor dem Blut geschützt wurden. Dann rannte sie aus dem Saal und kam nach einiger Zeit mit einem Eimer zurück, den sie an die Stelle platzierte, an der das meiste Blut von der Decke herabströmte. Einiges spritzte trotzdem noch daneben. Nach einer Weile nahm der Blutregen ab, bis es schließlich nur noch tropfte. Als die Pausen zwischen den einzelnen Topfen sehr lang geworden waren, löste sich Hülya aus ihrer Erstarrung. „Oh mein Gott! Oh mein Gott!"

Auch Meise-Schulze sah nun langsam an sich herunter, betrachtete seine bluttriefenden Hände und fing dann ungehemmt an zu schreien. „Was – was passiert hier gerade?"

Zitternd zog er die rot verschmierte Brille ab, drehte sie ungläubig in seiner Hand und versuchte die Blicke der anderen aufzufangen: Hatten sie gerade dasselbe erlebt wie er?

Hülya konnte ihren verängstigten Blick noch nicht von der Decke abwenden und tastete sich auf Zehenspitzen mit dem Rücken zur Wand in Richtung Tür. Von dort drängten bereits die ersten Kollegen hinein, die sensationslüstern einen Blick auf die Szene erhaschen wollten. Alle warteten darauf, dass noch mehr geschah. Aber nichts passierte.

Die konnten doch wieder gehen, fand sie. Aber die Kollegen drängten sich weiter hinein und hinderten sie daran, dem Ganzen zu entkommen. Sie wollten jetzt Meise-Schulze sehen. Mit eigenen Augen sehen, wie er da am OP-Tisch stand. Wie ein trotteliges, verängstigtes Kind, dem ein Streich gespielt worden war. Wo war sie bloß hineingeraten? Was war das hier? Hülya war verzweifelt. War sie gerade Zeugin eines Mordes geworden? Lag da oben eine Leiche? Jemand, der gerade erst gestorben war? Der vielleicht sogar verstümmelt wurde?

Meise-Schulze hatte sich inzwischen wieder gefangen und begann auf die Schaulustigen einzuschimpfen. „Was stehen Sie da herum, verdammt noch mal? Los, rufen Sie die Polizei!"

Anke reagierte als erste und wühlte sich durch die Menge hindurch zum Telefon. „Hallo, Zentrale? Verbinden Sie mich mit der Polizei. Es ist dringend!"

Selim wollte wissen, wie es seinem narkotisierten Patienten

ging. Ob er etwas von der Aufregung im Operationssaal wahrgenommen hatte, bewusst oder unbewusst. Er nahm den Beatmungsbeutel in die Hand. Der Patient ließ sich problemlos beatmen, er war ganz „weich“, wie die Anästhesisten sagen. Über den Beatmungsbeutel konnte Selim spüren, dass der Patient entspannt war. Er hatte bestimmt nichts mitbekommen, dachte er.

- 3 -

Es war der zweite Stock, in einem Mehrfamilienhaus, im Stadtteil Bilk in der Nähe der Uni-Klinik. Schuhe standen vor der Tür. „Yıldırım" stand über der Klingel.

Degenhardt räusperte sich, sah zu Jürgens hinüber, der halb neben, halb hinter ihr stand, und drückte den Klingelknopf. Dann verschränkte sie ihre Arme vor dem Oberkörper und wartete. Das Opfer, das sie heute Früh gefunden hatten, hieß tatsächlich Sibel Yildirim – so, wie es auf dem Schild neben dem Grab gestanden hatte. Eine junge Frau mit demselben Namen war als vermisst gemeldet worden und der erkennungsdienstliche Abgleich hatte eine eindeutige Übereinstimmung ergeben.

Degenhardt musste nicht darüber nachdenken, was sie als erstes sagen würde. Es machte ihr nichts aus, über den sogenannten Tod zu reden. Darüber zu reden war abstrakt. Es war wie in den Fernsehnachrichten, wenn es hieß, soundso viele Menschen seien bei diesem und jenem gestorben. Genauso redete sie, wenn sie Angehörigen eine Todesnachricht überbringen musste. Obwohl sie gelernt hatte, wie man sich in dieser Situation professionell verhält, hielt sie sich meistens nicht an diese Gesprächsregeln. Sie hatte es bereits mit den unterschiedlichsten menschlichen Reaktionen zu tun gehabt, wieso also sollte sie immer wieder dieselbe Technik anwenden? Natürlich wusste sie, dass gleich viele Emotionen im Spiel sein würden.

Die „Dracula-Morde", wie sie die Medien getauft hatten, waren seit dem nunmehr vorletzten Mord ein großer Aufmacher gewesen. Sie beschäftigten sowohl die Boulevard-Sendungen im Fernsehen als auch sämtliche Kollegen im Polizeipräsidium. Es war mittlerweile ein Politikum. Der Bürgermeister musste ständig darauf hinweisen, dass diesen Morden höchste Priorität zukam, auch wegen des möglicherweise rassistischen Hintergrunds. Nicht zuletzt seitdem die Taten des NSU, einer rechtsradikalen Terrorzelle, bekannt geworden waren, ohne dass die Ermittlungsbehörden den zahlreichen Spuren und Hinweisen nachgegangen waren. Die zutage getretenen „Pannen“ bei einigen zuständigen Behörden waren so gravierend gewesen, dass im In- und Ausland Spekulationen über eine mögliche Beteiligung derselben an den Taten geäußert wurden. Und dann setzte man ausgerechnet sie, Degenhardt, auf diese Serienmorde an jungen türkischen Männern an. Jetzt kam auch noch der Tod einer jungen türkischen Frau hinzu. Sie, die noch nie an einem Mordfall gearbeitet hatte. Sie war eigentlich nur die Assistentin von Schneider, dem zuständigen Polizeihauptkommissar der SOKO-Dracula, aber der stand kurz vor der Pensionierung. Motiviert war der schon lange nicht mehr – und rührte auch kaum noch einen Finger. Manchmal war es nur schwer zu begreifen, was in den Köpfen der Verantwortlichen vorging, wenn sie bestimmte Personalentscheidungen trafen. Sie sichtete viel lieber Akten und kombinierte aus der Ferne, als sich zu verstellen und Nachrichten zu überbringen, die andere Menschen aus der Bahn warfen. Als sie bei den vorherigen Fällen den anwesenden Frauen – Müttern und Schwestern – den Fund des Sohnes oder des Bruders mitgeteilt hatte, waren diese regelmäßig zusammengebrochen. Die Männer – Väter und Brüder – waren dann damit beschäftigt gewesen, sich um die Frauen zu kümmern und konnten weder weitere Informationen aufnehmen noch auf die von Degenhardt gestellten Fragen antworten. Sie war meist nach sehr kurzer Zeit wieder abgezogen, da sie sowieso nichts Wesentliches mehr zu den Begleitumständen der Taten hätte erfahren können. Gleich würde es ähnlich ablaufen, da war sie sich sicher. Zum Glück hielt sich Jürgens in diesen Situationen ebenfalls mit Fragen zurück.

Sie bemerkten, dass jemand zur Tür kam, durch den Türspion spähte und etwas auf Türkisch in die Wohnung hineinrief. Dann wurde die Tür ein Stück weit geöffnet.

„Ja, bitte?“ Da stand ein unscheinbar wirkender junger Mann, um die achtzehn bis zwanzig Jahre alt, mit schmaler Figur und zur Seite gekämmten schwarzen Haaren.

„Guten Tag, wir sind von der Kriminalpolizei. Mein Name ist Degenhardt, und das ist Herr Jürgens. Dürfen wir hereinkommen?“ Degenhardt leierte ihren üblichen Text herunter.

„Kim o?“, rief eine Frauenstimme von drinnen.

„Polis!“, rief der junge Mann zurück, wandte sich wieder Degenhardt und Jürgens zu und öffnete die Tür weit.

Bevor sie noch etwas sagen konnten, kam eine Frau mit Kopftuch angerannt, nahm sie abwechselnd in Augenschein und fragte nervös: „Haben Sie meine Tochter gefunden?“

Degenhardt blieb amtlich und wiederholte ihre Frage: „Dürfen wir hereinkommen?“

„Ja, natürlich! Kommen Sie bitte!“ Der junge Mann antwortete in akzentfreiem Deutsch.

Die Frau reagierte angespannt. „Sagen Sie bitte! Wo ist meine Tochter?“ Es war jetzt deutlicher zu hören, dass sie zwar offensichtlich in Deutschland aufgewachsen war, aber die typische Betonung hatte, die darauf schließen ließ, dass sie keine gebürtige Deutsche war. Sie war Anfang vierzig und schlank. Die dunklen Augenbrauen wirkten gepflegt, sie waren nachgezeichnet. Von ihren Haaren war unter dem eng gewickelten Kopftuch nichts zu sehen. Der junge Mann schloss langsam die Eingangstür. Er schien eine Vorahnung zu haben, schwieg aber und lehnte sich mit hinter dem Rücken verschränkten Armen an das Türblatt.

Da sie nicht weiter hineingebeten wurden, zog Degenhardt ihre Schuhe nicht aus, obwohl sie wusste, dass das in türkischen Familien Brauch ist. Die beiden wollten jetzt nur eine einzige Information von ihr, also wandte sie sich an die Frau: „Frau Yildirim?“

„Ja! Was wissen Sie über meine Tochter? Bitte sagen Sie es mir!“ Sie legte in einer Mischung aus Hoffen und Bangen ihre Hände vor den Mund.

Degenhardt sprach sehr deutlich und klar: „Frau Yildirim, ich muss Ihnen leider mitteilen, dass Ihre Tochter heute Morgen tot aufgefunden wurde.“

Mit dem letzten Wort sank die Frau auf ihre Knie; als würde ihr jegliche Kraft, die ihr ihre Gebete bis eben noch gegeben hatten, jäh verloren gehen. Ihre Augen füllten sich mit Tränen. Der junge Mann eilte herbei und versuchte sie zu stützen, jedoch vergebens.

„Ne oldu? Ne diyorlar?“ Eine weitere Männerstimme kam aus einem Zimmer, das von der Diele abging.

„Ölmüş diyor! Sibel ölmüş!“, erwiderte der junge Mann mit zitternder Stimme. Gleichzeitig bemühte er sich verzweifelt, die Frau vom Boden hochzuziehen.

Der Mann in dem Zimmer schrie laut auf: „Olamaz! Olamaz bu! Yalan!“

Degenhardt und Jürgens standen schweigend im Flur. Jürgens wirkte hilflos. Degenhardt hingegen wartete auf ein Zeichen. Sie analysierte die Reaktionen, um ihre weitere Vorgehensweise zu planen. Sie war die Geduld selbst. Die Frau am Boden weinte jetzt leise. Der junge Mann, offensichtlich ihr Sohn, versuchte immer noch, sie aufzurichten, aber ihre Arme hingen schlaff herunter, sodass er sie nicht richtig fassen konnte.

Nach einer Weile hörte das Schluchzen auf, die Frau schien sich etwas zu fangen und ließ sich schließlich von ihrem Sohn aufhelfen. Mit einem Taschentuch wischte sie sich die Tränen aus dem Gesicht, schaute ihm in die Augen und brachte so zum Ausdruck, dass es wieder ging. Sie wandte sich Degenhardt zu und sagte gefasst: „Entschuldigen Sie!“ Dann wies sie auf ein weiteres Zimmer. „Kommen Sie herein, bitte!“

Jürgens versuchte die sich anbahnende Situation abzuwenden. „Es gibt nichts zu entschuldigen! Sie müssen uns nicht hineinbitten. Wir können zu einem späteren Zeitpunkt noch einmal kommen. Wir lassen Ihnen unsere Telefonnummern hier!“ Er legte eine Visitenkarte auf die Flurkommode. „Rufen sie uns an, wenn es ihnen besser geht und sie etwas zur Ruhe gekommen sind. Dann werden wir alles Weitere miteinander besprechen!“

Die Frau signalisierte nun aber ausdrücklich, dass sie in das Zimmer eintreten und sich setzen sollten. Jürgens begann zu schwitzen. Bei dem Gedanken, in die Privaträume fremder Menschen einzudringen, sträubte sich etwas in ihm. Degenhardt hingegen kannte die türkischen Regeln der Gastfreundschaft mittlerweile recht gut. Sie wusste, dass es nach türkischen Gepflogenheiten sehr unhöflich war, einen Gast, selbst wenn er schlimme Nachrichten überbrachte, nicht hineinzubitten. Dass Gäste üblicherweise ihre Schuhe auszogen, wenn sie eine Wohnung betraten, war ihr ebenfalls bekannt – also bückte sie sich, um dies zu tun.

„Nein, behalten sie bitte ihre Schuhe an!", sagte die Frau mit Nachdruck und deutete noch einmal ins Wohnzimmer. „Bitte, nehmen sie Platz!" Sie wandte sich ihrem Sohn zu und legte ihre Hand auf seine Schulter. „Sen babana yardım et, oğlum!" Dieser nickte und begab sich in das Zimmer, aus dem die andere Männerstimme gekommen war.

Degenhardt und Jürgens setzten sich – Jürgens ein wenig unbeholfen – auf die beiden ihnen angebotenen Sessel, die gemeinsam mit einem großen Sofa eine Sitzgruppe bildeten. Degenhardt sah sich um. Der Raum war aufgeräumt und sehr sauber. Fast ein wenig spießig, wenn es ein deutscher Haushalt wäre, stellte sie fest. Man hörte, wie jemand im Bad das Wasser laufen ließ. Degenhardt nahm an, dass sich die Frau, die Mutter von Sibel Yildirim, ihre Tränen wegwusch.

Inzwischen war der junge Mann wieder in der Tür erschienen. Er stützte einen älteren Mann, ungefähr Mitte bis Ende vierzig, mit leicht schütterem, an den Schläfen ergrautem Haar, der nur mit einem Hemd und einer Pyjama-Hose bekleidet war. Ein Drainageschlauch wackelte in seiner linken Hand, an dessen Ende eine Plastikflasche hing. Die Flasche war zu einem kleinen Teil mit Flüssigkeit gefüllt, die am Boden dunkler und darüber deutlich heller erschien. Es war offenbar ein Gemisch aus Blut und Wundsekret. Der Mann musste erst kürzlich operiert worden sein. Er hielt seine rechte Hand fest auf den Unterleib gepresst und krümmte sich vor Schmerzen. Beim Eintreten ins Wohnzimmer hielt er seinen Blick starr auf Degenhardt gerichtet. Der junge Mann führte ihn zum Sofa, auf dem er sich langsam niederließ. Seine Atmung war flach und sein Stöhnen betont leidend.

„Sagen Sie mir bitte! Was mit meiner Tochter passiert ist?"

„Herr Yildirim? Ich nehme an, dass Sie der Vater von Sibel Yildirim sind?" Degenhardt sprach langsam und bemühte sich, etwas einfühlsamer zu wirken.

Der Mann nickte. Aber es war ein ungeduldiges Nicken, sie sollte endlich mit der Sprache rausrücken, verdammt. Sie sollte es ihm laut ins Gesicht sagen, denn sonst würde er es niemals glauben können.

„Herr Yildirim, Ihre Tochter wurde heute früh leblos aufgefunden!"

Der Mann wandte sich hilfesuchend seinem Sohn zu, der jedoch wegschaute. Dann wanderte sein Blick zwischen Jürgens und Degenhardt hin und her, während sich seine Augen röteten. „Nein! Nein! Das kann nicht sein! Nicht mein Mädchen! Nein!" Die Tränen liefen ihm nun ungehemmt über das Gesicht und er schüttelte verzweifelt den Kopf. Die Frau, die in diesem Moment das Wohnzimmer betrat, lief zu ihrem Mann und kniete sich vor ihm auf den Boden, umarmte ihn und drückte seinen Kopf fest auf ihre Schulter. Aber der Mann atmete nicht mehr. Degenhardt konnte es jedenfalls nicht wahrnehmen. Sein Körper vibrierte zwar und seine Arme, die schlaff neben seinem Körper herabhingen, wackelten leicht, aber er atmete nicht. Die Frau nahm jetzt den Kopf ihres Mannes in beide Hände, wischte ihm wieder und wieder über das Gesicht und sah ihm mit festem Blick in die Augen. Sein Körper vibrierte erneut und weitere Tränen liefen über sein Gesicht. Sie reichte ihm das Taschentuch, mit dem sie seine Tränen abgewischt hatte, und setzte sich neben ihn. Während sie die wie gelähmt wirkende, willenlose Hand ihres Mannes in ihre nahm, bedeutete sie dem Sohn, sich auf die andere Seite neben sie zu setzen. Die Frau nahm auch seine Hand in ihre, hielt sie fest und führte schließlich alle Hände auf ihrem Schoß zusammen. Dann hob sie den Blick und wandte sich Degenhardt zu. „Sagen Sie uns bitte, wie Sibel gestorben ist."

Degenhardt beugte sich vor, um ihr etwas näher zu sein. „Wir nehmen an, dass sie das Opfer eines Verbrechens wurde!"

Der Mann legte seinen Kopf in den Nacken und schaute an die Decke, so als würde er sich an jemanden dort oben wenden. Es war, als würde er flehen, dass nicht wahr sein solle, was seine Ohren gerade vernommen hatten.

Die Frau wirkte sehr gefasst. „Wurde sie vergewaltigt?"

„Das wissen wir noch nicht", erwiderte Degenhardt nüchtern. „Haben Sie von den Dracula-Morden gehört? An Sibel wurden Spuren gefunden, vergleichbar mit denen, die bei den Opfern der Dracula-Morde nachgewiesen wurden."

Hastig meldete sich nun auch Jürgens zu Wort. „Und die wurden sicher nicht sexuell missbraucht! Die Rechtsmediziner haben das eindeutig bestätigt!"

Degenhardt warf ihrem Kollegen einen kurzen, verärgerten Blick zu. Für ihren Geschmack verriet er viel zu viele Details. Dann wandte sie sich erneut an die Frau und wiederholte ihre Frage. „Also, sind Ihnen die sogenannten Dracula-Morde bekannt?"

Bevor sie aber antworten konnte, tat es ihr Sohn. „Ja, davon haben wir gehört. Darüber wird ständig in den türkischen Nachrichten berichtet. Schon wieder werden in Deutschland Türken ermordet und die Polizei tut nichts dagegen. Aber waren es bisher nicht Männer, die getötet wurden?"

Trotz der offen ausgesprochenen Anschuldigungen blieb Degenhardt sachlich. „Ja, das stimmt. Bisher waren die Opfer junge türkische Männer. Aber – ich nehme an, Sibel war Ihre Schwester? Sie wurde in genau demselben Zustand aufgefunden wie diese Männer, sodass wir annehmen, dass es sich um denselben Täter handelt." Sie sah kurz über ihre Schulter zu Jürgens hinüber und sprach dann weiter. „Was auch immer die Motive des Täters oder der Täter sind – Hinweise für sexuelle Handlungen haben sich bisher nicht ergeben. Und wir ermitteln in jede Richtung, auch im Hinblick auf einen rassistischen Hintergrund!"

„Wurde sie verstümmelt?", wollte Sibels Mutter wissen.

„Nein, ihr Körper scheint bis auf zwei kleine Wunden am Hals unversehrt zu sein!“

Die Mutter schaute jetzt mit abwesendem Blick an Degenhardt vorbei in die Ferne. Als Degenhardt ebenfalls in diese Richtung sah, fiel ihr das umrahmte Foto eines jungen hübschen Mädchens mit schwarzen langen Haaren auf. Es war ein Foto von Sibel.

Degenhardt wandte sich wieder der Frau zu. „Darf ich Sie etwas fragen?“ Ohne eine Antwort abzuwarten fuhr sie fort: „Wann haben Sie Sibel das letzte Mal gesehen?“

Die Mutter reagierte irritiert und blickte hilfesuchend zu ihrem Sohn. Der antwortete an ihrer Stelle. „Am Donnerstagnachmittag. Sie war bei einer Freundin. Sie haben zusammen für eine Klausur gelernt. Sibel ist – war – in der zwölften Stufe. Die Freundin sagt, sie habe sich um vier Uhr auf den Heimweg gemacht. Aber sie ist nie hier angekommen.“

„Ja, das ist auch genau das, was Sie in ihrer Vermisstenanzeige vom selben Tag erklärt haben. Ich habe es gelesen.“ Jürgens versuchte sich in das Gespräch einzuschalten.

Der junge Mann nickte bestätigend. „Wir haben meine Schwester überall gesucht. Wir haben alle Bekannten und Verwandten um Hilfe gebeten. Ich habe sogar eine Suche über Facebook gestartet. Aber niemand hatte sie seitdem gesehen.“ Es entstand eine kurze Pause, bevor er vorwurfsvoll fragte: „Sie wissen wieder nicht, wer der Mörder ist, oder?“

Degenhardt war immer noch die Ruhe selbst. „Nein, das wissen wir leider nicht.“ Diese Familie verhielt sich trotz der Vorwürfe des Sohnes – verglichen mit den Reaktionen, die das Überbringen der Todesnachricht in den anderen Fällen ausgelöst hatte – ungewöhnlich gefasst. Sie beschloss daher, den Versuch zu riskieren, ihre Ermittlungsarbeit ein wenig voranzutreiben. „Es sieht danach aus, als seien die Opfer gezielt gewählt worden. Ihre Tochter und Schwester muss irgendetwas mit den anderen gemeinsam haben. Abgesehen davon, dass sie türkischstämmig ist. Gab es etwas Besonderes an ihr? Hatte sie jemanden kennengelernt? Oder gab es jemanden, mit dem sie im Internet gechattet hat? Hatte sie sich in der letzten Zeit verändert? Hatte sie neue Ansichten? Fällt Ihnen hierzu etwas ein?"

Der Bruder schüttelte den Kopf. „Nein, sie war ein ganz normales, kluges und liebes Mädchen. Sie hatte nur ihre Schulnoten im Kopf. Natürlich hat sie im Internet gechattet und sie hatte auch einen Facebook-Account. Ich war mit ihr über FB befreundet und kannte fast alle ihre Freunde dort. Ein spezielles Hobby hatte sie zwar nicht, aber sie hat zuhause gerne gemalt und Gedichte geschrieben. Und sie hat sich genauso verhalten wie immer!"

Degenhardt musterte den jungen Mann. „Was machen sie? Gehen sie auch noch zur Schule?"

„Nein, ich studiere!"

„Was studieren sie denn?"

„Informatik, im 3. Semester!"

Bei diesen Worten hob die Mutter leicht den Kopf und lächelte kurz. Dann senkte sie ihren Blick sofort wieder. „Meine Tochter wollte Ärztin werden, wissen Sie? Sie war sehr gut in der Schule!"

„Sie war sogar besser als ich", ergänzte der Bruder.

Degenhardt deutete auf Sibels Vater. „Warum wurde ihr Vater operiert?"

„Er hatte einen Leistenbruch. Sie haben ihm ein Netz eingesetzt."

„Er scheint noch nicht ganz genesen zu sein. Weshalb ist er denn schon zuhause?"

Der Ton des jungen Mannes wurde plötzlich scharf. „Sie wissen doch, wie das läuft. Je schneller die Patienten wieder draußen sind, desto besser ist das für die Klinik. Kosten sparen! Es ist hier mittlerweile schlimmer als in der Türkei!"

Allmählich hatte Degenhardt genug von der Lamentierei, trotzdem wollte sie zügig vorankommen. „Wo ist ihr Vater operiert worden? In welchem Krankenhaus?"

„In der Uni-Klinik, weil die hier ganz in der Nähe ist. Außerdem konnte ich ihn immer zwischen meinen Vorlesungen besuchen."

„Und wann ist er entlassen worden?"

Jetzt antwortete der Vater selbst. „Am Mittwoch! Am Montag haben sie mich operiert und am Mittwoch musste ich wieder nach Hause gehen! Aber der Hausarzt schreibt keine richtigen Schmerztabletten auf. Die helfen gar nicht!“

„So sieht es mittlerweile in Deutschland aus: Für die Versorgung der Patienten ist kein Geld mehr da, aber für die Durchführung irgendwelcher Studien schon – da gibt es direkt 100 Euro Cash, wenn ich mir an der Uni etwas Blut abnehmen lasse!“

Degenhardt horchte auf. „Wie meinen Sie das? Was für eine Studie?“

„Irgend so eine Studie halt. Da stand etwas von ‚Männer türkischer Abstammung gesucht‘, und da bin ich hingegangen. Ich musste einen Zettel, eine Einwilligung, unterschreiben. Die haben dann ein paar Röhrchen Blut abgenommen und mir dafür 100 Euro gegeben.“

„Haben die auch Blut von ihrer Schwester abgenommen?“

„Nein. Sie war zwar mit mir gemeinsam dort, weil sie auch auf die Schnelle 100 Euro verdienen wollte, aber die haben gesagt, nur Männer dürften teilnehmen. Sie war ganz schön enttäuscht.“

„Worum ging es in dieser Studie?“

„Um irgendetwas mit Genetik oder so. So genau weiß ich das nicht, aber meine Schwester und ich haben uns über den Namen lustig gemacht. Deshalb habe ich ihn auch behalten: ‚ADAM-Studie‘!“

„Was ist daran so lustig?“

„Na, Adam heißt auf Türkisch Mann und es ging in dieser Studie ja um türkische Männer, deshalb! Wir fanden das witzig, dass man einer Studie hier in Deutschland einen türkischen Namen gegeben hat …“

„Haben Sie Unterlagen zu dieser Studie? Wissen Sie, wer sie durchgeführt hat?“

„Ich glaube, ich habe die Zettel, die sie mir mitgegeben haben, in meinem Spind in der Uni gelassen – und der Name von dem Doktor, der die Studie durchführte, war Müller oder so, aber ganz sicher bin ich mir nicht mehr.“

„Können Sie bitte die Unterlagen für uns heraussuchen und uns dann anrufen?"

„Ja, natürlich – aber wen interessiert schon irgendeine Studie, Sie sollten sich lieber darum kümmern, den Mörder meiner Schwester zu finden!"

Jetzt reichte es Degenhardt, diesen erneuten Vorwurf konnte sie nicht mehr stehenlassen. Sie wollte gerade etwas erwidern, als sich die Mutter einschaltete und sich auf Türkisch an ihren Sohn wandte. „Oğlum, ben almancasını bilmiyorum. Otopsi yapacaklarmı diye sorabilirmisin, ve Sibel'i ne zaman görebiliriz ve ne zaman töreni yapabiliriz? Sorsana, lütfen!"

Der nickte, senkte seinen Blick auf seine Hände und übersetzte. „Meine Mutter möchte wissen, ob eine Autopsie durchgeführt wird und wann wir sie sehen können – und wann wir sie beerdigen dürfen?"

Degenhardt beruhigte sich wieder und fasste dienstbeflissen das weitere Vorgehen in solchen Fällen zusammen. „Nach einem unnatürlichen Tod, und ganz besonders in diesem Fall, werden die Leichen stets von der Rechtsmedizin untersucht. Ich kann Ihnen leider noch nicht sagen, wann sie Sibel sehen dürfen und wann ihr Leichnam freigegeben wird. Wir werden sie aber sehr zeitnah darüber informieren. Wir müssen leider auch Ihre Aussagen zu Protokoll nehmen. Bitte kommen Sie hierfür morgen Vormittag ins Präsidium. Sie werden jetzt etwas Zeit für sich benötigen. Wenn Ihnen noch etwas einfällt, können Sie uns gerne anrufen." Sie legte ihrerseits eine Visitenkarte auf den Tisch und nickte Jürgens zu: „Ich denke, wir sollten jetzt gehen." Sie erhob sich eilig und war etwas ungehalten, dass Jürgens ihr mit seinen Beinen den Weg versperrte, weil er nicht schnell genug reagiert hatte.

Mutter und Sohn standen ebenfalls auf. Der Vater mühte sich, an irgendetwas Halt zu finden, um sich aufzurichten, aber Degenhardt eilte schon um den Couchtisch herum und reichte ihm die Hand. „Bleiben Sie sitzen! Sie haben meine ehrliche Anteilnahme an Ihrem Verlust." Noch während sie das sagte, griff sie auch nach einer Hand der Mutter.

Jürgens tat es ihr nach, sagte aber nichts und schloss nur bedeutungsvoll die Augen. Die Gedanken der Mutter waren ohnehin nicht mehr bei ihnen. Ihr nach oben gerichteter Blick und ihre Stirnfalten verrieten, dass sie mit neuen Tränen kämpfte. Als sich die Tür endlich hinter ihnen geschlossen hatte, atmete Jürgens erleichtert auf. Degenhardt hingegen lief den Weg durchs Treppenhaus und zu ihrem Dienstfahrzeug schweigend neben ihm her und grübelte über das soeben Erfahrene nach.

- 4 -

Selim war vollkommen bestürzt. Das intensive Rot der Lache auf dem Boden ließ alles andere in der Umgebung fahl erscheinen. Obwohl er ständig mit dieser Farbe zu tun hatte, war sie ihm noch nie so bedrohlich vorgekommen wie jetzt, da sie ihren normalen Bereich zwischen Tupfern, Spritzen, Absaugschläuchen und Tüchern verlassen und sich überallhin ausgebreitet hatte. Er war derart konsterniert von diesem Anblick, dass er die auf- und abschwellenden Sirenen der sich nähernden Martinshörner nur wie aus weiter Ferne vernahm.

Anke, die Anästhesieschwester, die das Ganze miterlebt hatte, wirkte gefasster als Selim und sprach ihn in relativ gelassenem Tonfall an. „Ich habe die Polizei gerufen. Die wird bald hier sein! – Ist denn noch etwas von der Decke heruntergekommen?"

Selim begriff nicht, was sie meinte.

„Von irgendwem muss das Blut doch stammen – zum Beispiel von einer Leiche, die in der Zwischendecke liegt!"

Es wunderte ihn, wie abgeklärt sie war. Dass es hier mittlerweile nur noch abgehängte Decken gab, über denen sich ein relativ hoher Zwischenraum zur eigentlichen Betondecke befand und in dem auch ein menschlicher Körper genügend Platz gefunden hätte, wäre ihm so schnell nicht in den Sinn gekommen. Aber eigentlich war sie immer sehr rational, dachte er. Sie blieb stets cool, auch wenn es im OP brenzlig wurde. Er hingegen stotterte, als er ihr antwortete. „Ich – ich habe nichts weiter gesehen, nur – nur das ganze Blut."

Anke nahm sich einen Beatmungsbeutel zur Hand, dekonnektierte den noch schlafenden Patienten vom Narkosegerät, löste die Bremsen der OP-Liege und schob ihn zielstrebig durch die Menschenmenge hindurch aus dem Saal hinaus und in den nebenan gelegenen Aufwachraum hinein. Mit jedem ihrer Schritte hinterließ sie dabei blutige Fußabdrücke.

Durch die sich bildende Gasse trottete ihr ein Mann, von Kopf bis Fuß mit Blut überströmt, hinterher. Nur an der geringen Körpergröße konnte man noch erkennen, dass es Meise-Schulze war. Nachdem er dem apathisch an ihm vorbeischlurfenden und dann im Waschraum verschwindenden Kollegen sprachlos hinterhergeschaut hatte, folgte Selim Anke und seinem Patienten in den Aufwachraum.

Zwei Polizeibeamte, die jetzt ungestüm den Gang des OP-Traktes betraten, forderten die Anwesenden dazu auf, Ruhe zu bewahren und sich für eine Befragung bereitzuhalten.

Nachdem in einer länger dauernden Prozedur alle Personalien einzeln aufgenommen worden waren und jeder der Anwesenden eine kurze Befragung zu dem Ereignis hinter sich gebracht hatte, durfte das Krankenhauspersonal den OP-Trakt verlassen. Selim zog sich erleichtert um. An eine Weiterarbeit war im Augenblick ohnehin nicht mehr zu denken.

In seinem Dienstzimmer angekommen warf er seinen Kittel auf den Schreibtisch, zog sich aus und nahm eine Dusche. Vielleicht half das Duschen ja, die Bilder von gerade eben wegzuwaschen – zumindest hoffte er das.

Nachdem er dies fast eine halbe Stunde lang vergeblich versucht hatte, gab er auf, machte sich fertig und zog seinen Kittel wieder über. Auf dem Schreibtisch sah er sein Handy liegen, das ihm hektisch die Nummer seines Chefs entgegenblinkte. Erst jetzt fiel ihm ein ebenfalls dort liegender Umschlag auf, der heute früh noch nicht dagewesen war.

Was ist denn das? Noch etwas zum Diktieren? Ein Gutachten? Egal, er würde sich später darum kümmern. Sein Chef wollte bestimmt, dass er ihm unverzüglich von den Geschehnissen berichtete, also trat er hinaus auf den Flur, klopfte an das Vorzimmer mit der Aufschrift „Prof. Dr. D. Westermann“ und betrat es, ohne eine Antwort abzuwarten. Die Sekretärin, Frau Stein, stürzte sich sogleich aufgeregt auf ihn. „Herr Dr. Akkoyun, gut, dass Sie kommen! Ich habe schon die ganze Zeit versucht, Sie zu erreichen. Die Polizei war gerade hier! Was ist denn da passiert, um Gottes Willen?“

Selim versuchte so gefasst wie möglich zu klingen. „Das kann ich Ihnen leider auch nicht sagen. – Das ganze Blut kam auf einmal von der Decke herunter! – Ist der Chef da?"

Sie sah ihn wortlos an und nickte. Selim klopfte an eine halb geöffnete Tür und trat vorsichtig ein: „Chef, ..." Er konnte den Satz jedoch nicht beenden, da ihm unvermittelt ein abstoßender Geruch in die Nase stieg. Trotz der Moschusschwaden des Aftershaves seines Chefs war es unmöglich, den penetranten Kloakengestank, der im Raum hing, zu ignorieren.

Westermann sprang aus seinem Sessel, schob hinter Selim die Tür zu und fing – von dem Gestank anscheinend vollkommen unberührt – sofort an auf ihn einzureden. „Herr Akkoyun, wo waren Sie die ganze Zeit? Was war da bei Ihnen heute Morgen los?"

„Ich weiß es auch nicht, Chef! Auf einmal floss eine große Menge Blut die Decke herunter, auf Meise, auf den Patienten, auf alles ... Konnte die Polizei denn schon etwas sagen?"

Westermann legte ihm den Arm um die Schulter und führte ihn zu einem Sessel. „Nun beruhigen Sie sich erst einmal und setzen sich hin! Die Polizei konnte oder wollte mir nichts Näheres sagen. Lediglich, dass wir uns alle zur Verfügung halten sollen. Die Kripo wird auch Sie im Laufe des Tages vernehmen wollen! – Es gibt aber noch eine andere Angelegenheit über die ich mit Ihnen reden muss."

Er setzte sich wieder an seinen Platz und betrachtete seine Hände. Dann legte er los: „Sie haben morgen und übermorgen frei?"

Wie bitte? Um so eine Lappalie kann es jetzt doch nicht gehen, oder? Der sollte lieber mal was gegen diesen fiesen Geruch hier tun! Riecht der das denn nicht? – „Ja, ich muss etwas erledigen!", antwortete Selim knapp.

„Mitten in der Woche? Was ist denn so wichtig?"

Jetzt nervte der Chef ihn aber! Musste er sich für jeden freien Tag rechtfertigen? „Manche Dinge gehen halt nicht anders", erwiderte er beleidigt. Er hatte eigentlich keine Lust, ihm zu erzählen, wofür er diese Tage benötigte. Aber der

Chef würde es sowieso erfahren. „Ich muss mich operieren lassen. Ich habe einen Analtumor. Der muss weg."

„Wer macht es?", erkundigte sich Westermann ohne Selim dabei anzusehen.

„Schubert, Thomas Schubert", antwortete Selim und lehnte sich, während er das sagte, zurück, um die Reaktion seines Chefs abzuwarten, da er mit einer Nachfrage rechnete.

Der sah immer noch nicht auf, fragte aber tatsächlich nach. „Schubert? Der ist doch kein Proktologe. Wieso lassen Sie sich nicht von Hofer operieren?" Hofer war der Chirurg, der die proktologischen Eingriffe im Städtischen Krankenhaus durchführte. Aber so, wie der mit dem Analsphinkter umging, konnte Selim danach bestimmt sein Leben lang Windeln tragen. Thomas Schubert hingegen war Selims Freund und wahrscheinlich der beste Operateur der gesamten Klinik, auch wenn er zu ihrer miesesten Abteilung, der Urologie, gehörte.

„Chef, sie wissen doch, wie Hofer operiert, und Thomas, Herr Schubert, hat zwei Jahre Viszeral- und Proktochirurgie in den USA gemacht. Der weiß, was er tut, und ich möchte nach dem Eingriff nicht inkontinent werden." Aber eigentlich wusste der Chef gar nichts über die Fähigkeiten der verschiedenen Operateure, er war ja nie dabei. – Offenbar filterte Westermanns dicker Schnauzbart den Uringestank, der in der Luft hing. Anders konnte Selim es sich nicht erklären, dass er ihn überhaupt nicht zu stören schien.

Dann endlich sah Westermann Selim an. „Gut, das ist Ihre Angelegenheit. Aber ich wollte mit Ihnen noch über etwas anderes sprechen. Sie hatten vorige Woche eine junge Patientin in der Gynäkologie. Sie kam wegen einer Fehlgeburt."

Selim bestätigte: „Ja, da waren mehrere!" Er hatte in der letzten Woche als Oberarzt die Narkosen in der Gynäkologie beaufsichtigt.

Westermann hatte ihn jetzt fest im Blick. „Frau Stein hat das Narkoseprotokoll besorgt und auf Ihren Schreibtisch gelegt."

Das war also in dem Umschlag, der auf seinem Schreibtisch lag. „Ich habe eben etwas bei mir liegen sehen, aber noch nicht hineingeschaut."

Westermann fuhr bestimmend fort: „Gut, sehen Sie es sich bitte an und sagen mir dann, ob Ihnen irgendetwas auffällt."

„Weswegen soll ich's mir denn anschauen?", fragte Selim nach. Ihm fiel auf, dass Westermann nun derjenige war, dem das Thema nicht behagte, denn er antwortete nur widerwillig: „Die Patientin wurde vorgestern nach einem Verkehrsunfall als Polytrauma eingeliefert und die Kripo war dabei. Langsam scheint die hier zum Dauergast zu werden!"

Selim zeigte sich irritiert. „Die Kripo? Wieso denn das?"

Westermann stand auf, machte ein paar Schritte auf die Wand zu und musterte dann sekundenlang seine Schuhe. Es schien, als habe er sich seine nun folgenden Worte sorgfältig zurechtgelegt. „Die Umstände des Unfalls waren wohl recht seltsam. Man vermutet, dass es etwas mit der Narkose von letzter Woche zu tun haben könnte."

„Wie bitte? Was für Umstände?"

„Die Angehörigen haben berichtet, dass die Patientin, seitdem sie hier entlassen wurde, wie ausgewechselt gewesen sei."

Selim passte es nicht, im Unklaren gelassen zu werden. „Nun erzählen Sie mir bitte genau, was passiert sein soll!" Er lehnte sich in seinem Sessel weit nach vorn, um möglichst nichts von der Antwort zu verpassen.

Genervt wandte sich Westermann nun Selim zu. „Ich habe auch keine weiteren Informationen, Herr Akkoyun. Die Familie soll der Polizei mitgeteilt haben, dass die Patientin, seitdem sie aus dem Krankenhaus entlassen wurde, ein vollkommen anderer Mensch gewesen sei. Sie sei nie richtig aus der Narkose erwacht! Die Polizei sagt, sie müsse dem nachgehen, und deshalb fordern sie unsere Unterlagen ein. Ich habe zugesagt, sie ihnen morgen zu übergeben. Ich möchte aber, dass jemand noch einmal drüberschaut, und da Sie verantwortlich waren … reicht Ihnen das als Erklärung?"

Selim war noch nicht zufriedengestellt. „Ich weiß beim besten Willen nicht, was eine Narkose, die fast eine Woche zuvor stattgefunden hat, mit einem Unfall zu tun haben könnte."

Westermann riss allmählich der Geduldsfaden. „Der Staatsanwalt will jedenfalls die Unterlagen haben! Frau Stein hat alles kopiert. Ich habe bereits selbst ins Protokoll geschaut und nichts Auffälliges gefunden. Aber gelegentlich weist die Dokumentation ja auch Lücken auf, wie Sie wissen!" Er bedachte Selim mit einem belehrenden Blick. Schon des Öfteren hatte Westermann ihn wegen seiner unsorgfältigen Protokollführung gerügt. „Ich frage Sie deshalb, ob irgendetwas Besonderes bei dieser Patientin aufgetreten ist. War sie bereits vorher psychisch auffällig, medikamenten- oder gar drogenabhängig? Ist Ihnen, Herr Akkoyun, etwas bekannt, was nicht im Protokoll steht?"

Selim verschränkte seine Arme. Die Unterstellung, die in Westermanns Äußerungen lag, wollte er so nicht stehenlassen. „Wie gesagt, ich kann mich an nichts erinnern. In der Gyn ging alles glatt."

Westermann blieb unbeirrt. „Ich möchte das schnellstmöglich vom Tisch haben! Die Patientin soll zügig in ein anderes Krankenhaus verlegt werden, da die Angehörigen mit der Weiterbehandlung hier bei uns aufgrund der Vorgeschichte nicht einverstanden sind. Der Notarzt hat sie aber hierher gebracht, weil wir vom Unfallort aus das nächstgelegene Krankenhaus mit einer Neurochirurgie waren. Schauen Sie sich die Unterlagen an und geben Sie mir kurzfristig eine Rückmeldung, egal was ist! Langsam glaube ich, kein Krankenhaus, sondern ein Absurditätenkabinett zu leiten!"

Auf diesen unmissverständlichen Befehl hin wagte sich Selim nur noch zu fragen: „Wo liegt sie denn?"

„Ich gehe davon aus, dass sie mittlerweile auf der Neurointensivstation ist! Schauen Sie am besten zuerst dort nach. Aber jetzt gehen Sie bitte erst einmal ins Konferenzzimmer. Ich habe aufgrund der Ereignisse eine Abteilungsversammlung einberufen." Daraufhin setzte er sich wieder an seinen Schreibtisch und musterte demonstrativ ein Dokument.

Die Neurointensivstation! Selim hatte sie nie gemocht. Er erhob sich vom Sessel, hielt aber noch einmal inne. Seine Aufmerksamkeit hatte während des Gesprächs den in Frage kommenden Patientinnen gegolten, sodass er den Gestank nicht mehr wahrgenommen hatte. Jetzt war er aber wieder da, dieser eklige Geruch, und nun hatte er auch eine Ahnung, woher er kommen konnte. „Ist die Hebeanlage vom Toilettenabfluss wieder kaputt, Chef?"

Westermann reagierte irritiert. „Wieso?"

Selim machte eine fächernde Handbewegung. „Hier ist so ein Geruch!"

„Ich werde Frau Stein gleich darauf ansprechen!", wiegelte Westermann ab, widmete sich wieder seinen Unterlagen und deutete endgültig zur Tür.

Selim verließ ohne sich zu verabschieden und in Gedanken versunken den Raum und trottete ins Konferenzzimmer. Dummerweise traf er direkt am Eingang auf Dirk Winkler, den Ersten Oberarzt, der ihn sofort und mit wie immer viel zu lauter Stimme ansprach. „Hey, Selim! Hast du das von unserem Kollegen Meise gehört? Mann, das hätte ich gerne gesehen, wie eine ganze ‚Sauerbier-Einheit', die er sonst den Patienten abzapft, auf ihn herunterprasselt!"

Die „Sauerbier-Einheit" war eine spezielle Bezeichnung der Anästhesie-Abteilung für sechs Blutkonserven. Wenn Professor Sauerbier, der Chefarzt der Urologie, operierte, kam es während der Operation oft zu einem so massiven Blutverlust, dass den Patienten sehr viele Blutkonserven transfundiert werden mussten. Wenn normalerweise bei großen Eingriffen zwei bis vier Konserven benötigt wurden, konnten es bei Sauerbier schon einmal zwanzig werden, also ungefähr das Sechsfache. Um das Zählen zu vereinfachen, hatte einmal jemand vorgeschlagen – und das hatte sich seitdem im gesamten Haus eingebürgert – sechs Konserven als eine „Sauerbier-Einheit" zu bezeichnen. Meise-Schulze war, was seine Operationskünste anging, leider nicht besser als Sauerbier, bei ihm bluteten die Patienten auch immer übermäßig stark.

Da zeigte sich mal wieder, was das für ein Arschloch war, der Herr Privatdozent Dr. Winkler! So dachte jedenfalls Selim über ihn. Die Art und Weise, in der Winkler über ein so schlimmes Ereignis redete, auch wenn es vor allem Meise getroffen hatte, den sie alle nicht schätzten, offenbarte seinen wahren Charakter! Winkler würde glatt über Leichen gehen, um seine Ziele zu erreichen. Der Chef hatte ihn vor zwei Jahren von der Uniklinik Hamburg mitgebracht, als er die Chefarztstelle in Düsseldorf angenommen hatte. Natürlich wäre Winkler niemals mitgekommen, wenn ihm nicht die Position des Ersten Oberarztes angeboten worden wäre. Alles andere wäre unter seiner Würde gewesen.

Obwohl Winkler keine Reaktion auf seine Bemerkung bekam, fuhr er unbeirrt fort. „Hör mal, Selim! Ich habe ganz vergessen, dass ich heute einen Vortrag in der Uni halten muss. Ich müsste unbedingt noch am Inhalt feilen und ein paar aktuelle Veröffentlichungen einbauen. Macht es dir etwas aus, wenn du meinen Dienst übernimmst?"

Typisch! Jetzt wollte der ihm wieder seine eigene Arbeit aufdrücken. Diese Sorte Kollegen kannte Selim noch sehr gut aus seiner eigenen Zeit an der Uniklinik. Die verkrümelten sich der Forschung wegen ständig von der Arbeit, schleimten sich bei den Chefs ein und hatten von der praktischen Medizin keine Ahnung, geschweige denn von zwischenmenschlichen Dingen. Selim versuchte ihn abzuwimmeln. „Nee du, heute geht es bei mir nicht. Ich muss morgen was erledigen."

Winkler ließ jedoch nicht locker. „Komm schon, nur bis zehn oder so. Ist echt wichtig. Professor Clarke kommt extra aus den Staaten, um meinen Vortrag zu hören. Ich denke, dass wir Dozenten nachher noch etwas essen gehen werden. Vielleicht ist ja auch nichts los bis dahin. Und du hast dir morgen doch frei genommen, wie ich gesehen habe!"

Jetzt will er sich bei diesem amerikanischen Professor anbiedern, um eine Stelle in den Staaten angeboten zu bekommen, dachte Selim verächtlich. Es war kein

Geheimnis, dass Winkler scharf auf Amerika war. Er ließ auch keine Gelegenheit aus, um mit seinem aufgesetzten texanischen Englisch zu prahlen. Soweit sich Selim noch erinnerte, hatte er dort, in Texas, für ein Jahr gearbeitet, an irgendeinem wissenschaftlichen Projekt. Da Selim derzeit nicht besonders gern bei sich zuhause war, gab er jedoch nach. „Okay. Es ist aber wichtig, dass du wirklich ab zehn wieder erreichbar bist!"

Winkler nickte zufrieden. Plötzlich rief er, erneut viel zu laut: „Frau Dr. Weber, kommen Sie mal bitte!", und winkte die Angesprochene herbei.

Selim hatte nicht bemerkt, wie sich der Konferenzraum allmählich mit den Mitarbeitern der Abteilung gefüllt hatte und war nun überrascht, mitten unter ihnen zu stehen. Eine Frau Weber kannte er jedoch nicht. Winkler wusste das und klärte ihn auf. „Ich habe sie während deines Urlaubs eingestellt. Sie kommt aus dem Bethanien in Münster. Ihr Praktisches Jahr und das erste Assistentenjahr hat sie aber bei uns in Hamburg gemacht. Ich bin froh, dass wir so guten Ersatz für Beckmann finden konnten."

Für André Beckmann, den jungen, gut aussehenden Assistenzarzt, der seine Schuldgefühle gegenüber seiner Frau und den zwei Kindern nach einer heftigen Affäre mit einer Intensivschwester nicht überwinden konnte und sich daraufhin das Leben genommen hatte? Nach „Anästhesistenart", wie man unter Medizinern sagt. Hierfür sticht man sich eine Kanüle in den Arm und schließt daran eine Pumpe mit einer Mischung aus mehreren – in der Kombination tödlich wirkenden – Medikamenten, einen sogenannten Suizidcocktail, an. Wer weiß, wem sein letzter Gedanke gegolten hatte, als er sanft entschlummerte, dachte Selim. Wie bei der Einleitung einer Narkose. Nur, dass er aus dieser Narkose nie wieder erwachte. Selim konnte die Verachtung der übrigen Mediziner für diese Art des Selbstmords ein bisschen verstehen, denn es war eine ziemlich feige Methode. Die einzige Überwindung, die es aufzubringen galt, bestand darin, einen Knopf auf einer Spritzenpumpe zu drücken.

Aber selbst dafür hatte Beckmann wohl noch zwei Tage Zeit benötigt, denn so lange war er bereits vor seinem Selbstmord verschwunden gewesen. Drei Monate war das jetzt her.

Oh, sie ist – süß! Selim war sofort fasziniert, als er sie sah, mit ihren hinten zusammengebundenen und vorne gescheitelten blonden Locken, ihren ungeschminkten, einladenden Lippen, klar glänzenden hellblauen Augen und den um die kleine Nase herum neckisch versprenkelten Sommersprossen. Er schätzte sie auf sechsundzwanzig bis siebenundzwanzig und bemühte sich um eine aufrechte Körperhaltung, als Winkler sie ihm vorstellte. „Frau Weber, das ist Dr. Akkoyun, einer der hiesigen Oberärzte!"

Sie sah ihm erst in die Augen und dann, ein wenig schüchtern, auf ihre ausgestreckte Hand. „Guten Morgen, Herr Dr. Akkoyun! Ich bin Frederike Weber, die Neue!"

Selim ermahnte sich, ihre zarte Hand nicht zu fest zu drücken. „Hallo, Frau Weber! Schön, dass Sie da sind! Hat man Sie bisher gut bei uns aufgenommen?"

Sie lächelte, kleine Fältchen bildeten sich neben den lediglich mit ein wenig Tusche betonten Wimpern: „Ja, alle waren supernett! Frau Stein hat sich um alles gekümmert! Sie hat mir auch ein Zimmer im Schwesternwohnheim besorgt."

„Schön! Ja, Frau Stein kann das gut, sich um alles kümmern!"

Selim hatte seinen Satz kaum beendet, als der Chef durch die Tür kam. Westermann stellte sich für alle gut sichtbar an die Kopfseite des Konferenzraums und wandte sich mit fester und wacher Stimme an seine Mitarbeiter. „Guten Morgen, Kolleginnen und Kollegen! Ich habe Sie alle hierhergebeten, weil es heute Vormittag einen Zwischenfall im urologischen OP gegeben hat. Dort ist während eines laufenden Eingriffs plötzlich eine größere Menge Blut von der Decke heruntergeprasselt …"

Ein längeres Raunen und Tuscheln ging durch die Reihen, sodass Westermann seine Ansprache unterbrechen musste. Nach einigen Sekunden erhob er erneut seine Stimme und lenkte, mit den Armen wedelnd, die Aufmerksamkeit der Anwesenden wieder auf sich.

„Kollegen, hören Sie mir zu! Die Polizei bittet uns alle darum, sich zur Verfügung zu halten. Jeder, der gegebenenfalls etwas zur Aufklärung beitragen kann, soll sich aktiv melden und eine Zeugenaussage machen. Wir können uns keine schlechte Presse leisten! Ich wäre deshalb froh, wenn diese unangenehme Angelegenheit schnellstmöglich aufgeklärt wird. Der Urologie-OP ist bis auf weiteres abgesperrt. Wir arbeiten noch an einem Plan, wie wir die Patienten in unseren anderen Operationssälen versorgen können. Sie werden hierzu bald benachrichtigt werden. Trotz dieser unerfreulichen Dinge möchte ich jedoch unsere Versammlung auch dafür nutzen, Ihnen unsere neue Kollegin vorzustellen. Frau Dr. Weber, kommen Sie bitte zu mir!"

Diese nickte und konnte, während sie sich mit vor dem Bauch überkreuzten Händen zwischen ihren neuen Kollegen hindurch nach vorn zwängte, ihre Verunsicherung nicht verbergen. Westermann zog sie mit einer sanften Geste zu sich herüber. „Liebe Kolleginnen und Kollegen! Ich freue mich, Frau Dr. Weber bei uns begrüßen zu dürfen! Ich hoffe, ihr wird es trotz der anfänglichen Turbulenzen bei uns gut gefallen! Sie befindet sich bereits im vierten Jahr ihrer Facharztausbildung, sodass wir mit ihr in jeglicher Hinsicht tatkräftige Unterstützung bekommen werden."

Dann dürfte sie wohl eher neunundzwanzig oder dreißig sein, korrigierte Selim seine zuvor getroffene Einschätzung.

Bevor Westermann die Versammlung beendete, ermahnte er seine Mitarbeiter noch eindringlich: „Ich möchte Sie darauf hinweisen, dass es arbeitsrechtliche Konsequenzen nach sich ziehen kann, wenn irgendwelche Interna nach außen getragen werden. Haben wir uns verstanden?" Und nach einer kurzen Pause: „Wenn es nun Ihrerseits nichts mehr zu berichten gibt, möchte ich Sie bitten, sich wieder zurück an Ihre Arbeitsplätze zu begeben." Er nickte knapp in die Runde und bewegte sich zügig in Richtung Tür.

Winkler hatte jedoch noch ein Anliegen. „Dietmar, ich müsste heute etwas früher weg. Ich halte einen Vortrag in der Uni!“ Er war der Einzige, der den Chef duzte.

Westermann drehte sich noch einmal um. „Selbstverständlich, Dirk. So etwas geht immer vor!“ Mit erhobenem Zeigefinger wandte er sich an die übrigen Mitarbeiter. „Nehmen Sie sich ein Beispiel an Herrn Winkler, meine Damen und Herren. Der hat trotz aller Umstände stets Zeit für die Wissenschaft!“

Die Angesprochenen hörten ihm aber schon nicht mehr zu und verließen, mehr oder weniger laut diskutierend, nacheinander den Raum. Als auch Selim hinausgehen wollte, hielt ihn Winkler am Arm fest und zog ihn zu sich heran. „Hör mal, eigentlich sollte ich mich um Frau Weber kümmern, aber ich habe noch so viel zu tun. Kannst du das bitte heute übernehmen? Ihr zeigen, wo was ist und so?“

Nicht, dass Selim das nicht gerne gemacht hätte, vor allem bei ihr! Aber gerade war wieder genau das eingetreten, was Selim an Winkler hasste! Dieses Kollegenschwein würde sich gleich in sein Zimmer verziehen, um seine persönliche Karriere voranzutreiben, und sich keinen Deut um sein Team kümmern. Nicht einmal nach solch einem erschütternden Ereignis. Eigentlich musste der Erste Oberarzt derjenige sein, der am meisten arbeitete. Der Fitteste. Der, der anderen den Rücken stärkte. Der, auf den man sich hundertprozentig verlassen konnte, wenn es darauf ankam. Im Grunde derjenige, von dem man sich selbst eine Narkose machen lassen würde, wenn man mal eine bräuchte. Aber Winkler waren die Patienten und Kollegen doch allesamt egal. Weil es jedoch um die Neue ging, sagte Selim: „Klar, mache ich.“

Kurz darauf fiel ihm ein, dass er keinesfalls vergessen durfte, Martin, seinen besten Freund, noch wegen morgen anzusprechen. Der sollte nämlich bei ihm die Narkose machen, während Thomas ihm den Analtumor herausschnitt. Martin war zwar nur ein Alt-Assistent, wie man die erfahrenen Nicht-Oberärzte nannte, aber in Selims Augen der beste Anästhesist, den er kannte. Natürlich hätte Martin jederzeit eine Oberarzt-Stelle haben können, aber ihm waren die politischen und strategischen Aufgaben, die damit verbunden waren, zuwider. Er wollte nur Narkosen machen – und die so gut, wie man sie nur machen konnte.

Was war das für ein Schreck für Selim gewesen, als er vor ein paar Wochen das Blut erst am Papier entdeckt und es dann auch noch in der Toilette gesehen hatte. Da waren bei ihm alle Alarmglocken angegangen: Dickdarmkrebs! Er war doch noch so jung und hatte nie ungesund gelebt! Wieso gerade er? So schnell es ging hatte er eine Darmspiegelung durchführen lassen. „Da ist doch etwas!", hatte der Gastroenterologe während der Untersuchung gesagt. „Sieht eigenartig aus. Es ist bestimmt nichts Böses, aber besser raus damit."

Überzeugt davon, dass bei ihm tatsächlich kein Krebs vorlag, war Selim noch lange nicht. Erst, wenn das Ding morgen herausgeschnitten und endlich genauestens untersucht worden wäre, konnte er sicher sein!

Da entdeckte er Martin hinter der Tür. Was nicht allzu schwer war, da er mit seiner Körperlänge von 2,04 m alle anderen Kollegen überragte. Martin hatte ihn ebenfalls gesehen und kam schelmisch zwinkernd auf ihn zu. Dabei deutete er auf die Neue: „Nett, was?"

Selim versuchte unbeeindruckt zu klingen und bestätigte wie beiläufig: „Ja, ist nett." Er wechselte aber rasch das Thema: „Hör mal, mit morgen!"

Martin wusste natürlich, worum es ging, und fragte nur knapp nach: „Ja?"

„Hast du schon mit Thomas gesprochen? Wo machen wir es denn?"

„Am besten hier in der Chirurgie. Die Urologie steht ja momentan nicht zur Verfügung. Das wird zwar etwas eng mit den OP-Kapazitäten, aber ich denke, dich kriegen wir auch noch irgendwie unter. Komm, wann du magst – heute Abend oder morgen früh – auf die Station 3a. Ich habe mit den zuständigen Schwestern gesprochen. Die geben dir ein Bett und bereiten dich vor."

„Gut, ich bin dann morgen früh da. Macht bloß keinen Quatsch mit mir während ich schlafe, okay?“ Selim sah Martin beschwörend in die Augen.

„Kennst mich doch, würde ich nie tun!“, empörte der sich in übertriebener Weise und hielt Selim dabei am linken Ellenbogen fest. Er hatte wohl vergessen, dass Selim dort nichts spüren konnte. Selims linker Ulnarisnerv war seit einem Motorradunfall gelähmt. Sein linker Ellenbogen sowie der Klein- und Ringfinger waren taub. Es fiel jedoch niemandem auf. Er selbst vergaß es auch sehr oft.

Selim tat nun seinerseits so, als ob er Martin nicht vertrauen würde und boxte mit der Faust gegen seine Schulter. „Jaja, deshalb sag ich es dir ja. Nachher kursieren noch irgendwelche Videos von mir und meinem Allerwertesten im Internet!“

Martin legte jetzt seinen Arm um Selim und versuchte, ihm die Angst zu nehmen. „Mach dir keine Sorgen. Es ist bestimmt nichts Schlimmes, was du hast. Da bin ich mir zu 99,9 Prozent sicher!“

Und was ist mit den restlichen 0,1 Prozent? Spätestens, seitdem Selim „Homo Faber“ gelesen hatte, wusste er, dass Statistiken nur so lange etwas zählten, wie man selbst nicht betroffen war. Gehörte man nämlich zu den 0,1 Prozent, betraf es einen zu 100 Prozent.

Martin ließ ihm aber keine Zeit für weiteres Grübeln und schickte genüsslich hinterher: „Ich habe dir übrigens etwas Nettes verschrieben, damit du schön schläfst!“

Selim wusste, dass er seine Patienten gerne „abschoss“, wie die Anästhesisten sagen. Er gab ihnen eine ordentliche Dosis Beruhigungsmittel vor und manchmal auch während der Operation, weil er der Ansicht war, dass die Patienten so wenig wie möglich von dem ganzen Drumherum der Operation mitbekommen sollten.

„Du willst doch nur, dass ich dir nicht sage, wie du die Narkose zu machen hast!“, zog Selim ihn auf.

„Ja, genau, du Schlaumeier! Morgen bin ich nämlich der Anästhesist und du der Patient! Und, was meinst du? Soll ich dir noch eine Kaudalanästhesie stechen, damit dir nachher dein Popöchen nicht so weh tut?“

Selim hielt das für eine gute Idee. „Du machst doch sowieso, was du willst! Von mir aus. Aber nimm eine kleine Nadel!“

Martin nickte zufrieden. „Gut, dann haben wir das auch geklärt.“

Die Neue unterhielt sich unterdessen mit einem jungen Kollegen. Das gefiel Selim irgendwie nicht. War da etwa Eifersucht im Spiel? Ein bisschen genierte er sich deswegen. Er verabschiedete sich rasch von Martin und ging dazwischen. „Entschuldigung! Frau Weber, schauen Sie bitte einmal nach, wo Sie heute eingeteilt sind und begeben Sie sich schon mal dorthin. Ich komme gleich nach und zeige Ihnen, wo was ist, einverstanden?“

- 5 -

Degenhardt musste in den Keller des Gebäudes. Gebäude 14.84 auf dem Uni-Gelände, oder besser gesagt: Uniklinik-Gelände. Zur Rechtsmedizin. Sie war in den letzten Jahren nicht mehr so oft dort gewesen, aber sie kannte sich trotz der Neu- und Umbauten immer noch recht gut aus. Man musste mittlerweile durch eine andere Haupteinfahrt fahren, die jetzt relativ abseits und nicht mehr, wie früher, zentral lag. Nachdem sie ein Parkticket gezogen hatte, das gab es früher auch nicht, fuhr sie genervt an der alten Bibliothek, der Großküche, dem Chirurgie-Neubau, der Kinderklinik und der HNO vorbei bis ans andere Ende des Campus, wo die nicht-klinischen Fachrichtungen, die Fachrichtungen ohne Patienten – jedenfalls ohne lebende – seit jeher untergebracht waren. Kurzum: die Mikrobiologie, die Pathologie und die Rechtsmedizin.

An dem Gebäude der Rechtsmedizin hatte sich seit mindestens vierzig Jahren nichts verändert. Hier gab es erfreulicherweise noch genügend freie Parkplätze. Als sie frisch von der Uni kam, musste sie anfangs noch des Öfteren dorthin, seitdem aber nicht mehr. Irgendwie hatte sie sich immer davor drücken können. Die Eingangstür des Gebäudes war, wie früher auch, nicht abgeschlossen. Als sie die Treppe hinunterlief und durch die Flurtür ging, standen ebenfalls zahlreiche Türen offen, sodass die Räume für jeden zugänglich waren. An der nächsten geschlossenen Tür klingelte sie und wartete, obwohl sie gern gewusst hätte, ob sie ebenfalls nicht abgeschlossen war.

Maier höchstpersönlich öffnete ihr. Dr. Maier, der Rechtsmediziner, der, wie sie aus den Akten wusste, mit ihrem aktuellen Fall betraut war und den sie darüber hinaus noch von früher kannte. Er hatte sich kaum verändert und sah mit seinen hellen glatten Haaren noch genauso aus wie damals. Wie viele graue mittlerweile zwischen den blonden Haaren waren, war schwer abzuschätzen. Mit Ende vierzig oder Anfang fünfzig kämmte er sie sich immer noch in „Boy-Group-Manier“ fast in die Augen. Die große Piloten-Brille mit den bläulich getönten Gläsern warf ihn optisch noch zusätzlich zurück in die Zeit der Neunziger. Sie hatte zwar alle seine Berichte über die bisherigen drei Opfer der Dracula-Morde genauestens gelesen, aber sie hatte es irgendwie geschafft, einer persönlichen Teilnahme an den Obduktionen aus dem Weg zu gehen. Dr. Maier jedoch schien höchst erfreut zu sein, sie zu sehen, und begrüßte sie beinahe überschwänglich. „Frau Degenhardt! Schön, Sie wiederzusehen! Kommen Sie herein!“ Sogar ihren Namen hatte er noch behalten. Ohne zu zögern schob er die Tür mit einem Ellenbogen weit auf und hinderte sie mit seinem Körper daran, wieder zuzufallen, sodass sie eintreten konnte.

Seine Hände steckten noch in feuchten Latex-Handschuhen. Wovon sie feucht waren, wollte sie lieber nicht wissen. Sie entgegnete, auf den Kittel und seine Hände deutend, in eher trockenem Tonfall: „Hallo, Herr Dr. Maier … Wie ich sehe, sind Sie bei der Arbeit?“

„Ja, ich habe gerade die junge Dame, die Ihre Kollegen heute früh vorbeigebracht haben, auf dem Tisch. Weil ich damit gerechnet habe, dass noch jemand vorbeischaut, habe ich schon mal angefangen. Aber ehrlich gesagt hätte ich gerade Sie nicht hier erwartet ...“

Degenhardt hätte das hier auch lieber Polizeihauptkommissar Schneider, ihrem Chef, der die Untersuchung leitete, überlassen, oder ihrem Kollegen Jürgens. Der war nämlich ziemlich scharf auf Leichen. Aber Schneider hatte nun mal bestimmt, dass sie, Degenhardt, heute hierher kommen sollte. Er selbst habe genug mit der Presse und dem Bürgermeister zu schaffen und Jürgens habe er beauftragt, die Angaben der Familie des letzten Opfers zu überprüfen. Der habe noch zu wenig Erfahrung „in so etwas“, hatte Schneider noch hinzugefügt. Als ob sie Erfahrung – „in so etwas“ – hätte! Sie versuchte, es so gut es ging zu überspielen, aber sie war wirklich nicht gerne dort. Sie wollte nie in die Mordkommission, aber es gab Personalprobleme, und sie fügte sich. Eigene Entscheidungen zu treffen war nicht ihre Stärke.

Sie ließ die Dinge lieber geschehen. Das war schon immer so gewesen, auch damals, als sie erst zehn Jahre alt war... Daran mochte sie jetzt aber nicht denken und konzentrierte sich wieder auf Maier. „Ich dachte, ich könnte auch mal bei Ihnen vorbeischauen. Haben Sie schon etwas zu berichten?"

Maier hingegen hielt seine ohnehin schon offenkundige Begeisterung über ihre Anwesenheit nicht zurück. „Ich freue mich jedenfalls, Sie wiederzusehen! Und – sind Sie jetzt Polizeioberkommissarin?"

Degenhardt schien die Frage unangenehm zu sein. Sie senkte ausweichend den Blick auf ihre Hände, schüttelte dann aber langsam den Kopf. Maier spürte, dass er von diesem Thema besser ablassen sollte und entschloss sich, zum aktuellen Fall überzugehen. „Also, zur Sache. Alles, was ich Ihnen im Augenblick sagen kann, gilt selbstverständlich nur unter Vorbehalt. Wir haben gerade erst mit der äußeren Sichtung angefangen und den Leichnam noch nicht geöffnet. Ich warte auf meinen jungen Kollegen, Herrn Schuhmacher, der leider seinen heutigen Gerichtstermin vergessen hatte. Wie Sie wissen, darf ich das hier nicht alleine machen. Es sieht aber bisher so aus, als hätten wir genau dasselbe Muster wie bei den vorherigen Opfern auch."

Er deutete auf eine Tür. „Wissen Sie noch, wo die Umkleide ist?"

Degenhardt nickte, ging hinein und zog sich ihre flachen Schuhe aus, um die viel zu großen Einheitsgrößen-Stiefel überzuziehen. Sie griff nach einem der bestimmt seit Monaten nicht mehr gewaschenen, aber noch nicht ganz vergilbten Arztkittel und zog ihn über ihre Jacke, die sie um keinen Preis der Welt ausziehen würde – zwischen diesem Kittel und ihrer Haut konnten sich ihrer Meinung nach nicht genügend Stofflagen befinden. Dann band sie sich eine dünne Einmalschürze aus einer flüssigkeitsdichten Folie um und setzte die Schutzbrille auf. Nach einem Mundschutz und einer Haube suchte sie zunächst vergebens, entdeckte sie dann aber ganz oben auf dem Regal. Sie kam jedoch nicht mit ihren Händen heran, also ließ sie es dabei bewenden. Am liebsten hätte sie einen dieser Ganz-Körper-Sicherheitsanzüge getragen, in denen man hochgradig ansteckende und tödliche Viren untersuchte.

Der Umkleideraum hatte zugleich eine Schleusenfunktion, sodass sie, als sie auf der anderen Seite hinaustrat, direkt im großen Autopsie-Saal stand. Sämtliche Wände des Saals und auch die Decke waren komplett gefliest. Die drei mittig im Raum stehenden Tische und die an der Wand hängenden Becken glänzten in Edelstahl. Maier stand bereits am mittleren Tisch, auf dem die junge Frau von der vergangenen Nacht lag. In dieser Umgebung fiel ihre Blässe nicht so sehr auf, möglicherweise aufgrund der unnatürlichen Lichtverhältnisse. Degenhardt fragte sich kurz, ob Maier wegen der grellen Neonlicht-Beleuchtung seine stark getönte Brille trug.

Maier hatte, während sie noch mit der Schutzkleidung gekämpft hatte, schon einige Zeit im Saal verbracht. Gerade inspizierte er mit einer Lupe genauestens die beiden Male am Hals der Toten, hielt dann ein Lineal daran und murmelte: „Sowohl Vene als auch Arterie sind exakt in einem Abstand von 34 Millimetern punktiert worden – wie bei den anderen auch!" Er hielt Degenhardt die Lupe hin, damit sie das selbst überprüfen konnte. Sie winkte jedoch ab, steckte schleunigst ihre Hände in die Kitteltaschen und wich mit dem Oberkörper leicht zurück. Offensichtlicher konnte ihr Unbehagen nicht sein.

Maier kommentierte halb verwundert, halb belustigt ihr Verhalten: „Haben Sie immer noch solchen Respekt vor den Toten?"

Degenhardt warf ihm einen wütenden Blick zu und ging schließlich einen kleinen Schritt näher heran, achtete dabei aber penibel darauf, bloß nichts zu berühren. Dann begutachtete sie die beiden Wundmale und das Gesicht der Toten und stellte, ohne auf Maiers Provokation einzugehen, fest: „Sie ist wirklich sehr hübsch!"

„Ja, sie war eine hübsche Blume, die noch nicht bestäubt wurde!"

„Meinen Sie damit, dass sie noch Jungfrau ist?“

„Ja, das meine ich – und ja, das war sie.“

„Wie auch nicht anders zu erwarten ...“

„Meinen Sie, weil sie eine Türkin ist? Glauben Sie mir, unsere Schubladen, in die wir die Menschen hineinpacken, funktionieren nicht immer. Ich habe schon etliche junge Türkinnen gesehen, die keine Jungfrauen mehr waren! Aber, wie auch immer, es gibt bisher keinerlei Hinweis auf eine Vergewaltigung oder eine andersartige Gewaltanwendung.“

Degenhardt war überrascht über die Vehemenz, mit der Maier ihre Bemerkung kritisierte, aber sie war nicht hier, um über kulturelle Vorurteile zu diskutieren, also blieb sie bei ihrem eigentlichen Anliegen: „Sie ist also bis auf die zwei Dinger hier am Hals vollkommen unversehrt?“

„Bisher haben sich jedenfalls keine weiteren Anhaltspunkte ergeben. Sie ist nicht geschlagen, gefesselt oder erdrosselt worden. Ob sie vergiftet wurde, müssen wir noch klären. Aber das Muster sieht genauso aus wie bei den anderen Opfern, sodass ich davon ausgehe, dass wir hier auch nichts finden werden. Und ich habe bei allen Opfern zusätzlich auch nach Substanzen suchen lassen, die man transdermal applizieren kann. Das sind Wirkstoffe, die einfach mit dem Aufkleben eines kleinen Pflasters auf die Haut – in der Regel von einem Opfer völlig unbemerkt – verabreicht werden können.“

„Also können wir mit relativer Sicherheit davon ausgehen, dass es sich um denselben Täter handelt, obwohl sie eine Frau ist?“

„Ja! Sie wurde dazu gebracht, sich in den Hals stechen zu lassen und sich dann über einen längeren Zeitraum ausbluten zu lassen. Der Tod trat verzögert ein. Die Wundränder weisen Entzündungszeichen auf, die mindestens ein bis zwei Tage alt sind. Erstaunlich ist, dass wieder eine fast vollständige Blutfreiheit erreicht wurde ...“

„Wie bei den anderen Opfern auch?“

Maier nickte und führte aus, was er daran so erstaunlich fand. „Wissen Sie, das Außergewöhnliche an der ganzen

Sache ist, dass es normalerweise nicht möglich ist, jemanden derart ausbluten zu lassen. Sie müssen sich das so vorstellen: Unser Gefäßsystem ist kein Eimer, den Sie ausschütten und dann sogar noch ausspülen können. Unter normalen Umständen verengen sich die Gefäße, sobald ein Blutmangel auftritt. Der Körper versucht, so viel Blut wie möglich in sich zurückzuhalten. Dieser Vorgang greift ziemlich schnell, da er ein wichtiger Schutzmechanismus ist. Außerdem ist auch nach einem gewöhnlichen Verbluten noch viel Restblut in den Organen vorhanden, vor allem in den lebenswichtigen wie Milz, Leber, Lunge und Herz." Er klang dabei fast so, als sei er fasziniert von dem ungewöhnlichen Zustand, in dem sich die Leichname befanden.

Degenhardt konnte jetzt ihre eigenen Gedankengänge nicht zurückhalten. „Wissen Sie, bei jedem der Opfer haben wir eine Art Gedenktafel gefunden, auf der sowohl der Name als auch ein Datum stand, von dem wir annehmen, dass es das Todesdatum ist. Es stand jedoch immer ein ‚geboren am' davor … Was denken Sie? Haben wir es also doch mit einem ‚Graf Dracula' zu tun, wie die Presse ihn tituliert? Will er uns weismachen, dass die Opfer als etwas anderes wieder zum Leben erweckt wurden?"

Maier musterte sie nur kurz und antwortete dann in relativ ernstem Tonfall: „Hm, medizinisch gesehen haben wir es hier schon in gewisser Weise mit ‚Untoten' zu tun!"

Auf diese Antwort war sie nicht gefasst: „Wie meinen Sie das?"

„Abgesehen davon, dass es beeindruckend ist, dass man Menschen auf diese Art präparieren kann, fehlen den Opfern die typischen Merkmale, die nach Eintreten des Todes an einem Leichnam auftreten. In der Medizin setzt die Feststellung des Todes aber das Vorliegen mindestens eines dieser sogenannten sicheren Todeszeichen voraus. Diese sind: Totenflecken, eine Totenstarre, Verwesungszeichen oder eine äußerlich sichtbare Verletzung, die nicht mit dem Leben vereinbar ist, etwa eine Köpfungsverletzung."

„Heißt das, Sie können den eingetretenen Tod nicht

medizinisch korrekt feststellen?“

„Im Prinzip schon!“ Nach einer kurzen Pause sprach Maier langsam weiter. „Na ja, Blutlosigkeit ist auch ein Zustand, der nicht mit dem Leben vereinbar ist … obwohl es auch Flüssigkeiten gibt, die ebenso wie Blut große Mengen an Sauerstoff transportieren können, was ja die Hauptaufgabe des Blutes ist. Das wäre dann schon, wenn auch nur für eine kurze Zeit, mit dem Leben vereinbar!“ Er verlieh seiner Stimme einen leicht mysteriösen Unterton. „Vielleicht macht ja genau das Menschen zu Vampiren. Über einen Biss wird den Opfern eine Substanz injiziert, die ihnen eine blutleere Existenz ermöglicht und die sie darüber hinaus noch konserviert, sodass sie ewig leben.“ Maier schien sich über seine eigenen Ausführungen zu amüsieren. Als er jedoch bemerkte, wie unwohl Degenhardt sich dabei fühlte, lächelte er etwas verlegen und beendete seinen gedanklichen Abstecher. „Also, wenn Sie mich fragen, haben wir es hier nur mit einem äußerst gerissenen, wahrscheinlich auch medizinisch bewanderten Täter zu tun, der eine seinem kranken Gehirn entstammende Fantasie inszeniert.“

Dann wandte er sich ihr zu und sah sie an. „Wie gesagt, mehr kann ich Ihnen derzeit nicht berichten, aber vermutlich reicht das auch fürs Erste. Kommen Sie, lassen Sie uns in meinem Büro weiterreden!“

Degenhardt zögerte noch. Sie wollte zwar so schnell wie möglich diesen Ort verlassen, aber sie musste vorher zumindest noch die Dinge, die sie sich zurechtgelegt hatte, abhaken. Also widerstand sie dem Drang, sich dieser Umgebung zu entziehen und hielt Maier zurück. „Warten Sie! Können Sie mir etwas über das Zeichen sagen, das der Täter an jedem seiner Tatorte hinterlassen hat?“

Der hob jetzt den Zeigefinger, ging zum Nebentisch, faltete ein dort liegendes Tuch auseinander und zeigte auf einen bräunlich-roten Handabdruck, der sich genau in der Mitte des Tuchs befand. „Sie meinen dieses?“

„Ja, genau! Konnten Sie bestimmen, zu wem der Handabdruck gehören könnte?“

„Nun, zu den Opfern jedenfalls nicht. Keine Hand der Opfer passt zu diesem Abdruck, der übrigens stets von derselben Person stammt. Oder besser: immer von derselben Hand!“ Er konnte an ihrem Gesichtsausdruck ablesen, dass sie nicht genau verstand, was er meinte, also konkretisierte er seine Aussage: „Es könnte auch die Hand eines weiteren Opfers sein, die der Täter quasi als Stempel benutzt!“

Degenhardt verzog das Gesicht. „Das ist ja ekelhaft! Meinen Sie, es könnte sein, dass hier neben Dracula noch ein Dr. Frankenstein am Werk ist?“

„Ob derjenige, dem die Hand gehört, lebt oder tot ist, und ob die Hand dem Täter gehört oder nicht, kann ich Ihnen nicht sagen. Leider kann ich Ihnen auch nicht sagen, ob es die Hand eines Mannes oder die einer Frau ist. Was ich sicher sagen kann, ist, dass die Hand, die den Abdruck gemacht hat, eine rechte Hand war …“ Er hielt jetzt seine eigene rechte Hand genau darüber: „ … dass die Hand einen Handschuh, wahrscheinlich aus Latex, trug …“ Er wackelte mit den Fingern seiner Hand, die ebenfalls in einem Latexhandschuh steckte: „ … und dass es nicht meine Hand ist!“ Er führte seine Hand ganz nah an das Tuch mit dem Abdruck heran, sodass Degenhardt beide miteinander vergleichen konnte. Maiers Hand war zum einen größer und zum anderen fiel auf, dass die jeweiligen Finger sich nicht miteinander deckten.

Dann griff er unvermittelt ihren rechten Unterarm, führte ihn sanft über das Tuch und hielt ihre Hand über den Abdruck. „Und jetzt kann ich sagen, dass es die Ihre auch nicht ist!“

Degenhardt sah sich konzentriert die Unterschiede an. Für Maier hingegen schien das Ganze eher ein Spiel zu sein, er tippte auf ihre Finger. „Sehen Sie die Länge Ihres Zeigefingers im Verhältnis zur Länge Ihres Ringfingers? Bei Frauen ist der Zeigefinger häufig länger als der Ringfinger und bei Männern ist es genau umgekehrt!“ Er hielt zur Demonstration seine auseinandergespreizten Finger genau vor ihr Gesicht. „Je mehr Testosteron ein Embryo während einer Schwangerschaft abbekommen oder produziert hat, desto länger ist der Ringfinger – der vierte Finger oder D4 – im Verhältnis zum Zeigefinger – dem zweiten Finger oder D2. Und je weniger Testosteron in dieser Entwicklungsphase vorhanden war, desto kürzer ist er. Vergleichen Sie das Größenverhältnis von Ringfinger zu Zeigefinger an Ihrer und an meiner Hand! Sehen Sie den typischen Unterschied? Und was halten Sie nun vom D2/D4-Verhältnis bei unserem Abdruck hier?"

Degenhardt sah ihn sich ganz genau an. „Ich sehe keinen großen Unterschied!"

Maier bestätigte das. „Ja, so ist es auch! Die Längen der beiden Finger sind fast identisch. Ich habe es nachgemessen. Das bedeutet aber leider auch, dass die Hand sowohl von einer Frau als auch von einem Mann stammen könnte." Daraufhin legte er seinen Arm um ihren Rücken und führte sie wieder in Richtung Schleuse.

Degenhardt ließ es mit sich geschehen, hätte aber gerne noch seine Meinung zu diesem Handabdruck erfahren: „Und was könnte dieses Zeichen bedeuten?"

„Es könnte alles bedeuten. Es könnte auch nur so etwas wie ein Markenzeichen, eine gewisse Machtdemonstration, sein, mit der der Täter uns an der Nase herumführen will. Das müssten, denke ich, die psychologisch Bewanderten bei Ihnen in der Dienststelle herausfinden. Aber ich habe selbst auch eine Vermutung."

„Und was ist Ihre Vermutung?"

„Es könnte zu einem Opferritual gehören!"

Degenhardt blieb verdutzt stehen. „Ein Opferritual? Von solch einem Opferritual habe ich noch nie gehört!"

„Auch die Besprenkelung des Lakens mit dem Blut der Opfer könnte irgendwie da hineinpassen. Es erinnert an eine der Opfergabe-Anleitungen, die Moses von Gott mitgebracht hat. Natürlich betrafen diese Anleitungen Tieropfer und keine Menschenopfer."

„Aber unsere Opfer waren doch alle islamischen Glaubens. Was können denn irgendwelche Anleitungen von Moses mit ihnen zu tun haben?" In dem Moment, in dem sie es ausgesprochen hatte, bereute Degenhardt es auch schon wieder. Es ließ sie ungebildet erscheinen, befürchtete sie.

Maier schien es indessen zu gefallen, vor ihr mit seinem Wissen prahlen zu können. „Der Islam gehört, wie das Judentum und das Christentum, zu den Abrahamitischen Religionen. Abraham – in islamischen Kulturkreisen übrigens Ibrahim genannt – ist der Urvater dieser drei Religionen. Und das Alte Testament einschließlich des Propheten Moses – auf Türkisch Musa genannt – ist Bestandteil der islamischen Lehre. Viele ihrer Bräuche gehen auf Moses' Gesetze zurück."

Degenhardt blieb skeptisch. „Sie meinen wirklich, diese jungen Menschen wurden geopfert?"

„Ich meine gar nichts. Aber eine andere, in irgendeiner Weise nachvollziehbare Erklärung fällt mir dazu auch nicht ein."

Es erstaunte Degenhardt, wie gut sich Maier mit Religionen und ihren Bräuchen auskannte. Sie hätte keines dieser Dinge gewusst, aber sie fand, es könnte etwas Wahres daran sein. „Die Auffindesituationen der Opfer waren immer gleich und ausgesprochen eigenartig arrangiert. Und jetzt, wo Sie es sagen: Eine gewisse Ähnlichkeit mit einem Altar lässt sich wirklich nicht verleugnen!"

Als ob sich damit alles er- und aufklären ließe, machte Maier eine Geste, die so viel bedeutete wie:

Bitte schön! Habe Ihnen gerne weitergeholfen.

- 6 -

Selim begab sich auf direktem Weg zurück in sein Dienstzimmer und sah gespannt in den Umschlag auf seinem Schreibtisch. Tatsächlich, da war das Narkoseprotokoll, von dem Westermann gesprochen hatte. Aber er konnte nichts Besonderes darin erkennen. Er erinnerte sich jedoch wieder gut an die Patientin, um die es ging. Er hätte nicht gedacht, dass es sie betraf. Sie war eine Türkin. Türkischstämmige Patienten waren immer froh, wenn sie auf Selim trafen. Irgendwie dachten sie wohl, dass er sich besonders gut um sie kümmern würde, aus Nationalverbundenheit. Natürlich stimmte das so nicht. Von solchen Pakten hielt er nichts.

Die betreffende Patientin war jedoch erst seit kurzem in Deutschland gewesen und hatte auf Selim sehr unschuldig und hilflos gewirkt. Und da sie noch kaum Deutsch konnte, war sie überglücklich gewesen, auf einen Türkisch sprechenden Arzt zu treffen. Zugleich war sie jedoch auch sehr traurig über die Fehlgeburt, die sie erlitten hatte. Zwei Tage zuvor hatte man festgestellt, dass das Kind in ihrem Bauch nicht mehr lebte und ihr deshalb zu einer Ausschabung geraten. Selim nahm sich für sie mehr Zeit als üblich, um sie noch ein wenig trösten zu können. Auf irgendeine Weise fühlte er sich verantwortlich für diese junge Frau. Ihr schien das Gespräch mit ihm auch wieder etwas Zuversicht gegeben zu haben. Er erinnerte sich noch sehr genau an ihre letzten Worte: „Gott sei Dank sind Sie da! Ich fühle mich bei Ihnen in guten Händen!“ Und jetzt sollte sie beatmet auf der Intensivstation liegen? Er konnte es nicht fassen!

Die Narkose bei ihr hatte Martin, sein bester Freund, exakt vor einer Woche gemacht. Er musste ihn unbedingt um eine präzisere Beschreibung ihres Zustandes bitten. Ob ihm irgendetwas aufgefallen war, was nicht im Protokoll stand. Die Aufzeichnungen zeigten nämlich keinerlei Auffälligkeiten, die ein seltsames Verhalten der Patientin in den Tagen nach der Operation und Narkose eventuell hätten erklären können. Die letzte Notiz, die Martin bei der postoperativen

Visite festgehalten hatte, lautete: Patientin geht es gut, keine Schmerzen, Entlassung in Begleitung der Angehörigen.

Er legte das Narkoseprotokoll wieder aus der Hand und sah auf den Zettel, der noch unter dem Umschlag lag. Es war der neue Dienstplan für diese Woche. Martin war wieder in der Gynäkologie eingeteilt. Da er sehr erfahren war, wurde er dort auch dringend gebraucht, vor allem für die Kaiserschnitte. Die Narkosen bei Schwangeren waren schon knifflig, da konnte man keine Anfänger gebrauchen. Selim war Springer, was bedeutete, dass er mal hier und mal dort aushelfen musste. Das hieß aber auch, dass er jetzt durch alle Abteilungen gehen und nach dem Rechten schauen musste. Am besten fing er damit in der Gynäkologie an, dann konnte er Martin ohne Verzug über den Fall befragen. Und Frau Weber, die Neue? Wo war sie eingeteilt? Sie war ebenfalls in der Gyn! Ein Lächeln huschte über sein Gesicht.

Zugleich bekam er jedoch ein schlechtes Gewissen, als er an seine Freundin Andrea dachte. Bevor er sich auf den Weg in den Gynäkologie-OP machte, ermahnte er sich, nicht zu vergessen, sie anzurufen um ihr Bescheid zu geben, dass er auch heute Abend später nach Hause kommen würde, da er den Dienst von Winkler übernommen hatte.

Im gynäkologischen OP angekommen orientierte er sich kurz am PC im Flur, in welchem Saal Martin eingeteilt war, und öffnete dann die Tür zum Endoskopie-Saal einen Spaltbreit. Martin nahm ihn sofort wahr und trat – nachdem er den Anästhesiepfleger, der ihm assistierte, kurz instruiert hatte – zu ihm in den Vorraum.

Selim kam ohne Umschweife zur Sache. „Hör mal, kannst du dich noch an die junge Frau erinnern, bei der du letzten Montag Narkose gemacht hast? Die mit der Fehlgeburt. Die kein Deutsch konnte!"

„Meinst du die, die als Polytrauma wieder eingeliefert wurde?" Martin hatte am vergangenen Samstag Dienst gehabt, wusste also Bescheid.

„Ja, genau die! Gab es irgendetwas Besonderes bei der Aufnahme?"

„Typisches Polytrauma halt. Sie hatte Unterschenkelfrakturen, eine Thoraxkontusion und eine Milzruptur, aber das subdurale Hämatom stand im Vordergrund. Nur die Angehörigen waren sehr aufgebracht und überhaupt nicht kooperativ. Die wollten keine Einwilligung unterschreiben. Nicht mal für die Operationen. Wir haben dann, wie so oft, im Sinne des Patienten gehandelt. Das waren übrigens Landsleute von dir."

Wenn es Schwierigkeiten mit Türken gab, waren es immer Landsleute von ihm. Wenn alles gut war, waren sie gut eingedeutscht! Selim war von dem ständigen Integrationsgequatsche genervt, fragte aber trotzdem nach. „Was haben sie denn gesagt? Warum waren sie so aufgebracht?"

Martin zog die Schultern hoch. „Ich weiß nicht genau. Sie haben die ganze Zeit irgendetwas wie ‚Kein Herz nehmen! Kein Herz nehmen!' gesagt."

„Die meinten doch bestimmt ‚Keine Organspende', oder?"

„Ja, das habe ich auch gedacht."

„Aber wieso Organspende? Ich dachte, sie hatte nur ein subdurales Hämatom."

Martin sah Selim an. „Nein, das Ganze ist schon ernster. Sie hat multiple kleine Einblutungen im Gehirn. Keiner weiß, ob sie es schaffen wird. Und jetzt checken sie noch die Wirbelfraktur im CT durch, die ihnen erst heute Morgen aufgefallen ist."

Selim schüttelte den Kopf. „Die war doch noch so jung!"

Martin war überrascht, dass Selim sich so emotional zeigte, und versuchte ihn in den klinischen Alltag zurückzuholen. „Ja, aber das ist doch nichts Besonderes – denk doch mal an die ganzen blutjungen Motorradfahrer!"

Selim hakte nach: „Sind die Operationen denn gut gelaufen?"

„Ja, eigentlich schon. Wir haben nur vier Konserven gebraucht, trotz der Milzruptur und der Unterschenkelfrakturen." – „Warum fragst du das alles eigentlich?", wollte jetzt Martin von ihm wissen.

Selim wand sich etwas bei der Antwort. „Sie soll nach der

Narkose von letzter Woche irgendwie komisch gewesen sein – ein anderer Mensch!"

„Was soll denn das heißen?"

„Weiß ich doch auch nicht! Gab es damals bei der ersten Narkose denn irgendetwas Auffälliges, woran du dich noch erinnern kannst?"

„Nur, dass sie hübsch war, aber leider kein Deutsch konnte."

„Ich meine natürlich in Bezug auf die Narkose, du Döskopp!"

„Nein, nicht dass ich wüsste. Obwohl: Sie war nicht so wehleidig wie deine Landsleute sonst häufig. Du weißt schon: ‚Viel, viel Schmerz'!" Er machte dabei einen jammernden Gesichtsausdruck.

Selim ließ die kleine Provokation erneut an sich abprallen und bohrte weiter nach: „Bei der Entlassung hast du geschrieben, dass es ihr gut ging."

„Ja, ging es ihr auch!"

„Woher wusstest du das? Ich meine, weil sie ja kein Deutsch konnte."

„Ich hatte ihr doch Metamizol verschrieben. Und sie hat sich auch nicht beklagt. Bei der Entlassung waren die Schwägerin und die Schwiegermutter dabei. Die Schwägerin konnte sehr gut Deutsch. Die hat übersetzt." Er tat dabei so, als wäre es selbstverständlich, dass er über ziemlich alles auf dem Laufenden war.

Selim machte eine Pause. Innerlich beschwor er Martin: ‚Erinnere dich, Mann!' Laut sagte er hingegen: „Ist dir noch irgendetwas aufgefallen – was vielleicht anders war als sonst?"

Martin dachte nach. „Also, jetzt wo du es sagst: Die Schwägerin fragte etwas ungehalten, ob der Eingriff schon erfolgt wäre. Anscheinend hatte die Patientin sie das immer wieder gefragt. Ich meine, direkt nach dem Eingriff ist das ja normal, dass man noch eine Amnesie hat, aber die Operation lag ja, als sie nach Hause gehen wollten, bereits vier Stunden zurück. Ich hab gedacht, ist bestimmt so eine Psychosache. Sie hat die Fehlgeburt nicht gut verkraftet, oder irgend so etwas. Eine Amnesie vier Stunden nach einer Propofol-Narkose ist schon ziemlich ungewöhnlich! Habe ich jedenfalls noch nie erlebt. Aber vielleicht ist das ja schon mal beschrieben worden – andernfalls könnte ich es in einer Fachzeitschrift veröffentlichen." Dabei tat er so, als hätte er gerade etwas ganz Bedeutendes herausgefunden, um dann doch wieder darüber zu spotten: „Nee, das überlass ich mal lieber dem Winkler!"

„Es wäre ja auch fast eine ganze Woche gewesen, nicht nur vier Stunden", murmelte Selim nachdenklich vor sich hin.

Martin war irritiert: „Wie meinst du das, eine ganze Woche?"

Jetzt erst wurde Selim bewusst, dass er seine Gedanken laut ausgesprochen hatte. „Die soll die ganze Woche lang so komisch gewesen sein. Das war wohl auch der Grund für den Unfall."

„Wie, was?"

„Ich weiß doch auch nicht mehr!" Plötzlich kam Selim eine mögliche Erklärung in den Sinn: „Hat sie vorher oder nachher Benzos von dir bekommen?" Benzodiazepine, kurz Benzos, konnten eine Amnesie verursachen. Selim wusste, dass Martin diese sehr gerne einsetzte.

„Nein, von mir nicht. Die war doch ambulant. Bei Ambulanten mache ich das doch nicht, wie du weißt! Und vorher hattest du sie ja gesehen. Hattest du ihr etwas aufgeschrieben?"

„Nein, habe ich aus dem gleichen Grund auch nicht getan."

Martin meinte ratlos: „Vielleicht ist sie so eine von diesen Psychotanten gewesen, bei Psychosen gibt es bekanntlich nichts, was es nicht gibt, weißt du ja!"

„Ja, kann sein", stimmte Selim zwar zu, überzeugt war er aber nicht wirklich davon. Schließlich hatte er sie selber prämediziert. Da war alles vollkommen normal gewesen!

Auch Martin dachte jetzt laut nach: „Vielleicht hat sie Drogen genommen. Die Polizei, die am Samstag kurz nach ihrer Einlieferung gekommen war, wollte mit mir über irgendetwas diesbezüglich sprechen, aber ich hatte keine

Zeit dafür, weil ich mich ja um sie kümmern musste. Man hat mir nur gesagt, dass ich Blut für ein Drogenscreening abnehmen sollte. Das habe ich dann auch getan, ansonsten wollte ich mit denen aber nichts zu tun haben. Ich habe ihnen die Nummer vom Chef gegeben. Ich meine, mit der Polizei soll der sich doch auseinandersetzen, wenn wir schon die ganze Arbeit für ihn machen, oder?"

Da sah plötzlich der Anästhesiepfleger durch die Tür. „Martin, wir sind hier fertig! Kommst Du ausleiten?"

Selim und Martin tauschten einen bestätigenden Blick aus, woraufhin sich Martin wieder dem OP-Saal zuwandte und Selim sich seinerseits hinaus in den OP-Flur begab.

Er wusste, dass er sich jetzt eigentlich einer unangenehmen Aufgabe stellen musste, Lust hatte er jedoch keine darauf. Er wollte sich lieber der neuen Kollegin widmen. Er hoffte, sie könnte ihn vielleicht auf andere Gedanken bringen, beschloss aber zunächst in die Küche zu gehen, da er noch kein Frühstück zu sich genommen hatte. Noch bevor er seine Brote auspacken konnte, kamen jedoch auch schon Anke, die Anästhesieschwester, und die Neue hinein.

Anke spielte sogleich auf ihren gemeinsamen Diensteinsatz vom Morgen an. „Hallo Selim, hier bist Du also! Na, geht's wieder?" Im Gegensatz zu ihm schien ihr die Sache überhaupt nichts mehr auszumachen. „Schön, dass du hier bist!" Dann deutete sie auf die Neue. „Kennst du Frau Weber schon?"

„Ja, wir haben uns bereits kennengelernt!" Zur neuen Kollegin gewandt fügte er hinzu: „Wie läuft es denn bisher bei Ihnen, Frau Weber?"

Sie lächelte und antwortete: „Prima, Anke macht ja fast alles!"

Als Selim sie nun näher betrachtete, fühlte er sich sofort bestätigt. Auch im OP-Dress konnte man sie ganz deutlich sehen, ihre großartige Figur. Die Mädels hatten bestimmt schon neidisch geguckt, dachte er. Ankes Figur hingegen ähnelte eher der eines Mannes. Sie war ziemlich stämmig gebaut, zwar nicht dick, aber eben auch nicht sehr weiblich.

Sie strahlte allerdings eine unheimliche Souveränität aus. Sie war die leitende Anästhesieschwester und mittlerweile eine Institution. Sie hatte den Laden unter Kontrolle und nahm sich gerne der Neuen, aller Neuen, an. Auch Ärzte konnten noch viel von ihr lernen. Sie sagte den jungen Assistenten und manchmal auch den alten Hasen, wo es lang ging, ohne ihnen dabei jedoch auf die Füße zu treten. Selim hatte sich oft gefragt, warum sie nicht Ärztin geworden war. Das Zeug dazu hätte sie jedenfalls gehabt.

Anke ergriff erneut das Wort. „Da wir gerade ein wenig Verzögerung mit dem Transport des nächsten Patienten von der Station haben, dachte ich, ich zeige Frau Weber mal das Wichtigste hier im OP: die Küche! Zu jeder echten Anästhesistin gehören immer auch ein paar Kaffeeflecken auf dem Kittel, wissen Sie doch!" Es machte beinahe den Eindruck, als schäkerte sie mit der Neuen, und nun zwinkerte sie ihr auch noch zu. Dann wandte sie sich an Selim. „Zeigst du ihr bitte, wie sie an ihren Kaffee kommt? Ich muss eben noch etwas vorbereiten!" Daraufhin verschwand sie wieder.

Sie waren jetzt allein in der Küche. Selim und die Neue. Er reichte ihr eine leere Tasse. Sie schien sich über die Einladung zu freuen, nahm die Tasse entgegen und setzte sich an den Tisch.

Während er ihr den Kaffee eingoss, überlegte er, wie er ein Gespräch mit ihr beginnen könnte. „Ich hoffe, diese ganzen Ereignisse schrecken Sie nicht direkt am ersten Tag ab! Wir sind alle schockiert, aber eigentlich sind wir ein ganz harmloser Haufen, wissen Sie!"

„Ja, alle erzählen davon. Und Anke und Sie waren live dabei, wie schrecklich! Das Ganze klingt ziemlich gruselig!" In ihrer Stimme lag eine leichte Beklommenheit.

Selim versuchte cool zu wirken. „Ja, das war es auch! Aber wir können da nichts mehr tun. Das ist nun Sache der Polizei."

Sie nickte, streifte sich den Mundschutz herunter und sagte etwas unvermittelt: „Türkische Namen haben immer eine Bedeutung, nicht wahr?"

„Ja", antwortete er, wusste jedoch nicht, worauf sie hinaus wollte.

Sie sah Selim in die Augen. „Akkoyun. Was bedeutet Ihr Name, Akkoyun?"

Das hatte ihn hier noch niemand gefragt. Aber es stimmte, türkische Namen haben eine Bedeutung. Deutsche Namen natürlich auch. Was sie aber meinte, war, dass die Bedeutungen türkischer Namen noch im allgemeinen Sprachgebrauch geläufig sind. Selim war beeindruckt und ein wenig geschmeichelt, dass sie sich mit solchen Dingen beschäftigte. „Er bedeutet ‚Weißes Schaf'!"

„Und, sind Sie es? Ich meine, ein weißes Schaf?"

Jetzt war Selim verunsichert. Meinte sie die Doppeldeutigkeit des Begriffs? Ob er so unschuldig wie ein weißes Schaf war, oder ob er, wenn er zugab kein weißes Schaf zu sein, auch zu unanständigen Dingen bereit wäre? Dass sie so direkt war! Jetzt lachte er, jedoch eher aus Verlegenheit: „Natürlich, sehe ich etwa nicht so aus?" Nachdem er sich selbst eine Tasse Kaffee eingeschenkt hatte, erklärte er schließlich mit einem Schmunzeln: „Mein Uropa hatte viele Schafe. Weiße Schafe. Daher der Name. Und Ihr Uropa hat gewebt?"

Sie errötete leicht. „Ich weiß nicht, vielleicht?"

Würde sie dasselbe antworten, wenn Selim sie etwas anderes fragte? Okay Selim, es wird Zeit, das Thema zu wechseln! – „Winkler, ich meine Herr Winkler, hat erzählt, Sie wären auch in Hamburg gewesen?"

„Ja, ich habe in Hamburg studiert und mein erstes Assistentenjahr dort verbracht."

„Und dann sind Sie nach Münster gegangen?"

„Ich komme ursprünglich aus Münster und wollte wieder zurück."

„Hatten Sie denn kein Interesse an einer akademischen Laufbahn?"

„Ich wollte praktische Erfahrung sammeln. Ich glaube, man wird an einer kleineren Klinik schneller selbständig."

„Und dann sind Sie doch wieder aus Münster weg?" Es musste doch einen Grund dafür gegeben haben, warum sie wieder von dort fortgegangen war.

„Manche Dinge laufen halt nicht so, wie sie sollen. Ich möchte aber nicht so gerne darüber reden." Sie schien bedrückt, auch der Glanz in ihren Augen war verschwunden.

Scheiße Selim, hättest du mal deinen Mund gehalten! Er schimpfte in Gedanken mit sich selbst und versuchte, die Situation noch zu retten. „Ist auch nicht so wichtig. Jetzt sind Sie ja hier. Und ich freue mich. Geht anderen bestimmt genauso!"

Aber sie sagte jetzt nichts mehr und blickte in ihre Kaffeetasse, die sie in ihren Händen kreisen ließ.

Selim versuchte erneut, das Thema zu wechseln. „Hat Anke Ihnen schon gezeigt, wo was ist? Ich denke, Sie werden jetzt erst einmal zwei Wochen hier in der Gynäkologie bleiben."

„Also, sie hat eigentlich alles selbst gemacht und mir dabei das Wichtigste über die Operateure erzählt. Ich weiß, was ‚Sauerbier-Einheiten' sind, dass Dr. Meise-Schulze ein sehr schlechter Operateur ist und dass man seine eigenen Angehörigen nur von Herrn Schubert operieren lässt. Am besten dann, wenn Professor Sauerbier und Dr. Meise-Schulze nicht da sind." Sie klang jetzt deutlich distanzierter als zuvor.

Glücklicherweise hatte sie wenigstens das lose Ende seines Fadens aufgegriffen, dachte er und lächelte. „Ja, dann kennen Sie schon mal die wichtigsten Fakten. Und wir beide wissen jetzt, dass die deutschen Namen auch eine Bedeutung haben. Sauerbier und Meise passen auf jeden Fall recht gut zu ihren Trägern."

Sie erwiderte sein Lächeln zwar, es wirkte aber ein wenig gezwungen.

Selim gab sein Bestes, das Gespräch am Laufen zu halten. "Ich werde Ihnen gleich die wirklich wichtigen Dinge hier im OP zeigen. Also, das Allerwichtigste, die Küche, kennen Sie ja jetzt. Dann fehlt noch der Notausgang! Dahinter befindet sich nämlich die Raucherecke!"

Da lachte sie endlich wieder. Und Selim lachte mit. Das war ja noch mal gutgegangen.

Plötzlich lugte Anke durch die Tür. „Die nächste OP steht

an! Kommst du, Rike?“ Sie hatte also schon einen Kosenamen von Anke bekommen, die die Neue ebenfalls zu mögen schien. Selim freute sich darüber.

Die Neue stand auf, schüttete den Rest des Kaffees in der Spüle aus und blieb dann etwas unbeholfen mit der leeren Tasse in der Hand stehen. Selim hielt ihr die Hand hin, um sie ihr abzunehmen und konnte, während sie ihm die Tasse reichte, noch einen kurzen Blick von ihr erhaschen, bevor sie dann ohne ein weiteres Wort hinausging.

Selim blieb noch einen Moment in der Küche stehen. Sie war wirklich aufregend. Und er war aufgeregt. Oder eher erregt? Er war ziemlich durcheinander. Durfte er das, sie erregend finden? Er fühlte sich mies. Er hatte doch schon jemanden. Er liebte Andrea, seine Freundin, doch und schaute dennoch anderen Frauen hinterher? Wollte sogar mehr? Bekam er von Andrea denn nicht alles, was er brauchte? Gut, seit ungefähr vier Wochen hatten sie nicht mehr miteinander geschlafen. Andrea war viel zu besessen von dem Gedanken, Kinder zu bekommen. Es drehte sich alles nur noch darum. Nichts war mehr ungezwungen, alles war geplant. Mittlerweile tauchten sogar die Tage, an denen sie Sex haben sollten, in einem Kalender auf. Er glaubte, dass es womöglich gestern soweit gewesen war oder heute, aber das war ihm mittlerweile auch egal. Ihre biologische Uhr tickte eben, mit 38 Jahren. Seine biologische Uhr tickte auch, mit 39 Jahren, aber augenscheinlich ganz anders.

Er stellte beide Tassen in den Geschirrspüler und war sich bewusst, dass er nun nicht mehr umhin kam, sich einigen seiner unangenehmsten Erinnerungen zu stellen.

- 7 -

Nachdem sie Kittel und Stiefel ausgezogen hatte, saß Degenhardt in Maiers Büro – wenn man dies überhaupt als solches bezeichnen konnte. Überall, selbst auf dem Fußboden, lagen wahllos Akten, Schnellhefter, Blätter, Fotos, Bücher und Atlanten herum. Ein System war nicht zu erkennen. Wie fand der sich bloß in dem Chaos zurecht? Für sie wäre das nichts. Sie räumte immer alles sofort weg. Ihr Einlagekorb im Büro war nur mit den Dingen vom selben Tag gefüllt. Mit den Schriftstücken, die sich angesammelt hatten, während sie nicht da gewesen war. Was war denn, wenn sie mal schnell wegmusste? So ein Chaos wie hier könnte sie niemals hinterlassen. Sie betrachtete die zahlreichen offen herumliegenden Abbildungen von Toten und Teilen von Toten. Auf Papier gebannt konnten sie in ihr keinerlei Regung auslösen.

Maier betrat nun ebenfalls den Raum und reichte ihr eine der beiden Kaffeetassen, die er in den Händen hielt. „Sie trinken ihn schwarz, nicht wahr?" Immerhin hatte er seine feuchten Handschuhe ausgezogen. Er setzte sich auf seinen Sessel am Schreibtisch und öffnete nacheinander mehrere Schubladen. Schließlich griff er in eine hinein und holte triumphierend einen Schokoriegel hervor, den er Degenhardt entgegenstreckte. „Ich glaube, Sie könnten etwas Süßes gebrauchen! Sie sehen ein bisschen blass um die Nase herum aus!"

Sie neigte sich leicht vor, um den Riegel genauer in Augenschein zu nehmen, lehnte dann jedoch mit dem Hinweis, dass sie gerade eben erst gegessen hätte, dankend ab – obwohl es gelogen war. Aber auf so einen supersüßen Riegel hatte sie keine Lust. Und wer wusste schon, wie lange der bereits dort in der Schublade gelegen hatte.

Maier zuckte enttäuscht mit den Schultern, riss dann die Verpackung mit seinen Zähnen auf, biss hinein und lehnte sich zurück. Irgendwie schien der Riegel jedoch komisch zu schmecken, denn er inspizierte ihn von allen Seiten, während er zögerlich daran herumknabberte.

Degenhardt ließ indes ein Gedanke nicht los. „Was denken Sie, Herr Maier, gibt es so etwas wie Untote oder Vampire?"

Maier überwand sich, den Bissen, den er sich nicht zu zerbeißen getraut hatte, im Ganzen herunterzuschlucken. Den Rest des Riegels legte er grinsend auf den Schreibtisch. Zur Untermalung seiner Antwort benötigte er offenbar beide Hände. „Für mich sind die Toten sowieso nicht vollkommen tot. Sie haben mir alle noch etwas zu erzählen. Auch, wenn sie damit nicht immer direkt herausrücken, finde ich es meistens doch raus! Jedoch, Spaß beiseite: Vampire, Werwölfe und Zombies gibt es natürlich nicht, schon gar nicht diese Schmusevampire, die sie jetzt in vielen Fernsehserien und im Kino zeigen! Bei mir ist bisher zumindest keiner wieder auferstanden!"

„Natürlich. Entschuldigen Sie bitte, das war eine dumme Frage." Degenhardt war es ein wenig peinlich.

Maier schien davon keine Notiz zu nehmen. Er betrachtete nochmals seinen Schokoriegel, bevor er ihn mit argwöhnischem Gesichtsausdruck in den Papierkorb warf. Wie nebenbei bemerkte er: „Jedenfalls stimmt nicht alles, was Vampiren zugeschrieben wird, beispielsweise dass sie unsterblich seien, aber es gibt, wie bei jedem Mythos, wohl auch einen wahren Kern!"

„Wie meinen Sie das, gibt es nun also doch Vampire?" Degenhardt schien von diesem Gedanken fasziniert, nein, eher gefesselt zu sein.

Maier spürte ihr Interesse und setzte nach. „In gewisser Weise schon. Ich kenne einen!"

„Jetzt nehmen Sie mich aber auf den Arm!"

„Nein, ich meine es ernst. Wenn es so etwas Ähnliches wie Vampire oder Werwölfe gibt, dann kenne ich einen! Sogar sehr gut. Wenn Sie möchten und Zeit haben, rufe ich ihn an und Sie können sich mit ihm unterhalten. Er ist ein sehr gebildeter Mann."

Degenhardt musterte Maier misstrauisch. Er fuhr jedoch unbeeindruckt fort: „Wir könnten das auch mit einem gemeinsamen Abendessen verbinden!"

Sie hatte geahnt, dass Maier sie an der Nase herumführte. Aber dass er so weit ausholte, um ein Date mit ihr zu bekommen, hätte sie nicht gedacht. „Ich habe zurzeit wirklich viel um die Ohren. Verstehen Sie mich bitte nicht falsch, aber …"

Doch Maier blieb hartnäckig. „Nein, nein! Keine Angst, ich werde mir keinen Umhang umwerfen und künstliche Zähne in den Mund stecken um sie zu erschrecken. Es ist mir ernst! Es gibt Menschen, die sich im Laufe ihres Lebens so verändern, dass sie aussehen wie Vampire, und ich kenne wirklich jemanden, der dieses Schicksal erleiden muss."

Degenhardt kniff die Augen zusammen. Sie wusste nicht so recht, was sie davon halten sollte, aber für die Aussicht auf die Begegnung mit einem lebenden Untoten konnte sie schon ein Date investieren. „Na ja, vielleicht bringt uns das ein wenig weiter. Ich würde ihren Vampir gerne einmal kennenlernen!"

Maier packte die Gelegenheit beim Schopf. „Vielleicht schon heute Nachmittag? Nach der Arbeit, wenn Sie Zeit haben. Also, ich habe nichts vor!"

Sie aber schon, sie hatte am Nachmittag ihre Psychotherapie-Sitzung. Das würde sie ihm jedoch nicht erzählen, denn sie wollte es nicht eines Tages unter die Nase gerieben bekommen. „Heute ist es nicht so gut, aber an welche Zeit hatten Sie gedacht? Ich könnte frühestens ab 18.00 Uhr!"

Maier genügte das als Zusage. „Früher komme ich hier sowieso nicht weg! Gut, ich habe Ihre Nummer noch, denke ich. Dann rufe ich Sie im Laufe des Tages an und sage Ihnen, ob es klappt, einverstanden?" Es schmeichelte ihm, eine jüngere Frau zu einem Date herumgekriegt zu haben. Auf eine skurrile Art und Weise zwar, aber immerhin. Er bemerkte, dass Degenhardt noch nachdenklich war, und fragte nach: „Liegt Ihnen noch etwas auf dem Herzen?"

„Ja. Ich frage mich, diese Einstiche am Hals … sind die nun durch Zähne verursacht oder nicht?"

Maier verzog einen Mundwinkel und gab seinen Überlegungen freien Lauf. „Sie waren schon vorhanden, als sie noch lebte, und sie sind leicht infiziert. Es gibt auch leichte

Gegenabdrücke an der Halsaußenseite, wie von einem Unterkiefer. Hinzu kommt, dass der Abstand der beiden Wundmale genau dem Abstand zwischen den Eckzähnen eines menschlichen Oberkiefers entsprechen könnte, aber …" Er machte eine Pause und steuerte auf die Tür zu.

Degenhardt stand auf und folgte ihm: „Ja, aber?"

„Es gibt keine blutsaugenden menschlichen Vampire!", sagte Maier in einem Tonfall, als hätte er gerade einen Hasen aus dem Hut gezaubert.

Während er ihr galant die Tür öffnete, schien er vor Selbstsicherheit nur so zu strotzen. „Und ich werde noch herauskriegen, wie es dieser Bastard geschafft hat, seine Opfer derart herzurichten! Wir sehen uns dann heute Abend, ja?"

Degenhardt nickte verwirrt, verließ das Büro, lief über den Flur und die Treppen hinauf, aus dem Gebäude hinaus bis zu ihrem Auto und blieb dann sekundenlang neben der halb geöffneten Autotür stehen. Ein Gedanke wollte sie einfach nicht loslassen: Was wäre, wenn ihr Verdacht, das Sterben und die Toten betreffend, zuträfe?

Da klingelte ihr Handy. Es war Jürgens. „Sabine, wir müssen ins Städtische Krankenhaus fahren. Da ist etwas passiert und Boss Schneider möchte, dass wir uns darum kümmern."

„Was soll da passiert sein?"

„Irgendetwas, was mit unserem Dracula zu tun haben könnte, sagte er. Außerdem meinte er noch, dass wir uns nach einer weiteren Türkin erkundigen sollen, die dort auf der Intensivstation liegt und deren Angehörige der Meinung sind, ihr sei die Seele genommen worden."

„Was ist das nun schon wieder?"

„Ich erkläre es dir unterwegs. Wo bist du? Kannst du mich im Revier abholen?"

„Hm – ja, okay! Bin in circa 15 Minuten da!"

- 8 -

Nachdem Selim den gynäkologischen OP verlassen hatte, schlug er den Weg zur Neurointensivstation ein, die auf der gleichen Etage am Ende des Hauptflurs lag. Vor der Doppelflügeltür am Eingang blieb er zögernd stehen.

Auf der Neurointensivstation an der Uni-Klinik war er als Assistenzarzt eingeteilt gewesen, als er gerade erst ein Jahr in der Anästhesie zugebracht hatte. Er hatte die Arbeit dort als sehr belastend empfunden. Wie es andere erlebten, wusste er nicht. Es sprach niemand darüber. Schädel-Hirn-Traumen, bösartige Hirntumore, Hirnmetastasen. Oder Aneurysmen: Jeder konnte eine solche Zeitbombe im Kopf haben und völlig ahnungslos sein – und dann platzte sie plötzlich. Von jetzt auf gleich.

Dort lagen oft auch ganz junge Patienten, auch Kinder. Motorradfahrer, Verkehrsunfälle, Betriebsunfälle. An die vielen Patienten, die sie von dort ohne gravierende neurologische Beeinträchtigungen wieder entlassen konnten, erinnerte sich Selim kaum noch. Stattdessen geisterten in ihm bis heute die Bilder der Gesichter derjenigen, bei denen sie auf der Neurointensiv festlegen mussten, ob sie tot waren. Hirntot. Die Körper waren noch intakt und rosig. Die gleichen Monitore, die sie zur Überwachung der Kreislaufparameter während Narkosen benutzten, zeigten auch bei diesen Körpern die gleichen unauffälligen Werte an. Aus der Narkose erwachten sie, hier jedoch nicht mehr. Das EEG, das Elektroenzephalogramm, zeichnete es so auf. Gerade Linien, Nulllinien. Leben gleich Elektrizität im Gehirn. Elektrizität gleich Energie. Keine Energie – kein Leben. Aber der Körper, das Herz, die Lungen, die Nieren, hatten bei Hirntoten auf der Neurointensiv noch Energie. Nur das Gehirn eben nicht mehr. Doch auch der Tod war kein plötzliches Ereignis. Nein, der Tod passierte nicht urplötzlich. Jedenfalls in der Regel nicht. Wenn man pulverisiert wurde, dann vielleicht. Aber nicht, wenn man normal starb. Dann war der Tod eben ein Vorgang und kein Ereignis. Oft war nur das

Bewusstsein plötzlich weg. Aber auch das konnte dauern. Ab dem Zeitpunkt, ab dem das Gehirn nicht mehr durchblutet wurde, konnten noch ganze zehn Sekunden vergehen, bis das Bewusstsein erlosch. Selim stellte sich manchmal vor, wie es wohl gewesen sein musste, als Menschen noch geköpft wurden. Nahmen sie noch wahr, wie ihr Kopf herunterfiel?

Aber in der Regel trat durch den Schmerz oder durch einen Schlag sofort Bewusstlosigkeit ein. Und oft konnten sich Menschen nach einem Schädel-Hirn-Trauma nicht an die letzten Sekunden, Minuten, Stunden oder Tage vor dem Vorfall erinnern. Das nannte man retrograde Amnesie. Das war auch gut so, fand Selim. Aber selbst dann, wenn der Kreislauf still stand und das Bewusstsein erloschen war, lebten die Organe zunächst noch unbeschadet weiter. Sogar das Gehirn, wenn auch nur für fünf Minuten. Unter normalen Bedingungen. Wenn es unterkühlt war, konnten daraus sogar Stunden werden.

Wenn also ein Mensch einen plötzlichen Herzstillstand erlitt und klinisch tot war, galt, dass er genauso blieb, wie er zuvor gewesen war, wenn er innerhalb der ersten fünf Minuten erfolgreich wiederbelebt werden konnte. Es gab dann im günstigsten Fall keine neurologischen Ausfälle. Nach fünf Minuten jedoch nahmen die Schädigungen zu und es stellten sich Lähmungen, Sprach- und Sehstörungen ein. Im schlimmsten Fall war man apallisch, das heißt: ohne funktionierendes Großhirn. Was war das Leben dann noch wert? Wenn man sich in keiner Weise äußern oder seine Umwelt nicht mehr bewusst wahrnehmen konnte, die Arme und Beine spastisch gelähmt waren und man keine Kontrolle mehr über seine Körperfunktionen hatte? Wenn man künstlich ernährt wurde? Wenn Maschinen und Infusionen das letzte bisschen Leben aufrechterhielten? Aber wenn im Gehirn noch Elektrizität vorhanden war, wurde man am Leben gelassen. Die Maschinen blieben angeschaltet. Die Maschine Leib und die Maschinen um ihn herum.

Wenn aber keine Elektrizität mehr im Gehirn vorhanden war, wurden sie abgeschaltet, die Maschinen. Und manchmal, kurz bevor die Maschinen ganz abgeschaltet wurden, entnahm man noch die Organe, für eine Organspende.

Selim war einmal dabei gewesen, bei einer Organentnahme. Es war gespenstisch. Der dort liegende Körper sah genauso aus wie jeder andere Körper eines Patienten in Narkose. Lebendig. Natürlich lebendig, denn es lebte ja alles andere, nur eben das Gehirn nicht mehr. Aber alles, was einmal auf der Welt ist, will leben. Kämpft ums Überleben. Das Virus. Das Bakterium. Die Ameise. Und das Kitz, das vor einem Wolf davonrennt. Alles. Auch die Organe.

Selim hatte diesen Überlebenskampf aus nächster Nähe mitbekommen. Er hatte mit eigenen Augen gesehen, wie Organe um ihr Leben kämpften. Zunächst entnahmen die Kollegen einem lebenden Körper mit totem Bewusstsein die Nieren und die Leber. Herz und Lungen waren zu sehr vorgeschädigt. Sie hätten demjenigen, für den sie vorgesehen waren, nicht mehr lange weitergeholfen, also blieben sie, wo sie waren. Als die Entnahme beendet war, stellte Selim das Beatmungsgerät ab. Das würde immer so gemacht, sagte man ihm. Man überließ den Körper sich selbst. Erst später erfuhr er, dass manche Kollegen hochdosierte Kaliumlösung spritzten, damit es schnell zum Herzstillstand kam.

Nach dem Abstellen der Beatmung schlug das Herz erst einmal noch eine ganze Zeit lang normal weiter. Um das Erlöschen aller Lebenszeichen zu dokumentieren, wartete Selim ab und überwachte den Monitor. Das Herz hörte jedoch einfach nicht auf zu schlagen. Dann endlich verlangsamte es sich immer mehr. Es dauerte mindestens 20 Minuten, bis es fast nicht mehr schlug. Fast. Es kam immer noch ab und zu eine Aktion. Und das mindestens 40 Minuten lang. Es kämpfte, wollte noch leben. Wer wusste schon, wie lange die anderen Organe – die Haut, Knochen, Muskeln, Sehnen – noch lebten, bevor sie abstarben. Wochen? Monate? Die beiden Nieren und die Leber durften weiterleben, in einem anderen Körper. Das Herz jedoch nicht.

Selim dachte manchmal darüber nach, ob die Organspende nicht nur demjenigen das Leben rettete, dem die Organe transplantiert wurden, sondern auch den gespendeten Organen, die in einem anderen Körper weiterleben durften.

Selim war sich nicht sicher, wann sein eigenes Leben einmal aufhören würde und wann sein Tod anfinge. Schon gar nicht, wann er vollendet sein würde, sein Tod. Was indes die Patienten betraf, hielt er sich an die klaren Regeln, die sie in der Medizin für die Feststellung des Todes und für Organtransplantationen hatten. Es war gut, dass es diese gab, dachte er damals, dann konnten sich die Ärzte nämlich dahinter verstecken, auch, wenn sie für sich selbst noch keine eindeutige Definition gefunden hatten. Gelegentlich verlangte diese Frage jedoch unausweichlich nach einer verbindlichen Antwort. Manchmal auch mit einer unerwarteten Wucht.

Auch ihn hatte sie völlig unvermittelt getroffen, zu seiner Zeit als junger Assistenzarzt auf der Neurointensivstation. Es war ein Montagmorgen. Eine junge Mutter war am Wochenende frisch eingeliefert worden, mit einem geplatzten Aneurysma. Eine massive Hirnblutung war festgestellt worden und die Hirntoddiagnostik war schon gelaufen: Sie war hirntot. Es hatten sich jedoch am Wochenende keine Angehörigen ausfindig machen lassen, um den Körper zu übergeben und um nach einer Einwilligung zur Organspende zu fragen. Also wurde diese Aufgabe ihm übertragen. Es war, wie immer an einem Montag, sehr viel los. Eine Operation nach der anderen, eine Verlegung nach der nächsten – auf die Station, in die Reha, ins Heimatkrankenhaus. Er musste viele Zettel, viele Kurven und viele Anordnungen ausfüllen.

Irgendwann kam eine Intensivschwester zu ihm herüber und teilte ihm mit, dass die Angehörigen der Patientin da seien, zwei junge Mädchen, fünfzehn und siebzehn Jahre alt, und der Ehemann. Selim könne jetzt mit ihnen sprechen.

Die beiden Mädchen sagten, sie seien die letzten Tage in Österreich gewesen, um ihre Verwandten zu besuchen. Die Mutter habe leider nicht mitfahren können, da sie auf der Arbeit für jemanden einspringen musste. Als sie zurückkamen, hätten ihnen ihre Nachbarn mitgeteilt, dass ihre

Mutter in der Uni-Klinik sei. Sie wollten sie jetzt bitte gerne sehen. Selim führte sie zunächst zu dem Bett ihrer Mutter. Dort ließ er sie, vorgebend, dass er sich die Unterlagen holen würde, erst einmal für ein paar Minuten alleine. Als er wiederkam, fragten sie verständlicherweise, was mit ihrer Mutter los sei. Eine Tochter saß auf dem Bett, hielt ihr die Hand und streichelte sie. Die andere Tochter strich ihr übers Gesicht. Selim erzählte ihnen von dem geplatzten Aneurysma.

Als sie fragten, was jetzt noch gemacht werden müsste, bat er sie, ihm ins Arztzimmer zu folgen. Dort schilderte er ihnen, dass man leider nichts mehr tun könne. Der Vater blickte ausdruckslos. Er hatte verstanden. Die Töchter aber hatten es nicht verstanden. Selim realisierte es zunächst jedoch nicht. Also begann er, ihnen die Hirntoddiagnostik zu erklären. Dass sie von zwei voneinander unabhängigen Ärzten durchgeführt wurde. Dass man sie wiederholte, um ganz sicher zu sein. Dass es dabei feste Kriterien gab, nach denen man vorging. Und schließlich, dass es ihm sehr leid tat. Nach einer kurzen Pause fragte er, ob die Mutter beziehungsweise Ehefrau sich jemals zu einer eventuellen Organspende geäußert hätte. Ob sie wüssten, wie sie dazu gestanden hatte. Erst dann kam eine Reaktion.

„Was meinen Sie damit?“, fragte die jüngere der beiden Töchter.

Ihr Vater legte den Kopf in seine Hände und antwortete ihr: „Mama ist tot!“

Sie starrte ihn an. Und dann starrte sie Selim an. Ganz allmählich füllten sich ihre Augen mit Tränen.

„Nein, sie ist nicht tot! Papa, du hast sie doch gesehen! Sie ist nicht tot! Wie können Sie das sagen? Woher wissen Sie das?“

Erst in diesem Moment verstand auch Selim. Bei ihrer letzten Begegnung hatten beide Schwestern die Mutter quicklebendig erlebt. Es war schon schlimm genug, dass sie jetzt – beatmet und mit Schläuchen und Drähten übersät – regungslos in einem Krankenhausbett lag. Aber sie sah im Grunde noch genau so aus, wie sie sie verlassen hatten.

Lebendig. Vielleicht wie in Narkose, aber eben nicht tot. Da lag ihre Mutter also, wie schlafend. Und jetzt sollte sie tot sein? Das war zu viel für ihren Verstand. Da war zu viel, was nicht zusammen passte. Zu viel gegensätzliche Information. Zu viel Unterschied zwischen dem, was man sah und dem, was sein sollte.

Es war auch zu viel für Selim. Er konnte nicht mehr dort bleiben und in die Augen der beiden Mädchen schauen. Er entschuldigte sich, sagte wieder und wieder, dass es ihm unendlich leid tat, dass er sie jetzt erst einmal alleine ließ und sie, wenn sie mochten, natürlich zu ihrer Mutter gehen konnten.

Sollte doch jemand anderes nach den Organen fragen, verdammt noch mal! Er konnte das nicht. Nicht mehr, nachdem auch er diese Mutter mit den Augen der Töchter gesehen hatte.

„Hallo Selim, wie geht's?“, begrüßte ihn jemand. Es war die Neuro-Intensivschwester. „Hast du auch von dem Blutregen auf Meise gehört?“

„Hallo Steffi!“, antwortete Selim, noch etwas orientierungslos. Nachdem er wieder vollständig in die Gegenwart zurückgefunden hatte, fügte er hinzu: „Ja, ich war dabei!“

„Echt, du warst live dabei? Erzähl mal! Hat Meise geheult?“

Ohne auf sie einzugehen blickte er über den Flur und durch die Glasscheiben, die die Intensivboxen voneinander trennten, und fragte: „Sag mal, ist die junge Türkin, Bahar Bingöl, aus dem CT wieder da?“

Sie war etwas eingeschnappt, weil er ihre Frage ignorierte und offensichtlich nichts erzählen wollte, und fragte zurück: „Meinst du das Polytrauma vom Samstag?“ Obwohl sie natürlich sofort gewusst hatte, wen Selim meinte.

„Ja, genau die! Weißt du, ob sie im CT etwas gefunden haben?“

„Ja, die ist wieder da! Nee, da war wohl nichts, also nichts für den OP. Die Fraktur wird konservativ behandelt. Wir müssen halt beim Lagern aufpassen.“

„In welcher Box liegt sie denn?“ Selim ahnte bereits, wo sie lag.

„In der Vier. Die Angehörigen sind auch da."

Die hatte er schon gesehen. „Ich gehe mal kurz zu ihr, ja?"

Selim näherte sich langsam der Box mit der Aufschrift „4" und spähte zunächst nur durch die Scheibe hindurch. Da lag sie also. Ihr Kopf war zum Teil rasiert und trug einen Klebeverband. Ihr Gesicht war aufgedunsen. Ein Tubus steckte zwischen den von den Torturen der Manipulationen fein eingerissenen trockenen Lippen. Eine Magensonde, die über das linke Nasenloch eingeführt und dort fixiert war, übte einen Zug auf den Nasenflügel aus und ließ ihre Nase dadurch verbogen erscheinen. Ein zentralvenöser Katheter ragte an der Seite ihres mit einer Krause fixierten Halses heraus. Kunststoffleitungen führten Infusionen und Medikamente in sie hinein. Ein Blasenkatheter entließ deren Abbauprodukte in einen Beutel, der am Bettrahmen hing. Farbige Linien zeichneten Kurven auf die Monitore, die an ihrem Kopfende angebracht waren. Sie zeigten, dass der dort liegende, völlig hilflose Körper den Apparaten und Medikamenten gehorchte. Das ehemals hübsche Gesicht war jetzt blau und grün. Den Rest ihres Körpers konnte Selim nicht sehen, er war zugedeckt.

Eine jüngere Frau, Selim schätzte sie auf Ende zwanzig oder Anfang dreißig, dezent geschminkt, mit Jeans, kurzer figurbetonter Jacke und etwas breiteren Hüften, stand am Bett und hielt Bahars Hand. Eine ältere Frau mit Kopftuch und langem Mantel, ihr Alter hätte Selim wahrscheinlich zu hoch eingeschätzt, vielleicht fünfundfünfzig, befand sich etwas abseits und verloren in ihrer Nähe. Selim öffnete vorsichtig die Tür und stellte sich auf Türkisch vor. „Merhaba, benim adım Selim Akkoyun. Doktorum. Yardımcı olabilirmiyim?"

„Ah, oğlum. Iyiki burdasın. Allaha şükür." Gut, dass du hier bist, mein Sohn, Gott sei Dank, antwortete die Ältere. Sie musste die Mutter oder Schwiegermutter sein.

„Merhaba, doktor bey. Ich bin Bahars Schwägerin, Gülten Bingöl, und das ist meine Mutter. Wie geht es ihr, wird sie noch einmal operiert?" Die junge Frau erwiderte jetzt auch seinen Gruß. Sie war eine Türkdeutsche, in Deutschland aufgewachsen oder sogar geboren. Sie konnte im Grunde besser Deutsch als Türkisch, so wie Selim. Auch sie baute in ihre türkischen Sätze teilweise deutsche Wörter ein, weil ihr die türkischen Begriffe fehlten. Selim war erleichtert, dass ihr Satz auf Deutsch geendet hatte. Dann konnte auch er genauso weitermachen. „Ich bin leider nicht von dieser Station. Das müssen Sie bitte gleich den Stationsarzt fragen." Solange er nicht offiziell informiert war, wollte er keine falschen Hoffnungen wecken. „Aber soweit ich gehört habe, wird sie erst einmal nicht erneut operiert und es geht ihr den Umständen entsprechend gut." Ein bisschen Hoffnung dann vielleicht doch.

„Gut – wir möchten nämlich, dass sie so schnell wie möglich verlegt wird!", erklärte die Schwägerin nun fast schon im Befehlston.

„Ja, das habe ich gehört. Können Sie mir auch schildern, warum?"

„Sie haben meiner Schwägerin die Seele genommen, darum!", fauchte sie Selim an.

Selim wiederholte diese Worte in seinem Kopf: Die Seele genommen! Er hatte so etwas noch nie gehört. „Was soll das heißen? Was meinen Sie damit?"

„Sie haben ihre Seele getötet, das meine ich damit! Ihre Seele ist gestorben, nachdem sie hier bei Ihnen war. Erst haben Sie ihr die Seele genommen und jetzt wollen Sie ihr die Organe nehmen, aber das werden wir nicht zulassen!"

„Hier wird niemandem etwas weggenommen, weder die Seele noch die Organe! Wie kommen Sie bloß darauf?"

„Erst haben wir gedacht, es wären Nachwirkungen der Narkose, aber sie blieb so! Die ganze Woche, bis zu …!" Jetzt kamen ihr die Tränen, sodass sie den Kopf wegdrehte und den Mund hinter ihrer Hand versteckte.

„Bismillah", sagte die Mutter. Auch ihre Augen füllten sich mit Tränen.

Selim wollte es genauer wissen: „Nun sagen Sie mir doch, was los war!"

Sie schluchzte einmal auf und begann dann zu erzählen. „Sie war so träge. Nach der Narkose wurde sie gar nicht richtig wach. Und als sie endlich wach war, hat sie immer wieder gefragt, ob das Baby noch da ist. Immer und immer wieder. Sie hat nichts von dem behalten, was wir ihr gesagt haben. Sie wusste zwar noch alles, was vor der Narkose passiert war, aber nichts mehr von dem, was danach geschah. Nicht einmal, wie sie nach Hause gekommen war. Sie wusste zwar noch, wer wir waren, aber als wir ihr jemanden Neues vorstellten, hatte sie seinen Namen im nächsten Moment wieder vergessen. Es war so, als ob ihr Leben mit der Operation aufgehört hätte. Sie war zwar präsent, aber nicht mehr wirklich bei uns. Sie war vollkommen ohne eigenen Willen."

Durch das Wehklagen in ihrer Stimme musste Selim ganz genau hinhören, um sie überhaupt verstehen zu können. Er versuchte, für sich selbst eine Erklärung zu finden. „Hat sie in der Vergangenheit schon mal eine Psychotherapie gehabt? Kann es sein, dass die Fehlgeburt sie so sehr belastet hat, dass sie nicht mehr weiterleben wollte? Hat sie jemals Selbstmordgedanken geäußert?"

Die Schwägerin kämpfte erneut mit Tränen. „Nein. Über so etwas hat sie nie gesprochen. Sie ist eine fröhliche junge Frau gewesen. Ganz normal, verstehen Sie? Auch der Hausarzt hatte eine psychische Erkrankung vermutet und ihr Valium verschrieben. Aber die Tabletten haben ihr überhaupt nicht geholfen. Warum haben wir sie bloß hierher gebracht, warum nur?" Sie fing wieder an zu weinen.

Die Mutter nahm sie tröstend in den Arm und rief: „Bismillah, Bismillah." Sie schien selbst Halt zu suchen.

Selim benötigte mehr Informationen. „Hat sie etwas gegessen, hat sie geschlafen?"

„Selbst ans Essen mussten wir sie immer wieder erinnern. Sie hat stark abgenommen. Geschlafen hat sie viel. Sowohl nachts als auch tagsüber. Mal hat sie sich gewundert, dass es Nacht war, mal, dass es Tag war."

Selim fuhr mit seiner Fragerei unerbittlich fort. „Hatte sie Schmerzen?"

„Am Tag der Operation hatte sie keine Schmerzen. Sie hat jedenfalls nichts gesagt. Erst nach zwei Tagen hat sie über Bauchkrämpfe geklagt. Sie hat gefragt, woher sie diese Schmerzen hätte. Wir mussten ihr immer wieder sagen, dass sie von der Operation kommen. Irgendwann hat sie dann nicht mehr darüber gesprochen."

„Wie war sie zu Ihnen, hat sie Sie erkannt?"

„Ja. Sie hat uns auch oft umarmt und gesagt, wie sehr sie uns liebt. Und sie hat immer und immer wieder nach meinem Bruder gefragt und gesagt, dass sie ihn vermisst."

„Wo ist Ihr Bruder jetzt?"

„Er war bis jetzt in der Türkei. Er macht dort seinen Armeedienst. Er hat sich Sonderurlaub genommen und wird am Nachmittag ankommen. Wir wollten ihm nichts erzählen. Auch nicht von der Fehlgeburt. Aber sie hat es ihm gesagt, immer und immer wieder. Am Anfang dachte er, sie sei traurig, und er tröstete sie, aber am Freitag wollte er mit mir sprechen. Er fragte, ob es ihr nicht gut ginge. Sie würde sich dauernd wiederholen und wüsste nicht mehr, worüber sie die Tage zuvor gesprochen hätten, und auch die Wochentage hätte sie verwechselt."

Jetzt wollte Selim es genau wissen. „Und der Unfall? Wie ist der passiert?"

„Wir mussten ständig auf sie aufpassen. Nachdem sie sich zuhause mehrmals gestoßen hatte, haben wir sie nicht mehr aus den Augen gelassen. Ich hatte sie am Samstag mit zu mir genommen und wollte mit ihr an den Rhein. Es hatte ihr dort immer so gut gefallen. Ich dachte, dass sie sich vielleicht wieder an einiges erinnert, wenn wir am Fluss entlangspazieren. Aber ich habe nicht genug auf sie aufgepasst und …" Sie konnte den Schmerz nicht länger zurückhalten. Ihre Stimme brach mitten im Satz ab und sie sackte in sich zusammen. Völlig aufgelöst hockte sie auf dem Boden und hielt beide Arme vor ihr Gesicht.

Die Mutter versuchte vergeblich, sie zu stützen, und flehte den Himmel an: „Allahım bize yardım et, Allahım!"

„Kommen Sie, kommen Sie!" Selim kniete sich zu ihr

hinunter und hob sie hoch. Sie war schwer und schlaff, ihre Hände und ihr Gesicht waren nass von Tränen. Er führte sie in die Küche der Intensivstation, setzte sie dort auf einen Stuhl und gab ihr das Taschentuch, das ihm die Mutter zuvor gereicht hatte. Die stand zwar noch, hatte aber ein weiteres Taschentuch hervorgeholt und wischte sich wieder und wieder über das Gesicht.

Selim, der seine Neugier nicht mehr zügeln konnte, ließ nicht nach: „Noch einmal, wie war das genau mit dem Unfall?"

Die Schwägerin sammelte sich und ihre geröteten Augen suchten nach seinen. „Die Straße, in der ich wohne, war bis vor kurzem komplett gesperrt. Wegen Straßenarbeiten. Da fuhren keine Autos mehr. Und sie wusste das, weil sie oft bei mir war. Wir waren wie Freundinnen. Aber am Montag letzter Woche, als sie hier im Krankenhaus war, wurde die Absperrung aufgehoben und die Straße wieder für den Autoverkehr freigegeben. Als wir dann bei mir waren, fragte sie mich noch, warum da wieder Autos fahren dürften. Sie wusste es also! Sie musste es doch wissen, wenn sie mich das fragte! Ich bin zusammen mit ihr über die Straße gegangen, weil ich auf der gegenüberliegenden Seite geparkt hatte. Wir haben beide das Auto gesehen, das die Straße entlangkam. Es war aber noch weit weg. Ich habe sie trotzdem schnell über die Straße geführt. Dabei ist mir unbemerkt mein Tuch aus der Handtasche gefallen. Dann klingelte auch noch mein Handy. Als ich versuchte, das Handy aus der Handtasche zu fischen, habe ich noch gesehen, wie sie wieder zurück auf die Straße lief, um dieses verdammte Tuch aufzuheben. Dieses verflixte, billige Kopftuch! Ich habe sie noch angeschrien, das Tuch liegenzulassen, aber da kam schon – dieses Auto."

Teilweise sprach sie undeutlich und verschluckte Silben, aber Selim hatte sie verstanden. Er fasste ihr an die Schulter. Sie sah ihn hilflos an. „Gülten Hanım", sagte er zu ihr, Frau Gülten. Mit „Teyze", Tante, wandte er sich an die Mutter. „Bahar'a çok iyi bakacağız. Bundan emin olabilirsiniz.

Elimizden her geleni yapacağız. Iyileşecek. Eski haline dönecek ve mutlu olacak."

Daraufhin nahm die Mutter Selims Hand in ihre beiden Hände. „Bizim kıza iyi bak! Lütfen, oğlum." Pass bitte gut auf unsere Tochter auf, mein Sohn.

Selim nickte. Er hatte gerade ein Versprechen gegeben. Er hatte versprochen, dass er sein Möglichstes tun würde, damit die Schwägerin und Schwiegertochter wieder gesund und glücklich würde. Und er hatte es auf Türkisch gegeben, damit sie ihm wirklich glaubten. Er wusste zwar nicht, ob und wie er das Versprechen einhalten konnte, er hatte es aber dennoch getan.

Er ließ sie alleine, wandte sich der Doppelflügeltür zu, drückte auf den Schalter an der Wand, blieb stehen und schaute zu, wie sie sich von selbst öffnete. Verdammte Neurointensiv! Immer wieder dieselbe Scheiße, die ihn da einholte. Warum hatte er das getan? Warum hatte er wieder einmal ein Versprechen gegeben, das er nicht einlösen konnte? Warum machte er so etwas? Er konnte wohl nicht anders. Das Leid der Angehörigen nahm ihn zu sehr mit. Er konnte es nicht von sich fernhalten, so wie es von ihm erwartet wurde. Dazu fehlte ihm schlicht die Professionalität. Außerdem konnte es sein, dass er mitverantwortlich war für das Schicksal dieser jungen Frau, die ihr ganzes Leben noch vor sich gehabt hätte. Was war bloß mit ihr während der Narkose geschehen? Wenn er es nicht besser gewusst hätte, hätte er angenommen, sie sei dement geworden. Dement mit einundzwanzig Jahren. Von jetzt auf gleich. Durch eine Narkose, eine kurze Narkose mit Propofol und Remifentanil. Und Sauerstoff. Nur fünf bis zehn Minuten lang. In den fünf bis zehn Minuten hätte sie sogar einen Herzstillstand haben können und es wäre ihr höchstwahrscheinlich nichts passiert. Konnte eine Narkose wirklich eine solche Wirkung haben? In den über zwanzig Jahren, in denen es diese beiden Medikamente gab, waren weltweit schon Hunderte Millionen Narkosen damit gemacht worden und nie war so etwas aufgetreten. Jedenfalls war ihm nichts dergleichen bekannt.

An eine psychische Störung konnte er auch nicht glauben. Er hatte sie doch gesehen und mit ihr gesprochen. Sie war vollkommen normal gewesen! Aber was für die meisten eine Kleinigkeit war, konnte manche Menschen so traumatisieren oder alte Wunden in ihnen aufreißen, dass sie dekompensierten und ihr Schutzwall zerbrach. Er konnte es trotzdem nicht glauben! Genauso wenig, wie er glauben konnte, dass sie drogenabhängig war. Sie hatte doch eine ganz normale Reaktion auf ihre Fehlgeburt gezeigt, weder zu depressiv noch zu euphorisch oder zu gleichgültig. Selim war völlig verunsichert. Konnten Narkosen so etwas anrichten?

Die Doppelflügeltür fiel wieder ins Schloss und weckte ihn aus seinen Gedanken. Er drehte sich noch einmal zur Intensivschwester um. „Steffi, ich möchte in die Akte der Patientin schauen. Kannst Du sie mir bitte mal raussuchen?"

Sie griff ohne von ihrer Tätigkeit aufzublicken in das entsprechende Fach, holte sie hervor und reichte sie ihm.

Er nahm sie, setzte sich abseits von allen auf einen freien Stuhl und blätterte sie durch. Da waren ein Ultraschallbefund vom Unterleib mit einem Fotoausdruck, ein Aufnahmebefund, ein Pflegebericht, ein postoperativer Überwachungsbogen und Durchschläge vom Anästhesie-Protokoll. Nichts Besonderes also.

Moment mal, da war noch der Durchschlag vom Aufwachraum-Protokoll! Selim hatte zwar das Original auf seinem Schreibtisch gesehen, aber der Durchschlag hatte gefehlt. Dort schrieben die Stationsschwestern, die die Patienten nach einer Operation überwachten, immer ihre Notizen hinein. Erst dachte er, es wäre ein Haken, aber es war mehr ein Strich. Jemand hatte die Anweisung von Martin, der Patientin das Schmerzmittel Metamizol zu verabreichen, durchgestrichen. Auf dem Original des Aufwachraum-Protokolls war das nicht so gewesen. Jemand hatte es also nur auf dem Durchschlag durchgestrichen und kein Kürzel dahinter gemacht. Aber diese Tinte kannte er doch! Mit dieser Tinte schrieb nur einer! Während sie alle irgendwelche beliebigen Stifte benutzten, um ihre Protokolle zu schreiben, gab es nur einen in der gesamten Abteilung, der ausschließlich seinen eigenen Stift benutzte. Natürlich nicht irgendeinen, sondern einen „Mont-Blanc". Und der schrieb eben anders als die anderen Stifte. Vielleicht war es auch eine besondere Tinte, die er benutzte. Selim wusste das nicht so genau, solche Dinge interessierten ihn nicht. Aber auch wenn diese Tinte auf normalem Papier edel wirkte, so zerlief sie auf dem dünnen Papier ihrer Protokolldurchschläge und schmierte, wie auch hier schwach zu erkennen war.

Winkler! Was hatte der mit der Patientin zu tun, und warum strich er Martins Anordnung durch? Er musste ihn unbedingt danach fragen! Das Ganze wurde immer mysteriöser.

Selim ging wieder zurück in den Gyn-OP und nahm die Brote aus seinem Rucksack, die er sich bereits am Vorabend für das Frühstück gestrichen hatte und die nun sein Mittagessen werden sollten. Er setzte sich in die Küche und blickte, auf den mittlerweile etwas teigigen Broten herumkauend, aus dem Fenster. Er hing in Gedanken dem Namen der Patientin nach. „Bahar" bedeutete „Frühling". Draußen war es hingegen ausgesprochen grau. Er hasste den Herbst. In Deutschland war neun Monate lang Herbst, dachte er. Einen Monat Frühling, einen Monat Sommer und einen Monat Winter, der Rest war Herbst. Irgendwie kamen seine anatolischen Gene damit nicht so gut zurecht. Die Tür ging auf.

„Hier sind Sie!" Es war die Neue.

Selim setzte sich aufrecht hin. „Ja, hier bin ich! Und Sie jetzt auch!" Er war wieder allein mit ihr! Sein Puls stieg.

„Martin, Herr Schäfer, hat gemeint, wenn ich Sie anderswo nicht finden könnte, sollte ich mal hier hineinschauen!"

Ach so, mit Martin ist sie also schon per Du! In ihm stieg ein Gefühl von Eifersucht auf, während sie fortfuhr: „Ich wollte nur Bescheid geben, dass mein nächster Patient ein Privatpatient ist und nachfragen, ob Sie als Oberarzt und Chefvertreter die Narkose bei diesem Patienten machen wollen?"

„Nein, ist in Ordnung, Sie können das ruhig machen. Wir sehen das hier bei uns nicht so eng mit den Privatpatienten."

Sie nickte, zögerte kurz und trat dann mit gesenktem Blick einen Schritt näher. „Vorhin, als Sie mich nach meinem Weggang aus Münster gefragt haben, da wollte ich nicht unhöflich sein."

„Ist schon gut. Ich muss ja nicht alles wissen. Geht mich auch nichts an!"

„Am Anfang war alles gut. Aber dann – hatte ich Schwierigkeiten."

„Sie müssen mir wirklich nichts darüber erzählen!"

„Aber ich möchte nicht, dass Sie schlecht von mir denken. Es kann sein, dass man falsche Dinge über mich erzählt."

„Für mich zählt nur, was Sie hier machen und nicht, was andere über Sie erzählen."

„Der Chef dort hat mich angemacht und ich habe ihn abgewiesen."

Das war deutlich. Ihre Offenheit überraschte Selim. Er benötigte einen kurzen Moment, um zu reagieren: „So etwas ist schlimm!"

„Ja, es war schlimm. Das eigentliche Problem war aber, dass er eine Affäre mit einer anderen Kollegin hatte. Und die hat angefangen, mich zu mobben, als sie mitbekam, dass er auch hinter mir her war. Sie hat mich in den Pausen abgelöst und den Patienten Medikamente gespritzt ohne es mir zu sagen oder es ins Protokoll einzutragen. Zunächst haben die Patienten nur länger geschlafen, sodass sich die Chirurgen über die langen Wechselzeiten zwischen den Operationen beschwert haben, aber ..."

„Das klingt unglaublich!" Auch und gerade schöne Frauen hatten es nicht leicht, dachte Selim. Die einen wollten sie besitzen, die anderen wollten sie loswerden.

„... aber das Schlimmste war, dass sie Aufkleber von Spritzen vertauscht hat und ich daraufhin eine schwerwiegende Komplikation hatte."

„Ist denn etwas passiert?"

„Ja, eine Patientin bekam einen allergischen Schock. Zum Glück konnte ich ihr rechtzeitig helfen, aber natürlich wurde ich zur Rechenschaft gezogen. Man fragte, wie ich ihr das

Medikament geben konnte, obwohl es überall dick und fett dokumentiert war, dass sie allergisch darauf reagieren würde. Dass die Spritze, die ich ihr gegeben hatte, mit etwas anderem beschriftet war, nahm mir niemand ab. Ab dem Zeitpunkt habe ich immer selbst die Medikamente aufgezogen. Ich konnte es ihr leider nicht beweisen … Es blieb mir danach nichts anderes übrig, als zu gehen, bevor noch schlimmere Dinge passiert wären."

Nach einer kurzen Pause sprach sie weiter. „Herr Winkler kennt mich noch gut aus Hamburg. Als ich ihn bei einem seiner Vorträge getroffen habe, hat er mir von der traurigen Geschichte mit ihrem Kollegen erzählt, und dass hier jemand gesucht wird. Daraufhin habe ich mich beworben."

„Das haben Sie gut gemacht. Wir können wirklich jede Hand gebrauchen. Es wird schon alles werden! Aber darf ich Ihnen mal etwas sagen?" Selim versuchte sie aufzuheitern. „Wie soll ich es ausdrücken? Sie sind wirklich sehr attraktiv. Und ungebunden? Da werden einige ihr Glück bei Ihnen versuchen!"

„Oh, danke. Ich fasse das mal als Kompliment auf. Ja, ich bin derzeit solo. Mein Freund hat mir nicht geglaubt, dass ich nichts mit meinem Chef hatte … Da ist es auseinandergegangen."

„Das tut mir leid."

„Und Sie, sind Sie verheiratet?"

„Nein, nur liiert!"

„Ich möchte mal eine Familie haben. Aber zuerst mache ich meinen Facharzt."

„Ja, das sollten Sie. Mit Familie ist das nicht so einfach. Aber sagen Sie dem Chef nichts von Ihren Plänen. Sie wissen schon. Obwohl ich nicht verstehen kann, wieso Chefs immer überrascht und beleidigt sind, wenn ihre Mitarbeiterinnen schwanger werden. Ich meine, ist doch von Natur aus so vorgesehen, oder?" Diese Worte hatte Selim schon tausendmal von Andrea, seiner Freundin, gehört. So ganz überzeugt davon war er selbst jedoch nicht.

„Was ist heutzutage noch natürlich, Herr Akkoyun. Sehen

Sie sich doch mal die Medizin an, die wir machen. Gerade wir arbeiten doch jeden Tag gegen die Natur.“

„Selim, ich heiße Selim. In der Anästhesie sind wir doch nicht so förmlich.“

Sie lächelte. „Und ich heiße Frederike.“

Selim betrachtete sie jetzt eingehend. Es kam ihm vor, als ob ihr anziehendes Äußeres von etwas ablenkte, was ihn noch mehr reizte. Er wollte sie so gerne näher kennenlernen, neugierig alle Schichten ihres Wesens nach und nach entblättern – aber er war schon mit jemand anderem zusammen!

„Du, Selim, gibt es hier Spinde für die Assistenten? Etwas, wo man seine Kittel und Bücher aufbewahren kann?“ Sie schien seine Blicke gespürt zu haben und sah ihm nun fest in die Augen.

Er wich jedoch aus und stand auf. „Ja, ich glaube so etwas gibt es, aber das nutzt hier keiner. Die meisten ziehen mit ihren Sachen von einer OP-Umkleide zur nächsten. Ich mache es auch so.“

„Also, wenn es so etwas gibt, ich könnte das gebrauchen. Ich habe nicht so viel Platz in meiner kleinen Bude im Schwesternwohnheim. Dann könnte ich wenigstens meine Kittel loswerden.“

Selim verschränkte die Arme und nickte. „Kein Problem, ich kümmere mich darum!“

Sie lächelte schüchtern und wandte sich ab, um die Küche wieder zu verlassen. Als sie jedoch an der Tür stand, drehte sie sich noch einmal zu ihm um und schaute ihm tief in die Augen: „Danke für die nette Aufnahme!“

‚Schön, dass du da bist!‘, dachte Selim, sagte aber nichts.

Nachdem die Tür hinter ihr zugefallen war, raffte auch er sich auf und beendete seine Mittagspause. Auf dem Weg zu seinem Dienstzimmer kam ihm im Flur eine junge Frau, etwa um die dreißig, mit Hosenanzug und akkurat zu einem Bob frisierten, rotbraunen glatten Haaren entgegen. Sie sprach ihn zielstrebig an. „Sind Sie Dr. Akkoyun?“

Ihre aufgeräumte Erscheinung machte sie für ihn nicht wirklich attraktiv. Sie wirkte sehr kontrolliert und fuhr auch gleich fort. „Ich bin Polizeikommissarin Degenhardt. Herr Professor Westermann sagte, dass Sie in den Vorfall von heute Morgen involviert waren. Außerdem taucht Ihr Name im Zusammenhang mit einer weiteren Patientin auf, die auf ungewöhnliche Weise einen Unfall erlitten hat und nun bei Ihnen auf der Intensivstation liegt. Können wir uns irgendwo ungestört unterhalten?"

Selim hob nur zögerlich seinen Blick, konzentrierte sich dann aber vollständig auf ihre Augen. Er versuchte in ihnen zu lesen, was sie von ihm wollte. Diese Frau benutzte jedoch einstudierte Sätze und Mimiken. Er konnte nicht hinter ihre Fassade blicken.

„Was kann ich für Sie tun?", fragte er stockend.

Degenhardt bemerkte seine Zerfahrenheit. Sie hatte ihm doch gerade gesagt, was er für sie tun konnte. Aber auch sie konnte ihn nicht deuten. Bei den meisten Menschen löste die Begegnung mit einem Polizisten Verunsicherung aus. Hier jedoch schien die Intensität, mit der ihr Gegenüber sie musterte, seine Aufmerksamkeit komplett zu binden. Sie wiederholte geduldig ihre Frage: „Gibt es ein Besprechungszimmer in der Nähe, in dem wir uns ungestört unterhalten können?"

Selim senkte kurz seinen Blick, sammelte sich und konzentrierte sich jetzt auf das Gespräch. „Ja, natürlich. Wir können in mein Dienstzimmer gehen. Bitte, hier entlang." Zügigen Schritts ging er die zehn Meter bis dorthin voraus und öffnete die Tür.

Degenhardt betrat den Raum. Selim bot ihr einen der beiden Sessel an, die ansonsten den Patienten und ihren Angehörigen zugedacht waren und setzte sich selbst auf den Arztsessel. Normalerweise war er es, der das Gespräch in die Hand nahm, aber mit einer Kommissarin hatte er es noch nie zu tun gehabt, und so erwartete er eine vollkommen neue, für ihn ungewohnte Situation. Sie sollte die Gesprächsführung übernehmen.

Degenhardt sah sich zunächst kurz um. Abgesehen vom Schreibtisch war der Raum mit drei Sesseln und einer

Dreier-Couch möbliert, die an einer Wand stand. In einer Zimmerecke befand sich eine Garderobe. Eine offenstehende Tür führte in eine Toilette oder einen Duschraum. Der Schreibtisch war zwar bis auf einen Bildschirm und eine Tastatur leer, die Ablagen quollen jedoch über. Jetzt konnte sie auch ihn in Augenschein nehmen. Halblange, leicht gelockte schwarze Haare, die im Nacken etwas zu lang waren. Ein Schnitt war zwei bis drei Wochen überfällig, schätzte sie. Der Teint war zu dunkel für ihren Geschmack, sie mochte lieber die hellen Typen. Die großen grün-braunen Augen milderten die markanten Gesichtszüge etwas. Die Figur war sportlich, die Hände hingegen im Gesamteindruck fast zu fein. Und darauf achtete sie ganz bewusst: Der Ringfinger war eindeutig länger als der Zeigefinger. „Herr Akkoyun, können Sie mir etwas über die Vorgänge hier im OP erzählen? Passiert es öfter, dass Blut von der Decke regnet?“

Selims Kittel spannte an seinem Rücken und seine Kehle fühlte sich trocken an. „Es tut mir leid, dass ich Ihnen dazu nichts sagen kann. Ich war selbst total schockiert. Haben Sie denn irgendein Indiz, woher das ganze Blut stammen könnte?“

Das wollte sie doch gerade von ihm wissen. „Ich hatte gehofft, Sie könnten uns erzählen, ob es in ihrer Abteilung irgendeinen – sagen wir mal – Scherzbold geben könnte, der auf die Idee käme, Blut in die Zwischendecke zu schaffen und es dann herunterregnen zu lassen. Unsere Leute haben nämlich nichts weiter dort oben gefunden.“

„Ich kann Ihnen beim besten Willen niemanden nennen, dem ich so etwas zutrauen würde.“

Degenhardt blickte kurz auf die Papiere in ihrer Hand. „Eine Krankenschwester hat angedeutet, dass es dem Doktor, auf den das ganze Blut geflossen ist – diesem ‚Nazi‘, wie sie sagte – ganz recht geschehen sei. Können Sie mir vielleicht diese Aussage näher erläutern?“

„Ich kann mir nicht vorstellen, was damit gemeint sein soll.“ Selim würde ihr sicher nicht unter die Nase reiben, welche Querelen insbesondere er selbst in der Vergangenheit mit Meise schon gehabt hatte! In einem bewusst gewählten, bestimmenden Tonfall sprach er weiter. „Glauben Sie mir, wir sind alle perplex und können uns das Ganze nicht erklären. Ich hoffe, Sie bekommen heraus, wer dafür verantwortlich ist, und wenn es jemand aus unserem Krankenhaus ist, gehört derjenige ganz sicher nicht mehr hierher!“

Degenhardt musterte ihn nochmals eingehend, aber in dieser eigenartigen Sache, so befürchtete sie, würde sie hier wieder nicht weiterkommen. Keine der bei dem Vorfall im OP anwesenden Personen hatte bisher irgendwelche zweckdienlichen Hinweise geben können. Vielleicht ergab sich ja in der anderen Angelegenheit etwas. „Gut, warten wir in dieser Sache die weiteren Ermittlungen ab.“ Sie blätterte kurz in ihren Papieren. „Können Sie mir etwas über Frau Bahar Bingöl erzählen? Gab es bei ihrer Narkose irgendwelche Komplikationen?“

Selim konnte seine Überraschung über diese Frage nicht verbergen. Was hatte denn das Polytrauma hiermit zu tun, wo war der Zusammenhang, fragte er sich, und er versuchte so normal wie möglich zu klingen. „Also, soweit ich mit der Narkose und der Betreuung von Frau Bingöl befasst war, gab es keinerlei Besonderheiten. Vor und während der Narkose lief alles genauso wie immer. Ich kann mir ihr Verhalten nach der Narkose aus anästhesiologischer Sicht nicht erklären.“

Die Antwort kam Degenhardt etwas zu zögerlich. Dafür, dass er genau Bescheid zu wissen schien, worum es ging, dauerte es zu lange. Außerdem hatte sie seine Unruhe bemerkt, also bohrte sie weiter nach. „Ihr Verhalten nach der Narkose, sagen Sie. Genau darum geht es. Die Verwandten sagen, dass sie ab dem Zeitpunkt, als sie aus der Narkose erwachte, ein anderer Mensch gewesen sei. Sie haben sie sogar als seelenlos bezeichnet. Dieser Zustand hat wohl letztendlich auch dazu geführt, dass sie vor das Auto gerannt ist.“

„Ich kann Ihnen nur sagen, dass es aus anästhesiologischer Sicht keinerlei Gründe für ein solches Verhalten gibt. Vielleicht lagen psychische Ursachen zugrunde. Vielleicht hatte sie eine Depression. Bei Depressionen kann man eine

Suizidgefährdung niemals ausschließen." Selim versuchte, sie nun auf eine falsche Fährte zu locken, um ja nicht über seine eigenen Nachforschungen sprechen zu müssen. Das würde doch nur weitere Fragen nach sich ziehen, befürchtete er.

„Denken Sie, dass sie eine Depression hatte?"

„Ich weiß es nicht, ob sie eine hatte. Ich bin kein Psychiater. Was ich Ihnen sagen kann, ist, dass aus anästhesiologischer Sicht nichts Außergewöhnliches aufgetreten ist und dass ihr Verhalten, so wie ich es wahrgenommen habe, sehr stark auf eine Depression hinweist. Jedenfalls nach dem, was ich davon noch aus meinem Studium weiß."

Degenhardt lehnte sich zurück. „Woher wissen Sie eigentlich von ihrem Verhalten nach der Narkose?"

„Ich habe heute mit ihrer Schwägerin und ihrer Mutter gesprochen, sie haben es mir erzählt", erklärte Selim.

„Für mich als medizinischen Laien wirkt das Verhalten der Patientin so, als ob sie K.O.-Tropfen erhalten hätte. Solche Substanzen wenden Sie in der Anästhesie doch an, oder?" Damit setzte Degenhardt jetzt das Signal, dass sie nicht so unwissend war, wie Selim vielleicht denken mochte.

„Ja, an so etwas habe ich auch gedacht. Das wäre für mich die einzige weitere Erklärung für ihr Verhalten. Wir setzen die Benzodiazepine, die Sie ansprechen, ein, um Patienten die Angst vor einer Narkose zu nehmen. Frau Bingöl hat aber keine Benzodiazepine von uns erhalten. Weder ich noch der andere Kollege, der sie betreut hat, haben ihr ein derartiges Präparat verabreicht. Aber selbst wenn, würde keines der mir bekannten Benzodiazepine eine solch lange Wirkung haben. Schließlich war, als sich der Unfall ereignete, fast eine Woche seit der Narkose vergangen. Möglicherweise hat sie aus einer anderen Quelle Benzodiazepine bekommen?" Das stellte Selim einfach mal in den Raum, er wusste ja bereits, dass der Hausarzt ihr etwas verschrieben hatte. Jetzt sollte die Polizistin mal zeigen, was sie zu bieten hatte.

„Das hat sie tatsächlich. Der Hausarzt hat ihr Valium verschrieben. 5 Milligramm. Wir haben die Verpackung gefunden. Es fehlte aber nur eine Tablette. Und laut der

Angehörigen hatte sie diese auch schon ein paar Tage vor dem Unfall genommen. Ansonsten hatte sie keine weitere Medikation." Degenhardt pokerte ebenfalls und tat, als ob sie die Befragung selbst durchgeführt hätte. Tatsächlich hatte sie nur gerade eben den Bericht überflogen, den Jürgens ihr in die Hand gedrückt hatte.

Selim traute ihr nicht. Sie sagte nicht, was sie dachte. Gut, dann würde er es auch nicht tun. „Vielleicht hat sie einen besonderen Stoffwechsel und kann das Zeug nicht abbauen. Ansonsten fällt mir nichts dazu ein. Es kommt gelegentlich, wenn auch selten, vor, dass diese Medikamente viel länger als üblich wirken."

„Laut Aussage der Angehörigen hat dieser Zustand aber schon nach der Narkose bestanden und nicht erst nach der Valium-Einnahme. Und 5 Milligramm sind wirklich nicht viel, oder?"

„Nein, das ist wirklich nicht viel. Aber es gibt nichts, was es nicht gibt!", erwiderte Selim fast ein wenig spöttisch.

Es stellte sich eine kurze Pause ein, in der Degenhardt einen Coup vorzubereiten schien. Dann warf sie ein: „Haben Sie eigentlich von den Dracula-Morden gehört?"

Selim drehte den Kopf zur Seite, überlegte kurz und blickte ihr dann direkt in die Augen: „Ich weiß wirklich nicht, was Sie meinen."

„Haben Sie denn nicht die Meldungen der letzten Wochen verfolgt?"

Selim schien erst jetzt ein Licht aufzugehen. „Meinen Sie etwa diesen verrückten Mörder, den sie ‚Dracula' nennen?"

Degenhardt fixierte nun Selim eindringlich. „Ja, genau den meine ich!"

Der runzelte die Stirn. „Was soll dieser Dracula mit Frau Bingöl zu tun haben?"

„Tja, das fragen wir uns auch, Herr Akkoyun. Sie würde in das Schema dieser Morde passen. Sie ist jung und eine Türkin."

„Ich dachte, die Opfer dieses Draculas wären Männer gewesen?"

Sie wich ihm aus. „Was meinen Sie … Sie sind doch auch Türke … warum hat sich der Mörder ausschließlich Türken ausgesucht?"

„Weil er ein Rassist ist? Rassisten und Neonazis haben es ja anscheinend in Deutschland nicht schwer, Morde zu begehen, wie man am Beispiel NSU gesehen hat!"

Er wusste zwar, dass er jetzt ein wenig über die Stränge geschlagen hatte, aber diese Polizistin stellte eine in seinen Augen vollkommen abstruse Verbindung zu irgendwelchen Morden her.

„Seien Sie unbesorgt, wir verfolgen alle Spuren, auch die ins rechtsradikale Milieu! Ich dachte, dass vielleicht Sie als ein Arzt, der die kulturellen Hintergründe kennt, irgendeine Idee dazu hätten!" Degenhardt bemühte sich um einen verbindlichen Ton.

„Auch wenn ich türkischer Herkunft bin, kann ich Ihnen beim besten Willen nicht sagen, was sich ein krankes Hirn denkt, das solche Taten begeht! Haben Sie dafür nicht Psychologen?"

Hiermit kam sie also auch nicht weiter. Sie startete einen neuen Versuch. „Wissen Sie, unsere Rechtsmediziner fragen sich, wie es jemandem gelingen kann, seine Opfer quasi unverletzt ausbluten zu lassen. Hätten Sie eine Idee?"

„Ganz unverletzt waren sie ja nicht, oder? Nach den Berichten, die ich in den Zeitungen gelesen habe, gab es diese Einstiche am Hals. Deswegen hat doch auch der Mörder seinen reißerischen Namen von der Presse bekommen."

„Fragen Sie sich denn nicht auch, wie es sein kann, dass mir jemand Stiche in den Hals versetzt und mich ausbluten lässt, ohne dass ich mich dagegen wehren würde?"

Selim wusste, worauf sie hinauswollte. „Denken Sie, dass die Opfer narkotisiert wurden?" Eine andere Vermutung hätte sie bestimmt nicht dazu veranlasst, genau das in seiner Gegenwart anzusprechen.

„Es wäre im Bereich des Möglichen, oder nicht? Ich meine, wer narkotisiert ist, wehrt sich nicht und weist auch keine Anzeichen von Gewalteinwirkung auf!"

Selim dachte nach. „Das ist zwar eine relativ einfache Betrachtungsweise einer Narkose, aber natürlich kann man bestimmte Medikamente in Getränke oder in Speisen mischen. Wenn diese Medikamente jedoch so stark wirken, dass eine Narkose eintritt, müssen die Lebensfunktionen, insbesondere die Atmung, aufrechterhalten werden. Die Sicherung der Atemwege stellt in gewisser Weise eine Art Körperverletzung dar. Hatten die Opfer Spuren von medizinischen Manipulationen oder Spuren von Narkotika im Blut? So etwas müsste doch die Rechtsmedizin festgestellt haben."

„Ich kann Ihnen über laufende Ermittlungen natürlich keine Auskunft geben." Degenhardt wich zunächst aus, fragte dann aber in Columbo-Manier weiter. „Gäbe es denn aus Ihrer Sicht Vorgehensweisen, nach denen es Menschen tolerieren würden, sich Stiche in den Hals versetzen und langsam ausbluten zu lassen, ohne dass die dabei verwendeten Substanzen später nachgewiesen werden könnten?"

„Sie meinen, abgesehen davon, dass es sich um einen Vampir handelt, der seine Opfer betört, sie beißt, und sie dann aussaugt? Lassen Sie mich mal überlegen … wenn es nicht einmal mehr im Blut nachweisbar ist? Das ist eigentlich nicht möglich. Heutzutage lässt sich alles nachweisen, denke ich."

„Nehmen wir einmal an, dass aus irgendeinem Grund eben nichts nachgewiesen werden kann. Wie könnte das aus Ihrer Erfahrung heraus möglich sein?" Mittlerweile war nicht mehr zu erkennen, ob Degenhardt ernsthaft an einer Lösung dieses Falls interessiert war, ob sie also Selim verhörte, oder ob der Fall sie persönlich interessierte.

Selims Sherlock-Holmes-Geist war jedenfalls geweckt. Er überlegte laut. „Wie Sie schon vermutet haben, müssten jemandem K.O.-Tropfen oder ähnliche Substanzen untergejubelt werden, und zwar ohne dass es eine äußere Spur hinterlässt. Danach wäre die Punktion einer Vene oder einer Arterie möglich, obwohl hierzu ein ganz bestimmter Zustand erreicht werden muss. Der Schlaf muss tief genug sein, damit eine exakte Punktion der Halsgefäße in absoluter Ruhe möglich ist, ohne dass sich derjenige wehrt oder bewegt. Andererseits darf er nicht zu tief sein, da ansonsten ein Atemstillstand eintritt. Wir machen so etwas ständig, aber wir überwachen unsere Patienten dabei ganz genau. Da wir unser Vorgehen zuvor ausführlich mit ihnen besprochen haben, können wir zudem auf ihre Kooperation vertrauen, wenn sie wach würden und etwas von den Maßnahmen mitbekämen. Sobald eine Ader punktiert ist, ist es eigentlich kein Problem mehr, die Narkose exakter zu führen. Rein von der Abfolge her wäre es also theoretisch möglich."

Degenhardt wirkte ein wenig enttäuscht, aber eines wollte sie doch noch wissen. „Wie ist das überhaupt, wenn jemand verblutet? Verliert derjenige dann sein gesamtes Blut?"

„Nein, natürlich nicht! Ab einem sogar ziemlich kleinen Blutverlust erleidet man einen Kreislaufkollaps. Steht der Kreislauf erst einmal still, kann nur noch das Blut austreten, das in dem betreffenden Körpersegment vorhanden ist. Das heißt: Ein vollständiges Ausbluten ist meines Erachtens unmöglich. Um das zu erreichen, müssten Sie jemanden schon wie ein geschlachtetes Tier über eine längere Zeit abhängen. Wieso fragen Sie? Waren die Opfer etwa derart ausgeblutet?"

„Wie gesagt, dazu kann ich nichts sagen!", erwiderte Degenhardt reserviert.

Selim beließ es dabei, fragte aber noch: „Und was hat das alles mit Bahar Bingöl zu tun?"

„Wir gehen derzeit jeder Spur nach. Wie gesagt, sie passt in das Opferschema, und ihr Verhalten vor dem Unfall legt die Vermutung nahe, dass ihr Medikamente oder Drogen verabreicht worden sind. Wir untersuchen das derzeit!"

„Hm, wenn Sie meinen …"

Plötzlich ging die Tür auf und Anke schaute hinein: „Selim!" Als sie Degenhardts Anwesenheit bemerkte, entschuldigte sie sich rasch und verschwand wieder. Selim stand auf und tat damit kund, dass das Gespräch für ihn beendet war. Er war überzeugt, dass das, was Anke wollte, wichtig war. Degenhardt erhob sich eher widerwillig aus ihrem Sessel.

Selim öffnete ihr die Tür. „Wenn Sie noch Fragen haben, können Sie mich gerne anrufen lassen. Ich muss ein wenig nach dem Rechten schauen. Wir sind heute nicht gut besetzt, und wie Sie selbst vorhin erwähnten, trage ich hier derzeit die Verantwortung."

Degenhardt fühlte sich hinausgedrängt. Sie erwartete zwar momentan keinen Informationsgewinn mehr, aber normalerweise war sie diejenige, die Gespräche beendete. Sie verabschiedete sich in betont eisigem Tonfall: „Ich werde darauf zurückkommen!"

Selim ließ sich von ihrem Verhalten nicht beeindrucken, lief stattdessen mit großen Schritten an ihr vorbei und rief Anke hinterher: „Anke, wolltest du etwas von mir?"

Anke blieb daraufhin stehen, nickte Degenhardt zu, die im Vorbeigehen auch sie inklusive ihres Namensschildes genauestens musterte, und antwortete etwas verkrampft. „Ja, Selim, entschuldige bitte, das Dienst-Handy hat sich gemeldet. Die Ambulanz braucht einen Anästhesisten." Sie gab ihm mit ihrer freien Hand das Handy. Mit der anderen Hand hielt sie ihren riesigen Thermobehälter, in dem sie immer ihr Essen mitbrachte, fest. „Ich mache jetzt Pause, ja? Die OPs sind fertig!"

„Natürlich, erhol dich ein wenig, war ein anstrengender Tag!", antwortete er und war froh, dank Anke weiteren Fragen dieser unangenehmen Polizistin entkommen zu sein.

- 9 -

Degenhardt hatte sich etwas verspätet, aber sie verloren darüber kein Wort. Stattdessen bat Dr. Grober sie mit einer einladenden Geste zu sich hinein und bot ihr den gewohnten Platz an. Die Sitzungen fanden immer bei ihm zuhause statt wie bei vielen Psychologen, die sie kennengelernt hatte. Es gab eine Art Arbeitszimmer in seiner Privatwohnung. Auf Degenhardt wirkte es aber eher wie ein Zimmer für alles. Alles außer Haushalt. Arbeit, Hobbys, Katzen, aber kein Haushalt. Und immer hatte sie den Eindruck, als würde er kurz bevor sie kam nur schnell den einen Sessel leer räumen. Auf dem Schreibtisch befand sich ebenfalls nur ein kleiner freier Bereich in der Mitte, um den herum sich die losen Blätter und Akten stapelten. Das übliche Glas Wasser stand für sie bereit, wie immer zimmerwarm. Na ja, wenigstens befeuchtete es die Kehle. Kaum nippte sie am Glas, da legte er schon los.

„Was denken Sie über die Dracula-Morde?"

Sie war etwas irritiert. Mit dieser Frage hatte sie nicht gerechnet. Normalerweise wurde erst einmal über ihre persönlichen Erlebnisse der vergangenen Woche gesprochen. „Über Berufliches darf ich Ihnen nichts sagen, das wissen Sie!", wehrte sie ab.

Er legte beide Hände zusammen, Daumen an Daumen und jeweils Finger an Finger, stützte die Daumen auf seiner Brust ab und fixierte sie eingehend. „Ich weiß, Sie meinen die laufenden Ermittlungen. Aber ich möchte nichts über Ihre Ermittlungen erfahren. Ich möchte etwas über Sie wissen."

„Was haben diese Morde mit mir zu tun?" Sie wollte einfach nicht darüber reden. Er sollte es verstehen.

„Ich möchte wissen, was Sie darüber denken? Ganz privat."

„Was soll ich schon denken?" Sie fragte sich, was sie seiner Meinung nach denken sollte.

„Sagen Sie es mir einfach: Was denken Sie darüber?"

„Na, dass da ein Irrer herumläuft, der Menschen aussaugt."

„Denken Sie das? Ist es das, was Sie denken?"

„Natürlich. Wieso sollte ich etwas anderes denken?"

„Na, weil Sie Profi sind. Ist das ein professionelles Denken über eine Straftat?"

„Sie wollten doch meine private Meinung hören!" Jetzt verstand sie ihn nicht mehr. Eben hieß es privat und jetzt war es nicht professionell genug.

„Ja, die wollte ich. Aber Sie sind Polizistin. Die Polizisten, die ich kenne, hätten, nach ihrer persönlichen Meinung gefragt, Dinge gesagt wie: So etwas hätten sie bisher noch nicht erlebt. Eine Mordserie, bei der jemand seine Opfer so herrichtet, als seien sie von einem Vampir getötet worden!"

„Und was ist jetzt der Unterschied zu dem, was ich gesagt habe?"

„Sie haben nicht von der Außergewöhnlichkeit dieser Mordserie und auch nicht von Mord und Tod gesprochen!"

„Habe ich nicht?"

„Nein, haben Sie nicht! Also noch einmal: Was denken Sie?"

„Na gut. Da ist ein Irrer, der seine Opfer auf außergewöhnliche Weise wie ein Vampir tötet." Sie klang jetzt trotzig.

Grober musterte sie unablässig und behielt seinen monotonen Sprechstil bei: „Was passiert, wenn man von einem Vampir gebissen wird?"

„Wie meinen Sie denn das jetzt?" Degenhardt dachte allmählich, dass die Sitzung heute rein gar nichts bringen würde.

Grober faltete seine Hände auseinander und beugte sich leicht vor: „Ist man dann tot?"

Degenhardt sah an ihm vorbei und blickte dann zu Boden, sagte aber nichts.

Grober wollte ihr auf die Sprünge helfen. „Sterben in den Spielfilmen alle Menschen, wenn sie von Vampiren gebissen werden?"

„Nein, sie sterben nicht alle", antwortete sie zaghaft.

„Genau, manche leben weiter! Sie werden ebenfalls zu Vampiren und damit unsterblich."

„Ja, das werden sie wohl. Unsterblich. In Filmen."

Degenhardt sah ihm jetzt direkt in die Augen.

„Sind diese Menschen, die Opfer unseres Vampirs hier wurden, Ihrer Meinung nach tot?"

Degenhardt wusste nicht, worauf er hinauswollte.

„Sind diese Menschen tot?", wiederholte Grober.

„Natürlich sind sie tot!" Degenhardt schüttelte den Kopf, so als ob es keine andere Antwort auf diese Frage geben durfte. „Jedenfalls ist noch keiner wieder auferstanden", fügte sie zaghaft hinzu.

„Glauben Sie an die Seele?", bohrte Grober weiter in ihrer nach.

„Meinen Sie, ob ich an Gott glaube?"

„Nein, ich meine, ob Sie an die Seele glauben. Von einem Gott ganz abgesehen. Glauben Sie, wir sind endgültig tot – oder glauben Sie, wir leben nach dem Tod weiter?"

„Ich weiß nicht!"

„Haben Sie sich nie Gedanken darüber gemacht oder sind Sie sich nur unsicher wie fast alle Menschen?"

„Ich weiß nicht, was nach dem Tod ist. Wer weiß das schon? Wissen Sie's?"

„Ob ich eine Seele habe oder nicht, weiß ich nicht. Aber ich weiß, dass mein Körper irgendwann tot sein wird. Was ist mit Ihrem Körper? Wird der eines Tages sterben?"

Sie gab sich keine Blöße. „Natürlich werde ich eines Tages sterben, genau wie jeder andere. Was ist denn das für eine Frage?" Sie wurde langsam ungeduldig. Worauf wollte Grober nur hinaus?

Der hatte erkannt, dass er so nicht weiterkam. „Was ist mit Ihrem Vater? Wie ist er gestorben?"

Degenhardt lehnte sich zurück und sagte fast gleichgültig: „Es heißt, er hatte einen Herzinfarkt."

„Waren Sie nicht dabei, als er gestorben ist?"

„Ich weiß nicht."

„Sie sagten doch, er sei unter Ihren Augen verstorben, soweit ich mich erinnern kann."

„Nein, das habe ich nicht gesagt. Ich weiß nicht, wann er gestorben ist. Ich weiß doch nicht, ob er genau in dem

Moment gestorben ist, als ich dabei war."

„Liebten Sie ihren Vater?"

„Natürlich habe ich ihn geliebt."

„Hat Ihr Vater Sie geliebt?"

„Er hat es gesagt."

„Hatten Sie das Gefühl, dass er Sie geliebt hat?"

„Ich weiß nicht."

„Als Kind weiß man doch, ob man geliebt wird, oder nicht?"

„Ich denke, er hat mich geliebt."

„Wieso denken Sie das?"

„Er hat es gesagt."

Pause.

Grober stand auf und füllte ihr Glas erneut mit Wasser. Sie hatte es während der letzten Sätze Schluck für Schluck geleert. Er setzte sich wieder hin, lehnte sich vor und formulierte die nächsten Worte ganz behutsam: „Hat ihr Vater Sie jemals berührt?"

Degenhardt antwortete wie aus der Pistole geschossen: „Natürlich hat er mich berührt."

Grober versuchte einfühlsam zu bleiben: „Wie hat er Sie berührt?"

„Wie jeder Vater seine Tochter berührt! – Sie denken immer noch, ich wäre von ihm missbraucht worden, nicht wahr? Ich habe Ihnen doch schon etliche Male gesagt, dass das nicht der Fall war! Wieso kommen Sie immer wieder auf dieses Thema?" Degenhardt schien verärgert und drehte sich nach links und nach rechts, so als wollte sie fliehen, blieb aber sitzen.

„Weil Sie Verhaltensmuster zeigen, die das nahelegen. Und ich denke, es täte Ihnen gut, wenn Sie es sich eingestehen würden!" Grober schien erbost zu sein, dass sie seine Strategie durchschaut hatte und jetzt alles, was er sich für heute vorgenommen hatte, kaputtmachte.

„Ich bin aber nicht missbraucht worden! Nicht von meinem Vater und auch von niemand anderem sonst! Das hatten wir doch bereits geklärt!"

„Und warum haben Sie dann die Probleme, die Sie haben?" Grober hatte sich nicht mehr ganz unter Kontrolle.

„Das sollen Sie mir doch sagen, dafür sind Sie doch da!", fauchte sie ihn an. Langsam hatte sie das Gefühl, an den falschen Psychologen geraten zu sein. Der hier hatte offenbar stets nur eine Erklärung für alles.

„Ihr ganzes Verhaltensmuster – Ihre Ängste, Ihre Albträume, Ihr geringes Selbstwertgefühl, Ihre Schwierigkeiten, Gefühle zu zeigen – deuten darauf hin, aber irgendetwas hindert Sie daran, es sich einzugestehen. Wieso lassen Sie sich nicht auf eine Hypnose ein? Damit könnten wir herauskriegen, was es ist!" Er flehte jetzt fast.

„Nein, Hypnose kommt nicht in Betracht!" – „Sie sind doch ein ausgebildeter Psychologe, sie müssen doch auch so herausfinden können, was mit mir los ist!", schrie sie ihn an. Sie würde ihr Bewusstsein keinesfalls in irgendwelche fremden Hände geben. Ihr Bewusstsein nicht und schon gar nicht ihr Unterbewusstsein.

„Okay, belassen wir es dabei!" Grober machte eine Pause. Dann holte er tief Luft, um etwas zu sagen, entschied sich jedoch anders und behielt es für sich. Er stand auf, nahm sich ein Glas, das auf dem Tisch stand, goss Wasser hinein, trank es aus, setzte sich wieder hin, faltete die Hände zusammen und hob resigniert den Blick: „Also, was haben Sie in der letzten Woche erlebt?"

Endlich geht es hier mal los! Degenhardt lehnte sich im Sessel zurück und begann von der schönen Wohnung zu erzählen, die sie am vergangenen Samstag besichtigt hatte

- 10 -

Nachdem Selim in der Ambulanz noch eine kurze Narkose zur Einrenkung eines Bruchs durchgeführt hatte, beschloss er, Winkler zu befragen, warum er bei Bahar Bingöl im Aufwachraum gewesen war und Martins Anordnung durchgestrichen hatte. Er klopfte also an die Tür seines Dienstzimmers und wartete. Aber niemand öffnete oder meldete sich. War der etwa schon gegangen? Selim horchte an der Tür, aber das einzige, was er hörte, waren die Geräusche, die aus dem Vorzimmer seines Chefs zu ihm herüberdrangen. Frau Stein war demnach noch da, obwohl sie nur eine Halbtagsstelle hatte. Wohl aber nicht mehr für lange, denn sie räumte bereits ihre Sachen weg, schloss die Türen der Aktenschränke ab und verabschiedete sich. „Auf Wiedersehen, Professor Westermann! Vielleicht sollten Sie heute auch etwas eher nach Hause zu Ihrer Familie gehen!"

Hatte der überhaupt eine Familie? Doch, jetzt erinnerte Selim sich wieder! Eine Tochter hatte er, so um die zwanzig Jahre alt.

Selim beeilte sich, in sein Zimmer, das sich direkt neben Winklers befand, zu gelangen. Ansonsten drohte ihm ein Smalltalk mit Frau Stein oder dem Chef, wozu er überhaupt nicht aufgelegt war. Erschöpft ließ er sich auf die Schlafcouch fallen und arbeitete den Tag auf: beileibe kein stinknormaler Montag! Erst der Blutregen, unfassbar! Wer oder was war bloß dafür verantwortlich? War es nur ein schlechter Scherz, wie es diese Kommissarin andeutete? Oder steckte mehr dahinter? Diese vielen merkwürdigen Fragen, die sie gestellt hatte … Dann die Neue, Frederike, wobei sie doch eine schöne Abwechslung war! Und dann noch die Geschichte mit der jungen Türkin, Bahar Bingöl. Was hatte sie derartig verändert, seitdem sie aus der Narkose erwacht war? Da musste es einen Zusammenhang geben! Martin war wie üblich vorgegangen, daran konnte es nicht liegen. Was aber hatte Winkler damit zu tun? Den sahen sie nachmittags so gut wie nie bei den Patienten. Warum sollte er gerade zu dieser Patientin gegangen sein?

Als er nachdenklich seinen Blick umherschweifen ließ, bemerkte er den Türrahmen hinter seinem Schlafsofa. Natürlich! Das war doch die Verbindungstür zwischen ihren beiden Zimmern, seinem und Winklers. Wieso war sie ihm vorher nie wirklich aufgefallen? Er schob das Sofa zur Seite und drückte die Klinke herunter. Selbstverständlich war sie abgeschlossen. Selim glaubte nicht, jemals einen Schlüssel für diese Tür erhalten zu haben, aber … Frau Stein musste doch einen haben! Entschlossenen Schrittes machte er sich zu Westermann auf und schaute hinein. „Hallo, Chef!" Der Gestank von heute früh war glücklicherweise verflogen.

„Herr Akkoyun! Nichts zu tun?" Westermann wirkte überrascht.

„Dadurch, dass der Urologie-OP nicht läuft, habe ich als Springer tatsächlich wenig zu tun. Aber ich wollte der neuen Kollegin, Frau Dr. Weber, den Schlüssel von Beckmanns Kellerspind geben. Können Sie mir eventuell sagen, wo Frau Stein die Schlüssel dafür aufbewahrt?"

„Wer benutzt denn noch diese Spinde?" Westermann wusste offensichtlich auch, dass die mittlerweile eigentlich überflüssig waren.

„In Münster hatten sie die auch und da hat sie mich gefragt, ob wir auch welche hätten." Komm schon! Nimm es jetzt einfach hin!

„Frau Stein bewahrt alle Schlüssel in ihrem Schreibtisch auf. Und der Schlüssel für die Schreibtischschublade ist hier im Giftschrank. Für den haben Sie doch selbst einen Schlüssel, oder?"

Im Giftschrank, dem kleinen Tresor, in dem die Abteilung die Morphine für die Diensthabenden lagerte. „Ja, danke!", erwiderte Selim erleichtert.

Jetzt hatte Westermann ein Anliegen. „Herr Akkoyun, kommen Sie bitte noch mal kurz herein! – Und? Haben Sie irgendetwas herausgefunden? Über die junge Türkin, das Polytrauma? Und hatten Sie ebenfalls Besuch von der Kripo?"

Selim war dankbar für die Ablenkung von seinem Vorhaben. „Es klingt alles mysteriös, Chef! Die Angehörigen erzählen, dass wir ihr die Seele genommen haben. Das ist natürlich Humbug, aber komisch ist die Sache trotzdem! Und diese Kommissarin kam immer wieder auf irgendwelche Morde, die aktuell durch die Presse gehen, zu sprechen. Mir kam es fast so vor, als ob die der Meinung wäre, dass wir und auch das Polytrauma etwas damit zu tun haben könnten."

„Ja, die hat auch mir recht eigenartige Fragen gestellt. Was meinen sie mit ‚Seele genommen'?"

„Wenn ich es nicht besser wüsste, würde ich sagen, dass sie sich verhielt, als ob sie eine anhaltende anterograde Amnesie hatte! Sie hat nichts mehr behalten können und sich nur noch an Dinge erinnert, die zeitlich vor der Operation lagen. Alles, was sie danach gemacht hat, hat sie innerhalb von Sekunden wieder vergessen. So, als ob ein Benzodiazepin extrem lang nachgewirkt oder sie dauerhaft welche bekommen hätte. Und genau das hat die Kommissarin auch vermutet. Sie meinte, sie würde sich damit auskennen."

Westermann merkte auf: „Hatte die Patientin denn Benzodiazepine bekommen?"

„Das ist es ja, sie hat nichts dergleichen erhalten. Herr Schäfer, der die Narkose gemacht hat, verneint das. Ich hatte ihr zur Prämedikation ebenfalls nichts aufgeschrieben und dokumentiert ist auch nichts. Aber selbst wenn im Zusammenhang mit der Narkose etwas verabreicht worden wäre, wäre es das erste Mal, dass ich bei einer so jungen, gesunden Frau eine derartig lange Wirkdauer gesehen hätte."

Westermann grübelte laut. „Das wäre in der Tat ungewöhnlich. Aber es gibt nichts, was es nicht gibt. Und was ist mit einer Psychose? Könnte es sein, dass sie psychotisch war?"

„Ausschließen kann man das natürlich nicht, aber damit kenne ich mich zu wenig aus. Auf jeden Fall war entweder der Eingriff selbst oder die Narkose der Auslöser der ganzen Sache. Ob die Fehlgeburt, die sie gehabt hat, einen Knacks bei ihr hinterlassen hat, weiß ich nicht."

Westermann wandte sich wieder dem Papierkram auf seinem Schreibtisch zu. „Nach einem so schweren Schädel-Hirn-Trauma, wie sie es jetzt erlitten hat, wird sich die Ursache wahrscheinlich auch nie klären lassen! Na gut, ich kann aber darauf vertrauen, dass mit unserer Narkose alles richtig gelaufen ist? Ein Gutachter würde zu demselben Ergebnis kommen?"

„Mit der Narkose und später im Aufwachraum war alles gut, es gab überhaupt keine Besonderheiten!" Das mit dem von Winkler gestrichenen Schmerzmittel erzählte Selim ihm erst einmal nicht. Nicht, bevor er etwas Genaueres wusste, dachte er, und einen Gutachter würde dieses Detail ohnehin nicht interessieren.

„Wo liegt die Patientin jetzt?"

„Auf der Neurointensiv. Box 4."

Westermann nahm die Kappe von seinem Stift ab und machte sich eine Notiz. „Gut. Dann holen Sie mal Ihren Schlüssel!"

Das ließ Selim sich nicht zweimal sagen und öffnete zügig den kleinen Tresor. Aha, da war er, der Schlüssel zu Frau Steins Schreibtisch. Kein Wunder, dass er ihn noch nie bemerkt hatte – so klein wie der war. Selim steckte den Schlüssel ins Schloss, drehte ihn um, zog die Schublade auf und blickte auf ein ganzes Sammelsurium unterschiedlicher Schlüssel. Welcher davon könnte zu seiner Zwischentür gehören? Er vermutete, dass der gesuchte Schlüssel seinem eigenen Zimmerschlüssel ähnlich sehen müsste und nahm die infrage kommenden heraus. Eins, zwei, drei, vier und fünf. Einer von denen würde passen! Da lag auch Beckmanns Spind-Schlüssel, sein Namensschild hing noch dran. Den nahm er ebenfalls an sich. Vor dem Verlassen des Büros erkundigte er sich vorsichtshalber noch bei Westermann: „Chef, wissen Sie, ob Herr Winkler noch da ist?"

„Er hat sich eben verabschiedet. Er wollte den amerikanischen Gastprofessor vom Flughafen abholen."

„Wann beginnt denn Winklers Vortrag?"

„Um halb acht, soweit ich weiß!"

Und da macht er sich jetzt schon vom Acker, typisch! Aber für sein geplantes Vorhaben war das ausnahmsweise gut so. „Okay, ich habe den Schlüssel und bin dann wieder weg, Chef!"

Westermann hatte sich bereits anderen Dingen zugewandt und gab keine Antwort mehr. Das interessierte Selim aber jetzt auch nicht. Er eilte in sein Zimmer zurück und machte sich sofort an der Verbindungstür zu Winkler zu schaffen. Hoffentlich passte einer der Schlüssel! Selim probierte sie nacheinander durch. Der nicht. Der auch nicht. Und dieser? Auch nicht. Aber der hier … der passt!

Behutsam öffnete er die Tür. Verdammt! Was ist das denn? Die Rückseite eines Regals war das Einzige, was zum Vorschein kam. Auf Winklers Seite stand ein Bücherregal genau vor der Verbindungstür. Es hatte aber keine Rückwand. Das bedeutete, er konnte die Ordner, die sich vor ihm aufreihten, herausnehmen und durch die dadurch entstandene Öffnung hindurchkriechen. Er tat es hastig. Als er sich zu Winklers Seite hindurchgekämpft hatte, sah er sich zunächst einmal im Zimmer um. Alles war sehr geordnet, wie auch nicht anders zu erwarten gewesen war. Sogar der Eingangskorb war leer. Selims hingegen quoll regelmäßig über. Nicht weil er die Sachen nicht abarbeitete, sondern weil er sie nach dem Abarbeiten nicht wegräumte.

Eine Vielzahl an Ordnern hatte der Winkler. Neben dem Regal, durch das er eben hindurchgekrochen war, standen noch zwei weitere, die bis auf den letzten Zentimeter mit säuberlich beschrifteten Aktenordnern und Fachzeitschriften zugestellt waren. Er konnte es nicht glauben! Jetzt wusste er endlich, was der Winkler den ganzen langen Tag tat. Der ordnete und beschriftete! Alle namhaften Zeitschriften waren nach laufenden Ziffern eingereiht. Der hatte die sogar alle gelesen – jedenfalls sah es so aus. Selim erkannte es an den Knickspuren in den Ecken, als er einige in die Hand nahm und durchblätterte. Aber kein einziger Satz war unterstrichen. Nicht wie bei ihm. Er musste alles, was er sich merken wollte, unterstreichen. Er hatte mal gehört, dass man sich alleine durch das Unterstreichen die Dinge besser merkte. Aber Winkler schien das nicht nötig zu haben.

Selim kam es plötzlich so vor, als sei seine ganze Durchsuchungsaktion reine Zeitverschwendung. Was für eine blöde Idee, wie ein Einbrecher das Dienstzimmer seines Kollegen zu durchforsten – was hatte er sich bloß dabei gedacht? Er kannte sich selbst nicht wieder! Zügig stellte er alles so hin, wie er es vorgefunden hatte, kletterte zurück in sein Zimmer und räumte die Ordner wieder einzeln ins Regal zurück. Irgendetwas sagte ihm jedoch, dass er wenigstens einmal hineinschauen könnte. Er hatte schon seit längerer Zeit keine wissenschaftlichen Artikel mehr in der Hand gehabt, genau genommen bereits seit seinem Weggang aus der Uni-Klinik. So behielt er den letzten Ordner, den er eigentlich zurückstellen wollte, legte sich auf sein Sofa und blätterte darin herum. Siehe da! Winkler hatte hier doch etwas markiert und auf der betreffenden Seite auch etwas mit seinem Mont-Blanc-Stift unterstrichen. Was stand da?

„Ketamazepam"

Was war denn das? Selim hatte dieses Wort noch nie gehört. „New Anesthetics in Pipeline" war die Überschrift über dem Absatz mit dem unterstrichenen Wort. In dem Artikel ging es um neue Anästhetika, die entwickelt wurden. „Is Ketamazepam the solution of airway management problems?", stand da noch darunter. Das hatte doch Winkler selbst geschrieben. Ein Editorial. Seine Meinung zu einem Artikel oder zu etwas, worüber er sich äußern wollte. Was schrieb er? Übersetzt soviel wie: „Ist Ketamazepam die Lösung für Beatmungsprobleme? Der Ansatz von Narkosia Pharmaceuticals, die Eigenschaften von Ketamin und Midazolam in einer einzigen Substanz zu vereinen, ist zwar sehr vielversprechend, bedarf aber noch eingehender klinischer Untersuchungen. Die positiven Ergebnisse aus den Tierversuchen, denen zufolge keinerlei negativer Einfluss auf Atmung, Kreislauf und Hirndruck nachgewiesen werden konnte, müssen in randomisierten klinischen Studien belegt werden. Zudem kann die bei den Tieren beschriebene ruhige

Verhaltensweise während chirurgischer Eingriffe nicht beurteilt werden. Eventuelle Studien müssten eine exakte psychologische Evaluierung der Probanden beinhalten."

Ein Medikament, dass so wirkte wie Ketamin und Midazolam zusammen? Oder sogar besser? Das heißt: Du legst dich einfach hin und bist ganz gelassen, während die an dir herumschnibbeln, hast dabei keinerlei Schmerzen und atmest selbständig und gleichmäßig ohne Unterstützung? Selim konnte nicht fassen, was er da gerade las. Das wäre tatsächlich das ideale Narkosemittel! Bei Erwachsenen und bei Kindern! Bei Alten und Schwerkranken! Bei Notfällen! Das wäre wirklich eine Revolution. Es klang unglaublich!

Doch was war das? Da war doch etwas! Das musste Westermann gewesen sein. Selim hörte, wie eine Tür abgeschlossen wurde und wie kurz darauf Schritte über den Flur hallten. Sie kamen näher, gingen an seiner Tür vorbei, hielten kurz inne und kehrten wieder zurück. Es klopfte. Selim warf rasch den Ordner hinter sein Sofa und drückte die Verbindungstür zu Winkler zu. Obwohl er sich nicht gerührt, geschweige denn jemanden hineingebeten hatte, steckte Westermann seinen Kopf durch die Tür. „Herr Akkoyun?"

Selim tat, als hätte er mit hinter dem Kopf verschränkten Armen einfach so auf dem Sofa gelegen. „Ja, bitte?"

„Sie benötigen das Anästhesieprotokoll von der Türkin nicht mehr, oder?"

„Nein, eigentlich nicht!"

„Dann nehme ich es an mich. Der Staatsanwalt möchte sicherlich das Original sehen!"

„Natürlich!" Selim stand auf, nahm betont lässig den Umschlag von seinem Schreibtisch und reichte ihn Westermann.

Der bedankte sich, steckte ihn in seine Aktentasche und ging.

Nachdenklich hob Selim den Ordner, den er soeben in aller Eile weggeworfen hatte, wieder auf. Worüber hielt Winkler eigentlich seinen Vortrag? Danach hatte Selim ihn heute Morgen nicht einmal gefragt. Normalerweise interessierte er sich auch nicht dafür. Sollte er vielleicht doch noch zu dem Vortrag gehen? Das Ganze fesselte ihn jetzt schon … Das Diensthandy riss ihn aus seinen Überlegungen. Die Nummer auf dem Display gehörte zum Gyn-OP! Anke war dran: „Hallo Selim. Kannst du zurück in den OP kommen, bitte? Wir haben eine Not-Sectio und ich kann Martin und Rike nicht erreichen!“

„Wie eilig ist es?“ Es gab nämlich solche und solche Not-Sectios, Notfall-Kaiserschnitte.

„Die Gynäkologen fahren die Patientin selbst in den OP!“

Wenn die Gynäkologen zum Äußersten schritten und selber Hand anlegten, musste es brandeilig sein. „Bin sofort da!“, rief er ins Telefon, zog sich den Kittel über und rannte los.

Schnell, schnell, schnell! Selim trieb sich selbst zur Eile an. Jede einzelne Sekunde zählte jetzt! Auf dem OP-Flur angekommen sah er, wie die Kollegen die Patientin in den Operationssaal schoben. Er warf seinen Kittel auf eine freie Trage, zwängte sich neben ihnen durch die OP-Tür hindurch und wandte sich ohne Umschweife der Patientin zu. „Hallo, Frau …?“

„Frau Möller, Plazenta praevia, blutet schon, kindliche Bradykardie!“, rief ihm der Gynäkologe kurz und knapp die Fakten zu und verschwand im Waschraum, um sich die Hände zu desinfizieren. Für Begrüßungsfloskeln war jetzt keine Zeit.

Plazenta praevia. Der Mutterkuchen lag genau dort, wo das Kind hinaus wollte, nämlich vor dem Geburtskanal. Wenn der Kopf des Kindes bei der Geburt auf ihn drückte, konnte der stark durchblutete Mutterkuchen einreißen. Es bestand dann höchste Gefahr für Mutter und Kind. Die Mutter würde verbluten und das Kind keinen Sauerstoff mehr bekommen. Eine derartige Blutung konnte nur gestoppt werden, indem man den Mutterkuchen gänzlich von der Gebärmutter ablöste. Aber dafür musste zuerst das Kind per Kaiserschnitt herausgeholt werden, und zwar so schnell wie möglich!

Selim stellte sich der Patientin vor. „Frau Möller, ich bin Dr. Akkoyun, Oberarzt in der Anästhesie. Ich bin ihr Narkosearzt.“ Er bemühte sich, sie zu beruhigen. „Es wird alles gut, aber wir müssen uns beeilen. Ihrem Kind geht es nicht so gut. Deshalb nur das Wichtigste: Haben Sie eine Allergie? Hatten Sie schon einmal Probleme mit einer Narkose?“

Die Patientin zitterte am ganzen Leib. „Nein. Ich hatte noch keine Narkose. Ich weiß nicht …“

Indes wurden schon die OP-Instrumente vorbereitet, und die Gynäkologen zogen sich sterile Kittel und Handschuhe über. Selim blickte kurz in die Unterlagen, es war jedoch nichts notiert, was ihm zusätzliche Informationen geliefert hätte. Es blieb ohnehin keine Zeit mehr für Nachforschungen, also legte er los. „Wir werden das hier gemeinsam schaukeln, okay? Ich werde Ihnen jetzt eine Maske auf Mund und Nase aufsetzen, durch die Sie bitte ruhig ein- und ausatmen. Sobald Sie eingeschlafen sind, machen wir dann unsere Arbeit, damit Sie Ihr Kind gleich in den Armen halten können, einverstanden?“

Unterdessen hatten die Gynäkologen den Bauch der Patientin desinfiziert und steril abgedeckt. Anke hatte bereits einen venösen Zugang gelegt und alles für die Intubation vorbereitet. Keine Sekunde wurde verschwendet. Selim sah noch ein letztes Mal in die geweiteten Pupillen der jungen Frau, die wegen der Atemmaske auf ihrem Gesicht nur noch nicken konnte. Anke verabreichte alle notwendigen Spritzen zügig hintereinander, drückte auf die für solche Fälle bereitstehende Stoppuhr und zog sich dann in aller Seelenruhe ein zweites Paar Handschuhe über die ersten. Selim wunderte sich jedes Mal über ihre Coolness, wusste aber, dass das ihre Marotte war. Sie wollte auf keinen Fall mit irgendwelchen Körperflüssigkeiten in Kontakt kommen.

Die Lider der Patientin fielen fast im selben Moment zu. Selim presste die Beatmungsmaske noch fester auf ihr Gesicht und wartete. Sie zuckte. Selim wartete weiter ab. Sie erschlaffte am ganzen Körper. Selim starrte beharrlich auf die Stoppuhr und zwang sich zur Geduld. Es kam ihm vor, als wären es kleine Ewigkeiten, die der Zeiger benötigte, um von Strich zu Strich zu hüpfen. Jede Sekunde ohne Beatmung konnte ihr und dem Ungeborenen schaden, trotzdem mussten alle Muskeln erschlafft sein. Es blieb ihm nichts anderes übrig, als den vollständigen Wirkungseintritt des Muskelrelaxans, das Anke soeben gespritzt hatte, abzuwarten, denn andernfalls wäre die Stimmritze verkrampft und der Beatmungsschlauch könnte nicht in die Luftröhre eingeführt werden. 45 Sekunden! Das dürfte genügen! Selim schob rasch das Intubationsbesteck in den Rachen der Patientin ein und zog kräftig daran, um Unterkiefer und Zunge anzuheben, damit er eine freie Sicht auf die Stimmritze bekam.

Scheiße, nichts zu sehen! Er zog kräftiger und rief Anke harsch zu: „Tiefer, nach rechts!" Sie sollte den Kehlkopf von außen mit ihrer Hand nach rechts verrücken, vielleicht konnte er dann etwas erkennen.

„Scheiße!", schimpfte Selim jetzt laut und zog noch fester am Griff des Laryngoskops.

Das Herz der Patientin raste. Seins auch. Los, rein damit! Er schob den Beatmungsschlauch auf gut Glück tief in den Rachen hinein und schloss sofort das Beatmungsgerät an. Es pustete einmal. Zweimal. Dreimal. Er nahm den Beatmungsbeutel in die Hand und drückte selbst darauf um zu fühlen, ob die Beatmung funktionierte. Es fühlte sich nicht gut an. Sein hektischer Blick auf den angeschlossenen Monitor verriet ihm, dass sich zudem kein bisschen Kohlendioxid in der Ausatemluft befand! Sein Verdacht bestätigte sich also: Er hatte fehlintubiert! Er hatte den Tubus nicht in die Luftröhre, sondern in die Speiseröhre eingeführt. Eine Katastrophe!

Es noch einmal mit dem Tubus zu probieren ergab keinen Sinn. Er hatte ja gar nichts gesehen! Er musste es mit einer Larynxmaske versuchen, die war speziell für solche Fälle vorgesehen, in denen man einen Beatmungsschlauch blind einführen musste. Anke hatte sie ihm bereits hingelegt. In dem Augenblick, als er sie nehmen wollte, zögerte er jedoch.

Was war, wenn er gerade bei seinen Beatmungsversuchen den Magen aufgepumpt hatte? Wer half ihm durch die Sekunden, in denen er den Tubus aus der Speiseröhre entfernte, um die Larynxmaske einzuführen? Wenn er den Tubus jetzt herauszog, kam ihm bestimmt der ganze Magensaft entgegen! Alles würde dann ungehindert in die Lunge der Patientin fließen und augenblicklich ihre Bronchien verstopfen, sodass sie nicht mehr beatmet werden könnte. Sie und das Kleine in ihrem Bauch würden jämmerlich ersticken.

Er zögerte.

Der Puls der Patientin fiel indes tiefer und tiefer und die Sauerstoffsättigung sackte auf 60 Prozent ab. Sie hatte kaum noch Sauerstoff in ihrem Blut! Es war allerhöchste Zeit, etwas zu tun! Er wusste es, war aber wie gelähmt. Anke schien seine Unentschlossenheit nicht zu verstehen und hielt ihm mit einem beschwörenden Gesichtsausdruck die Larynxmaske hin. Selim griff schließlich nach ihr.

Warum hatte er nicht jetzt schon dieses verdammte Ketamazepam zur Verfügung, das die Atmung nicht lähmte, dann wäre er nicht in diesem Schlamassel! Er fühlte sich miserabel. In solchen Momenten mochte er kein Anästhesist mehr sein. Lieber irgendwo im Büro sitzen und an irgendeinem Computer etwas eintippen. Nur kein fremdes Leben in den Händen halten müssen! Und hier waren es sogar Zwei! Aber es gab jetzt keine andere Möglichkeit als genau das zu tun, was sie für solche Situationen gelernt hatten! Also griff er schließlich den Beatmungsschlauch, um ihn herauszuziehen.

Plötzlich nahm jedoch eine Hand seine von dort weg und schob ihn zur Seite. Selim sah benommen dabei zu, wie Hände, die nicht ihm gehörten, den Tubus circa zwei Zentimeter oberhalb der Mundöffnung abschnitten, ihn umknickten und mit einem Pflaster versiegelten. Sie platzierten dann einen Güdeltubus im Rachen der Patientin, um die Zunge vom Gaumen fernzuhalten, setzten die Maske wieder über Mund und Nase und begannen, sie darüber zu beatmen. Zwei-, drei-, viermal. Nichts passierte. Fünfmal. Sechsmal. Der Ton des Pulsoxymeters wurde endlich heller und heller, bis die angezeigte Sauerstoffsättigung mit 98 Prozent wieder im absoluten Normbereich lag. Die Schwangere und ihr Baby erhielten wieder genügend Sauerstoff!

Selim hatte wie gelähmt auf die Hände gestarrt, die ihn gerade aus dem größten Schlamassel geholt hatten. Erst jetzt sah er sich das dazugehörige Gesicht an. Es war Martin. Die Gynäkologen hatten schon die ganze Zeit über das Tuch gespäht und ungeduldig gewartet, aber jetzt fragten ihre Blicke: Dürfen wir loslegen, Jungs?

Martin nickte.

In weniger als einer Minute holten sie dann das kleine, blaugrau-verschmierte, schrumpelig wirkende und mit den Pobacken nach vorne liegende Etwas hervor. Es röchelte und schniefte, als würde es Tränen und Rotz hochziehen, aber dann hörte man endlich einen leisen Atemzug, dem alsbald ein kräftiger folgte. Das kleine Mädchen schrie nun laut und wurde allmählich rosig. Zügig wurde es der mittlerweile bereitstehenden Kinderärztin entgegengereicht.

Martin setzte der Patientin die Maske wieder ab, entfernte das Pflaster vom Tubus, führte einen Absaugschlauch hinein und saugte darüber den Magen ab. Er saugte und saugte. Der Magen musste bis zum Anschlag mit Magensaft gefüllt gewesen sein, so viel kam heraus. Das wäre Selim alles entgegengekommen, wenn er den Beatmungsschlauch herausgezogen hätte. So wie er es die ganze Zeit befürchtet hatte. Alles, was er sich ausgemalt hatte, wäre genau so passiert, wenn Martin ihm nicht in allerletzter Sekunde zu Hilfe gekommen wäre. Martin knickte den Tubus wieder ab, beatmete erneut ein paar Mal mit der Maske und wiederholte das Ganze. Als nichts mehr aus dem Magen abzusaugen war, nahm er in aller Ruhe den Tubus heraus und schob die Larynxmaske in den Rachen der Patientin hinein. Die ließ sich nun gut und sicher beatmen.

Selim fiel fast auf den OP-Hocker.

„So was habe ich ja noch nie gesehen!" Anke war die erste, die den Mund aufbekam.

Selim hingegen war noch etwas schwindelig zumute, als

auch er endlich seinen Mund aufmachen konnte. „Danke, Martin!"

Martin nickte nur und machte routinemäßig weiter, spritzte Medikamente, drehte am Tropf und stellte die maschinelle Beatmung an. Nachdem er sich etwas gefangen hatte, richtete Selim sich wieder auf und legte seine Hand auf Martins Schulter. Der klopfte auf seine Hand und gab ihm damit zu verstehen, dass alles in Ordnung war. Selim sagte nichts weiter und ging hinaus in den Flur. Er betrat die Küche, nahm sich einen Kaffee und lauschte dem Piepen zweier Pulstöne. Dem der frischgebackenen Mutter und dem des Kindes! Er war enorm erleichtert.

Der Kaffee war schwarz und heiß. Selim hielt die Tasse in beiden Händen – nein, er hielt sich an ihr fest. Nie zuvor war er in einer solchen Situation gewesen. Natürlich hatte er schon dutzende brenzlige Augenblicke erlebt, aber noch nie hatte er sich derart hilflos gefühlt. Auch wenn ihn, falls etwas schiefgegangen wäre, keinerlei Schuld getroffen hätte, so wäre er doch verantwortlich gewesen. Verantwortlich für diese beiden Leben, die sich in seine Hände begeben hatten. Bei einer Hochschwangeren bedeuteten die Sekunden bis zum Einführen des Beatmungsschlauchs immer allerhöchste Anspannung für alle Beteiligten. Fast immer ging es aber gut. Selim hatte es auch stets als Routine betrachtet. Bisher!

Zwar hatte er eben im Prinzip keinen Fehler begangen, trotzdem hätte er sich sein Leben lang Vorwürfe gemacht, die Situation nicht in den Griff bekommen zu haben. Auch wenn bisher niemand anderes als Martin auf diese Idee gekommen war. Er hatte eine Lösung erdacht, wie man in einem der wichtigsten Notfälle reagieren konnte, ohne die schwerwiegendste Komplikation, die Aspiration, zu riskieren. Ein einfacher Knick in einem Schlauch hatte nicht nur die Schwangere und ihr Baby, sondern auch Selim gerettet. Immer wieder kamen ihm die Bilder seiner Hilflosigkeit vor Augen und verstärkten das Gefühl der Ohnmacht. Jetzt konnte er erstmals nachempfinden, dass es Situationen geben konnte, die derart belastend und ausweglos sein konnten, dass das eigene Bewusstsein sich weigerte weiterzumachen. Genau so, wie es einer seiner Kolleginnen ergangen war. Als sie eine Hochschwangere fehlintubierte, wusste ihr Bewusstsein keinen anderen Ausweg mehr als zu kapitulieren. Sie kollabierte. Es war tragisch. Für alle Beteiligten.

Entmutigt erhob er sich vom Tisch und machte sich auf den Weg zurück in sein Dienstzimmer. Martin benötigte ihn hier ohnehin nicht mehr.

Kapitel 2

MYTHOS UND LOGOS

- 11 -

Degenhardt und Maier fuhren aus der Stadt heraus und auf die A 46 in Richtung Wuppertal. Sie hatte Maier deutlich später als verabredet von der Arbeit abgeholt, da der Vorfall im Städtischen Krankenhaus alle ihre Pläne nach hinten geschoben hatte. Ihre Gedanken waren immer noch dort. Tatsächlich hatten sie nur das Blut gefunden, das scheinbar wie aus dem Nichts gekommen war. Obwohl es ihrer Meinung nach keine Verbindung zu ihrem Fall gab, hatte Schneider angeordnet, Maier eine Probe davon zuzusenden, um untersuchen zu lassen, ob es womöglich von einem der Opfer stammte. Schneider meinte, dass es doch mehr als eigenartig war, in einem Fall Mordopfer zu haben, deren Blut komplett abhanden gekommen war, und im anderen Fall Blut in größerer Menge ohne dazugehörigen Körper gefunden zu haben. Das würde doch nach einem Zusammenhang riechen! Außerdem wolle er keine noch so kleine Spur außer Acht lassen. Zumal zusätzlich die Andeutung einer Krankenschwester im Raum stünde, der Doktor, auf den das Blut geprasselt sei, habe einen rechtsradikalen Hintergrund. Degenhardt hielt es, wie so oft, für reine Zeitverschwendung. Im Gegensatz zu ihrem Chef glaubte sie auch nicht, dass der Unfall dieser jungen Patientin, Bahar Bingöl, irgendetwas mit ihrem Fall zu tun haben könnte. Die hatte doch irgendwelche Drogen oder Medikamente zu sich genommen oder verabreicht bekommen. Benzodiazepine! Da war sie sich zu hundert Prozent sicher. Damit kannte sie sich nämlich aus. Ihrer Ansicht nach musste man das nähere Umfeld der Patientin genauer unter die Lupe nehmen – jemand hatte ihr ganz bestimmt etwas untergejubelt. Das Drogenscreening würde sicher etwas ergeben …

Diese Ärzte! Alles arrogante Snobs! Halbgötter in Weiß! Ohne Manieren! Degenhardt fluchte innerlich, wenn sie an deren Umgang mit ihr zurückdachte. Jürgens hatte sich um die Schwestern kümmern wollen, deshalb musste sie sich der männlichen Belegschaft annehmen. Aber sowohl der Kleine, dieser Urologe, als auch die anderen Ärzte und Pfleger hatten nichts weiter aussagen wollen oder können als ohnehin schon offen auf der Hand lag. Der Kleine war tatsächlich ein unangenehmer Zeitgenosse. Er hatte sie fast persönlich beleidigt, als er mit drastischen Worten der gesamten Justiz und Polizei in Deutschland Schwäche und Inkompetenz vorwarf. Außer zu seinen Personalien wollte er keine weiteren Angaben machen. Ob sie denn keine Augen im Kopf habe, sie könne doch selbst sehen, was passiert sei, fuhr er sie an. Unverschämtheit!

Dieses D2/D4-Verhältnis hatte ebenfalls nichts ergeben. Der Kleine hatte winzigere Hände als sie und der große deutsche Arzt hatte solche Riesenpranken, dass sie sich sogar ein wenig albern dabei vorgekommen war, sie sich zeigen zu lassen. Das Verhalten des türkischen Oberarztes war zwar eigenartig, aber seine Aussagen waren auch nicht ergiebig gewesen. Dann schmiss er sie auch noch einfach raus. Unglaublich!

Jedes Mal, wenn Degenhardt es mit Ärzten zu tun hatte, spürte sie ihre Minderwertigkeitskomplexe. Eigentlich beneidete sie Ärzte, weil sie immer zu wissen schienen, was sie tun mussten. Sie hingegen wusste oft nicht, was sie tun sollte. Schon gar nicht, wenn es mit Tod oder Sterben zu tun hatte. Sie wusste noch nicht einmal, ob es diesen Moment gab, den Moment des Todes. Ob man überhaupt starb. Sie dachte an damals. Damals hatte sie auch nicht gewusst, was zu tun war, und hatte sich nicht gerührt. Nicht einmal das Telefon genommen und angerufen hatte sie. Wie versteinert, wie gefesselt war sie gewesen und hatte nur zuschauen können. Wie er sich an die Brust fasste, bleich wurde und zusammenbrach. Wie er sie ansah und dabei nichts sagte. Einfach nichts! Er sagte ihr nicht, dass sie ans Telefon gehen und Hilfe herbeirufen sollte. Er sagte ihr doch sonst alles, was sie zu tun hatte. Aber damals sah er ihr nur in die Augen und sagte nichts. Also tat sie auch nichts.

Ihr Vater lag damals auf dem Boden, erstarrte, wurde blass, und seine Lippen färbten sich blau. Seine Muskeln verkrampften, aus seinem Mund quoll Schaum, und seine Augen waren weit aufgerissen. Sie hingegen stand nur da, in der Tür zwischen Flur und dem Wohnzimmer, in dem gerade ihr Vater starb. Aber das wusste sie nicht. Keiner sagte es ihr. Sie wusste nicht wie das war, wenn man wirklich starb. Sie schaute ihm nur in die Augen und versuchte zu lesen, was sie sagen wollten. Irgendwann hörte sie ihre Mutter nach ihr und ihrem Vater rufen. Sie antwortete jedoch nicht. Ihr Vater auch nicht. Als ihre Mutter herbeikam und ihren Vater dort liegen sah, rannte sie zu ihm, schrie ihn an und schüttelte ihn, doch er reagierte nicht. Zitternd griff sie nach dem Telefon, ließ es fallen, hob es wieder auf und tippte die Notrufnummer ein. Ihre Stimme zitterte, als sie mit der Rettungsleitstelle sprach. Und sie weinte.

Die von der Leitstelle sagten ihr, was sie zu tun hatte. Sie drückte wie wild auf die Brust ihres Mannes, legte ihren Mund auf den seinen, gab ihm ihren Atem und drückte und drückte. Degenhardt hingegen bewegte sich die ganze Zeit nicht von der Stelle, selbst als es klingelte, nachdem zuvor schon das Auf und Ab des Martinshorns zu hören gewesen war. Ihre Mutter schob sie unsanft zur Seite, lief zur Tür und ließ den Notarzt und die Rettungssanitäter herein. Die Männer handelten sofort. Sie wussten genau, was sie tun mussten. Sie legten ein EKG an, verabreichten Infusionen, führten einen Beatmungsschlauch in den Rachen ihres Vaters ein und gaben immer wieder Elektroschocks. Degenhardt sah bei allem nur zu. Ihre Mutter hatte nicht länger zuschauen können und den Raum verlassen. Sie wollte das Ganze nicht wahrhaben.

Irgendwann hörte das nervige Quaken des Beatmungsbeutels auf und der Notarzt schüttelte den Kopf. Die Übrigen kniffen die Lippen zusammen und nickten sich zu. Die Mutter schubste Degenhardt abermals grob zur Seite, stützte ihren Körper am Türrahmen ab und versuchte, die Augen des Notarztes zu fixieren. Der wich ihrem Blick jedoch aus. Als alle das Zimmer verlassen hatten, wunderte sich Degenhardt, wie fahl ihr Vater aussah, und sah ihm immer wieder in die Augen. Sie nahm seine Hand und versuchte ihn hochzuziehen. Sie zog und zog, doch es tat sich nichts. Er konnte doch jetzt mit dem Totsein aufhören und ihr sagen, was sie zu tun hatte. Aber er rührte sich nicht.

In der Nacht verließ Degenhardt ihre ältere, tief und fest schlafende Schwester, mit der sie sich ein Zimmer teilte, ging zu ihrer Mutter und legte sich zu ihr ins Bett. Ihren Worten, die sie zwischen jammernden Lauten und Schluchzen allmählich hervorbrachte, konnte Degenhardt mit Mühe entnehmen, dass der Vater am selben Tag an einem Herzinfarkt gestorben war.

„Was war denn da los im Städtischen?“ Maier riss sie aus ihren Gedanken. „Ihr Kollege, der mir vorhin eine Blutprobe zum Abgleich mit unseren Opfern vorbeigebracht hat, erzählte etwas von herabfließendem Blut, das aussah wie ein Vorhang aus rotem Saft?“

Jürgens hatte sich angeboten Maier die Proben vorbeizubringen. Degenhardt war damit einverstanden gewesen. Sie hätte die Proben zwar selbst mitnehmen können, hatte ihrem Kollegen aber nicht verraten wollen, dass sie noch ein Date mit Maier hatte. Sie dachte, dass das hier doch eher etwas Privates war und Jürgens ja nicht alles wissen musste. Wie immer hatte er jedoch zu viel ausgeplaudert, ärgerte sie sich. Andererseits unterstützte Maier ja mit seinen Untersuchungsergebnissen die Ermittlungen, also sprach nichts dagegen, dass auch er einige Informationen erhielt. „Ja, das war ziemlich eigenartig. Wir haben nur die Blutreste gefunden, von denen Sie die Probe erhalten haben. Ansonsten gab es keinerlei andere Spuren. Es ist ziemlich rätselhaft, wie auf einmal so viel Blut auf eine abgehängte Decke gelangen konnte, ohne einen Behälter, aus dem es hätte herauslaufen können.“

„Seltsam! Wer macht denn so etwas? Und warum?“

Beide hatten jedoch keine große Lust, weiter darüber zu sprechen, sodass Maiers Frage unbeantwortet im Raum stehenblieb. Sie nahmen die dritte oder vierte Ausfahrt und fuhren zu einem Möbelhaus, einem von diesen großen mit

Extra-Küchenausstellungshallen. Das Gelände war voller Autos. Erst nach zweimaligem Durchfahren fanden sie auf einem gegenüberliegenden Hof einen Parkplatz. Was hatten sie hier bloß zu suchen? Was hatte das hier mit Vampiren zu tun? Und für ein Treffen war das doch kein geeigneter Ort, schüttelte Degenhardt den Kopf. Das Möbelhaus hatte eine Themenwoche mit Programm. So stand es zumindest auf den Plakaten, die überall aufgestellt waren. Heute traten demnach „Dick und Doof" und „Michael Jackson" auf.

Sie gingen schnurstracks in Richtung Küchenabteilung. Während sie versuchte, mit Maier Schritt zu halten, fragte Degenhardt leicht spöttisch: „Treffen wir hier den Vampir?"

„Jaaa!" Maier zog das „a" in die Länge.

„Und wer soll das bitte sein?"

„Nun seien Sie mal nicht so ungeduldig!"

„Was hat ihr angeblicher Vampir in einem riesigen Einkaufszentrum unter Tausenden von Menschen verloren?" Degenhardt fühlte sich auf den Arm genommen.

„Warten Sie's doch erst einmal ab! Ich habe erfahren, dass er heute hier ist, und Sie wollten doch so schnell wie möglich mit ihm sprechen." Maier zeigte auf ein Plakat mit der Aufschrift „Bühne". „Hier, rechts entlang!"

Er ging voran und sah auf seine Uhr. „Ich denke, er hat schon angefangen, es ist schon Viertel nach sieben."

„19 Uhr" hatte auf dem Plakat gestanden. Meinte er etwa die Show der Imitatoren? Als sie näher herankamen, hörten sie auch schon die Musik zu „Beat it".

„Er ist schon dabei!", bemerkte Maier etwas enttäuscht. „Macht aber nichts! Die Show ist nicht so wichtig. Hauptsache, er ist noch da."

Ungefähr vierzig oder fünfzig Personen standen um den mit Hütchen abgegrenzten Bereich herum, der eine Art Bühne darstellen sollte. Es handelte sich hauptsächlich um Familien mit Kindern, aber einige junge Erwachsene und Teenager waren ebenfalls zugegen.

Wirklich mal ein gutes Double, fand Degenhardt. Die Jackson-typischen Bewegungen, besonders den Moonwalk, hatte er ziemlich gut drauf, und in den Gesangspausen konnte man ihn atmen hören, sodass sie annahm, dass er sogar live sang. Das machte er gar nicht übel! Sein Körper und insbesondere sein Gesicht wirkten aber etwas befremdlich. Er war nicht der Größte, aber von extrem dürrer Gestalt, was durch die Schulterpolster des Kostüms noch verstärkt wurde. Und das im Verhältnis zum Körper riesige Gesicht, das man nur hin und wieder zu sehen bekam, wirkte so blass, dass es mit einer zentimeterdicken Schicht Schminke zugedeckt sein musste.

Den Kindern schien die Show jedenfalls zu gefallen, manche schrien: „Michael, yeah!" Andere brüllten: „We love you, Michael!" Auch Maier tanzte mit und klatschte dabei mehr oder weniger rhythmisch in die Hände. Als Degenhardt ihn kopfschüttelnd ansah, rechtfertigte er sich mit kindlicher Freude. „Haben Sie denn früher nicht auf Michael gestanden? Also ich war ein großer Fan!"

Degenhardt war allmählich genervt. „Ich weiß wirklich nicht, was wir hier machen. Sind wir hier hergekommen, weil Sie ein Jacko-Fan sind?" Was für eine Zeitverschwendung!

Maier versuchte sie zu beschwichtigen. „Nun warten Sie doch mal ab. Entspannen Sie sich!"

Dann gab es eine kurze Pause und der Künstler verschwand hinter einer spanischen Wand, an der er seine Bühnendekoration, eigentlich nur einen schwarzen Vorhang mit ein paar hellen Punkten, aufgehängt hatte. Die sollen wahrscheinlich Scheinwerfer darstellen, nahm Degenhardt an, so als ob er wirklich auf einer großen Bühne stünde. Plötzlich ertönte der Anfang von „Thriller" und das Double kam mit einem zerrissenen Lumpenkostüm und düster gesenktem Blick wieder hervor.

Hoffentlich erschreckt er die Kinder nicht zu sehr, dachte Degenhardt. Als er aufsah, konnte man jedoch erkennen, dass er sich lediglich die Augen schwarz geschminkt hatte. Nachdem er, wie nicht anders zu erwarten gewesen war, die Tanzfiguren aus dem Musikvideo imitiert hatte, verschwand er genau mit dem Ende des Songs wieder. Nur wenige

Sekunden später kam er – abermals umgezogen – ein weiteres Mal auf die Bühne, diesmal mit weißen Handschuhen, einem schwarzen Hut und in der markanten roten Uniform, die meistens direkt mit Michael Jackson in Verbindung gebracht wird. Obwohl bestimmt schon zwanzig Jahre vergangen sind, seitdem der echte Jacko diese das erste Mal getragen hat.

Der falsche Jacko schien sich jedenfalls pudelwohl darin zu fühlen, verbeugte sich immer wieder, nahm die Zurufe der Kinder winkend entgegen, verteilte noch ein paar Handküsse und piepste dann ins Mikrofon: „Thank you, I love you!"

Jetzt, da sie sein Gesicht von Näherem betrachten konnte, erkannte Degenhardt, dass es noch etwas breiter war als das des echten Michael Jackson. Die Nase jedoch war genauso klein, unnatürlich klein. Dann kam ein Mann, er musste ein Mitarbeiter des Möbelhauses sein, in Anzug und Krawatte auf die Bühne, nahm das Mikrofon in die Hand und richtete seine ausgestreckten Arme auf den Künstler: „Thank you, Michael, we love you all!"

Die Leute applaudierten, die meisten jedoch eher höflich und mechanisch. Nachdem er den allerletzten Klatscher, übrigens von Maier, noch abgewartet hatte, ermutigte er seine Kundschaft: „Falls Sie ein paar Fotos mit ihren Kleinen und Michael Jackson haben möchten, kommen Sie ruhig auf die Bühne!"

Der Künstler wirkte mit einem Mal verunsichert, näherte sich dem Mann und flüsterte ihm etwas ins Ohr. Der eben noch überaus selbstzufriedene Gesichtsausdruck des Herrn im Anzug veränderte sich, wechselte ins Fragende, und war, als ihm der Künstler abermals etwas zuflüsterte, letztendlich verärgert. Aber den Künstler schien das nicht im Geringsten zu interessieren. Er wandte sich wieder dem Publikum zu, verbeugte sich ein letztes Mal und entfernte sich schließlich schwebenden Schrittes von der Bühne.

Der Herr im Anzug indes schwitzte und schien zu überlegen, wie er die Situation einigermaßen retten konnte.

„Michael hat wohl noch einen Termin und muss schnell weg. Tja, so ist das mit den Stars! Immer und überall gefragt. Vielen Dank, Michael, und bring etwas mehr Zeit für uns mit, wenn du das nächste Mal kommst. Einen dicken Applaus für unseren Michael, meine Damen und Herren!“

Der eingeforderte Applaus fiel jedoch aus, die potentielle Kundschaft schien ebenfalls enttäuscht zu sein. Nur Maier klatschte betont laut und rief ein letztes Mal: „Yeah, Michael, yeah!“

Degenhardt verdrehte die Augen. Maier bekam das aber nicht mit, packte ihren Arm, forderte sie auf mitzukommen und zerrte sie, während der Mann im Anzug schon den nächsten Auftritt mit „Stan und Olli“ ankündigte, an den Leuten vorbei hinter die spanische Wand.

Dort rief er laut: „Michael!“, aber in deutscher Phonetik. Und: „Warte!“

Tatsächlich hatte der Künstler in Windeseile alles, sogar die Dekoration, in einen riesigen Seemannssack gepackt und war schon fast in der großen Drehtür verschwunden, um das Möbelhaus zu verlassen, als er sich nach Maier umdrehte. Der war froh, dass er ihn hatte aufhalten können und sprach ihn, ein wenig aus der Puste geraten, gleich an. „Micha! Gut, dass du noch nicht weg bist! Wie geht es dir?“

„Hallo Klaus, was machst du denn hier?“, erwiderte dieser irritiert. Seine Stimme war dunkler als erwartet.

„Ich habe erfahren, dass du hier bist, und Frau Degenhardt hier “, er zeigte auf sie, „ wollte gerne mit dir sprechen.“ „Sie ist Kommissarin und benötigt deine Hilfe. Also … Frau Degenhardt … das ist Herr Grabow.“ Maier verbeugte sich fast vor ihr, während er sie einander vorstellte. Dann sah er sich um, vergewisserte sich, dass niemand in der Nähe war, und flüsterte ihm verschwörerisch zu: „Micha, sie möchte gerne Näheres über dich erfahren – hast du Zeit?“

Grabows Gesichtszüge zeigten noch immer keine Regung. „Warum möchte sie etwas über mich wissen?“, flüsterte er zurück und musterte Degenhardt dabei. Sein Blick irritierte sie. Irgendetwas an diesem Blick war seltsam. Es war nicht nur die Schminke, es hatte mit seinen Augen zu tun. Aus nächster Nähe ahnte man es, aber sie wusste immer noch nicht, was es genau war. Jäh drehte er sich weg: „Lass uns bitte zum Bus gehen, Klaus!“

Degenhardt warf einen Blick hinter sich und sah ein paar Leute mit Tüten in den Händen auf sie zukommen. Grabow ging voran. Degenhardt und Maier versuchten mit ihm Schritt zu halten. Sie kamen an einem alten VW-Bus zum Stehen. Degenhardt fiel sofort auf, dass die Radkappen nicht zum Fahrzeug passten, auf ihnen glänzte ein verchromter Mercedes-Stern. Grabow öffnete zügig die seitliche Schiebetür, warf seine Sachen hinein und signalisierte den beiden, seinem Gepäck zu folgen. Maier ließ Degenhardt den Vortritt, half ihr beim Einsteigen und setzte sich dann zu ihr auf die Rückbank. Grabow warf die Schiebetür wieder zu und setzte sich hinters Steuer.

Degenhardt fühlte sich nicht wohl. Es gefiel ihr nicht, im Unklaren gelassen zu werden und in einem fremden Auto zu sitzen, mit zwei Männern, die sie praktisch nicht kannte. Hinzu kam, dass es ziemlich dunkel war in dem Bus. Das bisschen Parkplatzbeleuchtung konnte nicht durch die kleinen Scheiben dringen, die zudem noch mit einer Folie abgedunkelt waren. Sogar die Frontscheibe war verdunkelt. Sie tastete unwillkürlich nach ihrer Dienstwaffe, aber da war keine. Sie hatte sie nicht mitgenommen, weil sie das Ganze hier eher als Privatangelegenheit betrachtet hatte.

Wohin hatte Maier sie bloß gebracht? Was sollte das Ganze? Warum diese Heimlichtuerei? Und dann war da noch seine Ankündigung, sie würden einen Vampir sehen! „Entschuldigen Sie bitte, Frau Degenhardt, ich wollte nicht unhöflich sein, aber ich fühle mich unter Menschen nicht wohl“, sprach Grabow sie zum ersten Mal direkt an. Im Gegensatz zu der Hektik, die er zuvor verströmt hatte, klang er jetzt unerwartet ruhig und selbstsicher.

Degenhardt konnte ihre Gereiztheit nur schwer verbergen: „Das müssen Sie mir bitte näher erklären. Sie treten auf einer Bühne als Michael-Jackson-Imitation auf und fühlen sich unter Menschen nicht wohl?“

„Ich habe ihr bisher nichts erzählt, Micha. Ist alles meine Schuld. Ich würde vorschlagen, wir gehen irgendwohin, wo wir uns ungestört darüber unterhalten können.“ Maier bemühte sich zu beschwichtigen.

„Mir hast du auch nichts erzählt, Klaus. Ich denke, du solltest uns beide darüber aufklären, was hier los ist. Ich würde gerne wissen, warum die Polizei sich für mich interessiert.“

Maier erkannte, dass er zügig zur Klärung der Situation beitragen musste. „Natürlich. Ihr habt beide recht. Also: Frau Degenhardt ist mit mehreren Fällen befasst, den Dracula-Morden, du hast bestimmt aus den Medien davon gehört. Und sie äußerte mir gegenüber, dass viele Details an diesen Fällen tatsächlich so wirkten, als ob ein Vampir am Werk gewesen sei – aber Vampire gäbe es ja bekanntlich nicht, sie seien doch nur eine Erfindung. Da habe ich ihr mitgeteilt, dass das so nicht ganz stimmen würde und ...“

„ ... und du hast dabei an mich gedacht“, beendete Grabow seinen Satz.

Maier wandte sich nun Degenhardt zu. „Ich kenne Micha seit einer Ewigkeit und wir haben uns schon oft darüber unterhalten. Es gibt, glaube ich, keinen Menschen auf dieser Welt, der solch ein hartes Schicksal so leicht erträgt wie er.“ An Grabow gerichtet fügte er noch hinzu: „Ich hoffe, ich habe nichts falsch gemacht, Micha?“

Der wirkte enttäuscht. „Du hättest mich vorher fragen können! Nun gut, jetzt seid ihr da. Trotzdem würde ich gerne nach Hause fahren. Es ist schon drei Stunden her, seit ich zuletzt etwas im Magen hatte. Du weißt, dass das nicht gut für mich ist. Und solche Auftritte rauben mir viel Energie. Ich hätte gerne etwas Anständiges zu futtern. Möchten Sie auch etwas, Frau Degenhardt?“

Sie war jetzt etwas gelassener. „Danke, ein Getränk würde mir reichen. Wo wohnen Sie denn?“

„In Gruiten, Haan-Gruiten. Das ist nicht weit von hier. Nur fünf bis zehn Minuten.“

Maier war beruhigt, dass die allgemeine Stimmung sich

aufgehellt zu haben schien und schickte zuversichtlich hinterher: „Und Sie werden sehen, Frau Degenhardt, es wird für alle sehr interessant werden!“

Der benimmt sich ja so, als ob gleich Bescherung wäre, dachte Degenhardt. Aber Maier hatte es geschafft, ihre Spannung hochzuhalten, also stimmte sie zu: „Okay, abgemacht!“ Sie wollte jedoch so schnell es ging aus diesem Bus heraus. „Aber ich muss meinen Wagen mitnehmen. Können Sie mich bitte da drüben auf den Parkplatz fahren? Ich folge Ihnen dann mit meinem Auto.“

- 12 -

Als Selim zur Not-Sectio in den Gyn-OP gerannt war, hatte er in seinem Dienstzimmer einfach alles stehen- und liegengelassen. Bei seiner Rückkehr fiel nun sein Blick direkt auf den noch aufgeschlagenen Ordner mit dem Artikel über das Ketamazepam, der mitten auf dem Sofa lag. Er machte schnell Ordnung und verschloss auch die Verbindungstür zu Winklers Zimmer wieder. Den Schlüssel aber behielt er. Es interessierte ihn schon, was der Winkler so trieb, und vielleicht konnte er demnächst noch einmal einen Blick hineinwerfen.

Er sah auf seine Uhr. Es war bereits 19.20 Uhr. Er würde sicherlich zu spät zu Winklers Vortrag kommen. Trotzdem musste er unbedingt dorthin. Er sprintete zu seinem Auto und fuhr los.

Selim spürte, wie die heutigen Erlebnisse in ihm wühlten, und es strengte ihn an, sich auf die Straße zu konzentrieren. Hinzu kamen noch die Dunkelheit, der Nieselregen und die Lichter der entgegenkommenden Fahrzeuge. Genau so ein Wetter herrschte auch damals, als er den Motorradunfall hatte, erinnerte er sich jetzt. Er hatte sehr großes Glück gehabt, dass ihm bis auf die Nervenlähmung am linken Arm nichts Schlimmeres widerfahren war. Ein Autofahrer hatte ihn und sein Motorrad nicht gesehen und sich plötzlich vor ihm quergestellt.

Er hatte zwar gerade noch ausweichen können, war dabei aber gestürzt. Das Motorrad rutschte an dem Auto vorbei, er selbst wurde unter das Heck des Fahrzeugs geschleudert. Dabei blieb sein Arm an irgendetwas hängen, sodass seine Schulter ausgekugelt wurde und einen Teil des Nervengeflechts ausriss. Und zwar den Teil, der für den kleinen Finger und den Ringfinger zuständig ist. Anfangs waren noch deutlich größere Bereiche gelähmt gewesen, aber das meiste hatte sich nach einiger Zeit wieder zurückgebildet. Die Lähmung an den beiden Fingern war jedoch geblieben. Er hatte dort kein Gefühl mehr. Es fühlte sich irgendwie pelzig an und er musste aufpassen, dass sein kleiner Finger nicht unbemerkt gegen etwas stieß oder hängenblieb. Ansonsten beeinträchtigte es ihn aber nicht. Da die anderen Verletzungen lediglich Prellungen gewesen waren, erinnerte sonst nichts mehr an den Unfall und die Lähmung der Finger fiel niemandem auf. Bis auf Martin und Anke wusste auf der Arbeit niemand davon.

Nach einer gefühlten Ewigkeit kam Selim auf dem Universitätscampus an. Winkler hatte sicherlich bereits mit seinem Vortrag begonnen, aber mit etwas Glück konnte er noch einen Teil davon mitbekommen. Professor Franke, der Chef der Uniklinik-Anästhesisten, stellte seine Referenten immer erst noch lang und ausführlich vor. Es war jedoch kein Parkplatz mehr frei, der heutige Vortrag schien wirklich interessant zu sein. So viel Andrang zu den Montagsvorträgen hatte es zu der Zeit, als er noch an der Uniklinik arbeitete, nicht gegeben. Und damals mussten die Angestellten stets anwesend sein. Wehe, man hatte keinen triftigen Grund für das Wegbleiben, etwa ein Polytrauma oder einen anderen lebensbedrohlichen Notfall. Selbst „normale" Notfälle konnten nicht als Ausrede herhalten. Auch die hatten immer eine Dreiviertelstunde Zeit, hatte Franke angeordnet. Die operativen Kollegen wussten, dass auch sie sich Ärger eingefangen hätten, wenn sie während der Montagsvorträge einen Anästhesisten angefordert hätten. Selim wollte nicht wissen, wie viele arme Patienten ihre Schulter oder Knochenbrüche ohne jegliche Anästhesie eingerenkt bekommen hatten, nur weil der Anästhesist sich gerade gelangweilt irgendwelche Elementarforschungsergebnisse anhören musste, die ihn nicht im Geringsten interessierten.

Es war mittlerweile 19.55 Uhr. Da er befürchtete, dass der Vortrag sich bereits dem Ende zuneigte, stellte er sein Auto direkt vor der Bibliothek ab, obwohl es nicht erlaubt war, lief zum Gebäude, riss die Außentür auf und spurtete die Treppen hoch. Die Tür zum Hörsaal jedoch öffnete er mit Bedacht und nur einen kleinen Spaltbreit. Er wollte nicht, dass ihn die alten Kollegen bemerkten. Der Hörsaal war dunkel und wirklich bis auf den letzten Platz besetzt. Einige Zuhörer standen sogar an den Wänden oder hockten auf den Stufen.

- 13 -

Nachdem Degenhardt in ihr eigenes Auto eingestiegen war, fühlte sie sich wieder wohler in ihrer Haut und folgte Maier und Grabow, ohne jedoch genau darauf zu achten, in welche Richtung sie fuhren. Nach einer gewissen Zeit bogen sie auf eine unbefestigte Straße ab, die ziemlich einsam und nicht beleuchtet war. Irgendwie unheimlich, dachte sie.

Durch die vielen Schlaglöcher wurde sie in ihrem Wagen hin und her geschüttelt. Sie hätte nie gedacht, dass es in Deutschland noch solche Straßen gab. Grabow fuhr dann durch ein offenstehendes Gatter und kam auf einem Hof zum Stehen. Degenhardt fuhr hinterher, schaltete den Motor aus, blieb aber noch sitzen und beobachtete das Fahrzeug, in dem die Männer saßen. An den sich im faden Mondlicht abzeichnenden Umrissen konnte sie erkennen, dass sie auf einem alten Bauernhof sein mussten.

Grabow stieg aus, kam um den Bus herum und öffnete für Maier die Tür. Er trug immer noch die weißen Handschuhe und den Hut. Maier streckte den Kopf zur Wagentür heraus und sprang dann ebenfalls ins Freie. Grabow griff nach seiner großen Tasche, bevor Maier die Schiebetür mit einem gekonnten Schwung schloss. Jetzt erst, nachdem sie beide im Blick hatte, öffnete auch Degenhardt ihre Wagentür. Es nieselte, und die Tröpfchen, die ihr ins Gesicht wehten, trugen nicht zur Minderung ihres Unbehagens bei.

Sie wollte gerade aussteigen, als Grabow ihr zurief: „Passen Sie bitte auf, dass Sie nicht ausrutschen, der Boden ist ziemlich weich!“ Er eilte herbei und hielt ihr galant eine Hand hin, um ihr zu helfen. Als sie nach ihr griff, bemerkte sie, wie knochig und sehnig sie war. Trotz oder erst recht wegen der dünnen Stoffhandschuhe konnte sie das gut fühlen.

„Wo … es ist so einsam hier“, stotterte Degenhardt ins Dunkel hinein.

„Einsam ist gut für mich. Ich benötige nur die Gesellschaft meiner Freunde, des Fernsehers, des Computers und einiger Bücher – sonst nichts.“ Grabow führte sie zu einer relativ modern aussehenden weißen Kunststofftür, die an dem alten Fachwerkhaus unpassend wirkte, schloss sie auf und schaltete das Licht im Flur ein. Eine freihängende Glühbirne blendete sie. Maier ließ ihr den Vortritt. Sie trat zögernd ein und fand sich in einem quadratischen Flur wieder. Unmittelbar rechts neben der Eingangstür führte eine Holztreppe nach oben. Insgesamt vier Innentüren gingen vom Flurbereich ab: zwei Türen auf der linken Seite, eine unterhalb der Treppe auf der rechten Seite und eine der Haustür direkt gegenüber. Grabow zeigte auf ihre Füße. „Darf ich Sie bitten, Ihre Schuhe auszuziehen?"

Degenhardt erwiderte verdutzt: „Oh – ja, natürlich!"

Beim Hinunterbeugen bemerkte sie, dass Maier seine Schuhe bereits ausgezogen hatte. Er war also schon öfter an diesem Ort gewesen und kannte die Gepflogenheiten. Als sie durch die Tür geradeaus einen großzügigen Raum betraten, war sie überrascht, wie gemütlich es dort aussah. Sie blickte auf eine ungefähr sechs Meter lange Fensterfront mit einer riesigen gläsernen Schiebetür auf der gegenüberliegenden Seite. In der Zimmerecke rechts neben der Glasfront stand ein eiserner Kaminofen. Eine Sitzecke aus hellbraunem Leder war zum Kamin hin ausgerichtet und ragte fast bis an die Tür heran, durch die sie hineingekommen waren. Links stand ein großer Holztisch, fast schon eine Tafel, mit zehn Stühlen. Hinter dem Esstisch versteckte eine Theke die dahinterliegende Küche, in der Grabow sogleich herumhantierte. „Kaffee oder lieber Tee? Ich habe chinesischen Weißen da!"

„Nicht den, Micha! Der schmeckt nach frisch gefälltem Baum. Ich nehme gerne einen Kaffee, wenn es geht!"

„Und Sie, Frau Degenhardt, haben Sie einen speziellen Wunsch?"

„Tee hört sich gut an!", erwiderte sie in deutlich freundlicherem Ton.

„Gehen Sie ruhig in den Wintergarten, ich mache die Jalousien auf!"

Grabow betätigte einen Schalter und man sah, wie sich

die einzelnen Lamellen einer Jalousie, die sich hinter der Glasfront befand, ruckartig nach oben bewegten. In dem zum Vorschein kommenden Raum war es heller als in dem Zimmer, in dem sie standen, sodass das Licht von dort zu ihnen hineinschien. Es war tatsächlich ein Wintergarten mit allerlei Pflanzen und um einen tiefen Glastisch herum angeordneten, geflochtenen Gartenmöbeln, auf denen einladend helle Kissen auf Besucher warteten. Maier hebelte die Schiebetür zur Seite und bedeutete ihr hineinzugehen. Soweit sie es beurteilen konnte, war keine Beschattung vorhanden, ringsherum war nur Glas. Auch das Dach bestand aus einer Glas-Metall-Konstruktion. Das helle Licht kam von zwei Leuchtschienen, die an die Metallrahmen der Decke montiert waren. Am Boden bildeten dunkle Holzplanken einen schönen Kontrast zu den hellen Möbeln.

Dieser Wintergarten musste wie eine riesige Laterne in der von kleinen Wäldern, Wiesen und Hügeln geprägten Landschaft wirken, dachte Degenhardt. Sehen konnte sie von der Umgebung aber nichts. Draußen war es stockdunkel. Grabow kam zu ihnen hinüber und stellte die Tassen mit Tee und Kaffee auf dem Tisch ab. Mit einer ausholenden Geste, die einen gewissen Stolz spüren ließ, deutete er um sich. „Das hier ist das bisschen Welt, das ich so betreten kann, wie ich bin."

Degenhardt betrachtete ihre Spiegelbilder im tief glänzenden Schwarz der Fensterscheiben. Grabows Spiegelbild hatte keinen Hut mehr auf. Sie wandte sich zu ihm um. War das eine Perücke, die er auf dem Kopf trug? Natürlich, die Michael-Jackson-Perücke. Aber das Gesicht! Damit stimmte etwas nicht. Es war vollkommen asymmetrisch, insbesondere die kleine platte und schiefe Nase. Sie kam jedoch nicht dazu, es sich genauer zu betrachten, da er sich bereits wieder abgewandt hatte und in der Küche verschwunden war.

Degenhardt hielt sich die Hand vor den Mund und flüsterte Maier zu: „Was ist mit seinem Gesicht?"

Der hatte gerade vorsichtig an seinem Kaffee genippt. Anstatt zu antworten verzog er nur den Mund. Grabow meldete sich nochmals aus der Küche. „Entschuldigen Sie bitte, dass ich Sie alleinlassen muss. Bin gleich bei Ihnen. Ich möchte nur nicht vor Ihnen essen."

Maier signalisierte ihr Platz zu nehmen. Degenhardt setzte sich hin und nahm ihre Tasse in die Hand, stellte sie aber sofort wieder ab. Sie war in der Tat noch sehr heiß. „Was ist denn nun mit ihm? Was hat er mit Vampiren zu tun?" Sie wurde langsam ungeduldig.

Endlich antwortete Maier. „Na gut. Ich wollte zwar, dass Sie es von ihm selbst erfahren, aber ich kann es Ihnen auch erzählen. Er hat eine sehr seltene Erkrankung, die man für die Entstehung des Vampirmythos verantwortlich macht, eine Stoffwechselerkrankung."

„Was für eine Erkrankung?"

„Die meisten Menschen wissen nicht, dass es eine vererbbare Erkrankung gibt, die Symptome hervorruft, die man den Vampiren zuschreibt. Es ist eine Stoffwechselerkrankung. Man nennt sie Porphyrie."

„Und was ist das für eine Erkrankung?"

„Wie bei vielen Stoffwechselerkrankungen liegt auch der Porphyrie ein Enzymdefekt zugrunde. Ein einziges Enzym, ein einziges Molekül oder nur ein einzelnes Atom ist nicht so, wie es sein sollte, und schon ist das ganze Leben anders, als es sein könnte – wenn man es überhaupt noch Leben nennen kann. Es betrifft ein Enzym, das den roten Blutfarbstoff, das Hämoglobin, aufbaut. Es fehlt. Deshalb entsteht zum einen weniger Hämoglobin, was eine Blutarmut zur Folge hat, und zum anderen häufen sich die Vorstufen des Hämoglobins, die das Enzym eigentlich verarbeiten sollte, an."

„Und was hat das jetzt mit Vampiren zu tun?"

„Es gibt mehrere Enzyme, die mit dem Aufbau des Hämoglobins zu tun haben, und jede Störung führt auch zu unterschiedlichen Symptomen. Ganz leichte Formen der Erkrankung beeinträchtigen einen kaum, man muss nur das Sonnenlicht und ein paar Medikamente meiden. Die schweren Formen aber, die vor allem die Haut betreffen, die sogenannten kutanen Porphyrien, führen dazu, dass die

Menschen sich derart verändern, dass man, wenn man es nicht besser wüsste, sie für Bestien oder eben für Vampire halten könnte. Durch die Anhäufung der Vorstufen des Hämoglobins im Körper – in der Haut, im Blut, in den Zähnen, im Urin – kommt es zu Erscheinungen, die diese Menschen entstellen."

„Erscheinungen? Was für Erscheinungen?"

„Durch die Blutarmut sind sie beispielsweise blass, extrem blass. Hinzu kommt, dass sie keinerlei Sonnenlicht vertragen und somit die Blässe fast aschfahl ist. Sie können sich ja mal selbst auf die Kopfhaut schauen, wie blass man wird, wenn keine Sonnenstrahlen auf die Haut treffen. Die Haut dieser Menschen ist aber nicht nur lichtempfindlich, so wie es zum Beispiel bei einer Sonnenallergie der Fall ist. Nein, Sonnenlicht verursacht schmerzhaft brennende Blasen. Manchmal nach nur minutenlanger Bestrahlung. Die Haut wird unwiederbringlich zerstört und vernarbt. Hervorstehende Körperteile wie Nase, Lippen und Ohren sind besonders stark betroffen, sodass an diesen Körperöffnungen nur noch Löcher klaffen, die von Narbengewebe umgeben sind. Die Hände sehen wegen der zernarbten Fingerstummel tatzenhaft aus. Es bilden sich vermehrt Haare am Körper, die Augenbrauen beginnen zu wuchern und der Haaransatz an der Stirn wird tiefer. Zähne und Knochen verfärben sich rötlich, sie fluoreszieren sogar. Der Urin wird unter Lufteinwirkung rot. Hinzu kommt, dass diese Menschen Knoblauch nicht vertragen können. Sie reagieren darauf mit schlimmen Bauchkrämpfen."

Bevor er seine Ausführungen fortsetzte, machte Maier eine kurze Pause und nippte an seinem Kaffee. Degenhardt sollte die vielen Informationen ein wenig für sich sortieren können.

„Nun stellen Sie sich solch einen armen Menschen einmal vor ein paar hundert Jahren vor: Das Gesicht ist durch die klaffenden Öffnungen dort, wo sich einmal die Nase befand, entstellt. Die Lippen sind zerfressen, wodurch die rötlich-fluoreszierenden und von Karies zerstörten Zähne deutlich hervortreten – dann noch der tiefe Haaransatz, die spitzen

Ohrstummel und die Klauenhände! Für andere sind das keine Menschen mehr, es sind Bestien, die zudem, wenn sie urinieren, rote Pfützen hinterlassen. Und wenn sie lächeln, sehen ihre furchterregend verstümmelten und rot schimmernden Zähne so aus, als hätten sie gerade etwas gerissen. Narben und Lähmungen, die diese Krankheit ebenfalls hervorrufen kann, zwingen sie in eine unnatürliche Haltung und lassen sie humpeln. Ihre gereizten und geröteten Augen sind stets geöffnet, auch im Schlaf, da sie sie wegen der vernarbten und zurückgezogenen Augenlider nicht schließen können. Epileptische Anfälle, die bei dieser Krankheit ebenfalls auftreten können, scheinen zudem ihre dämonische Besessenheit zu bestätigen. Das waren zu Kreaturen entstellte Wesen, die auch noch wegen der kaum zu ertragenden Schmerzen unentwegt wimmerten oder schrien. Sie konnten nur nachts ihren Bedürfnissen nachgehen und nach Essen suchen, da sie sich tagsüber verstecken mussten, nicht nur wegen der Sonne, sondern auch, weil sie von jedem, der sie zu Gesicht bekommen hätte, geschlagen, getreten oder gar getötet worden wären. Wenn Sie so ein Mensch gewesen wären, dann wären auch Sie nur noch nachts umhergestreunt und hätten sich von den Menschen ferngehalten, da Sie ansonsten den nächsten Morgen nicht erlebt hätten. Für die anderen wären Sie nämlich kein Mensch mehr, sondern ein Biest, böse und teuflisch!"

Degenhardt reagierte ungläubig. „So etwas gab es wirklich?"

„Das gibt es sogar noch immer. Nur, dass es heutzutage Möglichkeiten gibt, diesen Menschen zu helfen."

Degenhardt versuchte sich mit geschlossenen Augen die Verstümmelungen, die diese Krankheit hervorrufen sollte, konkret vorzustellen, als plötzlich ein fürchterliches Krachen zu hören war. Voller Schreck riss sie die Augen auf und sah, wie das mit gelblichen Reißzähnen und schaumigem Speichel gefüllte Maul eines wolfsähnlichen Tieres unmittelbar vor ihr gegen die Scheiben schlug. Sie sprang instinktiv zurück.

- 14 -

Die Powerpoint-Präsentation, die der Beamer an die Wand warf und die Selim durch den Türspalt hindurch sehen konnte, trug die Überschrift: „Dirk Winkler. Neue Muskelrelaxanzien – was ist in der Pipeline?“

Winklers Vortrag war also noch nicht zu Ende, stellte Selim erleichtert fest, schlich in den Hörsaal und positionierte sich unauffällig an der Wand, damit ihn niemand bemerkte. Im Auditorium saß nämlich neben Franke, seinem ehemaligen Chef, auch Westermann. Eigentlich konnten die beiden sich nicht ausstehen, aber auch bei Vorträgen gab es so etwas wie ein Protokoll. Ganz vorne saßen die Dozenten und die Chefs, dann kamen die Oberärzte, und erst in den hinteren Reihen durften alle Übrigen Platz nehmen. Winkler hatte ein nervöses Zittern in der Stimme und fuchtelte so hastig mit dem Laserpointer herum, dass Selims Augen dem roten Pünktchen kaum folgen konnten. Er zeigte zahlreiche Tabellen, die einzelne Muskelrelaxanzien miteinander verglichen. Winkler kam dann aber recht bald zum Ende seines Vortrags und sprach mit sichtbarer Erleichterung die abschließenden Worte. „Vielen Dank für Ihre Aufmerksamkeit. Ich möchte hiermit die Diskussion eröffnen. Gibt es irgendwelche Fragen?“

Selim war ziemlich enttäuscht, dass er nichts über Ketamazepam erzählt hatte. Da gleich das Licht im Saal angehen würde, suchte er sich jetzt rasch einen Sitzplatz.

„Wissen Sie, wie teuer die neuen Muskelrelaxanzien sein werden?“, fragte Franke. Er stellte stets die erste Frage. Und immer ging es ums Geld.

„Nein, das kann ich Ihnen leider nicht sagen. Das ist Firmenpolitik. Aber es soll auf jeden Fall konkurrenzfähig werden.“

„Wir brauchen kein neues Relaxans, wir kommen mit den jetzigen sehr gut zurecht. Und, ehrlich gesagt, hätte ich auch keine Lust wieder alles umzustellen!“ Der kritische Einwurf kam von einem der Oberärzte aus der zweiten Reihe.

„Lust ist hier wohl nicht das richtige Argument!", ermahnte ihn Franke.

In der ersten Reihe erhob sich ein älterer, sehr gepflegt erscheinender Mann und meldete sich mit starkem amerikanischen Akzent zu Wort. „Vielen Dank für Ihre sehr informative Vortrag."

Das muss Clarke sein, dachte Selim. Es hatte ihm wohl nicht gefallen. Das Kompliment fiel für amerikanische Verhältnisse äußerst bescheiden aus.

„Mister Winkler, waren Sie nicht in Hamburg an der Entwicklung von Ketamazepam beteiligt? Man hört leider nichts mehr davon. Es war ein vieles versprechendes Produkt. Können Sie den Stand bei dieses Produkt mitteilen?"

Ah, jetzt wird es interessant! Selim lehnte sich vor.

Die anderen schienen auch noch nichts von einem „Ketamazepam" gehört zu haben und sahen sich gegenseitig fragend an. Selim beugte sich noch ein wenig weiter vor, um Winklers Antwort genauestens mitzubekommen.

„Es wurden alle Unternehmungen dieses Produkt betreffend abgebrochen, die Firma hat es nicht mehr vorangetrieben!", erwiderte Winkler.

Ein bisschen dürftig, fand Selim.

„Aber es war so gewesen, als es könnte das Mittel der Zukunft werden. Wieso wurden die Studies abgebrochen?" Clarke ließ nicht locker.

Jetzt schaltete sich Franke ein. „Herr Winkler, könnten Sie kurz dem Auditorium erklären, worum es sich bei dem Ketamazepam handelt? Ich denke, die allermeisten kennen es nicht." Er kannte es anscheinend auch nicht, ansonsten hätte er es ja selbst erklärt.

„Das Ketamazepam ist ein Vertreter einer vollkommen neuen Substanzklasse. Das Molekül soll sowohl an ketaminähnlichen Rezeptoren als auch an benzodiazepinähnlichen Rezeptoren andocken und somit die beiden Wirkungsspektren vereinen und zum Teil die unerwünschten Nebenwirkungen des jeweils anderen neutralisieren. An Tieren, die damit betäubt wurden, konnten im wachen, gleichzeitig aber entspannten Zustand Operationen vollzogen werden.“ Bei seinen Ausführungen vermittelte Winkler den Eindruck, als wäre er zu etwas gedrängt worden, was er eigentlich nicht wollte.

Ein Raunen ging durch den Hörsaal.

„Ja, es war so gewesen, als man hätte die Anästhesie-Wonder gefunden. Warum wurde es nicht weiter studiert?“ Clarke blieb hartnäckig.

„Das weiß ich leider nicht. Noch bevor es richtig losging, wurden unsere Verträge bezüglich der Erforschung der Substanz gekündigt und uns jedwede finanziellen Mittel gestrichen. Alle Proben mussten zurückgegeben werden. Bis heute wissen wir nicht, weshalb!“ Winklers Tonfall wurde jetzt etwas aggressiver, so, als ob er sagen wollte: Lasst mich damit endlich in Ruhe!

Franke wandte sich an Westermann. „Herr Westermann, Sie waren doch auch in Hamburg! Wissen Sie vielleicht, warum es eingestellt wurde?“

„Ich war nicht in das Projekt involviert und kann Ihnen dazu keinerlei Auskunft geben. Ich glaube, es war auch strengster Geheimhaltung unterzogen, nicht wahr, Dirk?“

Winkler nickte zustimmend und Westermann führte weiter aus. „Alles, was ich darüber weiß, entstammt den wenigen Artikeln im Experimental Pharmacology. Und das ist ja leider eine Zeitschrift, die die wenigsten Anästhesisten lesen.“

„Vielleicht ist es auch besser so, dass es eingestellt wurde. Stellen Sie sich einmal vor, wenn es bald auf den Markt käme. Dann bräuchte man ja keine Anästhesisten mehr!“ Franke setzte einen Schlusspunkt. Wahrscheinlich wollte er nicht, dachte Selim, dass ihn jemand zu einem Thema befragte, von dem er selbst keine Ahnung hatte. „Wenn es also keine weiteren Fragen mehr gibt, möchte ich mich bei den Referenten sehr herzlich bedanken. Vor allem bei Professor Clarke, der meiner Einladung gefolgt ist und den weiten Weg aus den USA nach Düsseldorf zurückgelegt hat, um sein hervorragendes Wissen mit uns zu teilen. Unser nächstes Kolloquium ist in vierzehn Tagen und es wird um die neuesten Erkenntnisse bezüglich der Enzyminduktion durch Benzodiazepine gehen. Ihnen allen einen angenehmen Feierabend."

Kurz darauf ging unter den Anwesenden das Tuscheln, Grüßen und Diskutieren los. Selim wollte schnell verschwinden, bevor ihn noch jemand ansprach, also beeilte er sich, aus dem Hörsaal herauszukommen. Doch da spürte er eine Hand an seiner Schulter. „Selim?"

Auch das noch! Wer hatte ihn trotz allem erkannt? Selim drehte sich um. Es war Ben Martens, ein früherer Kollege, mit dem er während seiner Zeit an der Uniklinik sehr gut befreundet gewesen war. Er musste ihn natürlich zurückgrüßen. „Hallo Ben!"

„Was machst du denn hier? Ist ja eine Ewigkeit her, dass wir uns gesehen haben." Ben schien sich wirklich darüber zu freuen, auf Selim zu treffen.

„Ja, das stimmt. Ich bin doch jetzt auch am Städtischen, zusammen mit Winkler. Da wollte ich mal hören, was er hier so macht. Du, ich habe aber Dienst und muss schnell wieder zurück. Sei mir nicht böse, okay?"

„Ist gut, aber schade! Wenn du wieder hier bist, dann bring ein bisschen mehr Zeit mit, ja? Lass uns mal ein Bier trinken gehen und über die alten Zeiten reden. Äh – ich meine natürlich, ich trinke ein Bier und du kannst an deinem Tee schlürfen." Dabei zwinkerte er ihm zu. Er wusste also noch, dass Selim keinen Alkohol trank. Nicht wegen der Religion. Auch nicht, weil er es nicht wollte, sondern weil er Alkohol einfach nicht vertrug. Ein Bier war oft noch möglich, aber schon nach dem zweiten ging es ihm am nächsten Tag so, als hätte er die ganze Nacht durchgesoffen. Kopfschmerzen, Müdigkeit, Übelkeit und Magenschmerzen. Es war ein ausgewachsener Kater! Und den bekam er schon nach zwei Bieren! Das musste eine Art Enzymschwäche oder etwas Ähnliches sein. Er hatte es aber nie untersuchen lassen. Er ließ den Alkohol einfach weg.

„Ja, das machen wir, versprochen! Ich melde mich bei dir.

Jetzt weiß ich ja, dass du noch hier bist. Also, bis dann!" Selim sprach schnell und signalisierte, dass er wirklich weg musste.

„Ja, bis dann!" Ben wirkte enttäuscht. So leid es Selim auch tat, er konnte es nicht riskieren, von Westermann oder Winkler erkannt zu werden, also hastete er zu seinem Auto zurück und fuhr rasch davon.

Ketamazepam … Warum hatte die Firma die Entwicklung dieses Wundermedikaments bloß eingestellt? Das wäre doch der Knüller gewesen! Das ideale Narkosemittel! Er konnte sich nicht vorstellen, dass eine Firma Rücksicht darauf nahm, dass es dadurch eventuell viel weniger Anästhesisten gäbe. Oder hatten vielleicht andere Pharmakonzerne Druck gemacht? Weil sie dann weniger von ihren eigenen Narkosemitteln und Medikamenten verkauft hätten? Wie viele wirklich sinnvolle Erfindungen wohl in den Schubläden verschwanden, weil sie am Ende den Profit mindern könnten, wollte Selim lieber nicht wissen. War das hier auch so eine Geschichte oder steckte noch mehr dahinter? Viele Narkosen würden doch mit dieser zusätzlichen Möglichkeit sicherer werden, weil man die Patienten einfach nicht mehr beatmen müsste. Die Not-Sectio von vorhin zum Beispiel! Aber die Substanz müsste natürlich dahingehend untersucht werden, ob sie schädlich für das ungeborene Kind wäre. Und noch auf vieles andere mehr. War das der Punkt, warum es nicht weiterverfolgt wurde? Hatte es Nebenwirkungen? Vielleicht sogar schwerwiegende Nebenwirkungen? Er musste unbedingt mehr darüber herausfinden.

- 15 -

Grabow eilte in den Wintergarten und versuchte, Degenhardt zu beruhigen. Das wolfsähnliche Tier, das sie so sehr erschreckt hatte, hatte sich außen am Wintergarten aufgebäumt und blaffte unentwegt. Sie konnte das dumpfe Bellen gut durch die Scheibe hören.

„Haben Sie keine Angst, Frau Degenhardt, er tut nichts. Dafür ist er schon viel zu alt! Na, mein Guter, komm mal her! Ja, komm! Komm!" Er hielt einen Napf mit Futter in der Hand und befahl dem schäferhundähnlichen Tier, um den Wintergarten herumzulaufen, was dieses auch augenblicklich tat. Er öffnete dann eine Tür und stellte den Napf davor ab. Unmittelbar darauf hörte man schmatzende Geräusche. Sein Herrchen lobte ihn. „Brav, Bubbles! Braver Hund!"

Bubbles? Was für ein eigenartiger Name für einen Hund. Aber hieß nicht der Affe von Michael Jackson so? Manche übertreiben es wirklich mit ihrem Ikonen-Kult! Degenhardt schüttelte den Kopf.

Maier stand auf, ging ebenfalls näher zur Tür hin und sah sich das Tier genau an. „Hat er sich wieder erholt?"

„Na ja, wie man's nimmt! Ich habe das Gefühl, er kann sich an nichts mehr richtig erinnern."

„Meinen Sie den Hund?" Degenhardt hatte sich noch nicht ganz von dem Schrecken erholt, den das unerwartete Erscheinen des Tieres aus dem Nichts bei ihr hinterlassen hatte.

Maier beantwortete ihre Frage. „Ja! Wissen Sie, er hatte vor ein paar Wochen einen schweren Unfall. Micha hat mir erzählt, dass er ihn eigentlich einschläfern lassen wollte, aber offensichtlich geht es ihm wieder gut."

„Ja, irgendwie hat er sich wieder bekrabbelt", stimmte ihm Grabow zu und schloss, da er Degenhardts Beklemmung bemerkte, die Tür. Dann wandte er sich ihr zu: „Und was genau kann ich für Sie tun, Frau Degenhardt?"

„Wenn ich ehrlich sein soll, weiß ich gar nicht, ob Sie mir überhaupt helfen können." Ihr war die Angelegenheit jetzt peinlich. Warum hatte Maier sie bloß in so eine unangenehme Situation gebracht?

Maier jedoch hatte keinerlei derartige Bedenken. „Zeig ihr doch mal, wie ein echter Vampir aussieht, Micha!"

Grabow war beileibe nicht so enthusiastisch wie sein Freund. Dennoch begann er ruhig und nüchtern über seine Erkrankung zu sprechen. „Ja, Frau Degenhardt, es könnte tatsächlich so gewesen sein, dass Menschen wie ich für den Mythos der Vampire verantwortlich sind. Ich habe eine schwere Form der Porphyrie, die zu äußerlichen Veränderungen führt, die an Vampire, Zombies oder Werwölfe denken lassen. Auch wenn der Mythos im Nachhinein fantasievoll ausgewalzt wurde. Natürlich bin ich kein blutsaugender Unsterblicher, der sich in eine Fledermaus verwandeln kann."

Aus der Nähe betrachtet sah er für Degenhardt trotzdem unheimlich aus mit seinen starren Gesichtszügen, dem dicken Make-up und den unnatürlich weißen Zähnen. „Herr Maier hat mir gerade Ihre schlimme Krankheit erklärt. Aber Sie sehen für mich überhaupt nicht aus wie ein Vampir. Außer Ihrer Blässe kann ich keines der Merkmale, die Herr Maier mir geschildert hat, bei Ihnen entdecken. Und die Blässe ist doch auch nur Schminke, oder?" Degenhardt musterte Grabow demonstrativ.

Der hielt ihrer Begutachtung stand. „Dank der modernen Epithetik können Sie nichts erkennen. Wenn die nicht wäre, würden Sie anders denken."

„Epithetik, was ist denn das nun wieder?", rutschte es aus ihr heraus.

Maier klärte sie auf. „Seine Nase und seine Ohren sind Epithesen. Äußerliche Prothesen sozusagen. Sie sind aus Silikon. Und seine Zähne sind überkront."

„Und das hier ist eine Perücke. Sehen Sie!" Grabow griff hinter seinen Nacken, fummelte an etwas herum, packte dann seine Haare und zog sie herunter. Eine völlig vernarbte Kopfhaut mit ein paar Inseln dunkler Haarbüschel kam zum Vorschein – ein schrecklicher Anblick!

Degenhardt wurde gewahr, dass sie gestiert haben musste,

und wandte ihren Blick ab. „Tut mir leid. Ich habe nicht gewusst …"

„Sie brauchen sich nicht zu entschuldigen. Wie Sie schon sagten, Sie konnten es nicht wissen. Ich werde aber die Nase und die Ohren nicht abnehmen, wenn Sie erlauben."

„Nein, nein, das ist nicht nötig!", sprach sie hastig, traute sich aber wieder, ihn anzusehen.

Dann stand er unvermittelt auf, ging hinüber zu einer Kommode, öffnete eine Schublade, nahm etwas heraus und kam zurück. Er hielt ein Kuvert in der Hand, aus dem er nacheinander Fotos herausholte und in einer Reihe vor ihr auf den Tisch legte. Die Fotografien wirkten laienhaft, so, wie man sie manchmal auch in medizinischen Büchern findet, wenn Krankheiten dargestellt werden, die von Ärzten selbst fotografiert wurden. Die Fotos waren zum Teil vergilbt, aber sie konnte ihn trotzdem gut darauf erkennen. Er hatte sie chronologisch geordnet ausgebreitet, sodass daran der Fortschritt seiner Entstellungen von Kindheit an, ungeschminkt und ohne Epithesen, nachvollzogen werden konnte.

Es waren schreckliche Bilder. Sie zeigten, wie aus einem zwar nicht hübschen, aber doch süßen blonden Kind nach und nach eine geschundene Bestie geworden war. Ab einem gewissen Zeitpunkt erkannte man auf den Bildern auch die Ähnlichkeit zu den in bestimmten Filmen dargestellten Vampirgestalten. Fahle dünne Haut, dicke Augenbrauen, dunkle Augenränder, herabhängende Unterlippen, rotbraune verstümmelte Zähne, spitze Hautlappen dort, wo mal die Ohren waren, und – anstelle einer Nase – narbig verzogene Höhlen mitten im Gesicht.

„Wie schaffen Sie es, damit zu leben?", fragte Degenhardt ganz spontan und war selbst überrascht, wie betroffen sie dabei klang.

„Ich habe es schon mein ganzes Leben lang. Jetzt habe ich mich damit arrangiert, aber die Kindheit und ganz besonders die Pubertät waren für mich die Inquisition. Ich habe geglaubt, Gott wollte mich mit diesem Fluch bestrafen. Jede noch so kleine Lüge, jeder noch so kleine sündige Gedanke würde bestraft werden, habe ich gedacht. Anders konnte ich mir das nicht erklären … Warum ich? Was hatte ich getan? Womit hatte ich das verdient? Wie kann Gott so grausam sein? Dabei ist es nur ein Atom, das den Unterschied macht. Ein klitzekleiner Fehler in seiner Schöpfung, mehr nicht." Er machte eine Pause.

„Aber wenn ich nicht so auf die Welt gekommen wäre, dann wäre ich gar nicht auf diese Welt gekommen. Es gäbe mich nicht. Ich hatte also keine Wahl. Heute weiß ich, wenn solch kleine Fehler in unserer Konstruktion einen solch großen Unterschied machen können, dass dann nicht ich der Grund dafür sein kann, sondern die Statistik. Die Genetik. Die Art und Weise, wie Leben funktioniert. Die einzige Möglichkeit, die ich für mein Leben habe, ist, genau so zu leben, wie ich bin. Es bleibt mir nichts anderes übrig als meine Existenz. Und diese so zu akzeptieren, wie sie ist."

Seine folgenden Worte schien er sorgfältig zurechtgelegt zu haben. „Die einzige Möglichkeit für mich, anders zu sein, wäre die, nicht zu sein, verstehen Sie? Wenn meine Eltern von meiner Veranlagung gewusst hätten, hätten sie mich wahrscheinlich getötet, bevor ich auf die Welt gekommen wäre, um mir ein solches Leben zu ersparen. Bevor ich wusste, dass ich lebte, konnte mir das vielleicht egal sein, aber nicht mehr, seitdem ich um meine Existenz weiß … Nun, was soll's. Ich mache das Beste aus dem, was ich bin."

„Aber gibt es dafür denn keine Therapie?", fragte sie an beide gerichtet.

Maier antwortete ihr als erster. „Nur symptomatisch. Und das auch nur sehr unzureichend. Man kann etwas gegen die Blutarmut tun und versuchen, den Stoff, der für die meisten Symptome verantwortlich ist, zu eliminieren. Bei akuten Attacken können große Kohlenhydratmengen und sogenanntes Hämatin durch Hemmung bestimmter Enzyme helfen. Aber im Endeffekt ist das Wichtigste, bestimmte Medikamente zu meiden und sich vor der Sonne zu schützen."

Degenhardt bohrte weiter. „Und was ist mit einer

Gentherapie? Davon hört man doch so viel in den Medien …"

Eigentlich war die Frage an Grabow gerichtet, aber erneut antwortete Maier. „Die Gentherapie steckt noch in den Kinderschuhen! Es ist überhaupt nicht abzusehen, wann man sie einsetzen könnte. Es gibt noch so viele Dinge, die dabei unerforscht und unklar sind. Vielleicht könnte eine Knochenmarktransplantation helfen. Aber auch die ist zum einen sehr komplikationsträchtig und zum anderen ist die Erfolgsaussicht äußerst fraglich."

„Also gibt es keine Therapieoption?"

Jetzt meldete sich Grabow wieder zu Wort. „Um das zu erforschen, ist die Anzahl der Erkrankten leider viel zu gering. Keine Pharmafirma wird sich mit diesem Thema befassen. Bei nur zweihundert bis vierhundert stark Betroffenen weltweit, also denen, die die schwerste Form haben, lohnt es sich nicht, auch nur einen Cent dafür zu investieren."

Degenhardt interessierte abschließend noch eine Sache. „Und was macht man gegen die Blutarmut? Verabreicht man Blutkonserven?"

Maier antwortete ihr. „Nur in Ausnahmefällen. Wenn die Anämie zu stark ist."

Degenhardt entschied für sich, dass sie jetzt genug über den Ursprung des Vampirmythos erfahren hatte. Es hatte ja doch nichts mit ihrem Fall und schon gar nichts mit der erhofften Bestätigung ihrer Ansichten zu tun, und das Schicksal dieses Mannes nahm sie mehr mit, als sie gedacht hatte. Sie stand auf. „Ich denke, wir haben jetzt genug Ihrer Zeit in Anspruch genommen, Herr Grabow. Ich habe die letzten Tage nicht viel geschlafen und muss noch einiges nachholen. Vielen Dank für die interessanten Informationen, und dass Sie sich nicht geschämt haben, mit Ihrer Erkrankung so offen umzugehen."

„Ich weiß gar nicht, ob ich Ihnen damit weiterhelfen konnte … Was ist denn mit diesem Dracula? Hat ihn schon mal jemand gesehen?"

Unaufgefordert ergriff jetzt Maier das Wort. „Wenn du

mich fragst, Micha, muss das ein Arzt sein. Auf jeden Fall hat derjenige viel Ahnung von Betäubung und Intensivmedizin. Das, was der mit seinen Opfern anstellt … sie komplett ausbluten zu lassen, das kann man nicht einfach so! Und vor allem braucht man dazu medizinisches Equipment!"

Degenhardt warf Maier einen bösen Blick zu und wandte sich an Grabow. „Nein, bisher wissen wir nichts Näheres! Aber haben Sie bitte Verständnis dafür, dass ich Ihnen zu den laufenden Ermittlungen nichts mitteilen kann … Entschuldigen Sie, aber darf ich mal Ihre Toilette benutzen?"

Grabow zeigte in die entsprechende Richtung. „Natürlich! Es ist die zweite Tür im Flur rechts."

In der kleinen und kalten Toilette betrachtete Degenhardt im Spiegel die dunklen Ränder unter ihren Augen. Wenn sie weiterhin keinen Schlaf bekam, würde sie bald genauso aussehen wie Grabow, dachte sie. Der wiederum sah dem echten Michael Jackson wirklich sehr ähnlich. War dem nicht auch mal die Nase abgefallen? Sie versuchte sich an die Zeitungsberichte, die es über ihn ja zuhauf gegeben hatte, zu erinnern, während sie sich die Hände wusch. Als sie zurück in den Flur trat, blieb ihr Blick an Grabows Stiefeln hängen. Irgendetwas war ihr hier schon vorhin, als sie sich die Schuhe ausgezogen hatten, aufgefallen. Sie sah sie sich näher an und erinnerte sich dann wieder, was es gewesen war. Nicht die Stiefel waren es, sondern ein Fleck direkt neben ihnen in den Fugen der Fliesen. Sie hob die Stiefel an, um ihn näher zu begutachten. Sie kannte diese Art Flecken. Das war altes Blut. Es war zwar etwas verwischt, so als ob jemand versucht hätte, Spuren zu eliminieren, aber etwas war haften geblieben. Dann entdeckte sie weitere ähnliche Flecken und verfolgte sie vom Eingang aus bis hin zu der Tür, die sich unterhalb der Treppe befand. Sie öffnete sie. Dahinter verbarg sich keine Abstellkammer, wie sie gedacht hatte, sondern ein Kellerabgang. Nachdem sie den Lichtschalter ertastet und ihn betätigt hatte, wurde eine nackte Betontreppe vom schwachen Licht einer Energiesparlampe angestrahlt. Auf den Stufen konnte man unterschiedliche

Flecken erkennen, unter denen sich auch dieselben wie im Flur befanden. Sie stieg behutsam die Stufen hinab und gelangte in einen Vorraum mit unerwartet hoher Decke und fachmännisch geschliffenem Estrichboden. An einer Wand befand sich eine Matratze auf dem Fußboden, deren ehemals weißes Laken über und über mit schwarzgrauen dicken Haaren bedeckt war. Der Boden um die Matratze herum war ebenfalls von unterschiedlichen Flecken, die sie nicht genau zuordnen konnte, verunreinigt.

Ein dicker Vorhang trennte diesen Vorraum von einem anderen Raum ab. Als sie ihn zur Seite schob, blickte sie in einen etwa sieben mal zehn Meter großen Raum, der durch mehrere Träger unterbrochen war. Er war komplett grau gefliest und vollgestellt mit technischen Geräten, Behältern, Pipetten, Röhrchen und Monitoren. Es sah aus wie in einem Labor. Trotz ihrer brennenden Neugier ermahnte sie sich, nicht ohne eine rechtliche Handhabe weiter herumzuschnüffeln. Außerdem kam es den beiden Männern oben bestimmt schon verdächtig vor, dass sie so lange auf der Toilette blieb. Sie ließ den Vorhang wieder zufallen, betrachtete noch einmal genau die Haare, die auf der Matratze verteilt waren, und nahm die ersten Treppenstufen hinauf. Plötzlich griff eine dünne knochige Hand nach ihr. Sie schreckte zusammen und wich reflexartig zurück, verfehlte dabei aber eine Stufe und taumelte. In gerötete ausdruckslose Augen blickend versuchte sie noch, nach irgendetwas zu greifen, bekam aber nichts mehr zu fassen.

- 16 -

Selim erreichte wieder das Städtische Krankenhaus. Zurück war es irgendwie schneller gegangen, obwohl er bei der Hinfahrt gerast und bei der Rückfahrt in normaler Geschwindigkeit gefahren war. Ihm fiel ein, dass er in seinem Dienstzimmer einen Internet-Anschluss hatte! Den benutzte er für gewöhnlich nur für seine E-Mails oder um seine Verkäufe auf Auktionsplattformen zu verfolgen. Aber heute, so beschloss er, würde er ihn mal seinem eigentlichen Zweck zuführen. Also fuhr er unverzüglich den Rechner hoch. Das dauerte wie immer sehr lange. Login–Passwort: NOBRAINNOPAIN0815. Ins Eingabefeld der Suchmaschine: KETAMAZEPAM. Enter. Keine Ergebnisse. Gab es darüber nichts im Internet? Er dachte, im Internet fände man alles … Was hatte sein Chef vorhin gesagt? Wie hieß die Zeitschrift nochmal, die die meisten Anästhesisten nicht lasen? Pharmacology? Clinical pharmacology? Nein, klinisch konnte es nicht sein. Es war ja noch nicht in der Praxis erprobt, also experimentell! Ja, genau: EXPERIMENTAL PHARMACOLOGY. Enter. Ah, da! Wo konnte man hier eine Suche eingeben? Dort. KETAMAZEPAM. Enter. Bingo! Zwei Treffer. Der erste: „The molecular structure of Ketamazepam." Öffnen. Das musste ja sein! Da Selim kein zahlender Abonnent der Zeitschrift war, sah er nur das Jahr, den Titel und die Autoren, den eigentlichen Text jedoch nicht. Er konnte aber allein aus den Titeln einige, wenn auch wenige, Informationen für sich herausziehen. Der Text war vor fünf Jahren veröffentlicht worden. Englische Namen. Wahrscheinlich Amerikaner. Lauter DSc's. Doctors of Sciences. Keine Medical Doctors. Keine Mediziner. Wahrscheinlich alles Chemiker.

Der zweite Treffer: „HPLC Detection of Ketamazepam." Vor vier Jahren erschienen. Was war das? Erster Name: Chan DSc. Dann aber der zweite Name: Winkler MD. Und der Dritte: Weber F. Dann folgten noch ein paar weitere Namen, alle mit dem Zusatz DSc. Und zum Schluss: Clarke DSc

MD. Selim hatte zwar schon lange keine wissenschaftlichen Veröffentlichungen mehr gelesen, aber er wusste noch, dass derjenige, der die eigentliche Arbeit geschrieben hatte, zuerst aufgeführt wurde. Die nachfolgend genannten Personen waren irgendwie beteiligt, meistens als Mitglieder der Arbeitsgruppe. Und zum Schluss kam der Institutsleiter, in dessen Fachbereich die Arbeit entstanden war. Also: Winkler und Weber F – Frederike? – waren irgendwie daran beteiligt gewesen. Über Winkler wusste Selim ja Bescheid, aber was hatte Frederike damit zu tun? Und dieser Clarke musste der Institutsleiter gewesen sein. Deshalb wusste er auch über das Ketamazepam Bescheid.

Selim suchte unter WINKLER weiter. Er wollte sehen, ob noch andere Veröffentlichungen vorhanden waren. Aber über Ketamazepam wurde nichts mehr aufgelistet. Nur noch etwas über das Muskelrelaxans, über das er heute in seinem Vortrag gesprochen hatte. Und noch ein paar Veröffentlichungen über alles Mögliche, wo er mal als Erstautor und mal als Mitautor genannt war. Vielleicht handelte es sich aber auch um ganz andere Winklers. Der Name war ja so selten nicht. Und Weber? Unter dem Namen WEBER fand er ebenfalls viele Veröffentlichungen. Einmal war sie Mitautorin bei einer Veröffentlichung über dasselbe Muskelrelaxans, irgendetwas mit HPLC-Messung. Und die anderen Beiträge handelten wiederum von ganz unterschiedlichen Themen. Unter dem Namen Weber schien es auch einige zu geben, die wissenschaftlich tätig waren …

Mehr würde er im Augenblick nicht in Erfahrung bringen können. Er schaltete den Rechner wieder aus und lehnte sich zurück. Was hatte bloß Frederike damit zu tun? Wusste sie mehr darüber? Er musste sie unbedingt danach fragen! Am besten jetzt gleich, beschloss er – und schreckte im selben Moment auf, als er hörte, wie nebenan die Tür geöffnet wurde. Winkler war wieder da! Er erkannte seine Schritte. Selim sah auf die Uhr. Es war gerade erst 21.30 Uhr. So früh hatte Selim nicht mit ihm gerechnet. Dann hörte er, wie Winkler wieder hinaustrat, seine Tür abschloss und bei

Selim anklopfte.

„Ja bitte!“, rief Selim.

Winkler trat ein und sah ganz und gar nicht glücklich aus. „Hallo, Selim. Danke, dass du mich vertreten hast.“

„Und, wie war’s?“, fragte Selim nach und hoffte insgeheim, dass Winkler sich nicht mit Ben unterhalten und dabei erfahren hatte, dass er ebenfalls dort gewesen war.

„Gut.“ Das war es nicht. Er würde das Selim aber bestimmt nicht anvertrauen.

„Und, war dieser Clarke auch da?“

„Ja, wir haben uns nett unterhalten. Er wird aber heute noch weiterfliegen und musste deshalb relativ schnell wieder weg.“ Selim wusste nicht recht, ob das so stimmte oder ob es eine Notlüge war. Winkler fuhr indes fort. „Du kannst jetzt auch nach Hause gehen, Selim. Erhole dich von dem Tag. Ich gebe allen Bescheid, dass ich wieder zuständig bin. Danke nochmal für deine Hilfe!“

Wenigstens hatte er den Anstand sich bei ihm für die Vertretung zu bedanken. Selim überlegte kurz, ob er ihn wegen Bahar Bingöl ansprechen sollte. Da er aber befürchtete, dass Winkler dahinterkommen könnte, dass Selim ihm nachspionierte, sagte er lediglich: „Mache ich. Und dir wünsche ich noch einen ruhigen Dienst!“

Kurz nachdem Winkler gegangen war, verließ Selim ebenfalls sein Zimmer um nach Hause zu fahren. Weil er sich matt und ausgelaugt fühlte, benutzte er ausnahmsweise mal den Aufzug, um zum Ausgang ins Erdgeschoss zu gelangen – das hatte er seit langem nicht mehr getan. Was für ein Tag! Sein mentaler und sein physischer Akku waren leer. Als er nach draußen trat, half ihm auch die Kühle nicht dabei, wieder etwas munterer zu werden, vielmehr fröstelte es ihn. An seinem Auto blieb er kurz stehen und wandte sich dem Schwesternwohnheim zu. Es regnete nicht mehr. Er überlegte nachzuschauen, ob Frederike da war. Er müsste jedoch aufpassen, dass ihn niemand sah. Es wäre verdächtig, wenn sich so spät abends noch ein Mann dort aufhielte. Es kam ja nicht selten vor, dass Ärzte und Krankenschwestern etwas miteinander hatten. Der gemeinsame Stress und Druck sowie die Dinge, die man als medizinisches Personal erlebte, waren anderen Menschen, die nichts damit zu tun hatten, schwer zu vermitteln. Auch Andrea, seine Freundin, hatte ihre Schwierigkeiten damit. Schwestern aber verstanden Ärzte und Ärzte verstanden Schwestern, und manchmal verstanden sie sich wechselseitig noch besser.

Doch Selim wusste nicht, welches Zimmer sie hatte. Und ob sie überhaupt auf ihrem Zimmer war? Er kam zu dem Schluss, dass es keine gute Idee war, um diese Uhrzeit in der Nähe des Schwesternwohnheims gesehen zu werden, und setzte sich in sein Auto. Es war Viertel vor zehn. Wenn er jetzt losfuhr, wäre er gegen Viertel nach zehn zuhause. Andrea würde wahrscheinlich nicht mehr wach sein, sie ging in letzter Zeit immer sehr früh schlafen. Er hatte sie noch nicht einmal wegen heute Abend angerufen, um ihr mitzuteilen, dass er einen Teil des Dienstes von Winkler übernommen hatte. Sie redeten in letzter Zeit sowieso nicht viel miteinander, sie stritten sich mehr. Eigentlich um Kleinigkeiten. Das konnte jetzt wieder Ärger geben. Er musste zwar noch mit ihr absprechen, wann sie ihn morgen nach seiner Operation abholen sollte, aber auch darauf hatte er eigentlich keine Lust, da sie seine Befürchtungen hinsichtlich seines „Knubbels“ – wie sie seinen Tumor abfällig nannte – nicht ernst nahm und ihn für einen Hypochonder hielt. Er drehte seufzend den Zündschlüssel um und schaltete das Licht ein. War das nicht …?

Ja, es war Frederike! Sie wurde durch die Scheinwerfer geblendet, konnte sich aber keine Hand vor das Gesicht halten, da sie mit Einkaufstüten bepackt war. Er schaltete den Motor wieder ab, stieg aus und lief ihr entgegen. „Hallo! Sieht schwer aus! Kann ich helfen?“

Frederike lächelte ihn mit großen Augen an: „Was machst du denn noch hier?“ Freute sie sich etwa, ihn zu sehen?

„Ich hatte bis gerade eben Winklers Dienst übernommen, da er einen Vortrag halten musste. Soll ich dir tragen helfen?“ Das war doch ein sehr guter Grund, sie bis zu ihrem Zimmer zu begleiten.

„Ja, das wäre nett. Ich habe nicht damit gerechnet, dass die Tüten doch so schwer sind. Ich musste weiter hinten auf der Straße parken, weil ich noch keine Parkkarte habe. Und bezahlen wollte ich auch nicht. Es ist doch ein ganz schön weites Stück bis hierher."

Selim griff, ganz Kavalier, nach den Tüten: „Dann gib mal her!"

„Danke, aber wolltest du nicht nach Hause? Deine Freundin …"

„Es ist schon spät. Sie schläft bestimmt. Da macht es nichts, wenn ich ein paar Minuten später komme." Das stimmte sogar fast. „Du bist morgen wieder in der Gyn eingeteilt, wie ich gehört habe. Das ist eine echte Ehre. Da lassen wir nur erfahrene Leute ran, aber Anke hat dich in den höchsten Tönen gelobt, sodass uns nichts anderes übrig blieb …"

Sie lächelte. „Danke für das Kompliment!"

Das Schwesternwohnheim war in einem Altbau ohne Aufzug untergebracht. Gemeinsam nahmen sie die Treppen bis ins oberste Stockwerk, in dem Frederikes Zimmer lag. Die Tüten waren schwerer als Selim vermutet hatte. Als sie ihm ihre Zimmertür aufhielt, knarrte sie vernehmlich. Bis dahin schien jedoch niemand auf sie beide aufmerksam geworden zu sein. Frederike schaltete das Licht ein. Der Flur ihres Appartements war klein. So klein, dass man nicht einmal zu zweit darin stehen konnte. Insbesondere, wenn einer von beiden Einkaufstüten in den Händen hielt. Dann gelangten sie in einen Raum, der die typische Aufteilung hatte, die Selim noch vom Studentenwohnheim kannte. Sein Zimmer hatte damals fast genauso ausgesehen.

„Wie zu Studentenzeiten!", sagte sie, als könne sie seine Gedanken lesen. Dann zeigte sie auf einen Tisch. „Da, am besten dorthin!"

Selim stellte die Tüten ab. „Ja, genau so hab ich es auch in Erinnerung." Und einige andere Dinge auch, dachte er.

„Kostet auch fast nichts. Genau wie damals …" Auch sie

schien sich für einen Moment an frühere Zeiten zu erinnern. „Für ein paar Wochen oder Monate ist es erst einmal okay. Man hat mir gesagt, dass Düsseldorf ein verdammt teures Pflaster ist und ich mir Zeit lassen soll bei der Wohnungssuche. Sonst zahle ich zu viel oder lande am Ende noch in einer Bruchbude."

Selim stand mitten im Raum zwischen Esstisch, Bett, Nacht- und Schreibtisch und sah sich um. „Ja, da hat man dich genau richtig beraten!"

Frederike begann die Lebensmittel auszuräumen und im Kühlschrank zu verstauen. „Willst du etwas trinken? Jetzt habe ich ja fast alles da. Setz dich doch!" Sie deutete in Richtung Bett.

Selim zog sich den Schreibtischstuhl heran: „Ich nehme lieber den hier."

„Ihr Türken trinkt doch gerne schwarzen Tee, ganz stark gebrüht, oder? Soll ich einen aufsetzen?"

„Ja, nehme ich gerne." Woher kannte sie diese Details über türkische Gepflogenheiten? Selim musste sie bei Gelegenheit einmal danach fragen. Vorher wollte er aber unbedingt etwas zu ihrer Beteiligung in der Ketamazepam-Angelegenheit erfahren.

Sie hatte in der Zwischenzeit alles weggeräumt und selbst auf dem Bett Platz genommen. Nun erst sah Selim sie sich genauer an, in ihren Zivilklamotten. Ganz normal eigentlich. Jeans, Sneakers, Rollkragenpulli, überwiegend ein Blauton. Der stand ihr wirklich sehr gut. Die Haare waren noch so wie am Nachmittag. Sie machte den Anschein, als wollte sie sich gleich mit einem warmen Tee in beiden Händen und dicken Socken ins Bett kuscheln und ein Buch lesen. Er musste sich fast ermahnen, an den eigentlichen Grund für seine Anwesenheit zu denken. Wie sollte er es bloß angehen? Er konnte ja nicht direkt mit der Tür ins Haus fallen! „Apropos Studium. Warst du eigentlich auch im Ausland?" Das konnte klappen.

„Ja, in den Staaten. Für zwei Semester. Und du?"

„Nein, ich war mal im Urlaub da, aber es hat mir nicht so

gefallen. Und was hast du in den USA gemacht?“

„Ich hatte ein Stipendium. Ich habe da ein neues Analyseverfahren gelernt, das ich hier für meine Doktorarbeit gebrauchen konnte.“

Also, die ist ganz bestimmt nicht dumm, dachte Selim. Er versuchte das Thema weiterzuverfolgen. „Was war das denn für ein Analyseverfahren? Gab es das hier nicht?“

„Es handelte sich um eine neue Generation von HPLC-Messgeräten, die eine Unmenge an Geld kosteten. Mit denen konnte man Substanzen noch genauer voneinander unterscheiden als zuvor. Auch kleinste Nuancen in der Molekülstruktur wurden aufgeschlüsselt.“

HPLC. High Pressure Lipid Chromatography. Ein sehr sensibles Analyseverfahren. Damit hatte Selim während seiner Doktorarbeit auch zu tun gehabt: „Klingt interessant.“

Das Wasser kochte. Sie stand auf und nahm eine Kanne aus dem Wandschrank. „Ich nehme Beutel, wenn es dir recht ist.“

„Überhaupt kein Problem. Schmeckt fast genauso wie loser Tee.“ Meistens nicht. Das war ihm im Augenblick aber egal. Sie tat drei Beutel hinein, übergoss sie mit dem heißen Wasser und setzte sich wieder hin. Jetzt war der Moment gekommen, die Katze aus dem Sack zu lassen. „Du, ich habe mal etwas von Ketamazepam gehört. Und als ich darüber recherchiert habe, bin ich auf Winkler und deinen Namen gestoßen. Kennst du das Zeug? Das, was ich gelesen habe, klingt auf jeden Fall sehr interessant.“

Nun hatte er sie überrascht. Sie schaute misstrauisch und runzelte die Stirn. „Wie hast du davon gehört?“

Er beschloss, lieber mit der Wahrheit herauszurücken, wenigstens ein bisschen. „Ich war heute beim Vortrag vom Winkler an der Uni. Ein gewisser Professor Clarke aus den USA war auch da. Der hat von der Sache erzählt. Das klang so unglaublich! Ich habe dann im Internet recherchiert und bin auf deinen Namen gestoßen. Also, das mit dem Ketamazepam, das wäre ja das Wundermittel überhaupt! Eine Revolution in der Anästhesie, in der ganzen Medizin. Die

Weiterentwicklung der Substanz wurde jedoch nach ersten aussichtsreichen Untersuchungen von der Herstellerfirma eingestellt. Niemand weiß, warum – oder will es sagen. Weißt du etwas darüber?"

Sie schaute weg. „Als ich am Institut von Professor Clarke war, wurde es einmal durch das neue Gerät gejagt. Ich war dabei, weil ich mit zu der Gruppe um Dr. Chan gehörte. Ansonsten weiß ich aber nichts darüber."

Ein Teil davon war gelogen. Zumindest der letzte, dachte Selim. „Aber hast du denn nicht auch erfahren, wofür es gut sein soll? Ich meine, allein wenn man so etwas hört, muss man sich doch zwangsläufig dafür interessieren!"

Sie presste die Lippen zusammen, erhob sich und goss den Tee in Gläser. Währenddessen schien ihr das Ganze durch den Kopf zu gehen. Mit dem Rücken zu ihm fragte sie: „Zucker oder lieber Honig?"

„Honig, wenn du welchen hast."

Frederike zog eine Schublade auf und nahm einen Löffel und ein kleines Honigglas heraus. Bedächtig rührte sie den Honig in den Tee, reichte ihm, ohne ihn anzuschauen, sein Glas und setzte sich an den Tisch. „Also." Pause. Sie biss sich auf die Unterlippe. „Ich darf eigentlich nicht darüber reden. Wir mussten einen Wisch unterschreiben, dass wir das nicht tun dürfen. Aber es ist ja mittlerweile schon ein paar Jahre her." Noch einmal eine Pause, in der sie ihren Kopf mit der Hand stützte und sich mit Zeige- und Mittelfinger über die Stirn strich. „Ja, das Zeug hätte wirklich die Anästhesie revolutionieren können. Die ersten Tierversuche waren sehr vielversprechend. Alle notwendigen Voruntersuchungen waren wohl schon durchgeführt worden, die Ergebnisse wurden jedoch geheim gehalten. Winkler hat dann den Auftrag bekommen, erste klinische Studien an Patienten durchzuführen. Er fragte mich, ob ich mich daran beteiligen wollte. Das Angebot, an so einer bedeutenden Sache teilzuhaben, konnte ich natürlich nicht ausschlagen. Außer uns beiden hatten nur noch ein paar Laborangestellte Informationen über die geplanten Studien, aber nur so viele, wie unbedingt nötig waren. Winkler hatte erste Proben bekommen. Das Studienprotokoll musste aber noch durch die Ethikkommission. Die wollte Einsicht in alle Unterlagen. Das erlaubte die Firma jedoch nicht, wegen des Patentschutzes. Winkler hatte dann irgendwann die Faxen dicke wegen der ganzen Geheimniskrämerei. Er stellte der Firma das Ultimatum, alle Ergebnisse rauszurücken, weil er es ansonsten nicht an Menschen erproben würde. Kurze Zeit später wurde die Studie abgebrochen. Der Antrag bei der Ethikkommission sowie alle Geldmittel wurden zurückgezogen. Auch meine Stelle, die von der Firma bezahlt wurde, wurde gestrichen."

Das klang in Selims Ohren ausgesprochen seltsam. „Warum hat die Firma alles abgebrochen?"

Sie stierte weiterhin in ihren Tee. „Das weiß keiner. Bis heute gibt es dazu keine Stellungnahme seitens der Firma."

„Und warum wurden die Studien nicht in Amerika durchgeführt? Warum wollten sie es in Deutschland tun?"

„Ich weiß es nicht. Winkler hatte sich das damals auch gefragt und gemeint, dass die sich das in Deutschland wahrscheinlich einfacher vorgestellt haben. Vielleicht waren sie in den USA schon gescheitert und hatten nicht damit gerechnet, dass die Hürden in Deutschland ebenfalls sehr hoch sind."

Selim versuchte, Augenkontakt herzustellen. „Klingt ja sehr mysteriös, das Ganze!"

Sie bemerkte es und erwiderte seinen Blick. „Ja, das war es auch. Als die Studie abgebrochen wurde, fehlten dann plötzlich noch ein paar Proben. Du hättest mal sehen sollen, wie die da hinterher waren. Die haben mich sogar zu Hause aufgesucht und alles durchsucht. Das war wie in einem dieser amerikanischen Krimis."

Verschwundene Proben? Das war ja interessant! „Und haben sie die Proben gefunden?"

„Also bei mir jedenfalls nicht. Ich hatte sie nie gehabt. Winkler sagte, bei ihm hätten sie auch nichts gefunden. Er hat sich damals sehr darüber aufgeregt, wie die Firma mit ihm umgegangen ist. Er sagte später zu mir, er wüsste nicht, ob und bei wem etwas gefunden worden sei oder ob überhaupt jemals etwas weggekommen sei."

„Schade, dass man nicht dahinter blicken kann, was Firmen so treiben. Warum die wohl so einen Blockbuster nicht auf den Markt gebracht haben?"

„Ja, aber dafür werden wir als Anästhesisten immer noch gebraucht. Wir sollten auch die positiven Seiten sehen!" Es sollte aufmunternd klingen, wirkte aber eher so, als wollte sie sich mit ihren Worten selbst trösten.

Selim beschloss, dass er sie genug ausgehorcht hatte. „Danke für dein Vertrauen mir gegenüber. Und entschuldige bitte, dass ich dich wieder über Dinge ausgefragt habe, die mich eigentlich nichts angehen."

„Ich habe zu danken", lächelte sie, „sonst hätte ich mich schon morgen wegen eines Rückenleidens krankschreiben lassen müssen."

Selim schaute irritiert.

„Na, wegen der schweren Tüten!", klärte sie ihn auf. Dann wurde sie ernster. „Ist schon gut. Jeder, der davon hört, möchte natürlich Näheres erfahren. Und ich denke, ich werde dafür nicht gleich geköpft werden."

„Das wäre auch wirklich schade um diesen hübschen Kopf."

Verlegen senkte sie ihren Blick. „Möchtest du noch einen Tee? Ich glaube, da ist noch etwas in der Kanne."

„Nein, danke. Ich werde mich jetzt aufs Ohr hauen. Für heute bin ich durch und morgen habe ich etwas vor, das mich beschäftigen wird."

„Ich dachte, du hättest morgen frei."

„Ja, weil ich mich operieren lasse." Außer seinen engsten Freunden und jetzt leider auch seinem Chef wusste das eigentlich niemand, aber sie durfte gerne zu seinen Freunden dazugehören.

„Oh, weswegen denn? Ich meine … wenn du es erzählen möchtest."

„Ich habe da einen ... Analtumor. Der muss weg."

„Ja, der sollte auf jeden Fall weg! Was ist es denn?"

„Das ist es ja. Ich weiß es nicht genau. Keiner weiß es, bevor nicht eine Histologie gemacht wird. Sieht aber zum Glück nicht böse aus!“

„Dann wird da bestimmt auch nichts sein! Auf jeden Fall: Alles Gute! Wo wird es gemacht?“

„Hier bei uns in der Chirurgie. Aber Thomas macht es, der Herr Schubert.“

„Von dem hat mir Anke auch schon viel erzählt. Der soll wirklich gut sein. Und wer macht die Narkose? Der Chef?“ Sie war jetzt wieder ganz die Ärztin.

„Um Gottes Willen, nein! Die Narkose macht Martin. Dem vertraue ich vollkommen. Der wird mich so abschießen, dass ich wahrscheinlich morgen den ganzen Tag schlafen werde.“

Was war das? Selim drehte sich der Eingangstür zu und spitzte die Ohren. Frederike schien es ebenfalls gehört zu haben, das Geräusch. Klang nach einem Kratzen. Aber jetzt war nichts mehr zu hören. Selim schlich auf leisen Sohlen zur Tür und bemerkte ein Kuvert, das gerade eben durch den Schlitz geschoben worden sein musste. Er riss die Tür auf und sah um sich. Der Gang war erleuchtet und am Ende des Etagenflures sah er gerade noch eine Gestalt im Kittel ins Treppenhaus verschwinden. Er lief sofort hinterher und beugte sich über das Geländer, um zu sehen, wer es war. Er konnte niemanden erkennen, sah aber eine behandschuhte Hand, die sich am Geländer festhielt. Sie hielt kurz inne, griff dann aber den restlichen Handlauf so schnell ab, dass offensichtlich war, dass die zugehörige Person die Stufen in hoher Geschwindigkeit hinunterhastete. Selim rannte hinterher. Er nahm zwei, drei Stufen auf einmal und sah unten nur noch die Hauseingangstür zufallen. Draußen konnte er gerade noch erkennen, wie eine mit Kittel und OP-Haube bekleidete Person entlang der Fassade am Haupteingang des Klinikgebäudes vorbeirannte und weiter hinten nach unten verschwand.

Das mussten diese Treppen sein, die vom Keller hochführten. Selim lief ebenfalls hin und stieg die Stufen hinab. Unten angekommen hörte er noch, wie jemand die Tür von innen verriegelte. Vergebens zerrte er mehrere Male an der Klinke, schlug dann frustriert mit der flachen Hand gegen die Tür, überlegte kurz und rannte an der Fassade zum Haupteingang zurück und ins Klinikgebäude hinein. Durch seine rücksichtslose Jagd verschreckte er eine Personengruppe, die wegen eines Notfalls noch in die Ambulanz wollte. Gerade als er die Treppen nach unten nehmen wollte, sah er, dass der Aufzug sich nach oben bewegte und in der zweiten Etage haltmachte.

Zweite Etage? Da war doch der Urologie-OP! Aber der war seit dem Vorfall von heute früh abgesperrt! Wer hatte dort um diese Uhrzeit noch etwas zu suchen? Er beschloss, die Treppen nicht nach unten, sondern nach oben in den zweiten Stock zu nehmen und kletterte, oben angekommen, vorsichtig durch die Absperrbänder der Polizei hindurch. Er traute sich nicht, das Licht anzuschalten, da er sich damit verraten hätte, sondern lauschte nur.

Da! Aus dem kleinen Saal, dort wo der Blutregen heruntergeprasselt war, war ein Geräusch zu vernehmen. Vorsichtig näherte er sich der OP-Tür, griff den Hebel, drückte ihn behutsam herunter und schob die Tür ein wenig zur Seite. Schlagartig traf ihn etwas mit einem lauten Knallen und Zischen im Gesicht. Es brannte entsetzlich in den Augen. Jemand hatte ihm eine Druckgasflasche, womöglich mit Sauerstoff, direkt vor das Gesicht gehalten und das Druckventil geöffnet, sodass das Gas mit voller Wucht seine Augen traf. Augenblicklich einschießende Tränen nahmen ihm jegliche Orientierung. Der Täter stieß ihn ohne jede Rücksicht um und trat über ihn hinweg um zu fliehen, aber Selim gelang es, sein Hosenbein zu fassen, sodass auch er hinfiel. Dabei entglitt ihm die Druckgasflasche und krachte zu Boden. Es kam zu einem fürchterlichen Knall und irgendetwas schoss haarscharf an Selims Kopf vorbei. Erst glaubte er, es handele sich um eine Waffe und ein Projektil hätte ihn gestreift. Dann sah er aber verschwommen, wie die stählerne Gasflasche mit enormer Wucht gegen die Wand krachte und sich wie wild um die eigene Achse drehte. Beim Aufprall auf den Boden musste der Hals der Flasche abgebrochen sein, sodass sie durch das druckvoll herausströmende Gas selbst zum Geschoss geworden war.

Er hatte ein Riesenglück gehabt. Die Flasche hätte ohne Probleme seinen Schädel zerschmettern können. Der Schock saß trotzdem tief. Ein Tritt ins Gesicht holte ihn jedoch wieder in die Realität zurück. Sein Widersacher hatte sich durch den Tritt befreien können und lief davon. Selim sprang hoch und torkelte ihm hinterher. Die Person lief in den Aufwachraum. Selim folgte ihr. Es war ziemlich dunkel dort, die Standby-Beleuchtung der Geräte ließ lediglich ein paar Konturen erahnen. Selim tastete sich an den Geräten entlang. Seine Augen schienen sich etwas von dem Pressluftanschlag erholt zu haben. Er konnte wieder besser sehen. Was sprach eigentlich dagegen, das Licht einzuschalten? Der andere wusste ja jetzt von seiner Anwesenheit. Und ob er das wusste! Kaum war alles erhellt, wurde ihm etwas derart hart in den Bauch gerammt, dass ihm ein tiefer dumpfer Schmerz durch die Eingeweide schoss. Er fiel um wie ein Baum. Dann prasselte irgendetwas auf ihn nieder. Zum Schutz hielt er seine Arme vors Gesicht. Als es endlich aufhörte, zog er langsam die Arme vom Gesicht weg und musste erst einmal tief Luft holen. Seine Brust schien wie eingeschnürt. Das Atmen verursachte ihm bisher nie gekannte Schmerzen. Der Schlag hatte gesessen.

Von dem anderen war nichts mehr zu sehen. Dafür konnte er jetzt erkennen, was auf ihn herabgeschüttet worden war. Es war der gesamte Inhalt eines Spritzenabwurfeimers. Auf ihm und um ihn herum lagen lauter benutzte und mit Blut und Medikamentenresten besudelte Kanülen, Ampullen und Skalpelle. Nur allmählich gelang es ihm, sich vorsichtig und behutsam aufzusetzen, um sich nicht an einem dieser potentiell infektiösen Gegenstände zu verletzen. Als er wieder aufrecht stehen konnte, erblickte er, was ihm offensichtlich in den Bauch gerammt worden war: der Notfallkoffer! Panisch betrachtete er sein Gesicht im Spiegel am Waschbecken, stellte aber erleichtert fest, dass es unverletzt war. Genauso inspizierte er seine Hände und entdeckte an ihnen kleine Blutflecken. Er wusch sich gründlich Gesicht und Hände ab und prüfte nochmals, ob er weitere Verletzungen davongetragen hatte. Er schien wirklich ein Riesenglück gehabt zu haben und von keinem der spitzen Gegenstände gestochen worden zu sein. Erleichtert stützte er sich am Waschbecken ab. Nachdem er wieder etwas zu sich gekommen war, nahm er zwei Paar Latex-Handschuhe aus einer Box und zog sie sich, in Ankes Manier auf Nummer sicher zu gehen, doppelt über seine Hände. Dann warf er alle blutigen und unblutigen Gegenstände in den Eimer zurück.

„Was für ein Arschloch!", fluchte er.

Nachdem Selim die ganzen Nadeln weggeräumt hatte, humpelte er zu Frederike zurück. Trotz der Anschläge auf sein Leben wollte er der Polizei zunächst einmal nichts davon erzählen. Da hätte er sich doch nur rechtfertigen und erklären müssen, warum er mitten in der Nacht irgendjemandem hinterhergelaufen war. Er wusste ja selbst noch nicht einmal, weshalb er sich gerade diesen ganzen Mist angetan hatte.

- 17 -

Sie vernahm eine Stimme: „Hast du ihr etwas erzählt?“, fragte sie flüsternd und vorwurfsvoll. Aber sie hörte keine Antwort darauf. Stattdessen fasste sie jemand an: „Wie geht es Ihnen?“ Es war Maier. „Mann, Sie haben sich eine ganz schöne Beule geholt!“ Er tastete ihren Hinterkopf ab. „Sie müssen sich unbedingt ärztlich untersuchen lassen!“

Degenhardt versuchte sich zu orientieren, musste aber zunächst die betroffene Stelle berühren, von der aus ihr augenblicklich ein Schmerz in den Nacken jagte. Außer einer äußerst deutlichen Erhebung war aber glücklicherweise nichts weiter zu entdecken. Sie lag, aber wo lag sie? Es fühlte sich an wie kaltes Leder. Tatsächlich: Es war das Ledersofa in Grabows Wohnzimmer. Mühsam drückte sie ihren Oberkörper mit den Armen hoch. Maier half ihr dabei. Dann strich sie sich die Haare aus dem Gesicht und sah sich um. Maier hockte mit sorgenvollem Blick vor ihr. Grabow stand in einiger Entfernung, auch er schaute besorgt. Doch schien seine Sorge einen anderen Anlass zu haben. Was ist bloß passiert, fragte sie sich.

„Machen Sie langsam. So einen Sturz mit anschließender Bewusstlosigkeit darf man nicht unterschätzen. Sie haben mindestens eine Gehirnerschütterung!“ Maier sprach teilnahmsvoll auf sie ein.

Sie versuchte ihre Wahrnehmungen zu ordnen. Das Letzte, was sie gesehen hatte, bevor sie hier wieder aufgewacht war, waren die Augen sowie die Hand, die nach ihr gegriffen hatte. „Was ist denn überhaupt passiert?“, fragte sie jetzt laut.

Maier klärte sie auf. „Sie sind von der Kellertreppe gestürzt. Anscheinend haben Sie sich vor Micha erschreckt und dann die Stufe nicht mehr erwischt. Woran können Sie sich denn noch erinnern?“

„Ja, das stimmt! Ich war im Keller und als ich mich umdrehte, um die Treppe hinaufzusteigen, habe ich nur noch eine Hand gesehen, die mich packen wollte, und dann bin ich wohl gefallen.“ Sie sah zu Grabow hinüber.

Der fühlte sich natürlich angesprochen und rechtfertigte sich. „Wir haben sie vermisst, also habe ich nach Ihnen geschaut. Da habe ich die offene Kellertür und das Licht gesehen. Als ich hinunterkam, wollte ich Ihnen meine Hand reichen, aber Sie haben offenbar nicht mit mir gerechnet und waren so überrascht, dass Sie die Stufe verfehlt haben. Ich konnte Sie leider nicht mehr auffangen."

„Oh, ja. Sie haben mich ganz schön erschreckt da unten. Ich habe Sie noch nicht einmal erkannt. Aber entschuldigen Sie bitte, dass ich in Ihre Privaträume eingedrungen bin." Sie war sich der Peinlichkeit ihres Auftritts bewusst.

„Es ist nicht schlimm. Mit Neugier muss man vermutlich bei einer Polizistin rechnen. Aber ich hätte Ihnen den Keller auch gezeigt, wenn Sie mich danach gefragt hätten. Dann wäre das bestimmt nicht passiert!" Grabow klang nun leicht vorwurfsvoll.

„Ja, Sie haben recht. Entschuldigen Sie bitte. Eigentlich bin ich nicht so." Sie hatte sich wieder erholt, glaubte sie. Auf jeden Fall konnte sie wieder klar denken und sich an alles erinnern: „Ich habe Blutflecken im Flur gesehen, denen ich gefolgt bin, und dann war ich auch schon im Keller."

„Das Blut ist von Bubbles!", warf Grabow ein. Wegen Degenhardts fragendem Gesichtsausdruck legte er nach. „Bubbles, mein Hund. Der von eben!"

Degenhardt nickte behäbig, sie schien nur langsam zu begreifen.

„Er wurde von einem Auto angefahren, das hier entlang gerast ist. Das müssen irgendwelche bekloppten Jugendlichen gewesen sein. Jedenfalls hat das Auto nicht einmal angehalten. Es ist einfach weitergefahren, obwohl sogar ich hier drinnen den Knall gehört habe. Als ich dann hinausgerannt bin, um nachzusehen, was passiert ist, habe ich den armen Bubbles winselnd zwei Meter neben der Straße gefunden."

„Unglaublich, was es für Idioten auf dieser Welt gibt", bestätigte Maier.

„Er hatte schwere Verletzungen am Kopf. Da war eine große Platzwunde über dem Auge. Er hat sich nicht mehr bewegt und nur noch sehr flach geatmet. Ich habe ihn dann in den Keller gebracht, auf der Matratze unten abgelegt und seine Wunden versorgt. Dabei hat er natürlich Blut verloren, das den Boden verschmutzt hat. Ich habe es nicht vollständig säubern können."

„Aber du hast ihn wieder hingekriegt, Micha!" Maier klang erleichtert.

„Na ja, so lala. Er ist nicht mehr der Alte!"

Das erklärte also die Flecken und die Matratze. „Ihr Labor da unten! Wofür ist das denn?", wollte Degenhardt aber doch noch wissen.

„Ich erforsche meine Erkrankung auf eigene Faust. Wie ich Ihnen eben erklärt habe, interessiert es niemanden, was ich und meinesgleichen durchmachen. Solange ich noch lebe, kann ich selbst vielleicht einen kleinen Beitrag dazu leisten."

„Haben Sie denn eine entsprechende Ausbildung?", fragte Degenhardt nach, obwohl es so klang, als würde sie ihn verhören.

Bevor Grabow antworten konnte, ging jedoch Maier dazwischen. „Frau Degenhardt, ich fürchte, ich muss darauf bestehen, dass Sie sich bald in einer chirurgischen Ambulanz vorstellen! Ein Schädel-Hirn-Trauma ist nicht zu unterschätzen. Vor allem, wenn es mit einer Bewusstseinsstörung einhergeht."

„Mir geht es gut!", versuchte Degenhardt ihn abzuwimmeln.

„Nein! Das kann ich nicht zulassen! Ich werde Sie jetzt zu uns in die Chirurgie fahren. Am Ende stellt sich noch heraus, dass Sie ein Blutgerinnsel im Kopf haben. Was meinen Sie, wie oft ich das Ergebnis schon bei mir auf dem Tisch hatte, weil es nicht rechtzeitig erkannt wurde!"

„Aber ich sage doch: Mir geht es gut!"

Maier ließ sie jedoch nicht in Ruhe. „Vielleicht geht es Ihnen jetzt gut. Das kann aber in ein paar Stunden ganz anders aussehen! Wenn Sie jetzt nicht mit mir kommen, werde ich den Notarzt rufen!"

Nur widerwillig lenkte Degenhardt ein: „Na gut, na gut!"

Sie hätte gerne noch mehr über Grabow erfahren, aber Maier war hier der Arzt. Und der zerrte sie fast in Richtung Haustür und kniete sich hin, um ihr beim Anziehen der Schuhe behilflich zu sein.

„Jetzt übertreiben Sie aber!“, machte Degenhardt sich über ihn lustig.

„Sie werden sich so lange nicht bücken, bis klar ist, dass mit Ihnen alles in Ordnung ist!“, sagte er in strengem Ton. Dann zog er auch seine Schuhe an und öffnete die Tür.

Degenhardt fühlte sich nun doch nicht so wohl, wie sie gedacht hatte. Ihr wurde etwas schwindelig, sodass sie sich an der Wand abstützen musste. Sie schaute zu Grabow hinüber: „Darf ich mich denn noch mal an Sie wenden, wenn ich irgendwelche Fragen habe?“

Der schien sich von einem Gedanken lösen zu müssen. „Wie bitte? ... Ja, natürlich! Jederzeit!“ Dann zwinkerte er ihr zu: „Nur bedenken Sie bitte, dass Vampire nachtaktiv sind.“

Als Degenhardt und Maier zum Auto gingen, stand Grabow in der Tür und beobachtete sie. Maier öffnete die Fahrertür und wandte sich dann noch einmal seinem Freund zu. „Bis bald mal, Micha! Und vielen Dank für deine Gastfreundschaft!“ Beim Einsteigen fiel ihm noch etwas ein: „Ach ja, und grüß deine Schwester, ich habe sie schon lange nicht gesehen!“

„Ja, mache ich, Klaus. Schau mal wieder vorbei! Und für Sie alles Gute, Frau Degenhardt!“

Degenhardt wirkte während der anschließenden Fahrt sehr nachdenklich. Irgendetwas war ihr aufgefallen, aber sie wusste nicht genau, was es war. Irgendetwas war ihr bekannt vorgekommen. Obwohl sie jetzt zu allem Überfluss auch noch Kopfschmerzen bekam, wollte sie auf keinen Fall in die Klinik und bat daher Maier: „Können Sie mich nach Hause fahren, bitte?“

Maier war zwar enttäuscht, dass aus dem gemeinsamen Essen nichts mehr wurde, beharrte aber dennoch: „Das kann ich nicht tun! Sie müssen untersucht werden. Sie hatten ein Schädel-Hirn-Trauma!“

„Was werden die denn mit mir machen? Mir den Schädel aufbohren?"

Er antwortete hastig: „Nein, natürlich nicht!" Mit einem Lächeln fügte er nach einer kurzen Pause hinzu: „Nur, wenn es nötig ist ...", um dann wieder ernst zu werden. „Sie müssen überwacht werden! Sie könnten in den nächsten Stunden erneut bewusstlos werden und dann kann es gefährlich werden!"

„Es ist bestimmt nichts! Fahren Sie mich bitte nach Hause."

„Nein, das kann ich wirklich nicht tun!"

„Sie wissen, dass Sie mich zu nichts zwingen können, solange ich Herr über meine Sinne bin!" Sie beschloss, ihn zu ködern. „Ich mache Ihnen einen Vorschlag: Sie kommen mit mir nach oben und vergewissern sich, dass es mir gut geht. Sie sind doch Arzt, oder nicht?"

„Na ja, ich habe zwar Medizin studiert, aber ehrlich gesagt ist es schon lange her, dass ich klinisch tätig war!" Er schien sich ein wenig zu zieren.

„Trotzdem wissen Sie Bescheid über solche Dinge, das haben Sie doch eben bewiesen!"

„Na gut, ich bringe Sie erst einmal nach Hause und wir schauen mal. Ich kann ja anscheinend nur dann an ihren Verstand appellieren, wenn er ohnmächtig geworden ist ..."

Degenhardt lächelte und stellte das Navigationsgerät auf „Bring mich heim" ein. Als Maier in der Folge genauestens den Aufforderungen der Stimme des Navigationsgeräts folgte, fragte sie wie nebenbei: „Hat Grabow auch Medizin studiert?"

„Nein, warum fragen Sie?"

„Ich frage mich, woher er seine medizinischen Kenntnisse hat! Woher kennen Sie sich eigentlich?"

„Er hat als Praktikant in dem Labor gearbeitet, in dem ich meine Untersuchungen für meine Doktorarbeit gemacht habe. Er interessiert sich für viele Dinge und er ist sehr intelligent. Es fällt ihm leicht, sich in unterschiedlichste Themen einzuarbeiten."

„Und womit verdient er sein Geld? Als Jackson-Imitator wird es ja nicht so viel sein können. Ich meine, die ganzen Laborgeräte haben doch bestimmt ein Vermögen gekostet, oder?"

„Aufgrund seiner schweren Erkrankung bekommt er eine Rente. Zusätzlich hat er einiges geerbt, glaube ich. Und er ist ein sogenannter Ghostwriter!"

„Ghostwriter?"

„Ja, er … sagen wir: Er hilft anderen bei der Niederschrift ihrer Doktorarbeit oder Habilitationsschrift."

„Er schreibt für andere die Doktorarbeit?"

„Tja, es gibt halt Leute, die wenig Zeit für solche Dinge haben. Die zahlen in der Regel sehr gut dafür, wie auch der eine oder andere Politiker! Und wie ich bereits sagte: Micha kann sich sehr schnell in viele Gebiete einarbeiten."

„Sie haben Ihr Ziel erreicht!", sagte die Navistimme. Maier parkte in eine freie Lücke ein, stieg aus und lief dann, ganz Gentleman, um das Fahrzeug herum, um ihr die Tür zu öffnen.

Degenhardt schaute ihm tief in die Augen: „Sind Sie mir sehr böse, wenn ich Ihnen sage, dass ich mich jetzt doch lieber ins Bett legen und ausruhen würde?"

Er presste die Lippen zusammen, drückte ihr den Autoschlüssel in die Hand, half ihr heraus und bemühte sich, seine Enttäuschung zu verbergen. „Ich wusste, dass Sie das sagen werden! Ich werde mir auf ewig Vorwürfe machen, Sie nicht ins Krankenhaus gebracht zu haben, sollten Sie morgen tot aufgefunden werden …"

„Das wird sicher nicht passieren, aber vielen Dank dafür, dass Sie sich so nett um mich gekümmert haben."

Er versuchte, seinem Gesicht einen tadelnden Ausdruck zu verleihen: „Ich bringe Sie noch bis zu Ihrer Wohnungstür und dann erst dürfen Sie mir ein Taxi rufen."

Sie lächelte sanft und nickte.

- 18 -

Das Ding auf dem Boden war tatsächlich ein Umschlag. Sie hob ihn auf und inspizierte ihn von beiden Seiten. Es stand aber nichts darauf zu lesen. Nachdem sie Selim nicht mehr sah oder hörte, schloss sie die Tür, setzte sich an den Rand ihres Bettes und zog die Karte, die sich in dem Umschlag befand, behutsam heraus. Sie zeigte die Abbildung einer Frau mit blonden Locken und weißen Flügeln. Die Haare waren mit einem Diadem zusammengebunden, das wie ein Heiligenschein wirkte. Es war das Bild eines Engels, eines lächelnden Engels.

Sie drehte die Karte um. „Ich weiß, wer Du bist!“, stand da. In Druckschrift zwar, aber von Hand geschrieben. Das war alles.

Nach einer gefühlten Ewigkeit klopfte es an der Tür. „Frederike! Ich bin es, Selim! Geht es dir gut?“

Sie eilte hin und öffnete ihm. Sie war erleichtert. „Ja. Und dir?“

„Alles paletti! Aber ich konnte den Typen nicht erwischen!“ Er erzählte ihr besser nichts von den ganzen Dingen, die der Scheißkerl mit ihm angestellt hatte. Stattdessen deutete er auf den Umschlag: „Und was ist es?“

Sie zeigte ihm die Karte mit dem Engelsgesicht und drehte sie dann um, damit auch er die Botschaft lesen konnte.

„Weißt du, was das bedeuten könnte?“, fragte er ratlos.

„Ich … das Ketamazepam? Meinst du, das hier hat etwas damit zu tun? Was sonst könnte das ‚Ich weiß, wer Du bist!‘ bedeuten?“

Selim versuchte sie zu beruhigen: „Es ist doch nur eine Karte! Mit einem Engel … für einen Engel!“ Er zwängte ein Lächeln in seine Mundwinkel. „Ich denke, es ist ein Verehrer! Also mach dir keine Sorgen und versuch jetzt ein wenig zu schlafen! Ich muss auch ins Bett!“ Obwohl er nach der gerade gemachten Erfahrung mit dem „Verehrer“ nicht im Geringsten an dessen gute Absichten glaubte. Er wollte sie damit aber nicht beunruhigen.

Sie nickte, flüsterte dann aber: „Es macht mir Angst!"

Er wollte am liebsten bei ihr bleiben, um sie zu beschützen, wusste aber nicht, was dann passieren würde, und außerdem konnte er es Andrea nicht antun. Darüber hinaus hatte er morgen selbst ein Rendezvous mit dem Schicksal: seine eigene Operation. Deshalb sagte er ruhig, aber bestimmt: „Schließ gut ab und lass erstmal keinen rein, okay?" Dann fügte er noch hinzu: „Hier ist übrigens der Spindschlüssel, nach dem du gefragt hast!" Er gab ihn ihr und wandte sich zur Tür. „Versuch an etwas anderes zu denken und zu schlafen. Du wirst morgen hier gebraucht!"

Sie begleitete ihn und berührte ihn dabei an der Seite. Reflexartig zog er den Bauch ein und bemerkte jetzt erst, dass ihm der Schlag mit dem Notfallkoffer eine Rippenprellung zugefügt haben musste. Sein Brustkorb tat nämlich ganz schön weh.

„Was ist? Hast du dich etwa verletzt? Zeig mal her!" Frederike klang besorgt und wollte seinen Bauch inspizieren.

„Ach, das ist nichts! Ich bin nur gegen das Geländer gelaufen." Selim versuchte die Sache herunterzuspielen und hinderte ihre Hand sanft daran, den Pullover hochzuziehen. „Das ist nur eine leichte Prellung, nichts Schlimmes. Pass auf dich auf!"

Sie ließ den Pullover los, streichelte ihn dann genau dort, wo sie den Schmerz vermutete und sah ihm tief in die Augen. „Ja, du auch. Es wird schon alles werden. Gute Nacht!"

Er flüsterte: „Gute Nacht!", und ging.

Als er wieder draußen war, sah er auf die Uhr. Es war schon zwanzig vor zwölf. Sollte er noch Andrea anrufen und ihr sagen, dass er nicht mehr nach Hause kam? Aber sie schlief bestimmt schon und sie konnte sich eigentlich auch denken, dass er heute Nacht in der Klinik blieb. Also begab er sich zur Station 3a, auf der Martin ihn schon angekündigt hatte.

Der Nachtschwester, die seine Schritte auf dem Stationsflur hörte und ihn mit zu Schlitzen verengten Augen musterte, war er vorher noch nie begegnet. Beinahe hätte er vergessen, dass er in Zivilkleidung unterwegs war. Er stellte sich eilig vor. „Hallo, mein Name ist Dr. Akkoyun. Ich bin einer der hiesigen Anästhesisten. Ich soll morgen operiert werden. Dr. Schäfer sagte, Sie hätten ein Bett für mich." Nachtschwestern konnten nämlich ganz schön unangenehm werden, wenn sie eine unbefugte Person auf der Station erwischten.

Die bis eben noch vor Angriffslust aufgeblasenen Wangen der Schwester zogen sich sogleich zu einem Lächeln auseinander. „Ach, Sie sind das! Guten Abend, Herr Dr. Akkoyun! Ja, ich wusste, dass Sie eventuell kommen würden. Wir haben ein Einzelzimmer für Sie, Zimmer 318. Das liegt da hinten, die zweitletzte Tür auf der rechten Seite. Ich habe Ihnen Handtücher, ein Pflegeset, die Thrombosestrümpfe und das Hemdchen auf den Tisch gelegt. Möchten Sie etwas essen? Wir haben noch etwas übrig. Ich kann es für Sie aufwärmen."

Tatsächlich hatte er es den ganzen Abend versäumt zu essen, und bis zu seiner Narkose waren es noch mehr als sechs Stunden, sodass nichts gegen eine kleine Mahlzeit sprach. „Ja, ich würde gerne etwas zu mir nehmen. Was haben Sie denn?"

„Ein Schnitzel! – Oh, entschuldigen Sie! Sie essen bestimmt kein Schweinefleisch, oder?"

„Ja, das stimmt."

„Ich habe aber auch noch einige Brote. Und Käse und Geflügelwurst. Und auch noch etwas Tomatensuppe." Sie schien es wirklich gut mit ihm zu meinen.

„Das klingt toll, nehme ich alles!", sagte er begeistert. „Und hätten Sie vielleicht auch noch eine Diclofenac für mich? Ich habe mir eine Prellung geholt und die tut ganz schön weh!"

Nachdem Selim sich über das gemeinsam mit einer wilden Verschwörungstheorie über den Vorfall im Urologie-OP servierte Mahl hergemacht hatte, bemerkte er den kleinen Kunststoffbecher mit zwei Tabletten darin auf dem Beistellwagen. Es war das Beruhigungsmittel, Flunitrazepam, ein Benzodiazepin, das die Patienten für eine ruhige Nacht vor einer Operation bekamen. Ganze zwei Milligramm, eine Hammerdosis. Martin meinte es wirklich gut mit ihm.

Selim nahm die Tabletten und schluckte sie mit etwas Tee herunter. Die würden ihm helfen, nicht die ganze Zeit über all die Dinge, die heute passiert waren, nachzudenken, hoffte er. Die Schmerzen an den Rippen würden ihn dann vielleicht auch nicht am Schlaf hindern. Ein bisschen Bammel vor morgen hatte er schon. Natürlich nicht vor der Narkose. Er hatte keine Angst vor Narkosen, er liebte es sogar, selbst in Narkose versetzt zu werden. Viele Menschen hatten Angst davor. Manche bezeichneten die Narkose sogar als den „Kleinen Tod“. Für ihn war es vielmehr wie eine Zeitreise. Wie ein geklautes Stück Ewigkeit. Er würde ausgeschaltet und fünfzehn, dreißig oder sechzig Minuten später wieder eingeschaltet werden. Die Zeit dazwischen würde ihm wie eine Sekunde vorkommen, wie bei einer Pause-Taste an einem Abspielgerät.

Wenn man jetzt nur noch einen Weg finden würde, um das Altern aufzuhalten, könnte man theoretisch in die Zukunft reisen …

Kapitel 3

RELIGION UND WISSENSCHAFT

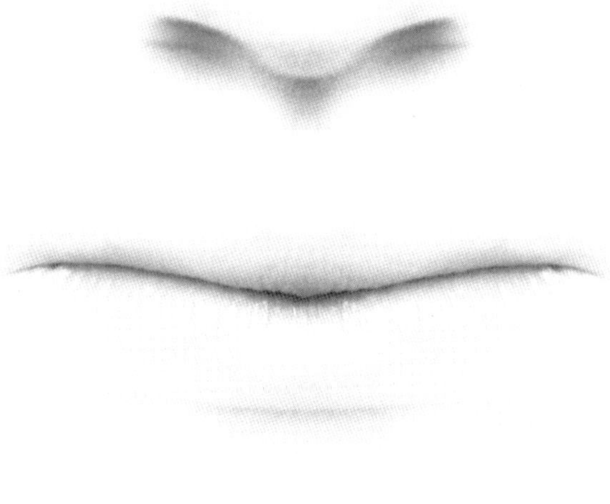

- 19 -

Wieso war es so hell? Und warum war es so hart? Und kalt? Wo war sie? Etwas kratzte an ihrer Wange. Das war doch nicht ihr Bett! Aber sie hatte sich doch ins Bett gelegt, ganz bestimmt! Ihr Kopf hämmerte und sie fühlte sich wie gerädert. Nachdem sich ihre Augen an das grelle Licht gewöhnt hatten, erkannte sie, noch etwas verschwommen, dass sie auf dem Boden lag; auf dem Teppich in ihrem Schlafzimmer. Ihr tat alles weh. Der Nacken, die Schultern, der Rücken, die Beule am Hinterkopf und der linke Arm, in der Ellenbeuge. Sie stützte sich auf einer Hand ab, hielt sich mit der anderen am Metallgitter ihres Bettes fest und schaute um sich. Dann tastete sie sich am Bett entlang und setzte sich auf den Rand.

Sie fühlte sich alles andere als ausgeruht. Sie hätte noch eine komplette Nacht gebraucht, um ihre Reserven aufzufüllen, aber ihr war bewusst, dass sie keine mehr haben würde. Sie sah auf die Uhr. Es war 4.30 Uhr. Jetzt sah sie auch das Blut auf ihrem Pyjama. Der linke Ärmel war voll davon.

„Scheiße!“, fluchte Degenhardt. Was hatte sie wieder angestellt? Und das Schlimme war, dass sie sich an nichts erinnerte. Sie wäre zu allem Möglichen fähig gewesen. Manchmal dachte sie, sie hätte jemanden ermorden können und wüsste später nichts mehr davon, wie bei Dr. Jekyll und Mr. Hyde. Deshalb schloss sie immer die Haustür ab und versteckte den Schlüssel, um ihn in diesen Momenten nicht wiederzufinden. Aber eigentlich war das auch kompletter Unsinn. Schließlich hatte sie ihn selbst versteckt, also würde sie ihn auch früher oder später finden. Bisher hatte dieser Plan aber immer funktioniert. Sie hatte nie ihre Wohnung verlassen. Jedenfalls nicht bis jetzt. Aber was blieb ihr anderes übrig? Sie hatte nie gut einschlafen können, schon als Kind nicht. Also probierte sie Tabletten aus. Zuerst Baldrian. Danach leichte, nicht verschreibungspflichtige Schlafmittel aus der Apotheke. Und Alkohol. Aber das wirkte irgendwann auch nicht mehr, zudem wurde sie von Kommilitonen und Kollegen auf ihre Fahne angesprochen. Sie konnte das zwar ein paar Mal mit der Lüge, dass sie feiern war, abtun, aber doch nicht jeden Tag!

Später nahm sie Valium. Das hatte ihr einer ihrer Psychotherapeuten verschrieben, dem sie von ihren Einschlafproblemen erzählt hatte. Sie hatte sich die Tabletten dann immer irgendwie besorgen können, mal bei ihrem Therapeuten, mal bei ihrem Hausarzt und mal im Internet. Irgendwann nahm sie im Dienst einen Typen fest, der mit K.O.-Tropfen Frauen vergewaltigt und ausgeraubt hatte. Da behielt sie einfach den Großteil des Vorrats an Midazolam-Ampullen, der bei ihm gefunden wurde, für sich. Zunächst mischte sie die Tropfen in süße siruphaltige Getränke, so wie es der Typ seinen Opfern untergejubelt hatte. Als sie aber zur Mordkommission kam, halfen die Tropfen nicht mehr. Sie wurde zwar müde, schlief aber nicht mehr ein. Also probierte sie, sich das Midazolam intravenös zu spritzen. Und da funktionierte es wieder. Sie benötigte dafür sogar weniger als im Sirup, nur eine halbe Ampulle anstelle einer ganzen. Außerdem trat die Wirkung, wenn sie es sich spritzte, innerhalb von Sekunden ein.

Wenn sie also nach ein paar Tagen Schlaflosigkeit körperlich und geistig ausgelaugt wach im Bett lag und ihr Bewusstsein sich einfach nicht ausschalten ließ, ging sie ins Bad, nahm eine Ampulle, brach sie auf, legte sie auf die Ablage vor dem Spiegel und sah sich noch einmal in die geröteten Augen. So als ob sie sich von sich selbst verabschieden wollte, bis zum nächsten Morgen. Sie suchte sich jedes Mal eine andere Vene aus, damit es nicht auffiel. Der Einstich bedeutete stets eine Überwindung, nicht nur, weil er weh tat. Unter Sog schob sie die Nadel tiefer und tiefer in sich hinein. Dann kam der zweite Schmerz, wenn die Nadel die Venenwand durchdrang. Dieser Schmerz war sogar noch stärker als der erste, dumpf und tief. Sobald sich das dunkle Blut in Schlieren in die Spritze schlängelte, löste sie den Stauschlauch und drückte auf den Stempel. Schon während es langsam in sie hineinfloss, spürte sie ein seltsames Gefühl im Kopf: Es war alles nicht mehr so ernst. Erleichterung stellte sich ein.

Das war es auch schon. An alles weitere konnte sie sich später nicht erinnern. Daran, wie sie die Spritze in den Mülleimer warf. Wie sie mit Toilettenpapier auf die Einstichstelle drückte, damit es nicht zu sehr blutete. Und daran, wie sie das Licht ausschaltete, zu ihrem Bett zurückging und sich hinlegte. Sie konnte zwar die Spuren von alldem am nächsten Morgen sehen, aber die Erinnerung daran war wie ausgelöscht.

Aber was war bloß gestern passiert? Sie hatte zuvor wieder tagelang nicht schlafen können. Dann kam die Begegnung mit Grabow. Die hatte sie nicht losgelassen. Folglich griff sie wieder zur Spritze. Aber warum lag sie neben ihrem Bett auf dem Boden? Und warum waren die Lichter überall noch an?

Ihre Ellenbeuge tat weh. Sie zog den blutigen Ärmel ihres Pyjamas hoch und konnte darunter mehrere Einstiche und Blutergüsse erkennen. Es schmerzte höllisch, als sie darauf herumtastete. Das sah übel aus, wie bei einem Junkie, dachte sie. Sie zog sich mühsam hoch und ging ins Bad. Als sie sich dort nach dem Stauschlauch bückte, der neben der Türschwelle lag, sah sie das Blut auf den Fliesen. Es war nicht viel, nur ein paar Tropfen. Auch am Waschbecken waren welche. Neben dem Mülleimer lagen mehrere mit Blut getränkte Toilettenpapierfetzen, und als sie näher hinsah, entdeckte sie die Spritze, die sich am Sockel der Toilettenschüssel versteckt hatte, ohne Kappe und ebenfalls blutverschmiert. Der Spiegelschrank, in dem sie die Ampullen aufbewahrte, stand offen. Die Ampulle, die sie normalerweise dort abstellte und die noch halb voll sein musste, war verschwunden. Degenhardt entdeckte sie schließlich im Abfluss des Waschbeckens, wo sie feststeckte. Sie fasste sie mit Daumen und Zeigefinger, hob sie hoch und inspizierte sie. Sie war leer.

Degenhardt stellte die aufgebrochene Ampulle auf die Ablage, eilte aus dem Bad in Richtung Haustür, griff die Klinke und drückte sie herunter. Gott sei Dank, die Tür war abgeschlossen! Sie öffnete den Schuhschrank, zog ihre Laufschuhe heraus und tastete darin herum. Ja, da waren sie, ihre Hausschlüssel. Genau dort, wo sie sie gestern versteckt hatte. Ihre Wohnung hatte sie also nicht verlassen. Als sie zurück ins Bad gehen wollte, bemerkte sie, dass sie mit ihren Füßen das Blut auf den Flurfliesen verteilt hatte. Sie rollte Toilettenpapier ab, befeuchtete es und wischte über die verschmutzten Stellen am Boden. Etwas Blut war jedoch in eine Fuge geraten und dort eingesogen, sodass sie es nicht wegbekam. Wie bei Grabow, dachte sie.

Sie tastete ihren Körper auf weitere Verletzungen hin ab und betrachtete sich im Spiegel. Sie sah zwar gar nicht gut aus, war aber unverletzt. Jetzt war sowieso kein Schlaf mehr drin, also ging sie in die Küche, setzte Kaffee auf, kam zurück ins Bad und duschte. Im Bademantel setzte sie sich dann an ihren Küchentisch, nahm sich den Kaffee, zündete eine Zigarette an und versuchte, die letzte Nacht zu rekonstruieren.

Es war zu dumm, dass sie sich nicht erinnern konnte, nach der ersten Spritze noch einmal aufgestanden zu sein, um sich eine zweite zu verabreichen. Weil die erste noch gewirkt hatte, hatte sie offenbar mehrere Anläufe benötigt, um die Vene erneut zu treffen. Daher die vielen Einstiche und die Hämatome am Arm. Vollkommen beduselt hatte sie wohl noch versucht, die blutenden Einstiche mit Toilettenpapier abzudrücken. Und weil sie es danach nicht mehr bis ins Bett geschafft hatte, war sie auf den Teppich gefallen oder hatte sich einfach dort hingelegt, die Lichter um sie herum nicht wahrnehmend. Gruselig … wie ein Geist umhergeirrt zu sein und sich an nichts von alldem zu erinnern.

Aber sie war nicht wirklich erschrocken. Sie analysierte es einfach, für ein nächstes Mal. Was sie anders machen musste. Worauf sie achten musste, damit sie sich nicht verletzte und damit es anderen nicht auffiel. Sie wollte nicht darauf verzichten, ihr Bewusstsein und somit ihren quälenden Gedanken wie auf Knopfdruck ausschalten zu können. Den Gedanken, in einem Grab zu liegen. Die Angst, ihren Körper irgendwann nicht mehr zu bewegen und begraben zu werden, obwohl sie noch da war. Sie hatte dieses Bild im

Kopf. In ein Grab gesteckt zu werden oder verbrannt zu werden, nur weil sich ihr Körper nicht mehr regte. Aber selbst wenn er sich nicht bewegte, war er doch nicht weg! Er sei tot, seine Seele wäre weg, hieß es. Aber alles, was existierte, war doch noch da. Ein Mensch, der noch da war, konnte nicht einfach weg sein! Und was wäre, wenn die Seele den Körper nicht verlassen könnte und nur ausgeschaltet wäre und sich irgendwann wieder anschaltete? Wenn sich diese Seele nicht wehren könnte, aber alles mitbekäme, was man mit dem toten Körper machte?

Sie war damals doch auch tot gewesen! Sie hatte sich auch nicht bewegt. Sie hatte regungslos dagelegen, als ihr Vater in das gemeinsame Zimmer von ihr und ihrer großen Schwester kam und sich zu ihrer großen Schwester legte. Zu ihr sagte er, sie solle schlafen, es sei alles in Ordnung. Aber ohne Hörgeschichte konnte sie nicht einschlafen, also bewegte sie sich nicht und schaltete ihr Bewusstsein und ihren Körper ab. Und als ihr Vater endlich ging, schaltete sie sich einfach wieder ein.

Ihr Vater hatte ihr immer befohlen, der Mutter nichts von dem zu erzählen, was er zu ihrer Schwester sagte oder was er mit ihr machte. Sie hatte nicht verstanden, was er damit meinte. Sie hatte doch gar nichts mitbekommen, weil sie ausgeschaltet gewesen war!

Sie nahm ihren Kaffee, ging ins Wohnzimmer, legte sich auf die Couch und schaltete den Fernseher ein. Jetzt musste sie sich erst einmal überlegen, wie sie die Einstiche am Arm kaschierte.

- 20 -

„Dr. Akkoyun!" Eine Frauenstimme. „Dr. Akkoyun! Guten Morgen! Wie geht es Ihnen? Haben Sie gut geschlafen?"

Wer ist das denn? Selim nahm einen ungewohnten Geruch wahr. Der kam vom Bettbezug. Er musste eingeschlafen sein, ohne es bemerkt zu haben. So tief und fest, dass er nicht einmal geträumt hatte.

„Guten Morgen!", krächzte er. „Wie spät ist es?"

„Schon sieben. Halb acht geht's los."

Was geht los?

Die Frauenstimme sprach einfach weiter. „Sie haben noch eine halbe Stunde um sich fertig zu machen. Vergessen Sie bitte nicht, die Thrombosestrümpfe anzuziehen."

Selim wusste nicht, was sie meinte, er war noch entsetzlich müde.

„Wir kommen dann gleich wieder zu Ihnen!"

Er stützte sich ab um sich hinzusetzen und orientierte sich. Er befand sich in einem Krankenzimmer. Ach ja, er war als Patient auf der Station 3 a! Aber er trug noch seine Straßenklamotten. Die Beruhigungstabletten gestern Abend mussten ihn so umgehauen haben, dass er nicht einmal mehr seine Kleidung hatte ausziehen können. Er schüttelte ungläubig den Kopf und entkleidete sich langsam, da die Rippen wieder schmerzten. Aber was war das? Es piekste an seinem Bauch. Dann fiel etwas zu Boden. Er hob es auf und sah es sich an. Eine winzig kleine Nadelspitze! Die musste er übersehen haben, als er gestern nach dem Angriff die Kanülen von seinem Körper entfernt hatte. Jetzt hatte er sich doch noch an etwas gestochen. Er versuchte, das kleine Ding genau in Augenschein zu nehmen, konnte aber weder scharf sehen noch klar denken, sodass er es auf einer Serviette auf dem Beistelltisch ablegte. Es wunderte ihn schon ein bisschen, dass er nicht in Panik geriet, da er sich doch soeben mit einem Tod und Siechtum bringenden Keim hätte anstecken können. Stattdessen fühlte er sich irgendwie high und beschloss, sich später darum zu kümmern. Er ging ins

Bad. Nach dem Duschen zog er das OP-Hemdchen an und legte sich wieder ins Bett.

Er hatte einen Riesenhunger. Wo blieb das Frühstück? Aber, na klar! Er musste nüchtern bleiben, wegen seiner Operation! Deswegen war er doch hier! Er schaltete den Fernseher ein. Die Wettervorhersage lief gerade. Wie nicht anders zu erwarten, war es Herbst in Deutschland. Morgen ebenfalls. Und übermorgen auch. Die Tür ging auf.

Martin und Thomas kamen herein. „Hallo, Selim!", tönten beide im Chor.

„Guten Morgen, Ihr zwei Henker!" In manchen Ländern wurde die Todesstrafe doch auch mit einer Narkose – oder dem, was dafür gehalten wurde – vollstreckt.

„Na, hast du gut geschlafen?", erkundigte sich Martin.

„Bei der Elefantendosis, die du mir verabreicht hast, ging es nicht anders!"

„Selim, ich gehe schnell in die Morgenbesprechung und bin dann gleich bei dir im OP. Wenn wir uns vorher nicht mehr sehen – bis heute Mittag!" Thomas wollte gehen, wurde aber von Selims Einwand zurückgehalten.

„Du weißt, dass wir uns heute sehr nahe kommen, wir beide! So nah habe ich noch nie einen Menschen an meinen Allerwertesten gelassen. Ich hoffe, du weißt das zu schätzen."

„Keine Angst. Ich werde dein Popöchen so behandeln, als wäre es das einer Jungfrau!"

„Ist es ja auch noch!", tat Selim empört.

„Das werden wir ja gleich sehen!", schaltete sich Martin ein. „Vielleicht hast du noch ein paar Geheimnisse, von denen wir bisher nichts wussten! Haha! Nimm bitte noch die Tablette da!"

„Noch eine? Die von gestern Abend wirken doch noch!"

„Wenn die wirken würden, könntest du uns nicht so anmachen!", beharrte Martin und deutete auffordernd auf die Pille.

Selim warf sich widerwillig die Tablette in den Mund und schluckte sie, den Kopf dabei in den Nacken werfend, herunter.

„Also, bis gleich!“, sagte Thomas und klopfte ihm auf die Schulter.

„Ja, bis gleich!“, sagte Martin und gab ihm einen freundschaftlichen Stupser.

Und raus waren sie. Aber schon nach wenigen Minuten, so kam es ihm jedenfalls vor, erschien das Transportkommando: zwei junge Schwestern.

„Haben Sie Ihre Tablette genommen, Dr. Akkoyun?“, fragte die etwas Pummeligere streng. Sie hatte die Thrombosespritze in der Hand.

„Yes, Madam!“, salutierte Selim und machte den Bauch frei. Diesen Pieks spürte er kaum im Gegensatz zu dem von der Nadel eben.

„Und die Strümpfe?“, fragte die Schlankere von beiden.

Zu Befehl, Prinzessin! „Ziehe ich sofort an!“ Diese Strapse machten seine behaarten Beine auch nicht schöner, aber das war ihm mittlerweile egal …

„Wir fahren Sie jetzt in den OP, Herr Dr. Akkoyun“, verkündete Schwester Pummelig.

Selim legte sich auf den Rücken und verschränkte die Arme hinter dem Kopf. Das wirkte lässiger. Sie fuhren in den Aufzug hinein. Und bald schon wieder hinaus und durch die Tür hindurch auf den OP-Flur der Chirurgie. Alles wirkte irgendwie größer als sonst. Und es kam ihm so vor, als ob die Decke der Boden sei und er darüber hinwegflöge. Es roch auch anders als sonst. Er hörte ein paar Piepser, aber die waren weit weg. Hehe! Die mussten alle arbeiten, während er hier schön seinen Benzodiazepinrausch genoss. Die Schiebetür des Vorraums, in dem die Narkoseeinleitung stattfand, öffnete sich und er schwebte hinein.

„Hallo, Selim. Gut geschlafen?“

Selim erkannte Anke kaum wieder aus seiner jetzigen Perspektive. „Anke, du hier?“

„Und nicht in Hollywood. Genau!“

Hey, die ist zu mir ja genauso rigoros wie sonst zu den Patienten! Selim war ein wenig eingeschnappt.

„So, jetzt gibt es einen …“

Pieks! Aua! Machst du das immer so, Schwester Rabiata?

„Du hast doch die Pille genommen, Selim?“, hörte er Martin fragen. Selim drehte den Kopf nach hinten, um ihn zu sehen, aber Martins Stimme hallte mittlerweile durch den ganzen Raum.

„Martin, du Schlawiner! Mach deine Sache gut, ja?“, hörte er sich selbst lallen, aber er war sich nicht sicher, ob er es tatsächlich gesagt oder nur unscharf gedacht hatte.

„Wir sehen uns dann gleich. Träum was Schönes!“ Zu wem diese Stimme gehörte, konnte er nicht mehr erkennen … Es wurde heiß in seinem Kopf und überall an seinem Körper spürte er tausende kleine Nadelstiche …

- 21 -

SRRRRRRRT. SRRRRRRT … SRRRRRRT. Degenhardt schreckte auf. Wer klingelte da? Sie sprang hoch. Jetzt hämmerte auch noch jemand gegen die Tür.

„Sabine! Sabine, bist du da?“ Es war Sascha Jürgens, ihr Kollege. Seine Stimme klang durch die Tür hindurch gedämpft und dadurch tiefer als sonst, aber sie erkannte die typische Betonung, die er ihrem Namen verlieh. Sie musste auf der Couch eingeschlafen sein, im Bademantel. Der Fernseher war an und es lief gerade irgendeine dieser Vormittagsserien. Sie suchte die Fernbedienung, schaltete das Gerät aus, schwankte in Richtung Tür und schnürte schnell noch ihren Bademantel zu, bevor sie aufschloss.

„Oh Mann, und ich dachte schon, dir wäre etwas passiert!“ Jürgens war erleichtert, als er sie sah.

Degenhardt fasste sich an den schmerzenden Hinterkopf. Meinte er den Sturz? „Wieso? Was ist denn? Woher weißt du von meinem Sturz?“ Sie war irritiert, bat ihn aber mit einer Geste hinein.

„Was für ein Sturz?“ Nun war Jürgens verwirrt.

Degenhardt winkte ab. „Warum hämmerst du auf meine Tür ein?“

„Du warst nicht aufzutreiben. Auch nicht per Handy. Ich landete ständig bei deiner Mailbox.“

Sie sah auf ihr Handy. Der Akku war natürlich leer. Ein Festnetz-Telefon hatte sie schon lange nicht mehr. Sie schloss ihr Handy an das Ladekabel an und machte die Eingangstür zu.

Jürgens stand etwas unbeholfen im Flur. „Weißt du eigentlich, wie spät es ist? Es ist schon halb zwölf!“

„Wie, halb zwölf?“, fragte sie aufgeregt und lief in die Küche, um auf die Wanduhr zu schauen. Es stimmte.

„Was war das für ein Sturz? Etwas Ernstes?“ Jürgens war ihr gefolgt und klang besorgt.

„Nein, da war nichts weiter. Aber danach habe ich nicht einschlafen können. Ich habe dann eine oder zwei

Schmerztabletten genommen. Anscheinend haben die mich ziemlich groggy gemacht." Degenhardt versuchte, die Umstände einigermaßen plausibel zu erklären. Das mit Maier und Grabow mochte sie ihm nicht erzählen.

„Du solltest das mal von einem Arzt untersuchen lassen. So was kann auch mal böse enden!"

„Nein danke, mir geht's gut! Und von Ärzten habe ich seit gestern erstmal die Schnauze voll. Warte, ich mache mich rasch fertig. Dann können wir los!" Sie nahm ihren benutzten Kaffeebecher und drückte ihn Jürgens in die Hand. „Möchtest du einen Kaffee? Dann mach mir bitte einen mit, ja? Die Maschine steht da drüben."

Er fügte sich und begann in der Küche zu hantieren. „Jaja, die lieben Ärzte … Übrigens, während du hier deinen Medikamentenrausch ausgeschlafen hast, habe ich einiges herausgefunden!"

Sie meldete sich aus dem Schlafzimmer. „Ja? Was denn?"

„Der Bruder von Sibel Yildirim rief an und meinte, er könne sich zwar nicht mehr daran erinnern, wie der Arzt hieß, der diese ADAM-Studie durchgeführt hat …"

„Ja, und?"

Jürgens trug zwei heiße Kaffeetassen aus der Küche in den Flur. „Aber er wisse noch genau, wo er die Blutprobe damals abgegeben hat. Also habe ich mich eben mit ihm getroffen und es mir zeigen lassen!"

Degenhardt kam aus dem Schlafzimmer und sah ihn fragend an.

Jürgens gab ihr die Information, die sie haben wollte. „Die Studie findet in der Rechtsmedizin statt …" Er drückte ihr einen Kaffee in die Hand, nahm mit seiner freien Hand ein Stück Papier aus der Gesäßtasche seiner Jeans und faltete es mithilfe seines Mundes auseinander. Es war der Aushang aus der Uni, von dem Sibels Bruder gesprochen hatte. Jürgens hielt ihn jetzt Degenhardt vor die Nase. „Und unser Dr. Maier ist derjenige, der sie durchführt!"

Degenhardt starrte ungläubig auf das Papier und dann auf Jürgens. „Was? Der Dr. Maier? Unser Dr. Maier? Der

Rechtsmediziner?“

„Ja, genau der! Ich bin in sein Büro und habe mir von seiner Mitarbeiterin die Liste der Studienteilnehmer geben lassen – und Bingo!“ Er hielt ihr nun auch seinen Kaffee hin, damit sie ihn abnahm, kramte in der Brusttasche seines Jacketts und holte weitere zusammengefaltete Bögen heraus. „Unsere ersten drei Opfer sind alle auf der Liste dieses ADAM-Projekts!“

Degenhardt schlurfte konsterniert ins Wohnzimmer, stellte beide Tassen ab, setzte sich hin und sah ihn fassungslos an. „Wieso hat uns Maier nichts davon erzählt? – Und was ist mit Sibel Yildirim, dem Opfer von gestern? Ist sie auch auf der Liste?“

„Nein, sie ist nicht drauf, aber es ging, wie Sibels Bruder ja schon sagte, in dieser Studie nur um Männer! – Tja, das wüsste ich auch gerne, warum uns der Maier das nicht erzählt hat, dass er die Opfer schon kannte!“ Jürgens nahm seine Tasse vom Tisch und testete mit gespitzten Lippen, wie heiß der Kaffee noch war.

„Hat der Bruder noch etwas erzählt?“, hakte Degenhardt nach.

„Ja, dass seine Schwester sein Handy bei sich hatte, als sie verschwunden ist. Vielleicht können wir es noch orten!“

„Hm, das klingt alles nicht gut. Es gibt also eine eindeutige Verbindung zwischen den Opfern und Maier …“ Sie nahm ihre Tasse wieder in die Hand, aber die Lust auf Kaffee war ihr vergangen. „Du könntest die anderen Studienteilnehmer auf der Liste kontaktieren, ob sie etwas Besonderes bemerkt haben. Und ich knöpfe mir Maier vor!“

Jürgens nickte entschlossen und leerte mit großen Schlucken den Inhalt seiner Tasse.

- 22 -

Was machte er hier? Warum war es so dunkel? Da atmete doch jemand! Nein, es war mehr ein Stöhnen. Es kam von dort hinten! Dann sah er sie auf dem Boden sitzen, die Frau. Sie hatte die Knie wie zum Schneidersitz angewinkelt und stützte sich nach hinten mit den Händen ab. Was tat sie da bloß?

Nun drehte sie sich ihm obendrein noch zu und betrachtete ihn, als wäre er ihr vertraut. Mehr noch, als gehörte er genau dorthin, wo er gerade war! Irgendwie kam sie ihm bekannt vor, aber er konnte sie nicht einordnen. Auf einmal legte sie ihr Kinn an die Brust, holte tief Luft und presste dann ihren Atem zischend durch ihre fast geschlossenen Lippen wieder heraus. Als sie danach ruhig ein- und ausatmete, traute er sich näher heran. Sie schien zu leiden, es gleichzeitig aber ertragen zu können. Unvermittelt kniff sie wieder die Augen zu, warf den Kopf nach hinten und schrie, als hätte sie irgendetwas am Rücken gepackt. Erst als er an ihren gestauten Halsvenen hinab auf ihren dicken spitzen Bauch sah, verstand er: Sie hatte Wehen!

Die Muskeln ihrer Gebärmutter mussten so sehr an ihrem Becken zerren, dass es schien, als wollten sie es in Stücke brechen. Er wusste nicht, was er tun sollte. Wieso fühlte er sich gerade jetzt so hilflos? Er war doch Arzt! Er musste ihr doch seine Hilfe anbieten – doch er zögerte.

Mit einem Mal hörte er das Geplätscher des Fruchtwassers und sah, wie sie den Rocksaum ihres Kleides hochzog und nach einem kleinen blut- und schleimverschmierten Etwas griff, das soeben ihrem Körper entglitten war. Sie legte es an ihre Brust. Es dauerte nicht lange, bis das Röcheln der ersten Atemzüge in ein leises Schniefen übergegangen war. Ganz behutsam nahm sie das kleine Ding dann in beide Hände und streckte es ihm entgegen. Er sollte es nehmen!

Widerspruchslos formte er mit seinen Händen einen Korb, in den sie das Etwas vorsichtig hineinlegte. Es fühlte sich so leicht, so weich, so warm an! Er war von Glück beseelt.

Es kam ihm so vor, als würde nicht er dieses kleine Wesen halten, sondern als würde es vielmehr seinem Leben einen Halt geben.

Schlagartig wurde die Frau jedoch unruhig und flehte ihn an. „Bring ihn in Sicherheit! Hilf mir, bitte!“

Panik stieg in ihm auf. Wieso? Was war los? Er verstand ihre Aufregung nicht und wollte gerade nachfragen, da konnte er sie aber schon nicht mehr erkennen. Ihre Gestalt schien sich in den Konturen des Raumes aufgelöst und sich seinen Sinnen vollständig entzogen zu haben. Da stand er nun. Ganz alleine, mit einem frisch geborenen Kind in seinen Händen.

Ein Luftzug ließ ihn frösteln. Er erinnerte sich an das, was er im Studium gelernt hatte. Dass man Neugeborene unbedingt vor Kälte schützen musste, dass sie ansonsten ganz schnell auskühlten! Was hatte die Dozentin damals in dem Kurs gesagt? „Wenn Sie nichts anderes haben, wickeln Sie das Kind in Frischhaltefolie ein. So kann es keine Verdunstungswärme abgeben!“

Total verunsichert sah er sich um, erblickte seinen Rucksack und war erleichtert. Er zog eine angebrochene Rolle Folie heraus und wickelte sie rasch um die kleinen Ärmchen und Beinchen. Zugleich wurde ihm instinktiv bewusst, dass er von dort weg musste. Nach oben! Oben war es hell und warm. Und oben war Sicherheit! Er war ganz fest überzeugt davon, dass es so war!

Er suchte den gesamten Raum ab und tatsächlich waren dort, in einer Ecke, Stufen zu erkennen. Ohne zu zögern, lief er sie hinauf. Doch die Treppe wand sich immer enger und enger und wurde zusehends steiler, sodass er bald kaum noch vorankam. Auch seine Beine wurden schwerer und schwerer, aber er musste es schaffen! Er musste unbedingt dort hinauf!

Beinahe hätte er das Baby vergessen! Wie ging es ihm? Er sah es sich an. Oh Gott, er hatte das Gesicht mit eingewickelt! Sie hatte es ihm anvertraut und er wollte es doch nur vor der Kälte schützen – und jetzt? Er – hatte es erstickt!

Erschüttert über sein Versagen riss er die Folie ein und

versuchte, sie von dem kleinen Gesicht abzulösen. Er presste verzweifelt seinen Mund darauf, um den Lungen Atem einzuhauchen. Aber es funktionierte nicht. Es gelangte nichts hinein! Die Folie war immer noch da. Er riss sie wieder und wieder ein, um sie abziehen zu können, aber immer wieder klebte diese verdammte Folie in Fetzen auf der kleinen Nase und dem kleinen Mund, sodass er nicht einmal einen Hauch seines Atems hineinbekam. Stattdessen spürte er allmählich einen tiefen dumpfen Schmerz in seiner Brust, der so stark wurde, dass er ihm selbst die Luft und letztendlich auch jegliche Hoffnung nahm. Er kauerte sich jammernd zusammen. Nur noch das Pochen seines eigenen Herzens konnte zu ihm durchdringen. Es wurde immer langsamer, bis es plötzlich stockte und in einer unheimlichen Stille erlosch …

Piep piep. Piep piep.

Was war denn das nun wieder?

Piep piep. Piep piep. Piep piep.

Ein fernes, helles und rhythmisches Geräusch gab keine Ruhe.

Es klang wie ein Pulsoxymeter, mit dem Patienten während Narkosen überwacht wurden. Das war doch ein Puls! Das war sein Puls! Und was geschah mit seinem Brustkorb? Er hob und senkte sich. Er fühlte, wie Luft in seine Lungen geblasen wurde. Etwas kratzte in seinem Hals. Dazu dieses rhythmische Piepen. Und dieser Luftstrom in seinen Bronchien, seinen Lungen. Allmählich wurde er immer klarer: Ist das ein Tubus? In meinem Hals? – Martin? Anke? Thomas? Was ist hier los?

Er war wach! In Narkose, aber wach!! Eben hatte er noch geträumt, aber jetzt war er vollkommen da, er hatte aber den Tubus noch im Hals stecken!

Zieh ihn raus, Martin! Zieh ihn raus, verdammt! Er schrie es in Gedanken, aber niemand antwortete ihm. Dann machte er es halt selbst, entschied er. Aber er konnte seine Arme nicht bewegen! Auch seine Augen öffneten sich nicht! Mit seinem Herzschlag wurde auch das Piepen schneller. Er merkte es am Vibrieren seines Körpers. Mit jedem Schlag, mit dem sein Herz sein Blut pumpte, bebte er. Schmerzen? Nein, er hatte keine Schmerzen – wenigstens das nicht! Er fühlte, wie ihm etwas die Wangen herunterrann. Es mussten Tränen sein. Dann spürte er vier Stromschläge in seinem rechten kleinen Finger. Was zum Teufel war das? Ein Relaxometer? Ein solches Gerät misst den Grad der Relaxierung – der während einer Narkose herbeigeführten Lähmung von Muskeln. Sie hatten ihn also relaxiert und beatmeten ihn jetzt. Aber er war wach! Das konnte doch nicht wahr sein! Martin und Anke konnte doch ein solcher Aussetzer nicht passieren! Er war während der Narkose wach geworden und die merkten das nicht einmal.

Wo seid ihr, verdammt noch mal?

Operierte Thomas noch? War er denn überhaupt operiert worden? Er merkte jedenfalls nichts davon. Nur, dass er mit angelegten Armen und Beinen flach auf dem Rücken lag. Während der Operation musste er die Beine in Beinschalen gehabt haben, wie auf einem Untersuchungsstuhl beim Frauenarzt. Genau so wurden auch die proktologischen Eingriffe durchgeführt. Aber jetzt waren seine Beine nicht mehr in irgendwelchen Schalen. Er konnte fühlen, dass er Hosen und Schuhe anhatte. War denn hier keiner? Außer dem Piepen des Pulsoxymeters und dem Pusten der maschinellen Beatmung hörte er nichts.

Oder war er auf der Intensivstation? War irgendetwas während der Operation schiefgelaufen, weswegen sie ihn auf die Intensivstation verlegen mussten?

Selim versuchte, sich Mut zuzusprechen. Okay, Selim. Ist schon scheiße, was da gerade passiert, aber du bist doch selber Anästhesist! Du weißt genau, was los ist. Beruhige dich also! Du lebst! Und solange du beatmet wirst, wirst du auch weiterleben. Die Beatmung, die ihm durch den ganzen Brustkorb ging. Sie war jedoch wichtig! Ohne sie würde er in seinem augenblicklichen Zustand elendig verrecken. Hilflos dazuliegen und bei vollem Bewusstsein auf den Tod durch Ersticken zu warten – allein die Vorstellung brachte ihn fast um den Verstand! Also konnte er froh sein, dass er beatmet wurde! Den Tubus konnte man ertragen. Er nahm aber genau wahr, wo der geblockt war. Solch eine Empfindung hatte er im Hals noch nie gehabt!

Ansonsten spürte er kaum etwas. Immerhin hatte er keine Schmerzen. Vielleicht hatte Martin ihm die Kaudalanästhesie verabreicht, über die sie gesprochen hatten. Dann konnte er auch keine Schmerzen haben, zumindest am Steiß und in der Analregion nicht. Von seiner Rippenprellung spürte er aber auch nichts mehr. Er konnte jetzt nur abwarten, bis jemand auf ihn aufmerksam wurde oder bis die Wirkung des Muskelrelaxans nachließ. Und solange er beatmet wurde, war alles gut. Jetzt drückte etwas seinen linken Oberarm zusammen. Es wurde fester und fester. Das Blutdruckmessgerät! Sie überwachten also seine Lebensfunktionen, dann konnte ihm doch nichts passieren! Dieser Gedanke blieb jedoch nur ein Versuch, die in ihm aufkommende Panik zu unterdrücken.

Da! Noch einmal die Stromschläge im kleinen Finger, aber sie bewegten sich nicht. Er war also noch vollständig relaxiert. In der linken Ellenbeuge spürte er eine Kälte. Dort lief offensichtlich die Infusion hinein. Anke hatte ihn genau an dieser Stelle gepiekt. Er wunderte sich plötzlich darüber. Wieso eigentlich nicht auf dem Handrücken? In der Nähe der Handkante hätte er doch wegen seiner Lähmung nichts gespürt. Stattdessen hatte sie ihm die dicke Kanüle in die Ellenbeuge gerammt. Aber wenn sogar er selbst das oft vergaß, wie sollte sie sich daran erinnern? Worüber machte er sich da eigentlich Gedanken? Als ob er im Moment keine wichtigeren Sorgen hätte! Das einzige, was er jetzt erfahren musste, war, wo er war und wo die anderen waren!

Was war das? Eine Tür? Kam da etwa jemand auf ihn zu?

„Selim?“ Winkler? Was machte der denn hier? Was hatte der mit seiner Operation zu tun?

„Selim!“ Winkler rüttelte Selim an der Brust und klapste ihm ins Gesicht. „Was ist denn hier los?“ War da noch jemand anderes? Es klang aber eher so, als hätte Winkler zu sich selbst gesprochen. Selims Pulsschlag fing an zu rasen.

Winkler berührte ihn an Armen und Beinen und hielt dann seine rechte Hand hoch. Selim spürte erneut die vier Stromschläge.

„Der ist relaxiert. Aber wo ist die Narkose?" Er lüftete Selims linkes Auge. Selim konnte ihn nicht richtig erkennen. Und dann das rechte. Auch nur ganz unscharf. „Selim, bist du wach?", fragte Winkler ihn diesmal eindringlich.

Ja, verdammt! Nun mach doch was!

„Ja, ist er. Aber er merkt es nicht!" Wer war das denn jetzt?

„Dietmar! Was ist hier los? Was macht Selim hier?" Winkler klang total überrascht.

Dann war die andere Stimme wieder zu vernehmen. Selim erkannte sie jetzt auch – es war Westermanns. „Ich habe ihn hierher gebracht."

Was? Wohin? Wo bin ich, verdammt noch mal? Was ist hier los?

„Wieso? Was macht Selim hier in unserem Labor? Und woher weißt Du, dass er nichts merkt? Der ist doch wach! Er hat keine Narkose, nur das Relaxans! Wir müssen ihn antagonisieren!" Winkler war ganz aufgeregt.

Im Labor? Im Keller der Klinik? Dort, wo die beiden ihre kleinen Experimente machten?

Westermann blieb hingegen ruhig. „Er ist relaxiert, das stimmt. Aber er hat sehr wohl eine Narkose bekommen. Er hat Ketamazepam!"

Winkler schien völlig perplex zu sein. „Was? Wie?"

Selims Puls verlangsamte sich. Das wollte er jetzt auch genau erfahren! Sein Finger zuckte beim ersten Stromschlag, das Relaxans verlor allmählich seine Wirkung.

„Er hat Ketamazepam bekommen. Er ist zwar wach, aber er ist sich dessen nicht bewusst. Er merkt es, hat es aber in ein paar Sekunden wieder vergessen. Es ist ein immer wiederkehrendes Déjà-vu, das nie den Weg in sein Bewusstsein schafft." Westermann sprach kaltblütig und gelassen.

Winkler war aufgebracht. „Woher hast du das Zeug?"

„Ich habe damals deine Aktivitäten in Hamburg genau verfolgt, Dirk. Du bekamst die Chance deines Lebens und hast sie vermasselt. Ich habe sowieso nicht verstanden, wieso du und nicht ich! Ich war immer der Genialere von uns beiden. Du hingegen hast dich von Nebensächlichkeiten – wie einer Ethikkommission – aufhalten lassen. Als ich erfahren habe, dass sie dir das Projekt wegnehmen wollten, musste ich eingreifen. Ich habe es glücklicherweise geschafft, wenigstens eine Probe zu sichern!"

„Du hast also die Probe gestohlen, die sie überall gesucht haben!", stellte Winkler fest. „Aber das Ketamazepam war nicht ausreichend getestet, Dietmar. Vor einer Erprobung der Substanz an Patienten wären noch viele weitere Untersuchungen notwendig gewesen. Und Narkosia Pharmaceuticals hat nicht mit offenen Karten gespielt. Die haben nicht offengelegt, was für Nebenwirkungen auftreten können. So ein Medikament kann man doch nicht einfach an Menschen testen!"

„Dieses Medikament kann die gesamte Medizin revolutionieren! Du, Dirk, hattest die Chance, für immer und ewig in die Geschichtsbücher einzugehen. Und du hast sie einfach vertan!"

„Ich hatte herausgefunden, dass Ketamazepam schwerwiegende Nebenwirkungen hat, Dietmar! Weißt du eigentlich, dass seine Wirkung unumkehrbar ist? Wenn es einmal an den Benzodiazepin-Rezeptor, der die sedierende Wirkung vermittelt, angedockt hat, kann es von dort nicht mehr verdrängt werden! Die Blockade des ketaminähnlichen Schmerz-Rezeptors hält nicht lange an, aber der Benzodiazepin-Rezeptor ist für immer blockiert. Und diese Rezeptoren werden nicht mehr neu gebildet. Die Gehirnzellen bilden sich auch nicht mehr neu, ein Leben lang nicht! Die Tiere, die es bekommen hatten, waren dauerhaft sediert und hatten eine anterograde Amnesie. Kannst du dir vorstellen, welchen Schaden man damit anrichten könnte? Als man das realisiert hat, hat man alle Maßnahmen eingefroren – und das war auch gut so!"

Winkler wusste ja doch Bescheid! Aber wie konnte es sein, dass er, Selim, bei vollem Bewusstsein war, obwohl die sedierende Wirkung des Ketamazepam dauerhaft und irreversibel anhalten sollte? Selim war verwirrt. Sein Finger zuckte mittlerweile zweimal als Reaktion auf die Stromschläge des Relaxometers.

„Das weiß ich ja alles. Aber nur deswegen kann man doch nicht so ein Produkt verwerfen! Man muss nach Möglichkeiten suchen, es zu antagonisieren!" Westermanns Stimme klang ungehalten.

Winkler rechtfertigte sich. „Meinst du, die haben das nicht? Die haben alles Mögliche ausprobiert. Ich habe alles Mögliche ausprobiert. Angefangen mit den üblichen Antagonisten bis hin zur Dialyse und Hämofiltration. Nichts. Nichts hat die Wirkung wieder aufgehoben!"

Hat der also doch damit herumexperimentiert! Selim fühlte sich in seinen Vermutungen ein Stück weit bestätigt.

„Ihr habt einfach nicht lange genug gesucht!", winkte Westermann ab.

Westermann hatte also damals, als er und Winkler gemeinsam an der Uniklinik Hamburg waren, alle Vorgänge um das Ketamazepam genauestens verfolgt und es sich sogar besorgt, um es auf eigene Faust weiter zu erforschen. Selim konnte sich jetzt so einiges zusammenreimen. Sein kleiner Finger zuckte nun bei dreien von vier Stromschlägen. Die Wirkung des Relaxans ließ immer mehr nach.

„Warum hast du Selim denn relaxiert, wenn er schon Ketamazepam hat?", wollte Winkler wissen.

„Er hätte vielleicht genauso randaliert wie Beckmann", erwiderte Westermann.

Beckmann? Der junge Kollege, der sich das Leben genommen hatte?

„Wie Beckmann?" Winkler war völlig verwirrt.

Selim auch. Was ging hier vor?

Winkler fragte nach. „Was hast du mit Beckmann gemacht? Und was hast du mit Selim vor? Warum ist er hier?"

„Er wurde zu gefährlich."

„Wie meinst du das? Was redest du da? Gefährlich wofür? Für wen?"

„Für mich und für das Ketamazepam. Der sollte nur mal eben in das Narkoseprotokoll von dieser Türkin schauen, aber stattdessen hat er angefangen herumzuschnüffeln. Er hat in deinen Unterlagen herumgestöbert und sich heimlich deinen Vortrag angehört. Er war kurz davor herauszufinden, dass die Türkin ebenfalls Ketamazepam bekommen hatte."

Was hast du alles mit dem Zeug gemacht, du Hurensohn! Beckmann? Die Türkin?

„Die Türkin? Welche Türkin? Und wieso Beckmann?" Winkler konnte nicht fassen, was er alles nach und nach zu hören bekam.

„Na, diese junge türkische Patientin, das Polytrauma von Samstag. Ohne es auszuprobieren, kann ich keine Ergebnisse erzielen!"

Ach du Scheiße! Der ist vollkommen Banane! Selims Finger zuckte jetzt bei allen vier Stromschlägen des Relaxometers.

„Wie bitte? Bist du noch ganz bei Trost, Dietmar? Was ist in dich gefahren! Wie konntest du das tun?"

„Beckmann hat nichts getaugt, diese Memme. Ich habe gehört, wie er hier unten seinen Abgang vorbereitet hat."

Das Labor war nicht weit von der Stelle entfernt, an der Beckmann aufgefunden worden war, bei den Spinden im Keller, erinnerte sich Selim.

Westermann fuhr fort. „Ich habe ihn bei seinen Machenschaften beobachtet, und als er bewusstlos war, habe ich ihn narkotisiert, beatmet und hierher gebracht. Zunächst sah es so aus, als wäre er das optimale Versuchsobjekt, er wollte ja schließlich sterben. Da habe ich ihm das Ketamazepam verabreicht. Ich habe dann versucht, es mit allem Möglichen zu antagonisieren, erkannte aber, dass es auf diese Weise nicht funktionierte. Ich musste zuerst herausfinden, wie das Ketamazepam überhaupt und ohne jedwede Beeinflussung durch andere Medikamente bei Menschen wirkte.

Also habe ich meine Maßnahmen eingestellt und Beckmann genau an den Platz zurückgebracht, an dem ich ihn vorgefunden hatte. Dort habe ich ihm dann den Perfusor mit seinem Suizid-Cocktail wieder an seine Vene angeschlossen.

So konnte er schließlich genau so sterben, wie er wollte."

Deshalb war Beckmann also zwei Tage lang verschwunden gewesen, bevor man ihn fand! Und da an ihm noch Reanimationsversuche unternommen worden waren, nachdem man ihn aufgefunden hatte, wurden die Spuren, die Westermanns Maßnahmen an ihm hinterlassen hatten, verwischt, und es gab keinen Verdacht auf etwas anderes als Selbstmord, folgerte Selim.

Westermann fuhr unbeirrt fort. „Die junge Türkin habe ich später spontan für meine Versuche ausgewählt. Habe es ihr direkt nach der Operation, noch im Aufwachraum, gespritzt. Ich wollte sehen, wie man mit Ketamazepam im Alltag zurechtkommt. Ich konnte ja nicht damit rechnen, dass sie vor ein Auto rennen würde."

Du Arschloch! Natürlich musstest du mit so etwas rechnen. Bedeuten dir Menschenleben denn gar nichts? – Ich Idiot! Nicht Winkler hat das Metamizol gestrichen, sondern Westermann! Selim wurde mittlerweile einiges klar. Die hatten doch alle beide diese Mont-Blanc-Schreiber, Winkler und Westermann! Winkler hatte einmal erzählt, dass sie die Stifte anlässlich ihres Abschieds von der Hamburger Uniklinik geschenkt bekommen hatten. Und Selim hatte Westermanns Mont-Blanc doch erst kürzlich gesehen, nämlich als der sich die Nummer der Intensivbox, in der die Türkin lag, notiert hatte.

Jetzt zuckte Selims Finger bei den Stromschlägen schon deutlich stärker als zuvor. Es würde nicht mehr lange dauern und er würde seine vollständige Muskelkraft wiederhaben!

„Ich muss jetzt nachrelaxieren. Er hat schon alle vier Ausschläge!" Westermann zeigte auf Selims Hand.

Mist, der beobachtet mich!

„Nein, Dietmar! Du bist ja nicht bei Trost! Die Dinge, die du mir da erzählst … Eine Probe zu stehlen, ist das eine … aber das alles hier, das ist ein ganz anderes Kaliber! Das muss sofort ein Ende haben. Ich werde das Relaxans antagonisieren. Was hast du ihm gegeben?" Winkler sprach jetzt lauter und mit entschlossener Stimme.

„Es ist nur Mivacurium. Das brauchst du nicht zu antagonisieren. Es wird gleich aufhören zu wirken." Westermann klang noch immer gelassen.

„Ich gehe auf Nummer sicher und antagonisiere ihn!" Winkler hielt an seinem Entschluss fest, näherte sich Selim und sprach ihn direkt an. „Selim, hörst du mich? Ich werde jetzt das Relaxans antagonisieren und den Tubus herausziehen. Versuche zu nicken, wenn du mich verstehst."

Da die Wirkung des Relaxans bereits nachgelassen hatte, schaffte es Selim, die Augen ein wenig zu öffnen, ihm seinen Kopf zuzudrehen und ihm zuzunicken.

„Hast Du das gesehen, Dietmar? Er hat genickt! Er ist bei Bewusstsein, Dietmar. Er ist bei Bewusstsein! Das Ketamazepam wirkt nicht! Wir müssen etwas tun! Ich werde ihn jetzt antagonisieren!" Winkler war ganz aufgeregt. Er suchte sich eilig das richtige Medikament aus dem Regal und zog es in eine Spritze auf.

Selims Augen hatten allmählich ihre normale Sehkraft wiedererlangt. Er konnte schärfer sehen. Er erkannte auch Westermann hinter Winkler. Aber was machte der da? Selim musste Winkler warnen und versuchte verzweifelt, den Kopf zu heben. Es war jedoch zu spät, Westermann hatte bereits eine Tüte über Winklers Kopf gezogen. Winkler versuchte, Westermanns Hände von seinem Hals zu lösen. Sie stürzten beide rücklings hin. Selim konnte nicht mehr verfolgen, was passierte. Er konnte nur noch hören, wie sie sich auf dem Boden herumwälzten. Jemand strampelte mit den Beinen und trat gegen Schränke und Regale. Gläser fielen zu Boden und zersprangen. Metalle schepperten. Dann trat auf einmal Stille ein. Es war nur noch zu hören, wie die Tüte in Winklers Mund bei jedem Atemzugversuch klackte. Selim versuchte aufzustehen, konnte aber lediglich seine Arme etwas heben. Dann war nur noch ein einziges schweres Atmen zu hören. Jemand raffte sich auf und kam auf ihn zu.

Es war Westermann. Er drückte Selims halb erhobenen Arm mühelos wieder herunter. „Ist schon gut, Herr Akkoyun. Es wird alles gut werden!" Selim konnte nichts dagegen machen. „Na, na, na! Nicht aufgeregt sein. Es wird alles gut!“

Was denkt der sich eigentlich? Glaubt er, er müsse mich beruhigen, damit ich keine Angst vor einer Narkose habe? Dann wurde ihm plötzlich heiß und er spürte die Wirkung des Narkosemittels Propofol wie Tausende von Nadelstichen auf seiner Haut.

- 23 -

Tatsächlich war keine der Türen im gesamten Gebäude abgeschlossen gewesen, als sie eine nach der anderen aufgerissen und auch seine Tür ohne anzuklopfen aufgestoßen hatte, um ihn so schnell wie möglich in seinem Büro zur Rede zu stellen. Maier war zunächst überrascht, dann erfreut über ihre Anwesenheit gewesen, nun aber verwirrt, als sie ihn schon zum wiederholten Mal erbost attackierte: „Also, warum haben Sie mir nichts davon gesagt, dass Sie die Opfer kannten?"

„Weil ich sie nicht kannte!", entgegnete er aufgebracht.

„Jetzt hören Sie auf! Die waren alle hier und Sie haben ihnen für irgendetwas Blut abgenommen!"

„Ich habe niemandem Blut abgenommen, das macht meine Assistentin. Ich kannte sie nicht und habe sie nie zu Gesicht bekommen. Für mich waren sie nur Namen auf einem Stück Papier!" Empört zeigte er auf die Listen, die Degenhardt ihm wütend unter die Nase hielt, seit sie in sein Büro gestürmt war. Dann presste er die Lippen zusammen, setzte sich an seinen Schreibtisch, nahm einen Stift in die Hand und ließ ihn zwischen den Fingern tanzen, so als ob er überlegen würde. Nach einer Weile, in der auch Degenhardt versuchte, sich zu beruhigen, sah er sie bedeutungsvoll an und sagte schließlich: „Ich wollte Ihnen nichts darüber erzählen, weil man so etwas nicht einfach ausposaunt! Aber ich bin … dem wahrscheinlich größten Geheimnis der Menschheit auf der Spur!"

Degenhardt neigte ungläubig den Kopf. „Was meinen Sie damit?"

„Was würden Sie sich am allermeisten wünschen? Was würde sich jeder Mensch wünschen, wenn es realisierbar wäre?"

„Keine Ahnung!" Degenhardt war ungehalten und neugierig zugleich. „Sagen Sie es mir!"

„Wie wäre es mit Unsterblichkeit?"

Das verschlug ihr nun die Sprache. Mit so etwas hatte sie

nicht gerechnet.

Maier nutzte die Stille. „Ja, Unsterblichkeit. Zumindest fast. Ein langes und gesundes Leben würden Sie sich doch wünschen, oder?“ Er machte eine Pause und sah nach oben. „Ein Stück von der Ewigkeit! Wollen wir nicht alle, wenn nicht ewig, dann doch wenigstens für eine kleine Ewigkeit leben?“

„Meinen Sie, bis ins hohe Alter gesund und fit zu bleiben?“, versuchte Degenhardt seine Worte einzuordnen.

„Ja, ungefähr in der Art!“

„Wie meinen Sie es denn nun konkret?“

Er sah ihr mit festem Blick in die Augen: „Es geht um Adam.“

Sie überlegte, in welchem Kontext er gerade war. „Ihr Projekt? A-D-A-M?“

„Ja, aber es geht dabei um DEN Adam! Adam und Eva!“

„Den Adam aus der Bibel?“

„Ja, genau den“, erwiderte Maier, als wäre das selbstverständlich. „Wissen Sie, wer Adam war?“

„Natürlich! Wer weiß das nicht? Der erste Mensch! Jedenfalls steht es so in der Bibel.“

„Wirklich?“

Degenhardt war gereizt. „Was soll das jetzt?“ Sie ließ sich nicht gerne in die Irre führen. „Hören Sie auf mit den Spielchen und kommen Sie endlich zur Sache!“

„Also gut“, versuchte Maier sie zu besänftigen. „Meiner Ansicht nach steht das keinesfalls so in der Bibel, und ich verstehe nicht, wieso man die Bibel nicht einfach so liest, wie es geschrieben steht!“

„Was steht denn Ihrer Meinung nach in der Bibel?“

„Zunächst einmal ist die Bibel, zumindest das Alte Testament, wenn Sie mich fragen, eine wissenschaftliche Chronik. Die Beschreibung eines Experiments. Des wahrscheinlich größten Experiments der Erde!“

Er drehte ihr den Rücken zu und fuhr fort, als würde er im Hörsaal vor Studenten dozieren. „Nehmen wir einmal die beiden Schöpfungsgeschichten. Die Erste: Die Erschaffung der Welt in sieben Tagen. Wenn wir die sieben Tage nicht in irdischen Zeitspannen messen, sondern von einer anderen Zeitrechnung ausgehen, dann entspricht sie ungefähr dem, was wir von der Entstehung des Universums und des Lebens auf der Erde wissen. Zuerst gab es Pflanzen, dann die Tiere des Wassers, die Tiere des Landes und der Luft und letztendlich die Menschen. Danach ließ Gott uns während der siebten Zeitspanne erst einmal in Ruhe." Er wandte sich ihr nun wieder zu, um sich zu vergewissern, dass sie seinen Ausführungen folgte, und setzte seinen Monolog fort. „Er ließ die Schöpfung also genauso geschehen, wie wir es auch von unseren wissenschaftlichen Erkenntnissen her kennen. Der heutige Mensch steht am Ende eines Evolutions-PROZESSES. Und dieser Logik folgend kann der Mensch natürlich nicht nur als ein einzelnes Geschlecht erschaffen werden. Und so steht es auch in der Bibel: ‚Als Mann und Frau schuf er sie', steht dort. Nicht nur als Mann. Als Mann UND Frau!" Er tippte mit dem Zeigefinger auf den Schreibtisch, als wollte er genau auf die gerade zitierte Bibelstelle deuten.

Degenhardt drehte sich nun ihrerseits von ihm ab und begann über das gerade Gesagte laut nachzudenken. „Ja, das hat mich auch immer gewundert. In der einen Geschichte steht, dass die Menschen als Mann und Frau erschaffen wurden und in der anderen gab es erst einmal nur Adam. Und Eva wurde aus seiner Rippe gemacht. Das hat mich schon immer gestört und deshalb glaube ich auch nicht an das, was in diesem Buch steht!"

„Genauso ist es! – Warum lesen wir die Bibel nicht einfach so, wie sie geschrieben steht, sondern deuten sie auf unterschiedlichste Weise?" Maier ging um sie herum. „Wenn wir die Bibel nämlich so lesen, dann ist es, wie Sie sagen, Frau Degenhardt: Als Adam auftritt, gibt es bereits Menschen auf der Erde!"

Degenhardt musterte ihn. „Sie meinen, Adam und Eva waren nicht die ersten Menschen?"

„Nein, waren sie nicht!" Maier schrie es fast heraus. „Und genau so und nicht anders steht es auch in der Bibel. Wie kann es sonst sein, dass Kain, als er von Gott verbannt wurde, zu Gott sagte: ‚Und wer mich findet, wird mich erschlagen!' Wer ist dieser wer? Wenn Adam und Eva die ersten und einzigen Menschen und Kain und Abel ihre ersten Kinder waren? Wen konnte es dann noch gegeben haben, der Kain erschlagen wollte? Welche anderen Frauen konnte es noch gegeben haben, mit denen Adam selbst, sein Sohn Kain und ihre Nachfahren in der Folge noch viele weitere Kinder gezeugt haben? Haben Sie sich das nie gefragt? Mir ist das schon als Kind aufgefallen, als ich die Bibel zum ersten Mal gelesen habe!"

„Ich dachte immer, die hätten Inzucht betrieben", sagte Degenhardt spöttisch.

„Solch ein Unfug! Ich erkläre Ihnen jetzt einmal, wie alles einen Sinn ergibt!" Maier fuchtelte mit seinem Zeigefinger vor ihr herum, als könne er damit ihre ganze Aufmerksamkeit auf sich ziehen. „Nachdem Adam und Eva aus dem Paradies verbannt worden waren, erkannte Adam Eva und zeugte mit ihr Kain und Abel. ‚Erkannte', steht da! Das Erkennen wird in der Übersetzung als Beischlaf gedeutet, aber warum deuten wir es nicht so, wie es dort steht: als Erkennen im Sinne von Erkennen! Wiedererkennen! Unter anderen wiedererkennen! Adam zeugte nach Kain und Abel noch viele weitere Kinder mit anderen Frauen und dann erkannte er Eva mit hundertdreißig Jahren unter allen anderen Frauen abermals heraus und zeugte mit ihr Set. Sollen Adam und Eva etwa bis zum Alter von hundertdreißig Jahren keusch gelebt haben, bis sie wieder miteinander schliefen? Was soll dieser Quatsch, den wir glauben sollen? Wieso wird Erkennen als Beischlaf gedeutet, obwohl es sich absolut schlüssig genau so deuten lässt, wie es geschrieben steht? Nein, es war nicht nur der Beischlaf, sondern insbesondere das Wiedererkennen von Eva unter den anderen Frauen, was wichtig war! Und mit seiner besonderen Frau, Eva, zeugte Adam dann ein besonderes Kind, nämlich Set." Maier war jetzt beinahe euphorisch. „Und Set stand am Anfang der Geschlechterfolge, die nach Adam wiedergegeben wird – bis zu Noah,

Abraham und Moses."

Degenhardt schüttelte ablehnend den Kopf. „Das sind Dinge, über die wir uns weiß Gott keine Gedanken machen müssen! Das können Sie ruhig den Theologen überlassen!"

„Doch, das sollten wir! Wir haben uns bisher viel zu wenig Gedanken darüber gemacht!" Maier reagierte ungehalten und wandte sich von ihr ab.

Degenhardt wollte aber zum Ende kommen. „Nun sagen Sie endlich, was das Ganze mit Ihrem Gerede vom ewigen Leben zu tun hat!"

Maier kam wieder auf sie zu und fragte provokant: „Wie lange hat Adam gelebt, wie lange hat Set gelebt, wie lange hat Noah gelebt – schon mal vom biblischen Alter gehört?"

„Meinen Sie wie Methusalem?" Degenhardt bot ihm Paroli.

„Ja, ich meine auch Methusalem. Aber ich meine alle diese besonderen Menschen und ihre Nachfahren. Adam, Set, Enosch, Kenan, Mahalel, Jered, Henoch, Methusalem, Lamech und Noah! Sie haben alle um die neunhundert Jahre gelebt. Genau so steht es in der Bibel und nicht anders!"

Degenhardt verzog einen Mundwinkel. „Aber das stimmt doch alles nicht. Von wegen neunhundert Jahre ... Kein Mensch kann so lange leben! Ich meine, ich habe auch mal gehört, dass das irgendwie eine Symbolik hat, das biblische Alter, das diese Herren erreicht haben sollen."

Maier schüttelte abwehrend den Kopf. „Es gibt keine einzige Stelle in der Bibel, die auf eine solche Zahlenspielerei der Altersangaben hindeutet. Im Gegenteil steht sogar ausdrücklich geschrieben, dass Gott zur Zeit Noahs beschlossen hatte, die Menschen ab der Sintflut nur noch höchstens hundertzwanzig Jahre alt werden zu lassen. Nur weil wir uns das nicht vorstellen können, heißt das doch nicht, dass es unmöglich ist, dass diese besonderen Menschen, die von Gott neben den anderen, normalen Menschen geschaffen worden waren, tatsächlich so lange gelebt haben." Er hob beschwichtigend beide Arme und forderte sie damit auf, genau dort, wo sie gerade war, stehenzubleiben und seinen

Ausführungen weiter zu folgen.

„Ich schildere Ihnen, was ich glaube. Oder besser: wovon ich überzeugt bin. Was ich in der Bibel gelesen habe. Was jeder in der Bibel liest, wenn er sie so liest, wie sie geschrieben ist, nämlich als Chronik eines Experiments: Gott erschuf – in Anlehnung an die bereits auf der Erde lebenden Menschen – einen zusätzlichen, besonderen Menschen. Diesen nannte er Adam. Adam bedeutet übrigens auf Türkisch, das dem Aramäischen, einer der ältesten Sprachen der Welt, sehr verwandt ist, Mann und Mensch zugleich. Auch den Übersetzern der Bibel ist lange Zeit nicht klar, ob Adam ein Eigenname ist oder ob es Mann oder Mensch bedeutet. Dieser neu erschaffene, andersartige Mensch lebte in einem Labor, einem eigens für ihn geschaffenen Lebensraum, den Gott Paradies genannt hat. Aber Adam hatte Langeweile, so ganz alleine. Also erschuf oder baute Gott ihm – auf der gleichen genetischen Basis – eine Frau an seine Seite, Eva. Diese beiden waren Menschenwesen mit vielen besonderen Eigenschaften, insbesondere waren ihre Gene derart konstruiert, dass sie sehr lange leben konnten. Da sie von der übrigen Welt isoliert und somit ungebildet und naiv waren, waren sie anfangs noch voller Unschuld. Sie hatten jedoch einen Neider: Satan! Er gab ihnen – symbolisch mit dem Apfel – das Wissen um sich selbst. Erst dann erfuhren sie, dass sie Menschenwesen sind, und sie begannen nach ihrer menschlichen Identität zu forschen. Also versündigten sie sich, oder besser: Sie glaubten, ohne Gott zurechtkommen zu können. Sie wollten ihre Freiheit. Der sogenannte Sündenfall! Um sie auf die Probe zu stellen, wurden sie dann unter die übrigen Menschen geschickt, die sich entsprechend der Evolution, der ersten Schöpfungsgeschichte folgend, gleichsam als Mann und Frau auf der Erde entwickelt hatten. Dort paarten sie sich mit diesen Menschen und gaben ihre besonderen Gene weiter, sodass sich ihr Genpool mit dem der übrigen Menschen vermischte. Aber immer, wenn zwei direkte Nachfahren der besonderen Menschen sich gegenseitig wiedererkannten und ihrerseits Nachkommen zeugten, wurden diese ebenfalls besonders, da sie die besonderen Gene zu einem hohen Prozentsatz in sich trugen. Diese besonderen Nachkommen lebten dann, so wie ihr Vorfahre Adam, auch um die neunhundert Jahre lang – ganz im Gegensatz zu den übrigen Menschen, die, wie wir aus der Wissenschaft wissen, damals vielleicht gerade einmal eine Lebenserwartung von fünfzig Jahren hatten."

„Sie meinen, Adam und Eva wurden in so etwas wie einem Genlabor erschaffen?" Degenhardt war gefesselt und befremdet zugleich von dem, was ihr Maier da erzählte.

„Ja, in so etwas Ähnlichem. Ich denke, erst mit unserem heutigen Wissen können wir endlich verstehen, was in der Bibel steht! Früher konnte man damit nichts anfangen, aber jetzt! Jetzt ergibt es einen Sinn!"

„Entschuldigen Sie bitte, aber das klingt alles sehr verrückt!", winkte Degenhardt ab.

Das Wort „verrückt" hatte Maier offensichtlich tief getroffen. Er klang jetzt wesentlich kleinlauter: „Vielleicht ist es das – aber haben Sie eine andere, nachvollziehbarere Erklärung?"

- 24 -

Da war sie wieder! Blaue Augen? Nein, braune! Andrea? Sie gab ihm das Baby. Keine Folie diesmal. Er hielt es fest und rannte die Treppen hoch. Dieses Mal würde er es schaffen! Er war sich ganz sicher! Endlich, er war oben! Aber der Himmel war blutrot, wie ein roter Vorhang! Das Baby in seinem Arm war größer als erwartet. Er sah es sich noch einmal genau an. Lebte es noch? Aber es sah aus … wie er! Wie eben, wie heute Morgen im Spiegel.

Piep. Piep. Piep. Piep.

Schon wieder dieser Traum!

Selim öffnete die Augen. In seinem Hals spürte er nichts mehr. Ein Kratzen vielleicht, aber keinen Tubus. Er wurde also nicht mehr beatmet. Er wollte aufstehen, konnte es aber wieder nicht. Etwas hielt ihn fest! Er sah an sich herunter und stellte fest, dass er gefesselt war! Mit drei Gurten an seiner Brust und seinem Bauch und weiteren zwei an den Beinen. Sein Versuch, sich zu befreien, scheiterte kläglich, da die Gurte so eng befestigt waren, dass er sich nicht einmal ein kleines bisschen bewegen konnte. Lediglich mit den Händen und Füßen konnte er wackeln. Selbst das Atmen fiel ihm schwer. Er fragte sich, was besser war – sich nicht bewegen zu können, weil die Muskeln erschlafft waren, oder sich nicht bewegen zu können, obwohl sie komplett angespannt waren. Wenigstens konnte er seine Augen öffnen und seinen Kopf bewegen. Er nahm ein Geräusch wie von einem Beatmungsbeutel wahr und drehte seinen Kopf in die Richtung, aus der es kam.

Es war Westermann … und Winkler, der zwischen Glasscherben und allerlei Anästhesiekram regungslos auf dem Boden lag. Westermann hockte mit abgewandtem Rücken vor Winkler und hantierte mit etwas. Selim konnte nicht erkennen, was es war. Da er das ständige Piepen nicht mehr hören konnte, schnipste er den Sensor des Pulsoxymeters von seinem Finger und räusperte sich, bevor er krächzte: „Ist er tot?“

Westermann drehte ihm erst den Kopf und dann seinen Körper zu, sodass Selim nun freie Sicht auf Winkler hatte, an dessen Arm eine Perfusorleitung, die eine weiße, milchige Flüssigkeit enthielt, angeschlossen war. Es war Propofol. Und er konnte auch die Larynxmaske in seinem Mund erkennen, über die ihn Westermann mit einem Handbeatmungsbeutel mit lebenswichtiger Luft versorgte. Winkler war demnach noch nicht tot! Gott sei Dank!

Westermann stand auf, schaltete das Pulsoxymeter, dessen Selim sich entledigt hatte und das nun mit seinem Dekonnektionsalarm nervte, aus, sah ihm prüfend in die Augen und stellte trocken fest: „Du bist tatsächlich bei Bewusstsein.“ Dann hockte er sich wieder zu Winkler, um ihn weiter zu beatmen.

„Ja, das bin ich. Und ich war es die ganze Zeit! Was hast du mit Winkler vor? Und was hast du mit mir vor?“ Wenn Westermann Selim duzte, duzte Selim ihn auch. Jetzt war sowieso alles egal.

„Tja, ich hatte nicht damit gerechnet, dass er hier auftaucht. War so nicht vorgesehen.“ Westermann schüttelte den Kopf.

Selim sah sich um. Zwei alte Narkosegeräte befanden sich in dem Raum: eines direkt links von ihm, das andere an seinem Kopfende. Regale standen an der Wand, eines lag jedoch auf dem Boden. Daneben glänzte eine gelbliche Pfütze, Winkler musste im Stress uriniert haben. Eine Tür befand sich hinter Westermann und Winkler und eine weitere neben dem Regal an Selims Fußende. Es gab keine Fenster, nur künstliches Neonlicht. Der Putz an der Decke und den Wänden war grau und wirkte abgenutzt. Sie mussten in einem der Labore im Keller der Klinik sein, so wie Winkler es gesagt hatte. Die beiden hatten dort ihre Tierversuche gemacht, mit Ratten oder Hunden. Selim sah und hörte aber keine. Doch! Ein Versuchstier war noch hier. Er.

Westermann zeigte auf Winkler. „Der hatte sich seit Wochen nicht mehr hier unten blicken lassen. Wieso musste der ausgerechnet heute auftauchen?“

Selim glaubte, sein Vortrag vom Vorabend könnte der Grund dafür gewesen sein. Nachdem der bei den Zuhörern nicht besonders gut angekommen war, hatte er wahrscheinlich das Bedürfnis verspürt, wieder etwas mehr zu tun. Vielleicht wollte er ein paar Dinge ordnen und neue Projekte in Angriff nehmen. Welch eine Ironie, dass gerade sein wissenschaftliches Engagement ihm derart zum Verhängnis wurde, dachte Selim. Laut fragte er erneut: „Was hast du mit ihm vor, wieso hältst du ihn am Leben?"

„Ich denke, er bekommt das Ende, das zu seiner Persönlichkeit passt. Er wird an einem autoerotischen Unfall sterben! Typen wie der sind doch meistens pervers. Das wird keinen wundern!"

Deshalb ließ er ihn also noch nicht gänzlich sterben! Eine Leiche hier unten würde Fragen aufwerfen, aber Westermann hatte sich schon eine Antwort ausgedacht – einen autoerotischen Unfall! Selim hatte davon in seinem Studium gehört. Da eine geringe Sauerstoffarmut im Gehirn das Lustgefühl steigert, finden es manche Menschen erregend, wenn sie beim Sex gewürgt werden – selbstverständlich kontrolliert und nur bis zu einem gewissen Grad. Einige, vor allem Männer, machen das während einer Selbstbefriedigung. Sie basteln sich eine Schlinge, legen sie sich um den Hals und befestigen sie beispielsweise an einer Tür- oder Fensterklinke. Dann hocken sie sich auf die Knie, masturbieren und üben gleichzeitig Zug auf die Schlinge aus. Gerade mal so viel, dass sie leicht gewürgt werden. Die Minderdurchblutung des Gehirns führt dann zu einem Sauerstoffmangel und das setzt Endorphine frei, die das Lustgefühl potenzieren. Manchmal kommt es aber dazu, dass sie in der Erregung das genaue Maß der Zugkraft falsch einschätzen und dabei bewusstlos werden. Ohne jegliche Kontrolle hängt dann der Kopf schlaff in der Schlinge und sie werden von dem Gewicht ihres eigenen Körpers erdrosselt. So erhängen sie sich letztendlich selbst. Aus Versehen. Deshalb die Bezeichnung autoerotischer Unfall.

Westermann dachte wirklich an alles, aber an eines doch

nicht. „Und das Propofol? Das passt aber nicht dazu!"

Westermann stand auf und sah abfällig auf Winkler herab. „Bei jedem anderen würde es nicht passen. Aber er ist Anästhesist! Er weiß, dass Propofol geil macht. Ich stelle die Pumpe auf eine minimale Dosis ein und schon ist alles perfekt. Das erklärt dann auch, wieso es zu dem Unfall kommen konnte. Wenn zusätzlich Propofol im Spiel war, ist alles glasklar und keiner fragt nach. Weißt du, die perfekten Morde können wahrscheinlich nur wir Anästhesisten begehen."

Winklers Schicksal schien besiegelt zu sein, aber was war mit ihm? „Und was hast du mit mir vor? Wie bin ich überhaupt hierhergekommen?"

Westermann hockte sich noch einmal hin, gab Winkler ein paar Atemhübe und schien sich etwas zu überlegen. „Ich habe dich aus dem Aufwachraum mitgenommen, unter dem Vorwand, dich nach Hause zu bringen. Stattdessen habe ich dich aber hierhergebracht."

Selim konnte sich an nichts von alledem erinnern.

Westermann brachte ein Pulsoxymeter an Winklers Finger an – Piiiiiep-Piiieep-Piep – und näherte sich dann bedächtig Selim. „Ich weiß noch nicht, was ich mit dir mache. Zunächst einmal interessiert mich brennend, warum das Ketamazepam bei dir nicht wirkt!" Er bückte sich, hob etwas vom Boden auf und nahm anschließend Selims rechte Hand in seine. Selim spürte etwas Warmes in seiner Hand. Kurz zuvor war eine leichte Berührung in der Handinnenfläche zu spüren gewesen, wie ein leichter Druck.

„Also die Analgesie ist noch komplett da! Aber warum bist du bei Bewusstsein?" Westermann dachte laut nach, drehte sich dann unversehens um und begann nach etwas im Regal zu suchen.

Der Piepton bei Winkler wurde tiefer. Das bedeutete, dass der Sauerstoffgehalt in seinem Blut absank. Westermann gab ihm nochmals ein paar Hübe mit dem Beatmungsbeutel. Dann stöberte er weiter im Regal, kam schließlich mit einer Binde zurück und wickelte sie um Selims rechte Hand. Selim sah jetzt auch hin. Blut tropfte die Liege herunter. Auf dem Boden war schon eine ansehnliche Lache. Jetzt erst realisierte er, wessen Blut das war: Es war seins! Westermann hatte mit einer Glasscherbe in seine Hand geschnitten. Und Selim hatte dabei nicht das Geringste gespürt! Die analgetische Wirkung von Ketamazepam schien wirklich sehr effizient zu sein.

Westermann hockte sich erneut an Winklers Kopf und fragte laut: „Warum hat es bei dir nicht wie üblich gewirkt?" Er sah zwar Selim dabei an, aber eigentlich fragte er sich selbst.

Selim war nun also sein Versuchsobjekt. Jetzt erfuhr er am eigenen Leib, wie sich die armen Tiere fühlen mussten, wenn sie hier unten mit wer weiß was gepiekt und narkotisiert wurden. Er konnte sich jedoch wenigstens mit seinem Peiniger unterhalten, dachte er. Also tat er es auch. „Warum machst du so etwas? Das ist hier die eigentliche Frage! Warum?"

„Du hast doch selbst gesehen, was in Ketamazepam für Möglichkeiten stecken! Mit etwas Glück werde ich in künftigen Medizinbüchern – ach was, in Geschichtsbüchern – verewigt werden!"

„Darum geht es dir? Aber was ist mit den Leben, die du ausgelöscht hast? Wie kannst du so etwas tun? Du bist doch Arzt!"

„Was ist schon ein Leben? Oder zwei oder drei? Wir sind doch alle nichts. Nur Staubkörner auf der Schale eines weiteren Staubkorns im Universum. Wen interessiert es schon, ob du oder ich tot sind oder nicht. Du und ich, wir sind nichts Besseres als diese Glasscherbe hier!"

Westermann hielt die besagte Scherbe hoch, wischte sie mit einem Tuch ab und steckte beides in eine Tüte.

„Glaubst du denn nicht an Gott? An ein Leben nach dem Tod? An deine Seele! Daran, dass du im Jenseits gerichtet wirst?" Selim zog alle Register.

„Seele? Pah! Gerade du als Anästhesist müsstest es doch besser wissen! Wir halten jeden Tag das bisschen Leben eines Menschen in unserer Hand. Wir könnten jederzeit nur mit einer einzigen Spritze über Leben oder Tod entscheiden. Wir sind die Gebieter über diese Seelen, während sie ahnungslos schlafen!“ Er hörte auf, Winkler zu beatmen, der Pulston wurde tiefer. „Und in Narkose würden sie nicht einmal merken, dass sie sterben!“ Der Pulston sank weiter. Er schien es zu genießen und wartete mit der Beatmung. „Und wenn wir zu lange zögern und sie sich selbst überlassen, sind sie schließlich nur noch Gemüse! Atmendes, schwitzendes Gemüse! Und noch etwas später sind sie tot! So einfach ist das! Wo ist dabei dein Gott?“

Winklers Herzschlag wurde unregelmäßig.

Selim flehte Westermann an. „Ich habe es ja kapiert! Nun beatme ihn endlich!“

Befriedigt von der Wirkung, die seine Demonstration bei Selim gezeigt hatte, fing Westermann wieder mit der Beatmung an. Winklers Puls erholte sich.

„Es ist böse! Abgrundtief böse, was du machst!“ Selim hätte nicht gedacht, dass er in solchen Kategorien urteilte.

„Meinst du, du bist gut und ich bin böse? Was ist schon böse? Was ist gut? Die Natur kennt kein Gut und Böse! Das sind alles nur Erfindungen von uns Menschen! Was uns krank macht, ist gesund für andere Lebewesen, für Bakterien und für Viren. Und was machen wir, um uns von denen zu heilen? Wir töten sie! Wir machen also nichts anderes als sie!“

Ein Philosoph. Ein Irrer! Er meint das ernst! „Du wirst bestraft werden! Die werden dich kriegen und dich bestrafen! Die Gerechtigkeit wird siegen!“ Selim glaubte allerdings selbst nicht mehr daran.

„Gerechtigkeit – was für ein Wort! Auch diese ist nur eine Illusion von uns Menschen, weil wir vor allem selbstgerecht sind! Wir denken, wir wären wie Götter, nur weil wir glauben, etwas ganz Exklusives zu haben: einen Geist, eine Seele! Und unsere ach so wundervolle Seele, niemals könne sie einfach mit unserem Körper verfallen! Nein, das kann nicht, das darf nicht sein! Also muss es einen Gott geben! Oder zumindest irgendetwas, das unseren Körper überlebt! Ganz allein die Suche nach einem Ausweg aus dieser ungerechten

Zumutung der Sterblichkeit hat die Religionen – und deinen Gott – erfunden. Nichts anderes! Wie lassen sich ansonsten die vielen Ungereimtheiten innerhalb der Religionen erklären? Sie sind doch nur Hirngespinste von uns, um uns selbst in den Olymp zu erheben. Unser Geist sei göttlich, sagen wir. Dabei handelt es sich doch immer nur um unser Bewusstsein und sonst nichts! Du siehst es doch selbst jeden Tag! Wie schnell lässt sich das Bewusstsein ausschalten und kontrollieren! Und dieser Geist, dessen Kontrolle dir so leicht entzogen werden kann, soll mal als Seele Verantwortung für deine Gedanken und Taten übernehmen, wenn darüber entschieden wird, ob du in den Himmel oder in die Hölle kommst? Was für ein hirnloser Quatsch!"

Selim versuchte, ihn auf andere Weise zu fassen. „Und warum willst du dieses Medikament erforschen? Du willst doch den Menschen helfen, oder nicht?"

„Ach was, der einzelne Mensch interessiert mich nicht die Bohne! Ich will unsterblich werden! Der gesamten Menschheit im Gedächtnis bleiben! Alle sollen sich an mich erinnern! Daran, wer ich war und wie ich gedacht habe. Ihr seid ja alle solche Kleingeister! Euer kümmerliches Bewusstsein ist euch allen so wichtig. Aber ich reduziere mich nicht auf mein Bewusstsein, denn dann wäre ich sterblich! Ich bin jedoch viel mehr! Ich werde meinen Körper und mein Bewusstsein überleben. In den Gedanken und Gesprächen derer, die nach mir kommen werden. Siehst du nicht, dass gerade das Ketamazepam der Beweis dafür ist, dass es keine Seele gibt? Ich werde allen zeigen, wie erbärmlich sie eigentlich sind, mit ihren Predigten über die Seele und das Leben danach. Den Pfaffen. Deinen Mullahs. Allen!"

„Hast du überhaupt keine Gefühle?", entfuhr es Selim.

„Gefühle? Langsam gehst du mir mit deinen kindischen Ansichten auf die Nerven! Was sind denn deine Gefühle? Sie sind chemische Reaktionen, die Hormone in dir auslösen. Hormone, sonst nichts! Verändere ich deine Hormonzusammensetzung, verändere ich auch deine Gefühle. Alles, was wir sind, ist Materie. Kapier es endlich! Wir sind

Maschinen mit einer Festplatte, einem Arbeitsspeicher und unterschiedlichen Zwischenspeichern. Wir funktionieren nur, um uns fortzupflanzen, zum Eigenzweck – Leben um des Lebens Willen. Unser Dasein hat keinen tieferen Grund. Alles, was wir mit unseren Gedanken erschaffen, ist nur Illusion. Gefühle sind Illusionen. Unsere Seele ist eine Illusion. Wir brauchen kein Bewusstsein, um zu leben. Wir können auch ohne Bewusstsein leben, genauso wie viele andere Lebewesen auch. Unsere Seele, das ich nicht lache! Ihr Idioten denkt, eure Seele mache euch zu dem, was ihr seid. Was ist diese Seele wert, wenn man sie ausschalten kann und trotzdem weiterlebt? Das sind alles nicht zu Ende gedachte romantische Träumereien! Glaube mir, spätestens wenn es künstliches Bewusstsein gibt, wird auch der Papst erkennen, dass wir nur denkender Staub sind." Er hatte sich in Rage geredet, war aufgestanden und ging zu Selim, um in seinen Augen eine Bestätigung für seine Worte zu erkennen. „An der jungen Türkin hast du es doch gesehen. Sie hat auch ohne Bewusstsein, ohne das, was Ihr als Seele bezeichnet, weitergelebt."

Selim erinnerte sich daran, was die Schwägerin gesagt hatte: ‚Sie haben ihr die Seele genommen!' Er erwiderte Westermanns Blick voller Abscheu. Du Bestie! Sie hat nicht mehr gelebt. Du hast sie in ihrem eigenen Körper getötet! Ein junges Leben ausgelöscht!

Westermann hatte selbst eine Tochter, vielleicht konnte Selim ihn darüber erreichen. „Aber sie war blutjung! Sie hatte ihr ganzes Leben noch vor sich – so wie deine Tochter!"

Westermann wandte seinen Blick ab. „Es ist völlig egal, wann man stirbt! Meinst du, du nimmst irgendetwas von dem mit, was du erlebt hast? Meinst du, du erinnerst dich an irgendetwas von dem, was du hier gemacht hast? Das ist alles irrelevant, wenn das Licht aus ist! Es ist nämlich für immer aus!"

Westermann hockte sich wieder hin und beatmete Winkler ein paarmal mit dem Beutel. Er wirkte plötzlich nachdenklich, irgendwie weit weg. Hatte Selim vielleicht doch noch etwas in ihm bewirkt? Dann stand er jedoch abrupt auf und ging in den Nebenraum. Das Piepen bei Winkler wurde wieder langsamer und der Ton immer dunkler.

Westermann war schon eine ganze Zeit weg, als er plötzlich rief: „Daran könnte es gelegen haben!"

Jubelte der etwa? – Das durfte doch nicht wahr sein! Sie lagen dort, waren am Verrecken – und der jubelte!

„Die Unmengen an Benzodiazepinen, die Schäfer dir verabreicht hat!" Westermann hielt den Durchschlag von Selims Narkoseprotokoll in der Hand und wedelte damit vor seinen Augen herum. „Ja, das ist es. Das ist es bestimmt!"

Der Piepton bei Winkler verlangsamte sich zusehends. Endlich setzte Westermann sich wieder hin und beatmete ihn weiter. „Deine ganzen Benzodiazepin-Rezeptoren waren noch voll besetzt, als ich dir das Ketamazepam im Aufwachraum gespritzt habe. Du warst ja noch im tiefsten Schlaf. Schäfer hat es wirklich gut mit dir gemeint. Der hat dir zusätzlich zu den 3 mg Flunitrazepam noch 15 mg Midazolam während der Operation gespritzt. Mann, der wollte wohl, dass du bis Weihnachten schläfst."

Ja, Martin, wolltest du mich auch umbringen? Aber eigentlich hatte er ihm, wie es aussah, das Leben gerettet. Bis hierher.

„So Akkoyun, dich brauche ich nicht mehr! Das werde ich noch einige Male ausprobieren und dann an die Firma herantreten und ihnen von meiner Idee erzählen. Wäre doch gelacht, wenn ich nicht doch noch in die Geschichtsbücher käme!"

„Wieso? Was hast du vor?" Selim hatte panische Angst, dass jetzt sein Ende gekommen war.

„Du darfst, anders als die junge Türkin, erfahren, wie das ist, wenn man nur noch sein Bewusstsein hat, ohne seinen Körper. Du kannst dann ja mal berichten, wie es sich so ohne Körper lebt. Oh, ich vergaß – das wirst du leider auch nicht mehr können!"

„Die werden dich kriegen!" Selim war verzweifelt. Ohnmächtig. Sein Puls raste. Sein Blutdruck war bestimmt jenseits der Zweihundert.

„Ach was. Die werden denken, dass du dich, wie viele Ärzte, uneinsichtig gezeigt hast und nach einer Operation alleine nach Hause gefahren bist. Und dann bist du mit deinem Auto halt im Graben gelandet. Narkosearzt stirbt nach einer Narkose auf dem Heimweg bei einem Verkehrsunfall. Er ist entgegen aller Regeln, die man nach einer Narkose einhalten sollte, selbst gefahren und hat die Kontrolle über sein Fahrzeug verloren. So wird es in der Zeitung stehen. Was sollte mir dabei passieren? Die könnten mir höchstens eine Vernachlässigung der Aufsichtspflicht vorwerfen. Und auch nicht mir persönlich, sondern der Abteilung. Ich werde dann eine neue Dienstanweisung erlassen – das war's. Aber was erzähle ich? Du wirst es selbst miterleben. Du wirst ja wach sein. Bei vollem Bewusstsein, aber du wirst dich nicht bewegen und dich nicht wehren können ..." Er zog den Inhalt einer Ampulle in eine Spritze auf und entleerte sie in Selims venösen Zugang. Selim hatte das Gefühl zu platzen. „Also, wir sehen uns! Nein, vielmehr: Ich sehe dich, aber du hörst mich nur noch! Die Augen wirst du gleich nämlich nicht mehr aufbekommen und von dir hören werde ich auch nichts mehr! Es reicht mir nämlich mit deinem Gequatsche!"

Selims Kraft schwand augenblicklich. Er versuchte verzweifelt, schneller zu atmen, um überhaupt noch Luft zu bekommen, aber es gelang ihm nicht einmal mehr, seine eigene Spucke herunterzuschlucken. Westermann setzte ihm an der rechten Hand das Pulsoxymeter wieder auf. Die Töne rasten. Selim konnte jetzt nichts mehr bewegen, geschweige denn sich wehren. Westermann nahm eine Larynxmaske in die Hand und führte sie in seinen Rachen ein. Selim spürte dabei einen Würgereiz, der aber verpuffte. Würgen konnte er nun auch nicht mehr. Wenigstens hatte er ihn nicht intubiert. Er wollte sich nicht vorstellen, was für ein Gefühl es gewesen wäre, wenn Westermann ihm bei vollem Bewusstsein mit einem starren Laryngoskop im Hals herumhantiert hätte. Der verband die Schläuche der Beatmungsmaschine mit der Larynxmaske, ging zu Winkler hinüber und beatmete ihn mehrmals, bevor er wieder zurückkehrte und an Selims linker Hand herumfummelte, um das Relaxometer anzubringen. Dann hörte Selim Westermanns angestrengtes Stöhnen und zwischendurch immer wieder die Geräusche der Maskenbeatmung und immerzu das Piepen. Jetzt gleich zweifach. Seins und das von Winkler.

Westermann hob das Regal auf, kam zu Selim zurück und prüfte dessen Relaxationsgrad. Anschließend widmete er sich Winkler und präparierte ihn so, dass alles nach einem autoerotischen Unfall aussah. Selim fiel das Denken immer schwerer – er musste sich unbedingt beruhigen, weil ihm ansonsten keinerlei Chance blieb, sich irgendwie aus dieser Situation zu befreien. Da fiel ihm etwas ein! Eine Chance hatte er noch, nämlich seine Nervenlähmung! Die an der linken Hand! Westermann maß mit dem Relaxometer gerade genau an der Stelle, wo der Nerv bei Selim gelähmt war. Das Relaxometer würde keine Ausschläge anzeigen, auch wenn die Wirkung des Relaxans nachließe. Westermann würde nicht erkennen können, ob Selim noch genügend relaxiert war oder nicht. Vielleicht gelänge es Selim, es so lange zu verbergen, bis er seine Kräfte wieder zurückhatte. Er merkte, dass er bereits ein wenig gegen die Beatmung anpressen konnte. Das Relaxans verlor also schon an Wirkung! Westermann durfte auf keinen Fall Verdacht schöpfen! Der schien tatsächlich kein Misstrauen in seine Maßnahmen zu haben und richtete stattdessen Winkler her – oder vielmehr: hin. Die Beatmung von Winkler hatte nämlich mittlerweile komplett aufgehört. Dann wandte er sich Selim zu und begann die Gurte zu lösen.

Selim spürte, wie die Kraft zu ihm zurückkam, wie seine Muskelspannung mehr und mehr zunahm. Er hatte keine Ahnung, ob es einen Gott gab oder nicht. Er wusste nur, dass er leben wollte! Konnte ja sein, dass es keine Liebe gab. Dass er lediglich so programmiert war, seinem biologischen Zweck nachzukommen. Es mochte auch sein, dass die Natur keine Gerechtigkeit kannte. Seine Rachegelüste sprachen aber eine andere Sprache. Wenn er tot war, mochte es irrelevant sein, was er erlebt hatte, wie lange er gelebt hatte, ob er geliebt hatte, ob er gelitten hatte oder ob er glücklich gewesen war. Aber solange ich lebe, ist es mir nicht egal! Und ich werde um mein Leben kämpfen, da kannst du dir sicher sein! Ich werde kämpfen, solange ich nur irgendwie kann! Mit diesen Worten sammelte Selim im Stillen so viel Mut wie er nur konnte.

Westermann hatte die Gurte um Selims Beine und Brust bereits gelöst. Nur der Gurt, der seine Arme fixierte, fehlte noch.

„Ein bisschen Reserve für den Transport“, kündigte er an, drehte an den Knöpfen des Beatmungsgeräts und gab Selim jetzt reinen Sauerstoff.

„Und jetzt noch etwas Succi!“ Diese Absicht teilte Westermann demonstrativ laut mit. Offenkundig, um Selim mürbe zu machen. Und es gelang ihm auch. Denn wenn er Selim jetzt noch Succi verabreichte, wäre alles, was sich Selim vorgenommen hatte, zunichte. Dann hätte er überhaupt keine Chance mehr. Damit wäre er nochmals für weitere fünf Minuten komplett gelähmt. Westermann ging wirklich auf Nummer sicher.

Hast du nun doch verloren, Selim?

- 25 -

Degenhardt versuchte mit einer einzigen Bemerkung wegzuwischen, was Maier ihr soeben erzählt hatte. „Religionen haben nie nach nachvollziehbaren Erklärungen gesucht. Es geht immer nur ums Glauben. Sie wollen einem nichts erklären, man soll nur glauben. Wieso sollte die Bibel mir also irgendetwas erklären wollen?“ Doch eine Sache wollte sie von ihm noch wissen. „Was hat das denn alles mit dem zu tun, was Sie hier machen? Warum untersuchen Sie all diese Männer?“ Sie zeigte dabei demonstrativ auf die Liste, die sie noch immer in der Hand hielt.

Maier stieß einen Seufzer aus. „Dazu muss ich noch etwas ausholen. Haben Sie sich jemals gefragt, warum Adam ein Mann war? Warum nicht zunächst Eva erschaffen wurde? Warum in der Bibel alle besonderen Menschen Männer waren?“

„Weil die Bibel frauenfeindlich ist!“, entgegnete Degenhardt wie selbstverständlich.

„Nein, das ist sie nicht!“, wehrte Maier vehement ab. „Es hat einen ganz anderen Grund, dass stets die männliche Abstammungslinie verfolgt wird. Es hat sogar einen genetischen Hintergrund!“

„Sie meinen, es ist nicht nur einfach Chauvinismus, dass es immer in der Stammes- und Thronfolge um die männlichen Nachfahren ging und auch immer noch geht?“

„Ja, genau das meine ich! Schon seit jeher hat man in den von den Abrahamitischen Religionen geprägten Kulturkreisen immer die männlichen Nachfahren getötet, wenn man einen Namen oder einen Stamm auslöschen wollte. Und es musste einem ein Sohn geboren werden, damit der eigene Name beziehungsweise man selbst weiterlebte. Ich kann Ihnen das genetisch erklären. Wie man jemanden auslöschen kann, wenn man seine Söhne und männlichen Nachfahren auslöscht!“

„Da bin ich aber gespannt!“

Maier holte tief Luft. „Es ist das Y-Chromosom!“

„Na klar ist es das, das weiß sogar ich, dass Frauen kein Y-Chromosom haben!“

Maier ließ sich nicht irritieren. „Das Y-Chromosom definiert nicht nur einen Mann genetisch als Mann, sondern es eignet sich auch dafür, in ihm versteckt eine Signatur – einen Code – weiterzugeben, der nach etlichen Generationen wiedererkannt werden könnte! Im Gegensatz zu den anderen Chromosomen verändert es sich nämlich nicht bei der Keimzellbildung, der Fortpflanzung. Seine Gensequenz bleibt nahezu unverändert. Bei allen anderen Chromosomen, auch dem X-Chromosom, werden die Gene jedes Mal durcheinandergemischt, sodass die Chromosomen der Kinder zufällig zusammengemixte Gene der Eltern erhalten, aber das Y-Chromosom wird nahezu unverändert vom Vater auf den Sohn weitergegeben!“

„Das heißt Vater und Sohn haben das identische Y-Chromosom?“

„Ja, und sogar der Ururgroßvater und der Urururenkelsohn! Es ist nicht ganz identisch, aber fast.“

Degenhardt kniff die Augen zusammen. „Und was meinen Sie mit Signatur?“

„Stellen Sie sich vor, jemand wollte irgendwann einmal überprüfen, ob ein Mann tatsächlich von einem bestimmten Mann abstammte. Derjenige könnte das am Y-Chromosom feststellen. Auch noch nach vielen Generationen! Vor allem dann, wenn er der Urheber der Signatur wäre, die er in ihm versteckt hätte.“

Degenhardt sah Maier regungslos an und schüttelte dann erneut den Kopf: „Ich habe aber immer noch nicht verstanden, was das mit dem langen Leben zu tun haben soll!“

„Stellen Sie sich vor, wenn ich nun die Signatur knacken könnte. Wenn ich Adams Y-Chromosom aufschlüsseln könnte, dann könnte ich eventuell seinem Geheimnis auf die Schliche kommen. Seinem Geheimnis von bestimmten Gensequenzen, die ganz bestimmte Proteine kodieren. Und diese Proteine – nehmen wir einmal an, dass es Reparaturproteine sind, die unsere DNA vor Schäden schützen – rekonstruieren.

Stellen Sie sich das einmal vor! Dann hätte ich vielleicht den Schlüssel gegen Krebs, gegen das Altern, gegen viele – vielleicht sogar alle – Krankheiten in der Hand!"

Degenhardt klang jetzt mehr besorgt als misstrauisch. „Suchen Sie nach so etwas wie dem heiligen Gral? Sind Sie einer von diesen Verschwörungstheoretikern?"

Maier erkannte, dass die ganze Sache grotesk auf sie wirken musste. Er setzte sich hin um nachzudenken. Nach einer Pause holte er tief Luft und sprach weiter. „Okay! Das Ganze ist wahrscheinlich verwirrend für Sie. Es war auch verwirrend für mich. Aber ist es nicht faszinierend? Es ist unglaublich ergreifend, das Gefühl zu haben, endlich zu verstehen, was in der Bibel steht. Es als gläubiger Wissenschaftler zu verstehen. Wissenschaft und Glauben sind auf einmal keine Gegensätze mehr, sondern sie erklären einander! Was wäre das für eine schöne Wahrheit! Jedenfalls schien für mich, nachdem ich davon gehört hatte, auf einmal alles ganz einfach und klar zu sein."

„Als Sie davon gehört hatten? Ich dachte, das sei Ihr Projekt, Ihre Idee!"

„Nein, es ist nicht meine Idee. Ich wünschte, es wäre meine, aber Micha hat mich auf diese Fährte gebracht."

„Micha? Meinen Sie Michael Grabow, den bedauernswerten Mann von gestern Abend, der mit dieser seltenen Krankheit, dieser Porphyrie, gestraft ist?"

„Ja, Micha. Er hat diese Idee schon lange. Er hat mir damals, als wir an meiner Doktorarbeit gearbeitet haben, davon erzählt. Und jetzt, da wir immer mehr die Mechanismen unserer Gene verstehen, ergibt es auch Sinn, was er sagt. Sie haben bestimmt auch noch nichts von Epigenetik gehört, oder?"

Degenhardt sagte nichts mehr – es hatte ihr die Sprache verschlagen zu hören, dass Grabow, der vermeintliche Vampir, doch etwas mit den Dracula-Morden zu tun haben könnte. Maier fasste ihr Schweigen als Bestätigung auf und fuhr fort. „Als Epigenetik bezeichnet man das Phänomen, dass wir mit unserer Ernährung und unserer Lebensweise unsere Gene beeinflussen können. Wir sind also nicht auf Gedeih und Verderb unseren Genen ausgeliefert. Wir können zwar unsere Gene nicht einfach so verändern, nicht ein Gen für blaue Augen gegen eines für braune Augen austauschen, wie es die Gentherapie vorhat. Aber wir haben es in gewisser Weise selbst in der Hand, schädliche Gene auszuschalten und gute Gene einzuschalten. Die Wissenschaft ist gerade dabei, diese Mechanismen zu entschlüsseln. Bestimmte Substanzen können das nämlich, Gene an- oder ausschalten. Wir können das mit unserer Lebensweise tun, mit dem, was wir essen oder trinken – und auch mit Medikamenten. Es gibt Medikamente, die eingesetzt werden können, um beispielsweise die Wirksamkeit einer Chemotherapie zu erhöhen. Sie schalten Reparaturmechanismen ein, die die gesunden Zellen vor den Chemotherapeutika schützen, während die kranken Zellen, die diese Reparaturmechanismen nicht mehr haben, zugrunde gehen. Nach den ernüchternden Ergebnissen der Gentherapie ist das vielleicht die aussichtsreichste Möglichkeit, um Krankheiten, auch wie die von Micha, zu besiegen. Wenn wir also die Gene identifizieren könnten, die für die Reparaturen anderer Gene zuständig sind, könnten wir untersuchen, womit sie sich eventuell aktivieren lassen. Micha nimmt an, dass, da ja nur die Männer im Alten Testament so lange gelebt haben, das Y-Chromosom von Adam ein oder mehrere Proteine kodieren müsste, die diese guten Reparatur-Gene aktivieren."

Degenhardt wollte jetzt endgültig den Exkurs beenden und wieder zu ihrem eigentlichen Thema zurückkehren. „Und hierfür untersuchen Sie die Genetik des Y-Chromosoms von türkischen Männern?"

„Wie ich Ihnen sagte, suchen wir nach diesem einen besonderen Ursprungs-Y-Chromosom von Adam, das mittlerweile auf ganz viele Männer verteilt und inaktiv ist. Es ist wie ein riesiges Puzzle, das wir von den Rändern her zusammenfügen müssen, um das eine mittlere Stück zu finden! Wir benötigen einen ganz breiten Genpool, den wir untersuchen können, um es zu identifizieren. Das, was ich Ihnen gerade erzählt habe, hätte ich übrigens niemals in einen Studienantrag schreiben können. Aber Micha hatte auch hier die zündende Idee: Mit den bei uns lebenden türkischen Männern haben wir nämlich neben dem europäischen noch einen großen orientalischen Genpool zur Verfügung! Ganz offiziell untersuchen wir lediglich die Varianz des Y-Chromosoms türkischer Männer im Vergleich zu europäischen Männern." Maier grinste. „Sogar der Name ADAM-Projekt fällt in diesem Zusammenhang überhaupt nicht auf, da Adam auf Türkisch Mann bedeutet."

"Und? Haben Sie es, ihr Supergen?"

"Wir haben zwar schon erste vorzeigbare Ergebnisse, aber wir haben noch lange nicht das gefunden, wonach wir suchen. Die Anzahl der Probanden ist einfach zu gering! Wir müssten noch weitere ethnische Gruppen untersuchen. Und wir wissen leider auch noch nicht, wo genau wir suchen sollen. Es gibt nämlich unheimlich viel DNA auf einem Chromosom, wissen Sie." Maier klang jedoch keineswegs entmutigt. „Aber dann geschah das!" Er stand unvermittelt auf und deutete auf eine Tür. „Kommen Sie!"

Degenhardt erinnerte sich, dass dort, wo er hinzeigte, der Raum mit den Kühlschubladen für die Leichen war – und zögerte.

- 26 -

„Verdammte Scheiße!“ Westermann fluchte. Etwas hielt ihn scheinbar davon ab, Selim das Succi zu verabreichen.

Was war denn jetzt los?

Westermann tobte. „Ich bin in dein beschissenes Blut getreten! Jetzt sind meine Schuhe voll davon!“ Er bückte sich widerwillig, um die Schuhe zu säubern.

Das war Selims Gelegenheit! Westermann hatte ihm das Succi noch nicht verabreicht! Komm, gib mir noch ein paar Sekunden! Er durfte nicht zu früh aufstehen, da er noch zu schwach war. Westermann könnte ihn ansonsten erneut problemlos überwältigen. Aber natürlich durfte er auch nicht so lange warten, bis Westermann ihm das Succi spritzte. Sobald er wieder hochkommt, mache ich ihn fertig!

„Was um Gottes willen …“ Selim hörte plötzlich eine weitere Stimme. Frederike? Es hörte sich an wie Frederike! Ja, da stand sie, in der Tür.

Hau ab, Frederike. Hau ab!, schrie Selim ihr in Gedanken zu, aber sie starrte nur entsetzt auf Winkler, der – schon violett verfärbt und mit aufgedunsenem Gesicht – mit heruntergelassenen Hosen und einer Schlinge um den Hals am Regal hing. Unter ihm war die Urinpfütze. Und sie starrte Westermann an, der gerade eine Blutlache wegputzte und jetzt zu ihr aufschaute. Selim versuchte, seine Arme zu befreien, aber Westermann war schneller, stürzte sich auf sie, hielt ihr den Mund zu und stach zu – mit der Succi-Spritze, die eigentlich für Selim gedacht war. Beim Versuch, sie zu packen, wehrte sich Frederike so heftig, dass sie beide gegen ein Regal stürzten. Flaschen fielen herunter. Es roch süßlich. Halothan! Eine oder mehrere Flaschen mit Halothan mussten heruntergefallen und zerbrochen sein. Dieses Narkosegas verdampfte sofort an der Luft und war auch in niedriger Konzentration äußerst effektiv. Westermann drückte Frederike hart zu Boden. Dabei atmeten beide das Narkosegas ein. Selim allerdings nicht! Seine Lungen wurden ausschließlich mit reinem Sauerstoff aus dem Beatmungsgerät geflutet.

Plötzlich zuckte Frederike, verdrehte ihre Augen – und erschlaffte.

Endlich hatte Selim eine Hand freibekommen, er musste nur noch durch den Gurt schlüpfen. Es war alles noch beschwerlich und die Infusion an seinem Arm störte ihn, aber er schaffte es. Westermann ließ von Frederike ab. Sie war jetzt in demselben Zustand, in dem sich Selim zuvor befunden hatte: bei vollem Bewusstsein gelähmt und völlig ahnungslos hinsichtlich der Situation, in die sie hineingeraten war. Wütend stürzte sich Westermann nun auf Selim, packte ihn fest am Hals, drückte ihn auf die Liege zurück und legte sich mit seinem ganzen Gewicht auf ihn. Dank der Larynxmaske, die Selim noch im Rachen steckte, schaffte er es weiterzuatmen. Gleichzeitig bemerkte er, dass Westermann langsam benommen wurde – vom Halothan, das in der Luft hing. Selim konnte es deutlich riechen. Noch immer im Würgegriff von Westermann gefangen sah er aus den Augenwinkeln, dass Frederike sich erbrach und zu röcheln anfing. Das Erbrochene hing ihr im Rachen fest. Sie würde daran ersticken!

Reiß dich zusammen, Selim! Verdammt noch mal! Reiß dich endlich zusammen! Er sammelte alle Kraft, die er aufbringen konnte, und richtete sich und Westermann auf. Der schien überrascht von Selims Attacke und wich zurück. Selim nutzte diese Unaufmerksamkeit und befreite sich mit einem Schlag gegen Westermanns Unterarme von seinem Würgegriff, rammte ihm das Knie in den Bauch und gab ihm einen Aufwärtshaken mit der Faust. Westermann fiel um wie ein Baum.

Selim stieg über Westermann hinweg und eilte Frederike zu Hilfe. Ihr Gesicht war schon blaugrau. Als er ihren Kopf zur Seite drehte, fühlte er Blut an seiner Hand. Er riss sich die Larynxmaske aus dem Rachen, setzte seinen Mund auf ihren und pustete und pustete, aber es funktionierte nicht. Er konnte sie nicht beatmen. Plötzlich schnürte etwas seinen Hals ein. Westermann hatte sich wieder aufgerafft und würgte ihn jetzt mit einem Kabel. Selim versuchte, es zu greifen und zu lösen. Es gelang ihm jedoch nicht. Seine Augen quollen fast aus seinem Kopf heraus. Speichel sammelte sich in seinem Mund. Er war kurz davor, das Bewusstsein zu verlieren. Das durfte er nicht zulassen! Mit letzter Kraft warf er seinen Oberkörper nach vorne, sodass er Westermann abschütteln konnte. Selim taumelte, hustete und erbrach sich. Total benommen wickelte er das Kabel von seinem Hals. Westermann nutzte Selims Schwäche und warf sich ihm mit voller Wucht entgegen, sodass er zurück auf die Liege fiel, auf der er eben noch gelegen hatte. Er griff sich einen der Fixierungsgurte, um wenigstens irgendetwas zu seiner Verteidigung in den Händen zu haben und war wieder bereit, sich Westermann vorzuknöpfen. Der hatte in der Zwischenzeit einen Defibrillator zu sich herangezogen, hielt die Paddles auf Frederikes blanke Brust und drohte ihm: „Bleib, wo du bist! Ansonsten schock ich sie!“ Er wirkte aber schon sehr benommen bei diesen Worten.

Der Anblick der hilflosen und jetzt auch entblößten Frederike erschütterte Selim. Er versuchte, einen klaren Gedanken zu fassen. Westermann konnte zwar mit einem einzigen Elektroschock ihr Herz zum Flimmern bringen, aber er hatte wohl eines nicht realisiert. „Der ganze Raum ist voller Halothan und Sauerstoff! Der kleinste Funke kann uns alle in die Luft jagen! Willst Du das?“

Westermann erstarrte, stand schwankend auf und sah auf die Paddles, die er in den Händen hielt. Für einen Sekundenbruchteil wirkte er komplett unschlüssig und verwirrt. Selim ergriff die Gelegenheit, schlug ihm den Gurt ins Gesicht und rammte ihm beide Hände in die Brust.

Westermann torkelte rückwärts, stolperte über Winklers Unterschenkel, stürzte hintenüber, prallte mit dem Hinterkopf auf die Türschwelle und blieb, die Paddles immer noch in der Hand haltend, regungslos liegen. Selim, jetzt selbst benommen, wankte zu Frederike hin und versuchte erneut, sie zu beatmen. Aber es gelang ihm nicht, sie hatte zu viel Erbrochenes im Rachen. Verzweifelt schaufelte er es mit seinen Fingern heraus und versuchte es erneut, aber es wollte nicht klappen. Seine Larynxmaske! Wo war seine Larynxmaske, die er sich gerade aus dem Hals gezogen hatte? Da! Sie lag neben der Liege auf dem Boden. Er führte sie ihr in den Mund ein, griff den Beatmungsbeutel, befestigte ihn mit zitternder Hand an der Larynxmaske und drückte den Beutel. Dann nahm er das Pulsoxymeter und steckte es an ihren Finger. 50 Prozent Sauerstoffsättigung. Danach sah sie leider auch aus, so graublau, wie ihr Gesicht war, aber sie ließ sich zum Glück gut beatmen. Äußerst behutsam gab er ihr ein Sauerstoffmolekül nach dem anderen. 65 Prozent. „Na, komm schon, komm schon – bitte!", flehte er. 78 Prozent, 85 Prozent … 92 Prozent. „Ja!" Das reichte.

Er richtete sich auf. Das Halothan hatte sich inzwischen so stark im Raum verteilt, dass ihm ganz schlecht wurde. Sein Herz raste. Er schwankte zur Tür, stieß sie auf, kam zurück zu Winkler, nahm dessen violetten, aufgedunsenen Kopf aus der Schlinge und legte ihn vorsichtig auf den Boden. Er schaltete die Spritzenpumpe mit dem Propofol ab und griff nach dem zweiten Pulsoxymeter. Das Kabel war jedoch zu kurz. Er sah zu Frederike hinüber, ihr Wert lag noch immer bei 90 Prozent. Wahrscheinlich konnte sie schon wieder selbst atmen, das Succi sollte nicht so lange wirken. Er nahm also ihr das Pulsoxymeter ab und steckte es an Winklers Finger. Es zeigte keinen Wert an. Hatte der überhaupt noch einen Puls? Selim griff an Winklers Hals, aber er konnte nichts fühlen. Ihm wurde speiübel. Mit letzter Kraft befestigte er das Pulsoxymeter wieder an Frederike. War das eine 80 oder eine 90 auf dem Display? Er konnte es nicht mehr erkennen und sich auch nicht mehr aufrecht halten.

Mit voller Wucht knallte er auf den Boden.

Er spürte etwas Feuchtes an seiner Wange.

Er sah, wie Blut aus seinem Arm floss.

Er schmeckte etwas Salziges.

Er roch Urin, Halothan und Erbrochenes.

Er hörte eine Frauenstimme. „Selim! Frederike! Oh mein Gott, was ist hier passiert?"

Und ein letzter Rest Bewusstsein registrierte, dass das Anke war …

- 27 -

Maier ging durch die Schleuse hindurch in den Kühlraum. Dorthin, wo sie die Leichen aufbewahrten. „Nun kommen Sie schon! Das müssen Sie sehen!"

Degenhardt zögerte, folgte ihm dann doch, blieb aber in der Schleuse stehen und sondierte die Lage. Der Raum war schmal und lang und kahl. Sie sah keinerlei Instrumente, nichts, womit Maier ihr gefährlich werden könnte. Der ging schnurstracks zu einem der Schubschränke, in denen Leichen aufbewahrt werden, zog ihn heraus und zeigte auf den Körper, der darin lag. „Schauen Sie sich das hier mal an!"

Degenhardt blieb auf Abstand. „Wer ist das?"

„Die Tote von gestern!"

Degenhardt betrachtete sie genau. Mit den Sektionsnähten sah sie jetzt eher wie eine Puppe aus. „Meinen Sie Sibel Yildirim?"

„Genau die!"

„Was ist mit ihr?"

„Sie trägt das Geheimnis, dem ich auf der Spur bin, in sich! Genau wie die anderen Opfer unseres Dracula."

„Wie bitte?"

„Kommen Sie, schauen Sie sich das hier mal an!"

Etwas sagte ihr, dass sie das nicht tun sollte, näher herankommen – weder näher an die geflickte Frauenpuppe noch näher an Maier. Sie blieb in sicherer Entfernung stehen. Maier reagierte verwirrt. „Was ist mit Ihnen?"

„Sie machen mir Angst!"

Jetzt erst schien Maier zu begreifen, dass die ganze Situation bedrohlich auf Degenhardt wirken musste. „Ich mache Ihnen Angst? Denken Sie, ich hätte etwas mit den Morden zu tun?"

„Offensichtlich haben Sie das!"

„Nein! Ich habe damit gar nichts zu tun! Es ist reiner Zufall, dass ich die drei anderen Opfer vorher schon einmal untersucht hatte. Aber was für ein glücklicher Zufall! Und ich zeige Ihnen jetzt auch, warum."

Degenhardt schüttelte den Kopf wie ein kleines Kind. Maier war enttäuscht, dass sein Enthusiasmus nicht geteilt wurde. „Na gut, dann bleiben Sie halt dort, wo Sie sind. Es wäre zwar besser, Sie würden sich das ansehen, aber ich kann es Ihnen auch erzählen. Hier am Hals – das ist genau das, was ich meine! Man sieht heute fast nichts mehr. Die Wunden sind so gut wie verheilt. Ich wollte es zunächst nicht glauben und dachte, ich hätte möglicherweise etwas verwechselt. Aber Sie haben sie ja gestern auch gesehen. Ihre Wunden verheilen! Post mortem! Wissen Sie, was das bedeutet?"

Degenhardt reckte ihren Hals und kam dann doch etwas näher heran. Und in der Tat konnte sie nur noch zwei kleine Wundmale sehen, die keine Wundränder oder Krusten mehr hatten. Es war dort nur noch etwas dunkel verfärbte Haut.

Maier konnte seine Faszination nicht verbergen. „Sie hat etwas in sich, das auch nach ihrem Tod Reparaturmechanismen in Gang hält." Dann bemerkte er die Furcht in Degenhardts Augen. „Haben Sie keine Angst, sie wird gewiss nicht wieder auferstehen!"

Degenhardt war sich dessen aber keineswegs mehr sicher. Er fuhr jedoch unbeirrt fort. „Als ich bemerkt habe, dass bei den Opfern die Wundheilung post mortem voranschreitet, habe ich ihre DNA untersucht. Und erst da habe ich festgestellt, dass ich dies schon einmal getan hatte. Erst dann sind mir ihre Namen aufgefallen, glauben Sie mir bitte! Doch es war gut, dass ich ihre DNA schon einmal aufgeschlüsselt hatte, denn nur so konnte ich feststellen, dass sie verändert war! Zwischen der ersten Probe und der nach ihrem Tod hat sich irgendetwas in ihrer DNA abgespielt. Die Opfer müssen vor ihrem Tod etwas bekommen haben, das Reparaturmechanismen in Gang gesetzt hat und sogar noch über den Tod hinaus wirkt."

„Unser Dracula hat mit seinem Biss also tatsächlich etwas übertragen? Etwas, das den Tod überdauert?" Degenhardt wusste nicht, ob sie sich über diese Erkenntnis freuen sollte oder nicht.

„Es ist nicht alles tot, was Sie hier sehen. Viele unserer

Organe leben noch, wenn wir bereits tot sind. Aber selbst wenn Hautzellen, Knorpel oder Haare noch nach dem sogenannten Tod für eine gewisse Zeit weiterleben, und selbst wenn – was absolut unwahrscheinlich wäre – irgendeine mysteriöse Substanz ihr Gehirn wieder regenerieren sollte, so ist doch eines unwiederbringlich zerstört: ihr altes Bewusstsein. Ihre Erinnerungen. Die Festplatte – sie ist und bleibt defekt!" Er stützte seine Hände auf den Brustkorb des reglosen Körpers. „Und ohne eine funktionierende Festplatte wird sie auch nicht wieder auferstehen können." Dann sah er sie spitzbübisch an: „Jedenfalls nicht als diejenige, die sie vorher war … Aber stellen Sie sich einmal vor, unser Tod wäre nicht endgültig! Wenn wir für die Wiederbelebung künftig viel mehr Zeit hätten, als uns heute zur Verfügung steht. Mehr als diese verdammten fünf Minuten. Wenn während unseres Todes unsere geschädigten Organe in Ruhe wieder geheilt werden könnten … dann hätte der Tod seinen Schrecken verloren. Wir hätten ihm ein Stück seiner Endgültigkeit genommen. Er wäre kleiner geworden!"

Er machte eine Pause und schob die Schublade mit dem Leichnam wieder zu, sodass zwischen ihm und Degenhardt nichts mehr stand. „Wenn ich nur wüsste, was es ist! Dann könnte ich es untersuchen. Und vielleicht käme ich dann der Beantwortung meines Rätsels näher. Verstehen Sie jetzt, was dieser Fall für eine Bedeutung haben könnte?"

Degenhardt wusste nicht, was sie von der Sache halten sollte. Sie beschloss, sich wieder auf ihr eigenes Gebiet zu fokussieren. „Das einzige, was ich jetzt weiß, ist, dass Sie wesentliche Fakten unterschlagen haben, die für die Aufklärung des Falls wichtig gewesen wären!" Daraufhin marschierte sie mit entschlossenem Schritt zurück in sein Büro.

Maier lief ihr hinterher. „Ich habe nichts unterschlagen! Das, was ich Ihnen gerade erzählt habe, ist bisher doch nur eine – wenn auch faszinierende – Vermutung. Eine Vermutung, die man nicht jedem erzählt! Und ich habe die Ergebnisse der neuesten DNA-Analyse erst heute Morgen erhalten. Außer Ihnen weiß das noch niemand. Nur Sie wissen jetzt alles!“

Sie blieb in der Nähe der Eingangstür stehen. „Alles?“

„Jedenfalls alles, was ich weiß.“

„Wie kommt es, dass die Opfer allesamt vorher bei Ihnen waren? An Zufälle glaube ich nicht!“ Sie zeigte in Richtung des Raums, aus dem sie gerade gekommen waren. „Sogar sie hatte mit Ihnen zu tun, sie war mit ihrem Bruder hier.“

„Davon weiß ich nichts! Für mich haben die Morde nichts mit meinen Untersuchungen zu tun. Es ist reiner Zufall, dass sie vorher in meiner Studie waren.“

„Wie kann es Zufall sein, dass die einzige Verbindung zwischen allen Opfern über Ihre Studie läuft? Wie kann das sein, frage ich Sie? Was weiß Grabow über diese ganze Geschichte? Weiß er das mit der veränderten DNA?“

„Nein, davon weiß er nichts. Ich habe es ihm noch nicht erzählt.“

„Sie wissen, dass ich Sie jetzt mit in den Kreis der Verdächtigen aufnehmen muss!“

„In welchen Kreis?“ Maier musste wohl erst einmal in diese Welt zurückkommen.

„Sie können die Autopsien jedenfalls nicht mehr durchführen, da Sie irgendwie in die Fälle verstrickt sind. Zumindest sind Sie nicht unvoreingenommen! Ich werde mit Ihrem Vorgesetzten sprechen!“ Degenhardt öffnete die Tür, aber ohne Maier aus den Augen zu lassen. Es waren ihr wieder zu viele potentielle Waffen in der Nähe. Bevor sie endgültig sein Büro verließ, wollte sie aber noch eine Frage loswerden. „Haben Sie die Probe des Blutes untersuchen können, das gestern im Städtischen Krankenhaus von der Decke geprasselt ist?“

„Ich kann bisher nur sagen, dass es ein Gemisch aus verschiedenen Blutproben ist. Es stammt von unterschiedlichen Personen. Außerdem sind Gerinnungshemmer und Stabilisatoren nachweisbar, die man üblicherweise Blutkonserven beimischt.“

„Blutkonserven also!“ Ohne ein weiteres Wort wandte sich Degenhardt ab und ging.

Maier rief ihr flehend hinterher. „Sie dürfen mir das Projekt nicht wegnehmen!" Er ging ihr aber nicht nach, sondern sprach dann mehr zu sich selbst. „Sehen Sie denn nicht, welche Möglichkeiten darin stecken? Man könnte fast ewig leben …"

Degenhardt war froh draußen zu sein, diese beängstigende Situation hinter sich gelassen zu haben. Sie kam allerdings nicht dazu, Luft zu holen. Denn noch bevor sie sich über die Dinge, die sie gerade erfahren hatte, ihre eigenen Gedanken machen konnte, klingelte ihr Handy. „Ja, bitte?"

„Sabine!" Es war Jürgens. „Halt dich fest! Ich habe schon zwei Männer auf dieser Liste erreicht und die sagen, dass sie ein paar Tage, nachdem sie Blutproben für die Studie abgegeben hatten, noch einmal von einer Krankenschwester, an deren Namen sie sich nicht erinnern können, angerufen wurden. Die sagte ihnen, dass erste Untersuchungen gezeigt hätten, dass sie sich noch für eine weitere Studie eignen würden, und sie wurden gefragt, ob sie auch an dieser teilnehmen wollten. Sie müssten sich aber sofort entscheiden, da es der letzte Tag sei, an dem noch Proben abgenommen würden, weil diese zu einer Spezialuntersuchung in die Vereinigten Staaten geschickt würden. Hierfür gäbe es noch einmal 100 Euro. Die beiden waren aber verhindert, sodass sie absagen mussten."

„Das klingt ja interessant! Wurden sie auf ihrem Handy angerufen?"

„Ja, genau! Sie sagten, sie hätten ihre Handynummern auf den Anmeldebögen für die Studie hinterlassen müssen. Einer hat die Nummer, von der aus er angerufen wurde, noch in seiner Anrufliste finden können. Es ist eine Nummer aus der Uni, aber nicht die Rechtsmedizin oder die Uniklinik, sondern irgendeine Nummer in einem Labor!"

„Kannst du herausfinden, ob der Bruder von Sibel Yildirim ebenfalls von dieser Nummer aus angerufen wurde?"

Jürgens überlegte laut. „Sibel hatte ja sein Handy zuletzt und das ist jetzt weg … die Telefongesellschaften können die eingehenden Nummern nicht nachverfolgen … aber ich könnte überprüfen lassen, wer alles von dieser Nummer aus der Uni aus angerufen wurde. Das müsste gehen!"

„Ja, mach das!"

„Und hast du dem Maier auf den Zahn gefühlt?", wollte Jürgens noch wissen.

„Ja, der schwafelt aber ziemlich eigenartiges Zeug. Aber das Blut aus dem OP im Städtischen, das stammte aus verschiedenen Blutkonserven, hat er gesagt. Ob es von einem oder mehreren unserer Opfer ist, konnte er noch nicht sagen. Vielleicht hat es doch etwas mit unserem Fall zu tun!" Degenhardt fasste den Entschluss, Jürgens in etwas einzuweihen, von dem sie bisher geglaubt hatte, dass es nichts mit ihrem Fall zu tun habe. „Du, wir müssen heute noch zu jemandem, der laut Maier ein vermeintlicher Vampir ist."

„Wie bitte? Willst du mich auf den Arm nehmen?"

„Ich weiß, das klingt ein wenig wirr, so wie die ganze Geschichte hier … aber das kann ich dir nicht erzählen, das musst du selbst sehen!"

„Da bin ich aber gespannt. Ich schaue mal, was ich über diese Nummer in der Uni herauskriege und wir treffen uns dann dort, okay?"

„Gut, bis dann!" Degenhardt legte das Handy auf dem Beifahrersitz ab und konzentrierte sich jetzt erst auf die Straße. Während ihres Telefonats war sie zügig zu ihrem Wagen gegangen – beinahe gerannt – hatte sich hineingesetzt, den Motor gestartet und war mit dem Handy am Ohr losgefahren. Sie wollte einfach nur weg von dort.

- 28 -

Degenhardt tastete ihre Ellenbeuge ab. Sie rieb sich die Schmerzen herbei, die bis eben noch gar nicht da waren. Um zu vergleichen, ob sie noch genauso stark waren wie vorher oder ob sie nachließen. Jürgens und sie fuhren gemeinsam zu Grabow. Irgendetwas stimmte dort nicht, das wusste sie genau. Jürgens unterbrach ihre Gedanken. „Ich habe nach deinem Hinweis mit den Blutkonserven noch einmal mit den Leuten von der Spurensicherung gesprochen. Sie sagten, das müssen ungefähr zwei bis drei Liter gewesen sein, die von der Decke geflossen sind. Insofern hielten sie es auch für plausibel, dass es aus verschiedenen Blutkonserven stammte, zumal es nicht geronnen war. Sie hätten auch einzelne Tropfen an anderen Stellen der Decke gefunden, was darauf hinweisen könnte, dass es zum Beispiel mit einem Schlauch an die Stelle gebracht wurde, von der aus es herabgeströmt ist. Wohin fahren wir jetzt genau?"

Degenhardt wusste, dass sie ihm noch eine Erklärung schuldig war. „Wir fahren zu einem Freund von Maier, einem Herrn Michael Grabow, der an einer seltenen Erkrankung leidet. Nach seiner und Maiers Ansicht könnte diese Erkrankung für den Mythos der Vampire, Werwölfe und Zombies verantwortlich sein, weil die Betroffenen sich mit der Zeit äußerlich so dramatisch verändern, dass sie ihnen ähnlich werden. Aber du kannst gleich selbst sehen, was ich meine. Auf jeden Fall haben er und Maier gemeinsam an dem ADAM-Projekt geforscht. Maier erzählte vorhin irgendetwas vom ewigen Leben und ich bekam dabei das Gefühl, dass die beiden etwas zu verbergen haben." Sie erinnerte sich jetzt auch wieder an den einen Satz, den sie gehört hatte, als sie nach ihrem Sturz aus ihrer Bewusstlosigkeit erwacht war. Sie wusste auch wieder, zu wem die Stimme gehörte. Es war Grabows.

Jürgens wirkte zum ersten Mal, seitdem sie ihn kannte, nachdenklich. So als ob ihm irgendetwas bekannt vorgekommen wäre. „Woher kennst du den eigentlich?"

„Ich war gestern mit Maier dort!"
„Alleine?"
„Ja, natürlich alleine! Es war was Privates, okay? Bis gerade eben habe ich nicht gewusst, dass die beiden was damit zu tun haben könnten!"
„Und dort bist du auch gestürzt?"
„Ja, aber das war ein Unfall. Keiner wollte mir etwas antun. Als ich dort war, habe ich aber in Grabows Keller ein komplett eingerichtetes Labor entdeckt, und ich möchte jetzt doch wissen, was der da so treibt!"
„Ein Labor hat nicht jeder im Keller. Das klingt seltsam! Dem sollten wir mal gehörig auf die Füße treten!"
„Hast du eigentlich noch was zu der Telefonnummer herausgefunden?"
„Ja. Ich habe das Telefon, von dem aus die Studienteilnehmer angerufen wurden, ausfindig gemacht. Es steht in einem ungenutzten Raum in der Physiologie, in der Uni. Ein ehemaliges Labor, das aus bautechnischen Gründen nicht mehr genutzt wird, zu dem aber jeder freien Zugang hat."
„Die schließen da wohl nichts ab! Und konntest du herausfinden, ob unser letztes Opfer ebenfalls von dort aus angerufen wurde?"
„Ja, die Handynummer von Sibels Bruder und auch die der anderen Opfer waren dabei. Und noch weitere Handynummern und …"
„Und?"
„Und die Nummer des Anästhesie-Chefs aus dem Städtischen. Die Nummer von Professor Westermann!"
„Was? Was hat der denn damit zu tun?"
„Ich habe keine Ahnung. Als ich ihn anrief, um das herauszufinden, war er nicht mehr da. Seine Sekretärin sagte, er habe sich um einen Kollegen kümmern wollen, der heute selbst operiert wurde, um diesen türkischen Oberarzt – Akkoyun – mit dem du gesprochen hattest. Sie seien aber beide nicht aufzufinden. Die Lebensgefährtin von Akkoyun soll sich auch nach ihm erkundigt haben und sich große Sorgen machen, weil er sich nach der Operation noch nicht

bei ihr gemeldet habe. Sie hätten miteinander vereinbart, dass sie ihn aus der Klinik abholen komme, sobald er fit genug zum Heimgehen wäre. Er wollte sie anrufen und ihr Bescheid geben. Irgendetwas geht da vor! Die Kollegen von der Spurensicherung haben mir auch erzählt, dass trotz unserer Absperrung jemand über Nacht noch im urologischen OP gewesen sein muss. Sie haben eine gebrochene Sauerstoffflasche und einiges an Unordnung vorgefunden, als sie heute Morgen ihre Untersuchungen fortführen wollten. Ich habe zwei Kollegen zu Akkoyun nach Hause geschickt, um Näheres herauszufinden. An einen harmlosen Scherz kann ich bei der ganzen Sache nämlich nicht mehr glauben!“

Degenhardt presste die Lippen zusammen. „Was geht da bloß vor? Dieser türkische Anästhesist kam mir von Anfang an nicht ganz koscher vor! Der hat mir etwas verheimlicht, da bin ich mir sicher!“ Sie betastete erneut die Punktionsstellen an ihrer Ellenbeuge. Jetzt taten sie wieder richtig weh.

- 29 -

Grabow ließ sie übertrieben freundlich herein. Er äußerte allerdings seine Verwunderung darüber, dass die Polizistin ihn noch einmal, noch dazu mit einem Kollegen im Schlepptau, aufsuchte. Jürgens konnte vom ersten Augenblick an seine Augen nicht von dem Gesicht des Mannes mit dem Hut nehmen, der ihm wie eine Wachsfigur im Kabinett von Madame Tussaud vorkam. Degenhardt gab Grabow ohne Umschweife zu verstehen, dass sie gerne wüsste, was er in seinem Labor im Keller treibe. Als sie dann dort unten anlangten, konnte Jürgens sein Staunen nicht verbergen. „Wow, Sie haben ja wirklich viel Zeugs hier. Was ist denn das alles?"

„Können Sie uns bitte erklären, woran Sie forschen?", schloss Degenhardt sich an.

Grabow antwortete ihr in nüchternem Tonfall. „Wie ich Ihnen bereits sagte, suche ich nach einer Möglichkeit, meine Erkrankung zu therapieren."

„Hängt diese Adam-und-Eva-Studie, die Dr. Maier durchführt, auch damit zusammen?" Degenhardt teilte ihm jetzt unmissverständlich mit, dass das hier kein privates Geplänkel mehr war.

„Adam und Eva?", mokierte sich Jürgens.

Grabow ließ sich nicht einschüchtern. „Sie meinen das ADAM-Projekt. Ja, im weitesten Sinne schon!"

„Also kannten Sie auch die Studienteilnehmer, die Opfer der Dracula-Morde geworden sind."

Jetzt war Grabow scheinbar doch überrascht. „Wie bitte? Die Opfer von diesem Dracula waren in unserer Studie? Nein, davon wusste ich nichts. Mit den Personen hatte ich ja nichts zu tun. Ich habe nur die Proben von Klaus, Dr. Maier, bekommen, um bestimmte Untersuchungen durchzuführen."

Jürgens war unterdessen umhergegangen und hatte sich alles angesehen. „Mann, Sie haben hier aber eine Menge Hightech-Geräte!"

Ein paar Dinge fasste er, unter den missbilligenden Blicken von Grabow, sogar an. Der ließ sich aber trotzdem nicht irritieren. „Das Labor und meine Arbeit sind legal. Die Probanden willigen in die Weitergabe ihrer Daten und Proben ein. Ich habe einen Kooperationsvertrag mit der Universität, die bestimmte Untersuchungen an mich ausgelagert hat. Und selbst wenn es Ihnen eigenartig vorkommen mag, so ist dieses Labor dennoch korrekt abgenommen und zertifiziert. Ich kann ja leider, wie Sie wissen, nicht bei Tageslicht und unter Menschen arbeiten. Deshalb hat man bei mir diese Ausnahme genehmigt."

„Dann haben Sie auch eine entsprechende Ausbildung?", fragte Degenhart nach.

„Ja, ich habe alle nötigen Aus- und Fortbildungen absolviert und mit Erfolg abgeschlossen. Warum fragen Sie?"

„Würde es Ihnen etwas ausmachen, mir zu erklären, was Sie genau machen?"

„Ich weiß nicht, ob Klaus Ihnen bereits erzählt hat, woran wir forschen."

„Er hat mir bereits einiges erzählt. Vor allem, dass Sie nach bestimmten Gensequenzen auf dem Y-Chromosom suchen, die noch von Adam aus der Bibel stammen könnten."

„Ah, dann hat er Ihnen ja eigentlich schon alles über unser Projekt geschildert."

„Und was genau ist Ihr Part bei dieser Forschung?"

„Meine Hauptleistung ist, dass ich Algorithmen entwickelt habe, mit denen man relativ schnell auf die von bestimmten Gensequenzen kodierten Proteine schließen kann. Wissen Sie, selbst wenn man den Code kennt, weiß man noch lange nicht, was er kodiert. Bei der Unmenge an Genen und auch an Genmüll, der sich auf unseren Chromosomen befindet, ist es wie die Suche nach der berühmten Nadel im Heuhaufen."

„Und Sie können das? Die Nadel im Heuhaufen finden?"

„Ja, so ungefähr. Ich habe festgestellt, dass bestimmte Genmuster existieren, die auf den ersten Blick nicht zu erkennen sind. Anhand dieser Genmuster kann ich ungefähr sagen, was bei einem Gen am Ende herauskommt. Ob es zum Beispiel ein Enzym kodiert oder ein Membranprotein.“

Grabow ging, während er das sagte, auf eine Anrichte zu. „Entschuldigen Sie bitte, ich muss krankheitsbedingt ständig Kohlenhydrate zu mir nehmen und das mache ich am liebsten mithilfe von gesüßtem Tee. Kurz bevor Sie gekommen sind hatte ich mir einen aufgesetzt.“ Er zeigte auf eine Kanne, die auf einem Stövchen warmgehalten wurde. „Wenn Sie nichts dagegen haben, würde ich mir gerne einen nehmen. Möchten Sie auch einen?“

„Ich nehme gerne einen“, meldete sich Jürgens zu Wort. Degenhardt warf ihm einen belehrenden Blick zu und lehnte ab. „Nein, danke!“

Mit einem gewissen Spott in der Stimme fuhr sie fort. „Und haben Sie gefunden, wonach Sie suchen? Nach dem Schlüssel für das ewige Leben? Nach dem Heiligen Gral?“ Man hörte freilich auch eine heimliche Bewunderung heraus.

Grabow stellte die Tasse ab, die er gerade an den Mund führen wollte, und schmunzelte. „Der Heilige Gral? Eine nette Bezeichnung!“ Dann hob er die Tasse wieder an und tat so, als wolle er Degenhardt anerkennend zuprosten. „Jetzt, wo Sie es sagen, fällt mir auch erst die Ähnlichkeit des Buchstabens Y mit der schematischen Darstellung eines Kelches auf.“ Ernüchtert fuhr er dann fort: „Leider nicht! Wahrscheinlich ist diese Adam-und-Eva-Geschichte doch ein Märchen, das sich jemand ausgedacht hat.“

„Na, etwas könnte schon dran sein, an diesem Märchen“, entgegnete Degenhardt eher beiläufig. „Laut Dr. Maier hat unser Dracula Ihre Studienteilnehmer wohl unsterblich gemacht, in gewissem Maße …“

Grabow schien das erste Mal aus der Fassung zu geraten. „Wie bitte?“

Degenhardt registrierte die kleine Veränderung in seinem Gesichtsausdruck und provozierte weiter. „Herr Dr. Maier ist der Auffassung, dass zwischen dem Zeitpunkt der Blutabnahme für die Studie und dem Auffinden der Opfer ihre DNA derart verändert wurde, dass Heilungsprozesse in Gang gesetzt wurden, die sogar noch über ihren Tod hinaus wirken." Sie musterte ihn dabei auf das Genaueste.

Grabow wirkte jedoch wieder emotionslos. „Mir hat er jedenfalls nichts davon erzählt. Das wäre in der Tat ziemlich interessant. Vielleicht bekomme ich ja auch die Gelegenheit, die DNA dieser Probanden ein zweites Mal zu untersuchen."

„Ist es denn Ihrer Meinung nach nicht verwunderlich, dass diese Probanden, wie Sie sie nennen, Opfer eines Verbrechens geworden sind? Hinzu kommt, dass Herr Dr. Maier der Auffassung ist, dass unser Dracula profunde medizinische Kenntnisse und außerdem medizinisches Equipment besitzen muss."

„Ja, das ist sehr eigenartig!" Grabow schien über etwas anderes nachzudenken.

Degenhardt wunderte sich ein wenig über seine gedankliche Abwesenheit. „Können Sie sich das irgendwie erklären?"

Grabow schien sich von seinen Überlegungen wieder gelöst zu haben. „Ich wüsste wirklich nicht, wie." Nach einer Pause fügte er ungläubig hinzu: „Meinen Sie etwa, ich hätte etwas damit zu tun?"

„Laut Dr. Maier stammte die Idee für das ADAM-Projekt von Ihnen. Sie verfügen über umfassende medizinische Kenntnisse. Und dann noch die ganze Ausstattung hier …"

„Ja, ich verstehe. Ich versichere Ihnen aber, dass ich, abgesehen von meinem wissenschaftlichen Interesse, nichts damit zu tun habe. Sie können gerne mein Haus auseinandernehmen, wenn Sie möchten." Er klang fast schon entgegenkommend.

Degenhardt sah sich um. „Vielleicht komme ich auf Ihr Angebot zurück. Ich denke, wir sollten jetzt besser gehen. Was ist denn mit der Matratze passiert, die gestern noch hier lag?" Sie zeigte auf die jetzt leere Stelle auf dem Boden.

„Ich habe sie nach Ihrem gestrigen Unfall weggeräumt. Ich benötige sie hier im Moment nicht mehr. Ich weiß nicht, warum ich so nachlässig war und sie nicht schon früher aufgeräumt habe."

„Wie haben Sie ihn eigentlich wieder auf die Beine gekriegt – Ihren Hund, meine ich?"

„Meine Schwester hat mir geholfen. Sie hat ihm ein Schlafmittel gegeben, das ihn bei seiner Erholung gut unterstützt hat."

Unvermittelt schaltete sich Jürgens mit kindlicher Freude in der Stimme ein: „Das ist ja wie bei ‚Der Doktor und das liebe Vieh'!" Als Degenhardt ihn fragend ansah, erklärte er ihr seinen kleinen Witz. „In der beliebten Fernsehserie hat der Doktor einem kranken Hund auch etwas zum Schlafen gegeben, und als er wieder wach wurde, war er gesund! Eine Heilnarkose sozusagen."

Degenhardt schüttelte genervt den Kopf. Sie hatte aber das unbestimmte Gefühl, dass sie noch etwas in Erfahrung bringen musste, das sie seit gestern beschäftigt hatte. „Woher kennt Dr. Maier eigentlich Ihre Schwester?"

„Sie arbeitete früher bei ihm in der Uni-Klinik!"

„Als was hat sie gearbeitet, als Ärztin?"

„Nein, sie ist Krankenschwester. Wenn Sie jetzt keine Fragen mehr haben, würde ich gerne weitermachen. Wie Sie wissen, arbeite ich nachts, und ich hatte eben eine Probe angesetzt, die exakt zu einem bestimmten Zeitpunkt weiterbehandelt werden muss."

Unmittelbar darauf bückte er sich hinter die Anrichte, machte sich an etwas zu schaffen, nahm zwei Paar Handschuhe aus einer Schublade und legte sie auf eine der gefliesten Werkbänke. Dann holte er noch einige Röhrchen heraus und stellte sie in einen Kasten. Mit einer Armbewegung wies er ihr und Jürgens den Weg zur Treppe. Degenhardt fühlte sich erneut herausgeschmissen, konnte aber wieder nichts dagegen tun, denn sie hatte keinen Durchsuchungsbefehl. Darüber hinaus wusste sie im Augenblick nicht, was sie noch fragen sollte. „In Ordnung, Herr Grabow, wir werden jetzt gehen. Es könnte aber sein, dass wir wiederkommen!"

Jürgens ging voran, sie hinterher. Als sie die ersten Stufen der Kellertreppe hinaufgestiegen waren, wurden sie von Grabow gestoppt. „Moment bitte, warten Sie! Ich nehme eben noch meine Teekanne mit nach oben. Ich muss mir nämlich neuen machen."

Er ging zurück und hantierte an der Kanne und den Tassen. Jürgens wollte Degenhardt gerade etwas zuflüstern, weil ihm in diesem Moment klar wurde, was ihm bekannt vorgekommen war, als sie ein Scheppern, Klirren und einen Schrei hörten: „Aaaah!"

Grabow hockte auf dem Boden und hielt seine linke Hand mit der rechten fest. Sie blutete. „Verdammter Mist!", fluchte er. „Ich habe mich geschnitten. Können Sie mir helfen, bitte? Dort drüben ist der Verbandskasten!"

Degenhardt eilte hin und holte ihn, während Jürgens Grabows Arm stützte.

Grabow zeigte mit seiner unverletzten Hand auf die Werkbank, an der er eben noch gestanden hatte. „Nehmen Sie besser die Handschuhe dort! Ansonsten bekleckern Sie sich noch mit meinem Blut!"

Jürgens folgte seiner Aufforderung und zog sich die Handschuhe über. Ein zweites Paar reichte er Degenhardt, die es sich ebenfalls überstülpte. Ihr fiel auf, dass die Handschuhe sehr eng waren und sich irgendwie feucht anfühlten. Sofern sie es beurteilen konnte, war Grabows Verletzung aber nicht ernst. Es war nur ein circa zwei Zentimeter großer oberflächlicher Schnitt auf dem Handrücken zu sehen. Sie fragte sich, wie man es schaffen konnte, sich genau dort zu schneiden. Während sie seine Hand mit einer Binde umwickelte, nutzte sie die Gelegenheit, sein D2/D4-Verhältnis zu ermitteln. Der vierte Finger war deutlich länger als der zweite. Nachdem sie fertig war, wollte sie die restlichen Binden wieder ordentlich im Verbandskasten verstauen, doch der schwankte so stark, dass daran nicht zu denken war. Hilfesuchend sah sie zu Jürgens herüber, aber der verdrehte im gleichen Moment die Augen und sackte in sich zusammen.

Kann die Lusche etwa kein Blut sehen, oder was? Plötzlich wurde es ihr selbst speiübel.

Kapitel 4

KÖRPER UND SEELE

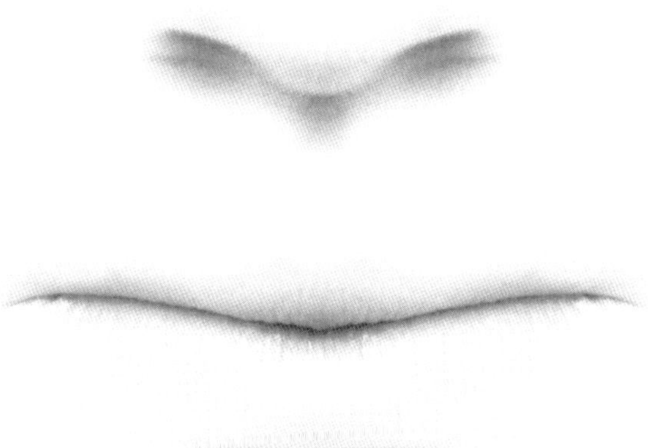

- 30 -

„Was hast du ihr gegeben?" Eine Männerstimme.

„Ketamin. Das habe ich bei dir im Labor gefunden." Eine Frauenstimme.

„Wie lange ist es her? Wirkt es noch?"

„Keine Angst, sie hat eine Pferdedosis bekommen. Die schläft noch eine Weile."

Selim kannte die beiden Stimmen. Der Mann war Westermann und die Frau – Anke? Wieder piepte ein Pulsoxymeter. Immer noch? Wurde er dieses verdammte Piepen denn nie mehr los? Was war denn jetzt schon wieder? Er erinnerte sich daran, wie er eben noch mit Westermann gerungen und dann Frederike beatmet hatte – und dass er danach ohnmächtig geworden war, betäubt vom Halothan. Und war das nicht auch Ankes Stimme gewesen, die er noch vernommen hatte, bevor er gänzlich sein Bewusstsein verloren hatte? Wo war er jetzt? Selim versuchte, die Augen zu öffnen. Es funktionierte! Anfangs war alles etwas unscharf, aber dann wurde es besser, sodass er sich orientieren konnte. Er lag auf dem Boden. Neben ihm auf einer Decke lag Frederike in stabiler Seitenlage. Sie befanden sich auf dem Heckboden eines Fahrzeugs, genauer gesagt eines Transporters oder Kleinbusses. Er wollte sich aufrichten, um sich umzuschauen, aber es gelang ihm nicht. Er konnte sich nicht rühren. Außer seinem Kopf gehorchte kein Körperteil seinen Befehlen. Und fühlen konnte er auch nichts, seine Beine nicht, seinen Bauch, seine Brust und auch seine Arme nicht. Als ob er auf Watte läge. Oh, mein Gott! Er war gelähmt! Vom Hals abwärts gelähmt!

Nachdem er sich etwas beruhigt hatte, testete er, wie ausgeprägt die Lähmung war. Wenn er sich anstrengte, konnte er seine Schultern und die Daumen minimal bewegen, aber ansonsten nichts. Selims Stöhnen war wohl bis nach vorne gedrungen. „Na, bist du wach?" Es war Westermann. Der saß auf dem Beifahrersitz und lehnte sich über die Rückenlehne nach hinten.

Und dann sagte auch Anke etwas. „Es war nicht so

geplant, Selim. Wirklich nicht! Du hättest dir einfach nur das Narkoseprotokoll ansehen und es abnicken sollen."

Selim fiel das Sprechen schwer. „Was hast du damit zu tun, Anke? Was ist hier los? Was habt ihr mit Frederike gemacht?"

„Willst du denn nicht lieber wissen, was ich mit dir gemacht habe?", antwortete stattdessen Westermann süffisant.

„Was sollst du schon mit mir gemacht haben, du Scheißkerl? Irgendwie hast du mir den Hals gebrochen!" Obwohl Selim ihn anschreien wollte, kamen die Worte nur im Flüsterton aus ihm heraus.

„Und du willst Anästhesist sein!", schüttelte Westermann herablassend den Kopf. „Ich habe dir natürlich nicht den Hals gebrochen. Wie sollte ich das so kontrolliert machen, dass du nicht stirbst? Es gibt doch elegantere Methoden!"

Eine Spinalanästhesie! Er hatte ihn jetzt also mit einer hohen Spinalanästhesie lahmgelegt. Ja, das musste es sein! So konnte Westermann nämlich ganz sicher gehen, dass Selim sich nicht wehrte. Solange die Lähmung nicht über seine Halsnerven hinaus nach oben gestiegen war, konnte er zwar seinen Körper inklusive der Arme nicht bewegen, aber Herz und Atmung funktionierten noch. Außerdem war Selim bei Bewusstsein. Und das war es doch, was Westermann wollte. Er wollte, dass Selim bei vollem Bewusstsein sein eigenes Ende miterlebte. Außerdem würde eine geschickt gestochene Spinalanästhesie nur bei genauester Untersuchung auffallen. Wahrscheinlich hatte er es sogar mit einer sehr feinen Nadel gemacht, womöglich über denselben Einstich, über den ihm Martin die Kaudalanästhesie verabreicht hatte. Das fiel dann später bei der Obduktion gar nicht mehr auf. Selim inspizierte seinen Körper. Seine Arme waren mit Gurten an den Rumpf geschnürt. Westermann wollte jetzt wohl nichts mehr dem Zufall überlassen. Zuvor hatte sich Selim ja noch irgendwie befreien können. Das sollte jetzt auf keinen Fall mehr passieren! Selbst wenn die Spinale nachließ, hätte Selim zunächst nur seine Arme bewegen können, die Beine jedoch noch lange nicht. „Du hast mir also eine hohe Spinale verpasst!", löste er Westermanns Rätsel auf.

„Beinahe wärst du dabei krepiert. Die Spinale ist zunächst etwas zu hoch ausgefallen. Aber mit ein bisschen Sauerstoff, ein paar Infusionen und Adrenalin ging es dann doch. Mittlerweile kannst du ja wieder selbständig atmen, oder?" Westermann tat, als ob er sich Sorgen um ihn gemacht hätte. Dabei verfolgte er doch nur die Absicht, dass Selim nicht, so wie Winkler, im Keller umkam.

Westermann rieb seinen Nacken. „Die Relaxantien scheinen bei dir ja nicht so zu wirken, wie sie sollen, aber jetzt wirst du nichts mehr ausrichten können!"

„Was hast du mit mir vor, du Bastard?" Selim war es nach allem, was passiert war, fast schon egal, was der Irre als nächstes mit ihm anstellen würde. Aber Westermann hörte ihm gar nicht zu. Stattdessen war er ausgestiegen, um den Wagen herumgegangen und hatte die Hecktüren geöffnet. Das Innenlicht ging an und Selim erkannte, dass sie sich tatsächlich in einem Kleintransporter befanden. Es war ein hinten fensterloses Modell, wie es häufig von Handwerkern benutzt wurde. Außerdem konnte er erkennen, dass sie an einem Autobahnparkplatz stehen mussten.

Westermann wickelte Selim den Verband von der Hand und nahm ihm das Pulsoxymeter ab. Dann wandte er sich an Anke. „Hast du noch etwas von dem Ketamin da? Ich möchte keine Fehler mehr machen!"

Die reichte ihm eine Durchstechflasche, auf der eine Spritze steckte. „Aber pass auf, dass sie nicht stirbt! Ich brauche sie lebend!"

Westermann sah sie verständnislos an, zog etwas aus dem Fläschchen auf, öffnete den Reißverschluss an Frederikes Hose, zog sie unsanft herunter und spritzte es ihr in den Oberschenkel. Als Selim ihre makellosen nackten Beine sah, wünschte er sich inständig, sie vor diesen Wahnsinnigen beschützen zu können, damit ihr keine noch so kleine Wunde zugefügt würde, weder körperlich noch seelisch. Aber ihm waren wortwörtlich Hände und Beine gebunden, sodass er nur losbrüllen konnte: „Was ist mit euch los? Seid ihr krank? Was macht ihr? Anke! Ich verstehe nicht …"

Weiter kam er nicht, weil Westermann ihm den Mund mit dem Verband, den er ihm von der Hand gewickelt hatte, zustopfte. „Halt endlich deine Klappe! Ich kann dein Gequatsche nicht mehr hören!"

Selim versuchte ihn auszuspucken, aber Westermann hatte den Knebel bereits an seinem Kopf fixiert. Er war so trocken und klebte so fest an seinem Gaumen, dass es ihn würgte.

Anke deutete auf Selim. „Was ist mit ihm? Wie lange ist er noch außer Gefecht?"

„Ich habe ihm Bupivacain gegeben. Das hält noch eine Weile vor!" Westermann löste die Gurte, die um Selims Brust gewickelt waren, und schlug ihm ohne Vorwarnung mit der flachen Hand ins Gesicht. Und dann noch einmal. Selims Versuche sich zu wehren scheiterten kläglich, da seine Arme lediglich ein wenig zuckten, aber ansonsten seinen Befehlen nicht gehorchten. Er konnte keinen einzigen der Schläge abwehren.

„Siehst du, die Spinale ist noch hoch genug!", bemerkte Westermann genüsslich. Anke nickte zufrieden. Westermann wickelte Selims Arme wieder fest an dessen Körper und stieg dann vorne in den Wagen ein. Sein Tonfall war vorwurfsvoll, als er Anke ansprach. „Was ist jetzt dein Plan? Was sollen wir mit ihnen machen? Wir hätten sie im Keller lassen sollen!"

„Wie, bitte schön, hätte man die Sauerei erklären sollen, die du da unten angerichtet hast? Das ganze Blut, die Pisse und die Kotze?"

Westermann klang verärgert. „Aber das hatten wir doch alles besprochen!"

„Man kann so etwas nicht wegmachen! Es wird immer etwas zu sehen sein. Außerdem waren da noch die ganze Unordnung und die umgeworfenen Regale. Das hätten wir niemals in Ordnung bringen können, zumal jetzt überall die Polizei umherschwirrt."

„Und was nun?"

„Wir bringen die beiden an einen anderen Ort und ich werde mich um sie kümmern!"

„An welchen Ort?“

„Vertraue mir! Ich weiß, was ich tue!“ Anke startete den Motor und gab Gas.

- 31 -

Kurze Zeit später wackelte und holperte es heftig im Wagen. Durch die spartanische Federung des Fahrzeugs konnte Selim jede Unebenheit spüren, über den die Reifen rollten. Sie mussten nicht nur die Autobahn, sondern auch die befestigten Straßen verlassen haben. Anke und Westermann hatten die ganze Zeit nicht gesprochen und Frederike hatte geschlafen. Narkotisiert geschlafen, mit Ketamin. Selim konnte, nachdem sich seine Augen an die Dunkelheit gewöhnt hatten, deutlich besser sehen und meinte zu erahnen, wie sich ihre Augen hinter den geschlossenen Lidern ständig hin- und herbewegten. Sie wird Albträume haben! Anke hatte ihr zuvor bestimmt kein Benzodiazepin gespritzt, um die durch das Ketamin ausgelösten Albträume zu verhindern. Aber vielleicht würde sie ja auch niemals mehr aufwachen, um sich an diese erinnern zu können. Und wie sie jetzt so dalag, mit dem halb geöffneten Mund, aus dem Speichel tropfte, wirkte sie auch nicht mehr attraktiv. Er wollte nicht wissen, wie er selbst gerade aussah. Das war aber auch das Letzte, was jetzt wichtig war.

Er hatte jede Hoffnung verloren und fühlte sich vollkommen hilflos. Es schien unmöglich zu sein, noch etwas gegen diese beiden auszurichten. Ihn und Frederike laufen zu lassen käme für sie sicher nicht in Frage, nach allem, was er wusste – und nach allem, was sie bisher getan hatten. Westermann hatte er ja mittlerweile kennengelernt, aber Anke? Was hatte sie mit der Geschichte zu tun? Und wie konnte er sich in ihr so getäuscht haben? Sie war ihm gegenüber immer hilfsbereit gewesen. Und sie beide hatten doch ein gutes Verhältnis zueinander gehabt. Plötzlich blieb das Fahrzeug stehen. Anke stieg aus und öffnete die Hecktüren. Westermann kam hinzu. „Was hast du jetzt mit den beiden vor? Wo sind wir hier überhaupt?"

Anke deutete hinter Westermann auf etwas, das schemenhaft einem Gebäude ähnelte. „Das, mein Lieber, ist mein Reich! Komm, hilf mir mal!" Sie sprang in den Transporter hinein. Westermann fasste mit festem Griff unter Selims Achseln und zog ihn heraus. Anke packte seine Füße. Gemeinsam trugen sie Selim zu dem Haus, dessen Umrisse man jetzt deutlich sehen konnte. Es war ein altes Bauernhaus. An der Tür ließ Anke Selims Füße los, holte einen dicken Schlüsselbund aus ihrer Hosentasche, schloss die Tür auf und schaltete die Beleuchtung an.

Für einen kurzen Moment drang der Lichtschein nach draußen, sodass Selim die ländliche Umgebung, in der sie sich befanden, gut erkennen konnte. Westermann schleifte Selim alleine über die Türschwelle, legte ihn ab und drehte sich einmal um die eigene Achse, um alles um sich herum in Augenschein zu nehmen. Anke hatte eine Intensivstation nachgebaut! Einen kompletten Arbeitsplatz mit einer breiten Liege, an deren Kopfseite Beatmungsgeräte und Monitore an der Wand angebracht waren. Auch Infusionsautomaten und Perfusoren befanden sich an eigens dafür angebrachten Stahlträgern, zwei Infusionsständer mit weiteren Perfusoren ragten gleich neben der Liege empor. An der Wand waren zudem zwei große mit Sauerstoff gefüllte Gasdruckflaschen befestigt. Außerdem waren ein Defibrillator vorhanden und eine rote Vakuummatratze, die man in der Notfallmedizin verwendete, um Patienten sicher und druckfrei zu lagern.

„Wahnsinn!“ Westermann staunte. „Wo hast du das ganze Zeug her? Und was machst du damit?“

Die erste Frage konnte er sich noch selbst beantworten, aber auf Ankes Antwort bezüglich der zweiten war auch Selim gespannt.

„Das habe ich mir nach und nach gekauft. Das meiste ist gebraucht. Aber jetzt hilf mir mal mit Frederike!“ Sie warf die Notfallmatratze auf die Liege und marschierte hinaus. Westermann trottete hinterher. Zusammen kamen sie kurz darauf mit Frederike zurück. Sie trugen sie auf dieselbe Weise, wie sie vorher Selim getragen hatten, und hoben sie auf die Matratze.

Westermann atmete schwer. „Und was machen wir mit Akkoyun?“

„Hol ihn erst mal von der Tür weg, dann werden wir sehen!" Anke war jedoch längst mit Frederike beschäftigt.

Westermann zog Selim weg und ließ die Tür zufallen. Anke hatte indessen ein ZVK-Set aus einer Schublade geholt und einen Instrumentiertisch zu sich herangezogen. Das war kein normaler ZVK, das sah Selim sofort an der Form der Verpackung. Das war eine sogenannte Schleuse. Mit der kann in kürzester Zeit sehr viel Blut transfundiert werden, weil sie ein großes Lumen hat. Sie hatten viele davon in der Urologie auf Lager, weil sie sie dort aufgrund der eingeschränkten operativen Fähigkeiten von Meise und Sauerbier regelmäßig für die vielen Bluttransfusionen benötigten.

„Was machst du da?", wollte Westermann wissen.

„Sie ist gesegnet und ich werde sie ihrer Bestimmung zuführen!"

„Gesegnet? Bestimmung? Was redest du?"

„Ja, sie ist gesegnet von Gott, obwohl ihr das bestimmt nicht bewusst ist. Aber ich weiß, wer sie wirklich ist." Anke arbeitete in aller Ruhe weiter, während sie Westermann an ihren Überzeugungen teilhaben ließ.

„Wie meinst du das? Was soll das?"

„Sie ist etwas Besonderes, okay? Das habe ich direkt gemerkt. Sie ist ein Engel!" Sie legte Frederikes Kopf zur Seite, fühlte mit drei Fingern ihren Puls und ritzte mit dem Skalpell zwei Löcher in ihre Haut. Dann hockte sie sich neben sie, biss ihr genau an den Stellen, die sie angeritzt hatte, in den Hals und machte dabei saugende und schmatzende Geräusche. Als sie sich wieder erhob, war ihr Mund leicht mit Blut verschmiert. Westermann sah ihr dabei halb ungläubig und halb angeekelt zu. Viel Blut konnte sie aber nicht gesaugt haben, nur das bisschen, das aus den kleinen Verletzungen der Haut herausgetreten war. Sie wischte sich mit dem Unterarm den Mund ab, nahm eine Spritze mit aufgesetzter Nadel und stach in eine der Einritzungen. Die Spritze füllte sich schlagartig mit Blut und zeigte somit an, dass sich die Nadel in einer Ader befand. Sie legte fachmännisch mit einer Hand die Spritze ab, nahm mit derselben den

Führungsdraht und führte ihn elegant ein. Sie tat das alles jedoch, ohne sich Handschuhe übergezogen zu haben.

Sonst hatte sie doch immer zwei Paar übereinander an! Selim wunderte sich. Und jetzt trug sie gar keine! Aber das schien sie in diesem Moment überhaupt nicht zu interessieren. Stattdessen nahm sie mit den blanken Fingern den ZVK, führte ihn über den Draht in die Halsvene ein und wiederholte das Ganze mit einem weiteren ZVK, den sie nur ein paar Zentimeter unterhalb des anderen einführte, diesmal jedoch in die Arterie. Westermann schaute sich das ganze Schauspiel irritiert an, sah sich dann um und öffnete den Kühlschrank, der an der Wand stand. Er hielt dabei die Tür so weit geöffnet, dass Selim ebenfalls hineinschauen konnte. Er war voller Blutkonserven. Westermann holte eine heraus und hielt sie Anke hin. „Was ist das hier alles? Was machst du da? Was hat das zu bedeuten?"

Anke war jetzt wieder ansprechbar. Sie hatte in der Zwischenzeit geschickt und konzentriert die Schleusen an Frederikes Hals fixiert und antwortete fast beiläufig. „Was soll das schon sein? Das ist Leben, Lebenskraft! So steht es in der Bibel: Denn Blut ist Lebenskraft und du sollst nicht zusammen mit dem Fleisch die Lebenskraft verzehren." Als wäre es das Selbstverständlichste auf der Welt.

Sie nahm einen leeren Beutel aus einem der Wandschränke und schloss ihn an eine der Schleusen an, die in Frederikes Hals steckten. Der Schlauch und der Beutel füllten sich augenblicklich mit ihrem Blut. Dann zog Anke Frederike die Hose aus und stülpte ihr Beinlinge über, die man aufpumpen konnte, um ihr das Blut aus den Beinen in den Körper zu drücken. Normalerweise benutzt man sie bei einem Kreislaufschock, wenn Unfallopfer viel Blut verloren haben, um so den Kreislauf aufrechtzuerhalten. Jetzt wollte sie jedoch mit diesem Manöver noch das letzte Tröpfchen Blut aus Frederike herauspressen.

Westermann wirkte verstört. „Was machst du da eigentlich? Und was soll das ganze Blut?"

- 32 -

„Ja, Anke, was machst du da, um Gottes Willen?“ Die Worte kamen von einer unbekannten männlichen Stimme. Als Selim sich nach ihr umdrehte, sah er einen hageren Mann mit einem großen Hut auf dem Kopf in der Tür stehen. Seine linke Hand war verbunden.

„Micha!“, rief Anke freudig.

Während er sich Anke näherte, sah sich der Mann um. Auf einer Liege lag eine Frau, aus deren Hals Schläuche ragten, auf dem Boden ein gefesselter und geknebelter Mann. In einem Kühlschrank, dessen Tür sperrangelweit offen stand, türmten sich mit Blut gefüllte Beutel.

Anke war euphorisch. „Micha, das tue ich alles für dich! Für uns! Ich mache dich gesund!“

Der Mann schien wie benommen und deutete langsam auf Selim. „Ich verstehe das alles nicht. Wieso ist er gefesselt, Anke?“ Er ging zu ihm hin und befreite ihn von dem Knebel. Selim sah ihm dabei in die Augen. Er konnte trotz des eigenartigen, wächsernen und maskenhaft wirkenden Gesichts die tiefe Traurigkeit in ihnen erkennen.

Während er damit beschäftigt war, die letzten Fussel des Knebels auszuspucken, ging der Mann auf Anke zu, hielt sie mit beiden Händen an den Schultern fest und betrachtete sie von oben bis unten. „Was geht hier vor, Anke? Was machst du hier, um Gottes Willen?“

Anke befreite sich aus seinem Griff. „Verstehst du denn nicht?“ Sie zeigte auf den Beutel, der sich am Boden mit Frederikes Blut gefüllt hatte. „Das da! Das ist Lebenskraft! Das ist das, was Gott den gewöhnlichen Menschen verboten hat. Er hat es ihnen verboten, weil es heilig ist. Und weil es heilen kann. Es kann auch deine Porphyrie heilen. Es kann dich wieder schön machen! Damit du dich nicht mehr verstecken musst!“ Sie griff nach seinem Hut. „Dann brauchst du das hier nicht mehr!“ Dabei zog sie den Hut samt Perücke von seinem Kopf, sodass eine schrecklich entstellte Kopfhaut, die nur noch ein paar Haarbüschel aufwies, zum Vorschein kam.

Sie griff ihm ins Gesicht und zog ihm die Nase ab. „Und das hier auch nicht!“ Dann fasste sie nach seinen Ohren.

Porphyrie. Selim hatte darüber gelesen. Jetzt konnte er erkennen, dass der Mann an einer sehr schweren Form, vielleicht sogar der schwersten Form dieser Krankheit leiden musste. Anstelle einer Nase klafften zwei große Löcher in dem blassen und ausgemergelten Schädel. Und statt der Ohren hatte er nur noch zwei kleine spitze Stummel. Er sah aus wie ein lebendiger Totenschädel.

Ankes Stimme klang sanft, als sie weitersprach. „Mich hat es die ganzen Jahre davor geschützt, so zu werden wie du, verstehst du denn nicht!? Jetzt wird es dich heilen! Deshalb tue ich es!“ Sie stellte sich vor den Kühlschrank und zeigte mit der Hand hinein. „Das ist alles für dich!“

Der Mann krümmte sich, ihm schien ein tiefer Schmerz durch den Körper zu fahren. Er fiel dann auf die Knie und umklammerte Anke an den Hüften, aber in Wahrheit hielt er sich selbst an ihr fest. „Was hast du gemacht, Anke? Sag mir, dass nicht du diese Bestie bist, die sie suchen. Bitte sag mir, dass nicht du diese jungen Menschen umgebracht hast!“

Welche jungen Menschen meint er? Selim wunderte sich für einen kurzen Moment. Doch als er die zwei Punktionen an Frederikes Hals sah und Ankes weitere Vorgehensweise rekapitulierte, wurde ihm schlagartig bewusst, wovon der Mann sprach – von den Dracula-Morden!

Anke hielt den Kopf des Mannes fest und sah ihm in die Augen. „Ich habe sie nicht getötet, Micha. Ich habe ihre Seelen befreit! Gott wird sie aufnehmen. Sie sind jetzt bei Gott. Er hat mir ein Zeichen geschickt. Er hat mir gesagt: Bediene dich der reinen Geschöpfe, die ich für dich erwähle, aber lasse vorher ihre Seelen frei! Und genau das tue ich. Ich töte niemanden. Ich befreie sie. Und dann nehme ich mir ihre Lebenskraft, denn Gott hat mir diesen Auftrag und diese Macht gegeben. Ich halte mich genau an meine Mission. Nur ihre wertlosen Hüllen lasse ich auf dieser Welt. Ihre Seelen sind bei ihm und ihre reine Lebenskraft ist für mich. Für uns. Und du, Micha, du hast es doch auch gewusst! Deshalb habt ihr, du und Klaus, sie ja auch untersucht, nicht wahr? Weil ihr wusstet, dass ihr Blut rein ist. Ich habe euch genau beobachtet."

Der Mann war fassungslos. „Nein, Anke – nein! Ich habe das Blut dieser Menschen nicht untersucht, weil es rein ist, sondern einfach nur zu wissenschaftlichen Zwecken!"

„Ja, aha! Und warum habt ihr nur die türkischen Männer untersucht?" Sie zögerte kurz, bevor sie sich selbst die Antwort gab. „Weil sie kein Schweinefleisch essen!" Sie wandte sich Selim zu. "Ihr esst doch kein unheiliges Fleisch, nicht wahr? Ihr esst kein Schweinefleisch, weil sich darin unsaubere Seelen befinden, und ihr esst kein blutiges Fleisch! Genau so, wie es in der Bibel geschrieben steht! Deshalb sind euer Fleisch und euer Blut so rein!"

Dieses wirre Zeug machte überhaupt keinen Sinn, dachte Selim. „Und warum hast du dir Frederike ausgesucht? Sie ist keine Türkin!"

„Du hast doch keine Ahnung! Ja, sie ist keine Türkin, aber sie ist trotzdem rein! Wusstest du, dass sie sehr lange Zeit mit einem Türken zusammen war? Und dieser Idiot hat sie verlassen! Kannst du dir das vorstellen? Du weißt, wie hübsch sie ist, ich habe deine Blicke gesehen. Und dieser türkische Scheißkerl verlässt sie einfach, obwohl sie alles für ihn getan hat und auch die ganze Zeit kein Schweinefleisch gegessen hat und ihr Fleisch nur in türkischen Geschäften gekauft hat! Obwohl sie Deutsche ist, hat sie sich an eure Reinheitsregeln gehalten. Du siehst, wie besonders sie ist!"

Dass sie besonders war, hatte er schon bemerkt, aber nicht in der Weise, wie es Anke in ihrem Wahn wahrnahm. Selim musste an Frederikes Einkaufstüten denken, die er für sie getragen hatte. Einige waren ihm sehr bekannt vorgekommen. Sie waren von einem türkischen Geschäft, aber er hatte es in dem Moment nicht realisiert. Daher wusste Frederike also so viel über türkische Bräuche und Gepflogenheiten …

Anke holte ein Medikamentenfläschchen aus ihrer Hosentasche und zeigte damit auf Frederike. „Sie ist etwas ganz Besonderes. Sie ist mein Engel. Sie wurde mir von ihm zur Belohnung meiner Treue geschickt! Er hat mir die Lebenskraft eines Engels geschickt!" Sie hielt das Fläschchen in die Höhe. „Und er hat mir dieses Wunder geschickt, um ihre Seelen damit zu befreien!" Dann nahm sie eine Spritze, setzte sie auf den Entnahmekonus der Flasche und zog sie mit der Flüssigkeit auf, die sich darin befand.

„Das ist doch Ketamazepam! Woher hast du das?" Westermann wurde unruhig und schaltete sich nun mit Vehemenz ein, nachdem er bisher die Szene nur beobachtet hatte. Anke bedachte ihn mit einem abfälligen Blick. „Ich kenne deine Verstecke, Dietmar! Meinst du, ich habe mich nur so von dir ficken lassen? Weil es mir Spaß gemacht hätte? Es ist nicht für dich bestimmt, sondern für mich!" Entschlossen ging sie mit der Spritze in der Hand auf Frederike zu und setzte sie an den ZVK an.

Selim wollte um jeden Preis verhindern, dass Anke Frederike das Ketamazepam verabreichte. Er musste irgendetwas tun, um Zeit zu gewinnen! „Anke! Du hast ihre Seelen nicht befreit! Es ist nur ein Medikament. Es ist nur ein nicht richtig erforschtes Medikament, nichts weiter!"

Sie stockte. „Was redest du da? Du hast doch keine Ahnung! Er hat es mir geschickt!" Mit diesen Worten zeigte sie nach oben und wandte sich wieder dem Mann mit dem entstellten Gesicht zu. „Micha, siehst du das denn nicht? Es ist unsere Bestimmung! Unsere Krankheit – sie ist keine Geißel! Sie ist eine Berufung! Wir haben einen Auftrag, den wir erfüllen müssen! Zu dir hat Gott nicht gesprochen wie zu mir! Deswegen bist du noch im Dunkeln getappt mit deinen Forschungen. Du warst nur sein kleines Werkzeug, ohne zu wissen, worum es ging ... Du solltest nur die Richtigen für mich aussuchen und ich sollte sein Werk vollenden! Aber du hast die Falschen untersucht! Zuerst bin ich auch darauf hereingefallen. Nicht die Männer, sondern die Jungfrauen hättest du untersuchen müssen! Aber Gott hat auch diesen Fehler korrigiert und mir die junge türkische Frau zugespielt." Sie redete sich in einen regelrechten Rausch, zog dann den Beutel mit Frederikes Blut hoch und nahm ihn in die Hand. „Jeden Tag gebe ich den Menschen dieses Leben. Ich gebe es in ihre Adern und rette damit ihr Leben! Aber wir vermischen verschiedene Leben miteinander, wenn wir das Blut vermischen. Es gehört nicht in die Adern. Wir müssen es aufnehmen! Wir müssen es zu unserer Lebenskraft machen. Warum, meinst du, hat Gott es den gewöhnlichen Menschen verboten? Ich habe seine Botschaft erkannt: Weil es nicht für sie bestimmt ist! Sie sollen damit den Boden tränken, hat er ihnen befohlen. Auch ich habe gestern den Boden damit getränkt. Das unreine Blut habe ich auf Meise, diesen Scheiß-Nazi, geschüttet und ihn somit entweiht, damit er niemals mehr gereinigt werden kann." Sie lachte dämonisch. „Aber wir, Micha, wir sind auserwählt! Wir sind dazu bestimmt, uns von der Lebenskraft der reinen Jugend zu ernähren, um unsterblich zu werden. Wir müssen das auch tun, denn ansonsten verwelken wir!" Sie hielt ihm den blutgefüllten Plastikbeutel, mit dem sie die ganze Zeit herumgefuchtelt hatte, direkt vors Gesicht. Als er ihn verweigerte, biss sie selbst eine Ecke davon ab, sodass das Blut herausspritzte, steckte ihn dann in ihren Mund und trank. Die rote Flüssigkeit floss ihr an den Mundwinkeln herunter und wurde von ihrem T-Shirt bis hinunter an den Bund ihrer Hose aufgesogen.

Der Mann rang nach Worten. „Nein, tu das nicht! Es ist anders, als du denkst, Anke! Weißt du noch, das Mittel, mit dem wir Bubbles nach seinem Unfall einschläfern wollten? Du hattest es mitgebracht und ihm gespritzt – du wolltest ihm damit den ewigen Frieden geben, das hast du gesagt!" Er zeigte auf die Spritze in ihrer Hand. „Ist das dieses Mittel? Es ist wahrscheinlich genau die Substanz, die meiner Forschung weiterhilft! Es hat Bubbles geholfen, Anke! Ihm geht es wieder gut! Und ich habe seine DNA untersucht." Er zeigte wieder auf die Spritze. „Dieses Mittel aktiviert Reparaturmechanismen in unserem Körper. Ich bin so nah dran, das zu finden, wonach ich gesucht habe, Anke! Hör bitte auf damit! Hier!" Er holte einen USB-Stick aus seiner Tasche und hielt ihn vor ihre Nase. „Hier ist alles drauf. Das Medikament da, das kann heilen, Anke. Nicht das Blut!“

Selim war verwirrt und angewidert zugleich. Die Dinge, die soeben gesagt worden waren und deren Zeuge er geworden war, konnte er nicht unmittelbar einordnen, aber er musste jetzt Anke bändigen – um Frederikes und um seines Lebens Willen. „Anke, ich habe es doch auch bekommen und ich lebe noch und habe auch meine Seele behalten!“

Anke schüttelte den Kopf: „Du kannst es nicht erhalten haben! Sonst wärst du nur noch Körper und hättest keinen Geist mehr! Genauso wie die anderen!“

Jetzt hatte er sie! Das würde sie noch mehr verwirren. „Anke, man kann das Ketamazepam antagonisieren! Seine Wirkung kann aufgehoben werden! Die jungen Menschen, die du getötet hast, waren noch nicht von ihrer Seele befreit! Und du hast es doch gehört! Es kann eventuell Menschen helfen, man muss es nur noch weiter erforschen! Ich habe es doch auch erhalten! Frag Westermann, wenn du mir nicht glaubst!“

Anke sah zu Westermann hinüber. Der war genauso angeekelt wie Selim und konnte nicht fassen, was Anke da von sich gab. „Du hast also Meise im OP mit Blut überschüttet! Du warst das? Was hast du dir bloß dabei gedacht, uns die Polizei auf den Hals zu hetzen?“ Er schüttelte verächtlich den Kopf.

Selim wollte, dass Westermann ihm jetzt half, verdammt! „Sag es ihr! Sag ihr, dass ich es erhalten habe und dass du weißt, warum es bei mir nicht gewirkt hat!“

Westermann zuckte mit den Schultern. „Ja, ich habe es ihm gespritzt! Und endlich habe ich auch einen Anhaltspunkt, wie man es antagonisieren könnte. Dadurch, dass Schäfer ihn vorher mit Midazolam vollgepumpt hat, hat es nicht gewirkt.“

Anke schüttelte wieder und wieder abwehrend den Kopf und murmelte ganz leise: „Nicht Martin. Ich habe ihm das Midazolam gespritzt.“

Westermann hatte es trotzdem gehört und stellte nun nüchtern fest: „Dann warst du es halt, die dafür gesorgt hat, dass das Zeug nicht wirkte!“

„Nein! Das kann nicht sein! Das kann alles nicht sein, was ihr da sagt! Ihr lügt doch alle!“ Anke schüttelte jetzt noch heftiger den Kopf.

Selim erkannte seine Chance und zog alle Register. „Anke, sieh dir Frederike an! Sieh sie dir an, verdammt! Sie ist deine Kollegin! Sie ist deine Freundin! Und sie hat es nicht verdient zu sterben, Anke! Du würdest sie töten, ohne ihre Seele zu befreien! Du würdest sie töten! Das darfst du nicht! Gott hat gesagt: ‚Du darfst nicht töten!‘ Anke, du darfst es nicht!“

Anke blickte zärtlich auf Frederike und streichelte ihr über Gesicht und Haare, wobei sie sie mit Blut vollschmierte. Sie löste die Spritze vom ZVK und warf sie auf den Boden, griff dann die Flasche mit dem restlichen Ketamazepam und schlug sie mit voller Wucht auf die Ablage. Westermann rannte zwar noch hin und versuchte ihren Arm festzuhalten, aber er kam zu spät. Die Flasche war bereits in viele kleine Teile zerbrochen, die überall auf der Ablage verstreut waren. Aber das interessierte Anke nicht, vielmehr sah sie sich ihre blutige und mit Glasscherben durchsetzte Hand an und ging langsam in die Hocke.

Westermann war außer sich. „Was hast du getan? Hast du denn nicht kapiert, was das Zeug alles kann?“ Verzweifelt suchte er auf allen Vieren den Boden nach der weggeworfenen Spritze ab.

Dem Mann mit dem entstellten Gesicht füllten sich jetzt die Augen mit Tränen. Er richtete sich mit letzter Kraft auf, ging zu ihr hin und umarmte sie heftig. Willenlos ließ sie alles mit sich geschehen, während er aufschluchzte. „Du bist meine Anke! Meine kleine Schwester! Du bist mein Ein und Alles! Ich werde mich um dich kümmern! Es ist mir egal, was mit mir ist. Meine verdammte Porphyrie ist mir scheißegal! Wir suchen Hilfe für dich! Es wird alles wieder gut!“ Dann nahm er ihr behutsam den Blutbeutel aus der Hand. Anke wirkte jedoch abwesend und starrte nach oben, über den Mann hinweg. Der richtete sich auf und setzte die Epithesen, die sie ihm vorher abgenommen hatte, wieder ein. Dann nahm er seinen Hut, hielt sie an den Schultern fest und beschwor sie: „Bleib ganz ruhig hier sitzen, ja? Ich habe mein Handy im Bus. Ich hole es und rufe uns Hilfe herbei. Es wird alles wieder gut.“ Während er das sagte, ging er rückwärts in Richtung Eingangstür.

Plötzlich krachte es. Es war mehr ein dumpfer Knall, zusätzlich schwang noch ein hohler Ton nach. Im selben Moment fiel er nach vorne um wie ein Sack.

- 33 -

Sie sah ihren Vater dort liegen, auf dem Boden. Degenhardt zog ihre Schuhe aus, legte sich dazu und schmiegte sich an ihn. Es gefiel ihr, dass sie sich beide so nah waren. Wieso ist er eigentlich nie zu mir gekommen, damals? Aber es war nicht schlimm. Jetzt war er ja bei ihr. Sie wollte ihm mitteilen, wie froh sie darüber war, und fasste ihn an. Er fühlte sich angenehm warm an. Sie drehte ihn um, aber ... es war nicht ihr Vater, es war Jürgens. Wieso lag Jürgens bei ihr? Sie sah sich um. Sie war nicht zuhause. Wo war sie? Erst jetzt erkannte sie, dass sie bei Grabow waren, in seinem Labor im Keller. Was war passiert? Sie wollte Jürgens wecken, um ihn zu fragen, und wandte sich ihm wieder zu. Als sie ihn anfasste, war sie befremdet, er fühlte sich auf einmal so hart und kalt an. Sie wich zurück. Es war doch nicht Jürgens, der da lag. „Papa?"

Aber was war mit ihm? Er hatte keine Nase, keine Ohren und keine Augenlider. Die Augen bohrten sich tief und schwarz in sein kreideweißes Gesicht. Er sah jetzt genauso aus wie ... Grabow. Sie hatte Angst. Plötzlich füllten sich die beiden schwarzen Höhlen des Schädels mit Augen, die sie gütig ansahen. Darunter bewegten sich zerfressene Lippen:

"Komm, mein schönes Kind, sei lieb zu deinem Vater. Ich habe dich doch so gerne!"

Der Zombie machte Anstalten, sie zu umarmen und zu küssen, aber sie stieß ihn weg. „Nein, ich will das nicht!" Sie krabbelte auf allen Vieren davon.

Er erhob sich. „Ich bin doch dein Vater! Du brauchst keine Angst vor mir zu haben, mein Kind! Ich werde dich beschützen. Komm zu mir!" Zerfetzte Kleidung haftete am nackten Fleisch und an den freiliegenden Knochen seiner ausgebreiteten Arme.

„Nein! Lass mich in Ruhe!" Sie schrie, sprang auf die Beine, warf sich mit aller Kraft gegen ihn und stieß ihn um. Im selben Moment jedoch erschrak sie vor dem, was sie angerichtet hatte. Hatte sie ihn verletzt? Er lag regungslos da. Sie beugte sich zu ihm herunter und berührte ihn an der Schulter. Da packte er plötzlich ihre Hand, zog sie zu sich heran und hielt ihr Gesicht vor seins. Vor das, was mal ein Gesicht gewesen sein musste. Jetzt war es vielmehr ein knöcherner Schädel. Sie blickte in seine jetzt wieder leeren Augenhöhlen.

„Was bist du?", fragte der Schädel sie. „Bist du ein Mädchen oder ein Junge?" Er griff mit der anderen Hand nach ihrem Zeige- und Ringfinger. Dann rammte er sich ihre Hand tief in die eigene Brust. Sie fühlte etwas Warmes, Weiches, Feuchtes und Pulsierendes. Wie von außen gesteuert schloss sie ihre Faust und zog sie heraus. Ein schlagendes Herz rutschte ihr fast aus den Fingern. „Warum hast du es zugelassen?", fragte das auf die Knie zusammengebrochene Skelett und krallte sich dabei an ihren Unterarm. „Warum hast du zugelassen, dass man mich begräbt? Siehst du nicht, was aus mir geworden ist?"

Voller Entsetzen ließ sie das Herz fallen und sprang zurück. Sie versuchte, ihren Unterarm aus seinen Händen zu befreien, und konnte ihn schließlich losreißen. Ob sie ihn bedauern oder verachten sollte, wusste sie nicht. Nein, das da war bestimmt nicht ihr Vater – nicht mehr! Nur raus hier! Sie musste hier raus! Sie rannte panisch davon, stolperte jedoch gegen eine Treppe und begann, sie auf Händen und Füßen hochzukriechen. Immer wieder sah sie sich dabei um, fragte sich, ob er ihr folgte. Da war aber nur ein riesengroßer schwarzer Wolf, der reglos in der Ecke lag, in der gestern noch die Matratze war. Während sie noch überlegte, ob er nur schlief oder tot war, stieß sie an eine Tür.

Sie konnte sie nicht öffnen. Ihre Brust schmerzte. Irgendetwas Hartes drückte dagegen. Als sie dort hinfasste, fühlte sie ihre Dienstwaffe. Entschlossen griff sie nach ihr, zielte und schoss auf das Schloss. Splitter flogen ihr entgegen. Durch den Rückstoß wäre sie beinahe die Stufen wieder hinabgestürzt, aber sie konnte sich gerade noch am Geländer festhalten. Mit dem Rücken voran warf sie sich gegen die schmale Öffnung, die das Projektil in die Tür gebrochen hatte. Die Tür barst und sie stolperte gegen eine Wand und fiel hin. Auf dem Flurboden liegend konnte sie links von sich ein weißes Tor erkennen. Es war so schön! Es musste in die Freiheit führen, dachte sie. Sie zog sich an seiner Klinke hoch, riss es auf und rannte hinaus. Sofort knurrte sie ein Hund an und sprang auf sie zu. Zu Tode erschrocken fiel sie erneut hin. Aber ein Zaun zwischen ihnen hielt ihn auf. Die Augen dieses Wolfshundes leuchteten fürchterlich, als er sich am Zaun aufbäumte, sie fixierte und anfletschte. Sie raffte sich hoch und rannte weiter. Der Boden unter ihr bebte und schwankte, sodass sie sich kaum auf den Füßen halten konnte und stehenblieb. Als sie an sich hinunterblickte, stand sie auf einem grell leuchtenden weißen Laken. Es war so groß, dass sie seine Enden nicht sehen konnte. Mit jedem Schritt versanken ihre Beine so sehr darin, dass sie kaum vorankam. Als sie zurückschaute, sah sie dreckige Fußabdrücke darauf. Waren das ihre? Hatte sie keine Schuhe angehabt? Sie lief weiter und trat in eine rote Pfütze. War das Blut? Sie dachte, Blut wäre dicker, aber das hier war wässrig! Oder war es Urin? Rötlich verfärbter Urin eines Vampirs? – Grabow? Wo war er? Ängstlich hielt sie ihre Waffe jetzt mit beiden Händen fest, ließ sich zu Boden fallen und robbte wie bei einer der Übungen während ihrer Ausbildung. Nach kurzer Zeit schon taten ihr die Ellenbogen und Knie weh. Die Kälte tat ihr Übriges. Eine lähmende Erschöpfung überkam sie. Sie musste sich ausruhen und Kraft tanken. Ihr Kopf sackte zwischen ihre Schultern und fiel auf die Unterarme. Ihr Körper kippte zur Seite.

Nach einer ganzen Weile dann öffnete sie die Augen. Ein Rest Mondlicht spiegelte sich im kalten Matsch, in dem sie lag. Sie hob den Kopf und betrachtete ihre Hände, die in Gummihandschuhen steckten und sich um eine Waffe krallten. Es war ihre Dienstwaffe, die sie bisher kaum einmal benutzt hatte. Sie setzte sich auf. Wo war sie? Sie konnte im faden Licht fast nichts erkennen. Nur, dass sie von oben bis unten voller Dreck und Matsch war und sich in einem Straßengraben befand. Sie steckte ihre Waffe weg und kletterte die Böschung hinauf. Als sie den ersten Schritt auf den vom Frost gebrochenen Asphalt setzte, bemerkte sie, dass sie keine Schuhe anhatte, sondern nur völlig durchnässte Socken.

Was war passiert? Sie erinnerte sich daran, dass sie bei Grabow im Keller gewesen war. Als sie den Verbandskasten wieder wegbringen wollte, war es ihr plötzlich speiübel geworden. Fast im gleichen Moment hatte Jürgens seine Augen verdreht und war eingeknickt. Sie hatte Grabow etwas sagen hören wie: „Es tut mir so leid, aber ich kann nicht anders!" Sie hatte gesehen, wie Grabow Jürgens zunächst stützte und ihn dann behutsam auf den Boden legte. Sie erinnerte sich, Grabow noch hatte fragen zu wollen, was es war, das ihm leid täte. Dann hatte die Übelkeit sie überwältigt und sie hatte sich heftig übergeben. Das Letzte, was sie noch wahrgenommen hatte, bevor sie das Bewusstsein verlor, waren Grabows knochige Hände, die nun auch sie langsam auf den Boden legten.

Jürgens und sie mussten vergiftet worden sein, reimte sie sich zusammen. Oder betäubt. Von Grabow. Aber wie? Sie hatte doch den Tee, den er ihr angeboten hatte, abgelehnt. Irgendetwas klemmte ihr Handgelenk ein. Es waren die viel zu kleinen, von innen feuchten Latexhandschuhe. Warum hatte sie die überhaupt an? Ach ja, sie hatte sie angezogen, um beim Anlegen des Verbands nicht mit Grabows Blut befleckt zu werden. Hatte Grabow etwa eine von diesen Designer-Drogen, von denen Maier gesprochen hatte – die über die Haut aufgenommen werden – in einer Flüssigkeit aufgelöst und sie dann in die Handschuhe eingebracht? Bestimmt hatte er das, dieser Hurensohn! Voller Panik riss sie die Handschuhe von den Händen und schmiss sie von sich.

Aber wo war sie jetzt? Und wie war sie hierher gekommen? Sie ging ein paar Schritte, ohne zu wissen, in welche Richtung. Sich immer wieder umdrehend suchte sie nach einem Orientierungspunkt und erkannte schließlich, dass sie sich auf der Straße befand, die zu Grabows Haus führte. Sie vergewisserte sich, dass sie die umgekehrte Richtung nahm, die,

die von Grabows Haus wegführte, und begann zu laufen. Sie musste dringend Hilfe holen. Denn Jürgens war noch dort, bei Grabow. Wer weiß, was der mit ihm anstellte …

Kurze Zeit später erkannte sie vor sich im diffusen Licht des Mondes die Silhouette eines Hauses. Davor stand ein kompaktes Fahrzeug. Je näher sie kam, desto schärfer wurden die Konturen, sodass schließlich noch ein weiteres Fahrzeug sichtbar wurde, das etwas versetzt hinter dem ersten stand. Es waren ein VW-Bus und ein Kleintransporter. Am Bus glänzten Radkappen mit einem Mercedes-Stern. Es war Grabows Wagen! Im Haus brannte Licht und die Eingangstür war einen Spaltbreit geöffnet. Obwohl sie noch etwas unsicher auf den Beinen war, beschloss sie, nach dem Rechten zu sehen. Zuerst schlich sie sich an Grabows Bus heran. Der war leer. Dann an den Transporter, der war ebenfalls leer. Mit der Waffe im Anschlag näherte sie sich dem Haus, aus dem eine ihr bekannte Stimme zu vernehmen war, die jedoch abrupt von einem lauten, dumpfen Geräusch, dem ein hohler Ton folgte, erstickt wurde.

- 34 -

Westermann stand hinter dem leblos auf dem Boden liegenden Körper des Mannes mit dem entstellten Gesicht und hielt das Metallrohr in der Hand, mit dem er soeben zugeschlagen hatte. Er fühlte den Puls des Mannes, nahm ihm dann den USB-Stick ab, den dieser noch fest in der Hand hielt, und verkündete: „Ich weiß nicht genau, was hier vor sich geht, aber ich werde mir das hier mal genauer ansehen!" Langsam ließ er den USB-Stick in die Brusttasche seines Hemdes gleiten. „Ich lasse es nicht zu, dass hier jemand die Polizei ruft – auf keinen Fall werde ich ins Gefängnis gehen!" Er wandte sich Anke zu und befahl ihr: „Los, steh auf!" Er wirkte bis aufs Äußerste entschlossen.

Anke reagierte jedoch nicht, sie schien nicht zu realisieren, was gerade geschehen war. Sie saß da, blutverschmiert, und sah durch ihre Hände hindurch. Westermann rüttelte sie. Aber auch darauf reagierte sie nicht. Er sah sich um, nahm eine kleine Desinfektionsflasche, schraubte sie auf und schüttete ihr den Inhalt ins Gesicht. Auch das hatte keinerlei Wirkung auf sie. Westermann stand kurz still und überlegte. Dann griff er sich einen großen Kanister mit Flüssigkeit und schüttete den Inhalt auf den Boden und auf alles, was um ihn herum war. Den leeren Kanister stellte er wieder ab. Selim sah das Gefahrenzeichen für leichte Entflammbarkeit darauf. Das Schlimmste befürchtend robbte er zu Westermann hin: „Was hast du vor, du verdammter Bastard?"

Wie gerne wäre er ihm an die Gurgel gesprungen. Er konnte zwar, weil die Betäubung deutlich nachgelassen hatte, mittlerweile seine Hände und Arme wieder bewegen und auch seinen Oberkörper besser spüren, aber es nützte ihm nichts. Er war eng verschnürt und seine Beine gehorchten ihm immer noch nicht. Westermann ignorierte ihn und tastete nach und nach seine Taschen ab. Als er nicht fündig wurde, wandte er sich schließlich doch Selim zu. „Ich habe die Faxen dicke. Ich fackle den Scheiß hier jetzt ab!" Und nach einem kurzen Zögern: "Rauchst du?"

Ohne Selims Antwort abzuwarten, tastete er nun auch seine Taschen ab. Als er ihm dabei ganz nahe kam, spuckte Selim ihm ins Gesicht. „Du bist ein elender Schweinehund! Wenn ich könnte, würde ich dich in deiner eigenen Scheiße …"

„Ersticken?", beendete Westermann höhnisch seinen Satz, während er ihm den Knebel wieder tief in den Mund stopfte. Dann wühlte er in Ankes Taschen. Die war immer noch in einer anderen Welt.

- 35 -

„Polizei! Was geht hier vor? Was machen Sie da?“ Eine Frau stand in Socken und vollkommen verdreckt in der Tür. Westermann drehte sich zu ihr um. Er konnte sie kaum erkennen, so sehr waren ihr Gesicht und ihre Haare zerwühlt und mit Matschkrusten bedeckt. Auch sie sah für einen Sekundenbruchteil entsetzt an sich herab, hielt dann aber sofort wieder ihre Waffe hoch, als sie die blutüberströmte Anke sah. Sie richtete ihre Waffe auf Westermann und brüllte ihn mit zitternder Stimme an. „Was ist hier los?“ Sie zeigte zunächst auf Anke und Frederike und dann auf Selim.

Westermann hob vorsichtshalber die Hände. In seiner linken Hand konnte Selim ein Feuerzeug erkennen. Er versuchte ruhig zu klingen. „Frau Degenhardt, ich bin Professor Westermann aus dem Städtischen Krankenhaus. Wir haben uns heute Morgen bereits kennengelernt.“ Er deutete auf Anke und fuhr fort: „Frau Grabow hier ist eine meiner Mitarbeiterinnen, aber sie ist verrückt geworden. Sie hat uns alle entführt. Sie ist die Mörderin, die Sie suchen. Sie ist diejenige, die für die Dracula-Morde und das von der Decke herabfließende Blut in unserem OP verantwortlich ist.“

Frau Grabow! Degenhardt wiederholte den Namen noch einmal im Kopf. Ja, genau! Das war es! Sie wusste doch die ganze Zeit, seitdem sie Grabow kennengelernt hatte, dass sie diesen Namen schon einmal irgendwo gelesen oder gehört hatte. So hieß die Anästhesieschwester, die Akkoyun mitten aus ihrem Verhör herausgeholt hatte. Jetzt hatte sie den Namenszug wieder genau vor Augen. Es fiel ihr jedoch schwer, sich auf die Situation, in die sie hineingestolpert war, zu konzentrieren. Vermutlich stand sie noch unter der Restwirkung der Droge, die ihr Grabow verabreicht hatte. Ihre Waffe abwechselnd auf Westermann und auf Anke richtend näherte sie sich langsam Frederike und stieß dabei an etwas auf dem Boden. Es war der Kopf eines Mannes. Sie drehte ihn mit dem Fuß so, dass sie ihm ins Gesicht sehen konnte. Aber nicht nur an den Epithesen, die sich vom Schädel gelöst hatten, sondern auch an seiner Kleidung und dem Hut erkannte sie, dass es Grabow war. Sie hob den Hut hoch, um letzte Gewissheit zu erlangen, und fragte entsetzt und verängstigt: „Ist er tot?“

Selim versuchte verzweifelt, sie zu warnen, aber sie konnte nichts von dem, was er ihr durch den Knebel hindurch entgegenzuschreien versuchte, verstehen.

Westermann lenkte ihre Aufmerksamkeit auf sich. „Es kam zu einer Auseinandersetzung zwischen Frau Grabow und dem Mann da. Er wollte Frau Grabow der Polizei ausliefern, und da hat sie ihn niedergeschlagen. Ich weiß nicht, wie ich hier hergekommen bin. Ich bin hier aufgewacht und kann mich an nichts mehr erinnern.“ Dann bewegte er sich langsam und vorsichtig auf Selim zu. „Vielleicht kann Herr Akkoyun uns erzählen, was hier los ist. Ich nehme ihm eben den Knebel ab, ja?“

Degenhardt war unentschlossen, sie zielte abwechselnd auf Westermann und auf Anke. Ihre Gedanken überstürzten sich. Der lügt doch! Wieso ist er der Einzige, der nicht gefesselt oder bewusstlos ist? Sie ließ ihn aber trotzdem gewähren. Plötzlich nahm sie die blutigen Handabdrücke wahr, die Anke auf Frederike und überall um sie herum hinterlassen hatte. Das ist doch … Ja, das war derselbe Abdruck wie auf den Laken! Da war sie sich ganz sicher. Zeigefinger und Ringfinger waren exakt gleich lang!

Westermann nutzte ihre Unaufmerksamkeit und machte einen großen Satz auf Selim zu, der sich in der Zwischenzeit bis vor die Eingangstür gerobbt hatte, packte ihn, zog unversehens eine Spritze aus seiner Tasche hervor, hielt sie ihm an den Hals und schrie Degenhardt entgegen: „Waffe weg!“

Degenhardt richtete ihre Waffe auf Westermann. „Ich denke, es ist besser, wenn Sie Ihre Spritze wegtun und ihre Hände auf den Boden legen!“ Man konnte jedoch das Vibrieren in ihrer Stimme deutlich hören.

Westermann hockte sich sofort hinter Selim hin und hielt ihn schützend vor sich.

Degenhardt zögerte.

Westermann riss Selim den Knebel herunter. „Los, sag ihr, wozu ich fähig bin, und dass sie lieber auf mich hören sollte, ansonsten sind hier alle tot!“

Selim wusste nicht genau, ob die Spritze, mit der Westermann ihn bedrohte, diejenige war, die Anke weggeworfen hatte – die mit dem Ketamazepam, das sie Frederike verabreichen wollte. Es hätte aber genauso gut Kaliumlösung sein können, die ihn tatsächlich auf der Stelle umgebracht hätte. Er entschied, dass es keinen Unterschied mehr machte, was es war, spuckte den Rest des Knebels heraus und krächzte. „Glauben Sie kein Wort! Er hat den Mann erschlagen, nicht Frau Grabow!“

Westermann packte ihn grob am Hals und schleifte ihn in Richtung Eingangstür. Selim sah etwas in seiner Hand aufblitzen und wusste sofort, was er vorhatte. Er musste jetzt alles riskieren, wenn er noch irgendetwas ausrichten wollte. „Hören Sie nicht auf ihn! Das Zeug in der Spritze ist harmlos! Tun Sie endlich was, verdammt! Er will uns alle abfackeln!“

Degenhardt nahm erst jetzt die Feuchtigkeit des Bodens und den leeren Kanister neben sich wahr. Sich Selim zuwendend blickte sie in weit aufgerissene Augen, die auf etwas, das hinter ihr war, gerichtet waren. Sie schaute über ihre Schulter und sah jemanden auf sie zustürzen. Es war Anke. Gleichzeitig hörte Selim, wie Westermann das Feuerzeug zündete und fühlte, wie sich eine Nadel in seinen Hals bohrte. Noch bevor Degenhardt sich vollends umdrehen konnte, hatte Anke sie schon umgeworfen. Degenhardt feuerte. Anke jedoch fiel, ohne sich von dem Schuss aufhalten zu lassen, über Westermann her, riss ihn mit, rollte dann über ihn hinweg, purzelte vornüber und blieb vor dem Eingang liegen. Ihre Kleidung stand augenblicklich in Flammen. Westermann stürzte auf seinen Hinterkopf und regte sich nicht mehr. Ein junger Mann tauchte im Eingang auf und versuchte, die auf Anke züngelnden Flammen mit Schlägen seiner Unterarme zu löschen. Er zerrte ihren Körper nach draußen, drehte sie dann im Schlamm und erstickte das Feuer endgültig.

Selim konnte sich gerade noch den USB-Stick schnappen,

der aus Westermanns Tasche gefallen war, bevor auch er gepackt, über die Türschwelle nach draußen geschleift und auf dem Boden abgelegt wurde. Auf dem Rücken liegend spürte er die Kälte der feuchten Erde. Jetzt freute er sich über diese herbstliche Kälte. Die Spinale ließ also immer mehr nach! Er konnte wieder fühlen! So nahm er aber auch wahr, dass die Luft um ihn herum warm wurde. Er schloss die Augen. Es war so angenehm. Die Wärme tat so gut.

Nach einer Weile wurde er durch den Lärm von Martinshörnern geweckt. Als er die Augen wieder öffnete, sah er die Luft leuchten, orange und gelb und rot und blau. Jetzt hörte er das Knistern der Flammen, die das Haus auffraßen, in dem er eben noch gefangen war. Er sah sich um. Neben ihm lagen Grabow und Westermann, und vor dem Kleintransporter konnte er die Liege, auf der Frederike gelegen hatte, erkennen. Daneben sah er Degenhardt, die von dem jungen Mann, der ihn aus dem Haus gerettet hatte, gestützt wurde. Selim spürte ein Kratzen in seinem Hals und hustete wie verrückt. Er lebte!

Plötzlich beugte sich ein vertrautes Gesicht über ihn. Es war Martin, der ihn genauestens inspizierte. Er entfernte die Spritze, die noch in seinem Hals steckte, und drückte eine Kompresse auf die Einstichstelle. „Mach dir keine Sorgen, Selim. Ich helfe dir!"

Selim fühlte sich sicher. Jetzt, da Martin bei ihm war, konnte ihm nichts mehr passieren! Martin würde ihm immer helfen, wenn er es sagte. Genauso, wie er es bei der Not-Sectio getan hatte.

- 36 -

Tja, was war an dem Tag seiner Operation passiert?

Selim hatte es aus den Erzählungen der anderen rekonstruiert, da er sich an viele Dinge nicht erinnern konnte. Die Operation war gut verlaufen, ohne jegliche Probleme. Das Ding an seinem Popo war jedoch bösartig. Klein, aber bösartig. Es hatte glücklicherweise noch nicht in andere Organe gestreut. Eine Auffälligkeit während der Operation gab es dann doch, ein Missverständnis. Da das Letzte, was Martin Selim gefragt hatte, sich auf die Einnahme oder Nichteinnahme der Pille bezogen hatte, war Anke davon ausgegangen, dass Selim kein Beruhigungsmittel genommen hatte. So hatte sie ihm, wie es Martin immer gerne tat, das Midazolam noch in ziemlich hoher Dosierung während der Operation gespritzt. Martin hatte Selim eigentlich nichts mehr davon geben wollen. Aber drin war drin. So war Selim also mit einer dreifachen Dosis Benzodiazepinen – vom Abend, vom Morgen und von der OP – abgefüllt, weswegen er lang im Aufwachraum gelegen und tief und fest geschlafen hatte. Als er endlich wieder so wach war, dass er auf die Normalstation zurückgekonnt hätte, hatte Frederike kurz bei ihm vorbeigeschaut und sich nach seinem Befinden erkundigt. Er konnte sich jedoch an nichts von alledem erinnern.

Und auch als Westermann – unter dem Vorwand, sich um seinen Mitarbeiter kümmern zu wollen – in den Aufwachraum kam und nach ihm sah, stand er immer noch unter dem starken Einfluss der Medikamente. Westermann teilte den Schwestern mit, er wolle mit ihm in die Cafeteria gehen, von wo aus Selim dann abgeholt und auf die Station gebracht würde. Stattdessen war er mit ihm in den Keller gefahren und hatte ihm in dem Raum, den er für diese Art Experimente nutzte, das Ketamazepam gespritzt. Selims Rezeptoren waren zu dem Zeitpunkt aber noch komplett mit den Benzodiazepinen besetzt gewesen, die er vor und während der Narkose erhalten hatte. So konnte das Ketamazepam keine Andockstelle mehr finden und wurde, bevor es seine Wirkung entfalten konnte, von seiner Leber abgebaut. Selims Leber konnte es sogar besser neutralisieren, als es bei anderen Menschen der Fall war, weil er diese Enzymschwäche den Alkoholabbau betreffend hatte. Dadurch, dass dieses Enzym verringert war, war die Leistungsfähigkeit anderer Enzyme gesteigert, da sie die Aufgabe dieses Enzyms mit übernehmen mussten.

Etwas später an dem Nachmittag hatte Frederike nach den Spinden im Keller gesucht. Als sie dort unten die Töne der beiden Pulsoxymeter hörte, folgte sie diesen und entdeckte Westermann, Selim und Winkler. Anke hingegen war in den Kellerraum gekommen, um sich dort mit Westermann zu treffen. Die beiden hatten, wie sich herausstellte, seit längerem eine Affäre. Sie hatten sich eigentlich nur Selims entledigen wollen, damit er nichts über ihre Machenschaften, das Ketamazepam betreffend, verriet. Ungeplant waren dann aber noch Winkler und Frederike hinzugekommen.

Als Degenhardt sich nach seiner Schwester erkundigte, erinnerte sich Grabow daran, dass er Anke bei der Einrichtung eines abbruchreifen Hauses, das sie sich ganz in seiner Nähe gekauft hatte, geholfen hatte. Er hatte dort sehr viel medizinisches Equipment gesehen. Seine Schwester hatte ihm gesagt, sie würde gebrauchte Geräte auf- und weiterverkaufen und sie bräuchte hierfür ein Lager. Nachdem bekannt geworden war, dass der Dracula-Mörder über gute medizinische Kenntnisse und das entsprechende Equipment verfügt haben musste, und nachdem Grabow auch von der Verbindung zwischen Maier und den Mordopfern erfahren hatte, überkam ihn eine bedrückende Vorahnung. Er beschloss, sich das besagte Haus genauer anzusehen. Da er befürchtete, dass Degenhardt ihm nicht glauben würde, sondern ihn vielmehr festnehmen und seine Forschungen offenlegen wollte, betäubte er sie und Jürgens kurzerhand mit einer synthetischen Droge. Er zog seine kompletten Aufzeichnungen bezüglich des ADAM-Projekts auf einen USB-Stick und löschte alles andere. Als er dann Ankes Transporter vor ihrem Haus stehen sah und Stimmen dort hörte, ging er hinein.

Jürgens erholte sich kurz nach Degenhardt ebenfalls von seinem Drogenrausch, den Grabow ihm über die Handschuhe beschert hatte. Er rief seinen Chef an, forderte Verstärkung an und begann nach Degenhardt zu suchen. Auch er lief dabei über die einzige Straße, die sowohl zu Grabows als auch zu Ankes Haus führte. Als er aus besagtem Haus einen Schuss hörte und einen Menschen brennend hinausstürzen sah, versuchte er sofort, die Flammen zu löschen und Selim und Westermann aus dem mittlerweile brennenden Haus herauszubringen. Als Degenhardt die unmittelbare Gefahr durch das Feuer realisierte, fuhr sie Frederike auf der Liege hinaus. Gemeinsam mit Jürgens gelang es ihr schließlich, auch noch Grabow aus dem Haus zu retten.

Und wer war an dem Abend als Notarzt unterwegs? Martin natürlich. Der wurde seitens der Rettungsleitstelle dorthin geschickt, nachdem Jürgens einen Notruf abgesetzt hatte.

Winkler wurde bei der anschließenden Durchsuchung der Klinik aufgefunden. Für ihn kam jegliche Hilfe zu spät. Selim hatte ihn falsch eingeschätzt. Er bedauerte es sehr, ihm Unrecht getan zu haben. Obwohl Winkler in erster Linie auf seinen eigenen Vorteil bedacht gewesen zu sein schien, so war er doch integer gewesen und hatte seine festen Prinzipien gehabt, nach denen er handelte.

Infolge der Aspiration entwickelte Frederike eine Lungenentzündung, von der sie sich langsam erholte. Die Ketamin-Narkose und die „Blutspende" für Anke hatten ihr glücklicherweise keinerlei bleibende Schäden zugefügt. Vier Wochen nach den Ereignissen war sie wieder ganz die Alte – oder besser: die Junge und Hübsche. Die Platzwunde am Kopf war unter ihren Haaren nicht mehr zu sehen. Die Einstiche am Hals konnte man nur noch erahnen. Selim beschloss, ihr nicht zu erzählen, dass sie bereits ihren Speichel ausgetauscht hatten – über die Larynxmaske, die zunächst er und dann sie im Rachen gehabt hatte. Das fand er im Nachhinein doch etwas eklig. Von ihm erfuhr sie aber, dass Anke diejenige gewesen war, die das Bild mit dem Engel unter ihrer Tür hindurchgeschoben hatte.

Michael Grabow trug von dem Schlag, den ihm Westermann mit dem Metallrohr verpasst hatte, ein schweres Schädel-Hirn-Trauma davon. Nachdem er sich einigermaßen erholt hatte, musste er auch noch realisieren, dass er seine Schwester verloren hatte. Sie war zwar nicht tot, aber sie war nicht mehr die Schwester, die er gekannt und der er vertraut hatte. Er konnte es nicht glauben, was sie sich in ihrer kranken Gedankenwelt – auch ihm zuliebe – zusammengesponnen hatte und zu welchen Dingen sie in ihrem Wahn fähig geworden war. Ob das Ketamazepam die Lösung und Bestätigung seiner Adam-Theorie war, schien ihm mittlerweile egal zu sein.

Anke war von Degenhardt in die Seite geschossen worden. Es war nur eine muskuläre Verletzung. Die Kugel hatte Anke nur gestreift, sodass keine inneren Organe verletzt wurden und der Blutverlust sich ebenfalls in Grenzen hielt. Ihre von Westermann mit Desinfektionsmittel getränkte Kleidung entzündete sich jedoch, da die Waffe aus nächster Nähe abgefeuert wurde. Sie erlitt schwere Verbrennungen, vor allem an der Brust und im Gesicht. Nach zahlreichen Operationen sah sie schließlich ihrem Bruder sehr ähnlich und trug ebenfalls Nasen- und Ohr-Epithesen. Aber sie würde es wohl niemals mehr wahrnehmen. Nach dem Ereignis war sie in eine Katatonie verfallen, einen vollkommen starren Zustand, der gelegentlich bei psychotisch erkrankten Patienten beobachtet wird. Es war so, als hätte ihre Seele ihren Körper verlassen. Als wollte die Seele den Körper nicht länger um sich haben. Ihr Körper schien in absoluter Starre zu verweilen, bis die Seele wiederkehrte – oder eben nicht. Anke hatte aber keine Porphyrie, noch nicht einmal eine leichte Form davon. Sie war, bis auf die Psychose, vollkommen gesund.

Wie sich herausstellen sollte, hatte sie ihre Opfer anhand Maiers Studienliste gewählt. Sie wusste von diesem Projekt, aber nicht genau, worum es ging. Sie hatte sich ihre eigenen Zusammenhänge zurechtgesponnen und gedacht, die Studienteilnehmer seien für sie auserwählt worden. Sie kontaktierte diese dann per Telefon und lockte sie unter dem Vorwand einer weiteren Studie zu dem nicht mehr genutzten Labor. Dort injizierte sie während der Blutentnahme gleichzeitig ein Narkotikum, betäubte sie und nahm sie dann mit zu sich auf ihre „Intensivstation". Sibel Yildirim, das letzte Opfer, hatte das Pech, dass sie das Handy ihres Bruders bei sich hatte, als Anke eigentlich ihren Bruder anrufen wollte.

Darüber, wie Anke es geschafft hatte, die Opfer derart ausbluten zu lassen, gab es verschiedene Vermutungen, die alle mehr oder minder plausibel klangen. Am besten gefiel Selim Martins Version, in der er ihre Vorgehensweise als komplexe Abfolge von Aderlass, hundertprozentiger Sauerstoffgabe, unterschiedlichen Infusions- und Medikamentengaben, Auswickeln der Extremitäten, Einwickeln mit Frischhaltefolie und Kühlung beschrieb. Die bei Anke gefundenen Medikamente und Utensilien sprachen jedenfalls für seine Theorie.

Wie sie es aber geschafft hatte, das Blut von der Decke auf Meise regnen zu lassen, konnte man im Nachhinein genau rekonstruieren. Sie hatte hierfür einige ihrer Blutkonserven benutzt, die sie mithilfe von Infusionsleitungen vom Nebenraum ausgehend durch die Zwischendecke hindurch über den Operationssaal gepumpt hatte. Die Blutkonserven und die Pumpe hatte sie auf einen Schrank gestellt, sodass man sie nicht sehen konnte. Als sich das Blut unter der Decke sammelte und herunterfloss, war sie, während die anderen im OP noch von dem Schauspiel gebannt waren, hinausgegangen, hatte alles wieder abgebaut, die Infusionsleitungen herausgezogen und sie mitsamt den leeren Blutkonserven in ihrem Thermobehälter versteckt, in dem sie normalerweise ihr Mittagessen transportierte. Damit ihre zwischenzeitliche Abwesenheit nicht verdächtig erschien, hatte sie einen leeren Eimer mitgebracht und ihn unter das herunterfließende Blut gestellt, sodass die anderen dachten, sie wäre nur deswegen herausgegangen. Der Thermobehälter mit den leeren Blutbeuteln, aus denen eindeutig das Blut aus dem OP stammte, wurde später in ihrem Transporter gefunden.

Degenhardt dachte sehr oft über die Dinge nach, die sie während ihres unfreiwilligen Drogenrausches gesehen und empfunden hatte. Sie wollte sich immer noch nicht eingestehen, dass ihr Vater ihre Schwester missbraucht hatte und dass sie sich, um das nicht miterleben zu müssen, tot gestellt hatte. Denn so hatte sie es für sich erlebt, ihre eigenen kleinen Tode. Dass man, wenn man reglos dalag und nichts mehr wahrnahm, nur eine Zeit lang tot war. So nahm sie es für sich wahr, ihre Leblosigkeit, das Ausschalten ihres Ichs, während ihr Vater ihre Schwester missbrauchte. Die Wiederkehr ihres Bewusstseins in ihren leblosen Körper war der Ursprung für ihre bis heute verinnerlichte Vorstellung über den Tod und über Tote. Besser gesagt: über Untote. Die Seele gehörte für sie untrennbar zum Körper und verblieb auch dann in ihm, wenn er sich nicht mehr regte. Die Seele und folglich auch der Körper konnten, davon war sie bis heute überzeugt, jederzeit wieder erwachen. So hatte sie als Kind nicht verstehen können, dass ihr Vater tot war, genauso wie sie als Erwachsene nicht verstehen konnte, dass der Tod, zumindest der körperliche, mit Sicherheit kam und endgültig war.

Sie wollte sich zunächst versetzen lassen, wollte zurück in die Abteilung für Wirtschaftskriminalität. Es war ihr zu viel geworden, immerzu diese Leichen. Aber sie wehrte sich auch nicht, als man sie nach der erfolgreichen Aufklärung dieser Mordserie zur Polizeioberkommissarin der Mordkommission beförderte. Ihr neuer Therapeut sagte, man müsse ihre Seele erst einmal ruhigstellen, bevor man behutsam mit der Rehabilitation beginnen könne. Sie wusste zwar nicht genau, was er meinte, aber sie tat, was er sagte. Solange er nicht wie die anderen damit anfing, dass sie missbraucht worden sei.

Und Bahar, die junge Türkin mit dem Polytrauma? Sie erholte sich und wurde wieder vollkommen gesund. Das Ketamazepam half ihr am Ende sogar dabei. Es konservierte zum einen ihr Gehirn – ihre Erinnerungen – und zum anderen beschleunigte es die Heilung ihrer Verletzungen. Von dem Zeitpunkt an, ab dem es ihr verabreicht worden war, kam an Erinnerung nichts mehr hinzu. Es hatte quasi denselben Effekt wie eine Sicherungskopie an einem Computer. Während andere Komapatienten ihre Erinnerungen und ihre Persönlichkeit immer mehr verlieren konnten, blieben diese bei ihr erhalten. Durch das Schädel-Hirn-Trauma wurden aber ihre letzten Erinnerungen, die unmittelbar vor dem Unfall lagen, gelöscht. So konnte sie sich nicht mehr an ihre Schwangerschaft, ihre Fehlgeburt und an den Eingriff erinnern. Die Benzodiazepine, die sie auf der Intensivstation wochenlang bekam, verdrängten allmählich durch ständige Konkurrenz um denselben Rezeptor das Ketamazepam, sodass sie wieder eine Seele bekam. Die unschuldige, naive, unbelastete und lebensfrohe Seele, mit der sie nach Deutschland gekommen war. Selim konnte also letztendlich sein Versprechen, das er den Angehörigen des „Frühlings an tausend Seen“ – das war nämlich die Bedeutung ihres Namens Bahar Bingöl – gegeben hatte, halten.

Was aus dem Ketamazepam wurde, ist nicht bekannt. Ebenso unklar ist, ob die Firma über die Nebenwirkung der persistierenden anterograden Amnesie oder weitere Wirkungen, wie die verbesserte Wundheilung, Bescheid wusste, und ob Grabow sich jemals wieder damit beschäftigen würde. Maier hingegen wurden die Gelder für sein ADAM-Projekt gestrichen. Obwohl sich herausstellte, dass er nichts mit den Morden zu tun hatte, musste er doch die Konsequenzen dafür tragen, der Polizei wesentliche Informationen vorenthalten zu haben.

Selim war nicht bewusst, dass er vielleicht der einzige war, der alle Einzelheiten, wenn auch nur auszugsweise, zu dem Ketamazepam kannte. Die Spritze, die in seinem Hals steckte und zum Glück keine Ader verletzt hatte, bewahrte er als Souvenir in seinem Kühlschrank im Keller auf. Sie war noch komplett gefüllt. Mit welcher Flüssigkeit, wusste er nicht. Er war auch noch nicht dazu gekommen, sich die Dateien auf Grabows USB-Stick näher anzuschauen.

Wenn wir unsere Existenz auf unser Bewusstsein reduzieren, nur dann sind wir sterblich! Über diesen Satz von

Westermann musste Selim öfters nachdenken. Und zwar dann, wenn er heimlich Kinder beim Spielen beobachtete und dabei mit dem besagten USB-Stick in seiner Hand spielte.

Und Westermann? Was war mit Westermann?

Der hatte ein schweres Schädel-Hirn-Trauma erlitten und war bewusstlos. Das wurde jedenfalls zunächst angenommen. Drei Monate lang wurde er auf der Neurointensivstation gepflegt, bis man durch ein Kernspintomogramm feststellte, dass sein Hirnstamm, die Verlängerung des Rückenmarks – der evolutionär älteste Anteil unseres Gehirns, der für die wesentlichen Lebensfunktionen wie Blutdruck, Atmung und Kreislauf zuständig ist – quasi komplett durchtrennt war. Das bedeutete, dass das Großhirn in Gänze vom Hirnstamm, Rückenmark und vom restlichen Körper abgeschnitten war. Das Großhirn selbst war nur im Bereich des Hinterkopfes, in dem die von den Augen kommenden Informationen verarbeitet werden, verletzt. Ansonsten war es vollkommen unversehrt. Anscheinend hatten die wiederholten Stürze auf seinen Hinterkopf zu der Abtrennung des Großhirns vom Hirnstamm geführt.

Nachdem Selim den Befund mitgeteilt bekommen hatte, stand er vor Westermanns Bett und überlegte, was noch intakt war und funktionierte – und was nicht. Die Sinneswahrnehmungen wurden über das Rückenmark und die Hirnnerven zum Gehirn geleitet, damit sie verarbeitet werden konnten. Er ging das alles in Gedanken der Reihe nach durch.

Der erste Hirnnerv, der Riechnerv. Der konnte eventuell noch intakt sein, weil er nicht am Hirnstamm eintrat, sondern an der Stirn. Aber wie er von Frau Stein, Westermanns Sekretärin, erfahren hatte, konnte Westermann ohnehin nicht riechen, er hatte eine Anosmie. Das erklärte einiges. Wahrscheinlich war der Riechnerv bereits seit seiner Geburt nicht funktionsfähig gewesen. Er hatte also sein Leben lang nicht riechen können! Weder den Gestank des verstopften Abflusses der Toilette noch den Frühling oder den Geruch einer Frau. Er konnte die leckersten Speisen nicht schmecken, weil außer den Grundqualitäten „süß", „sauer", „bitter", „salzig" und „umami" alle weiteren Geschmacksempfindungen über den Geruchssinn vermittelt wurden. Vielleicht konnte er aber gerade deshalb andere Dinge besser wahrnehmen. So hatte er gesehen, dass der Schlüssel noch in der Verbindungstür zu Winklers Zimmer steckte, als er damals bei Selim hineingeschaut hatte. Und wahrscheinlich hatte er auch Selim im Halbdunkel des Hörsaals erkannt. Das Halothan, das im Kellerraum schwebte und ihn schließlich so benommen machte, dass Selim ihn dort überwältigen und ihm einen ersten Hieb auf den Hinterkopf verpassen konnte, hatte Westermann jedoch nicht riechen können.

Der zweite Hirnnerv, der Sehnerv oder Nervus Optikus. Der verlief direkt hinter den Augen und konnte noch intakt sein. Aber Westermanns Sehkortex, die Hirnregion, in der die Informationen vom Auge ankamen und die sich am Hinterkopf befand, war durch den Sturz ebenfalls zerstört. Menschen, deren Sehkortex verletzt wurde, waren blind, er konnte also auch nichts sehen.

Alle anderen Hirnnerven verliefen durch den Hirnstamm. Geschmacksnerv, Hörnerv, Nerven der Gesichtshaut und Gesichtsmuskeln. Selim und seine Kollegen prüften sogar, um ganz sicher zu gehen, die Funktion aller Nerven mit sogenannten evozierten Potentialen. Aber das ergab nichts, keinerlei Reaktion. Er konnte also nichts hören oder schmecken und erhielt keinerlei Reize mehr von Gesicht, Mund, Hals, Darm, Herz und Zwerchfell. Das Rückenmark war ebenfalls nicht mehr mit dem Großhirn verbunden, sodass auch der Rest seines Körpers – seine Arme und Beine, Haut und Muskeln – von seinem Gehirn abgeschnitten war. Kleinhirn, Rückenmark und Teile des Hirnstamms, die die Atmung, die Körpertemperatur und die Herzfunktion kontrollierten, waren noch intakt, jedoch vollkommen auf sich allein gestellt, ohne jedwede Kontrolle des Großhirns. Der Körper lebte also vollkommen autonom weiter.

Da jedoch noch Hirnströme vorhanden und die Kriterien

des Hirntods nicht erfüllt waren, durften die Geräte nicht abgeschaltet werden, obwohl die Angehörigen vor Gericht dafür kämpften.

Westermanns Großhirn war zwar komplett von Rückenmark und Körper abgeschnitten, ansonsten aber unverletzt, und es wurde auch weiterhin durchblutet und mit Nährstoffen versorgt. Er war der einzige Patient mit einem vollkommen gesunden und wachen Großhirn auf der gesamten Neurointensivstation. Es lebte, war intakt, konnte aber keine Befehle mehr an den Körper senden oder irgendwelche Empfindungen des Körpers wahrnehmen. Keine Geräusche, keine Bilder, keine Berührungen, keinen Geschmack. Und Gerüche sowieso nicht. Keine Wärme, keine Kälte. Keine Tiefenwahrnehmung, keine Information über die Muskelspannung, über die Lage der Arme, Beine und des Kopfes. Kein Fühlen des eigenen Pulses oder des Herzschlags oder der Atmung oder der inneren Organe und der Verdauung. Keine Rückmeldung über Bewegungen. Keine Information über Tag oder Nacht. Keine mitgeteilten Äußerungen anderer Menschen und keine Gefühle, die sie auslösen könnten. Jedoch volles Bewusstsein! Keine Bewusstlosigkeit wie bei echten Koma-Patienten.

Es vergingen jedoch ganze drei Monate, bis man bemerkte, dass sein Großhirn im Grunde vollkommen intakt war, sodass man erst dann mit der Sedierung begann. Bis dahin rechnete man noch damit, dass er jederzeit aufwachen konnte. Denn es schien ja so, als sei er komatös und somit bewusstlos. Während dieser Zeit verzichtete man bewusst auf Medikamente, die die normale Leistung seines Gehirns hätten beeinflussen oder verändern können. Er hatte also während dieser drei Monate einen Zustand erreicht, den man als den höchsten spirituellen Zustand bezeichnen könnte. Das reine Sein. Nur noch Sein, nichts anderes. Nur Geist, kein Körper. Keinerlei körperliche Signale. Nur noch Bewusstsein und Unterbewusstsein und Gedächtnis, ohne störende Sinneseindrücke. Selim hingegen konnte ja während seiner Regungslosigkeit noch fühlen, hören, sehen und riechen. Er konnte seine Umgebung noch wahrnehmen. Er konnte sich nur nicht bewegen, aber bei Westermann waren tatsächlich Körper und Geist voneinander getrennt.

Selim überlegte, wie das sein könnte, so ganz ohne Körper? Was dachte Westermann? Wie kam es ihm vor? Ohne Zeitgefühl. Wie eine Ewigkeit? Wusste er überhaupt, was mit ihm los war?

Er war vollkommen allein mit seinem Wissen, seinen Gedanken, seinem Gedächtnis und seinem Unterbewusstsein. Mit dem, was er bis dahin wusste und war. Was er bis dahin wahrgenommen hatte. Wahrscheinlich hatte er zudem eine Amnesie, zumindest was die letzten Sekunden vor dem Sturz betraf, oder vielleicht sogar über einen längeren Zeitraum hinweg? Wie lange? Eine Stunde? Tage? Konnte er sich daran erinnern, was in den letzten 36 Stunden passiert war? Konnte er sich an die Einlieferung der Türkin erinnern, an Selims Operation? An die ganzen Dinge, die danach geschehen waren? Was dachte er, was mit ihm los war?

Selim machte sich so seine Gedanken. Wie war das, wenn man nur noch denken konnte und sonst nichts? Dachte man, man sei im Himmel? Oder in der Hölle? War es hell? Dunkel? Bunt? Hatte man Wünsche? Vermisste man etwas? War man traurig? Glücklich? Böse? Resigniert? Schlief man? Träumte man? War es ein fortwährender Traum? Führte man Selbstgespräche mit seinen eigenen Geistern? Fing man an, sich seine eigene Welt zu erschaffen? Wie könnte eine solche innere Welt aussehen? Wäre es ein Nirwana? Ein Paradies? Ohne Schwerkraft, ohne Physik, ohne Zeit, ohne Grenzen? Verlernte man Empfindungen, wenn man sie nicht mehr wahrnahm? Verschwammen Erinnerungen? Veränderten sich Erinnerungen? Was war mit den Ängsten? Was war mit den Informationen, die das Gedächtnis ein ganzes Leben lang gespeichert, aber nicht verarbeitet hatte? Wie konnten sich Bewusstsein und Unterbewusstsein entfalten, wenn alle störenden Informationen, mit denen sich das Gehirn ständig beschäftigen musste, wegfielen? Wenn der Prozessor im Gehirn nicht mit all diesen Informationen überladen wurde.

Löste sich dann vielleicht alles auf? Alle Knoten des Lebens? Wurde man ein Genie? Hatte man die Antworten auf alle Fragen? Oder veränderten sich Bilder, Geräusche, Gefühltes, wenn man sie nicht ständig erneuerte? Vermischten sich die einzelnen gespeicherten Sinneswahrnehmungen? War man mal in der Vergangenheit und mal wieder im Jetzt? Flog man durch verschiedene Episoden seines Lebens? Ohne jede Ordnung? Waren Zeit und Raum aufgehoben? War man frei in den unendlichen Weiten seines Geistes? Oder drehte man sich in einer unendlichen Schleife? Wurde man am Ende womöglich wahnsinnig?

Kam die Daseinsform, in der Westermann sich befunden hatte, dem nicht ziemlich nahe, was man sich unter einer Seele vorzustellen hatte? Hatte Westermann vielleicht – während seines kleinen Todes – genau das kennengelernt, woran er nicht glaubte?

Seine kleine Seele?

Am Anfang stand eine Beobachtung.

Dass sich daraus ein Buch, das man in Händen halten kann, geformt hat, habe ich vielen Menschen zu verdanken, die mir zunächst das Zutrauen, dann viel Unterstützung und zu guter Letzt ihr Vertrauen und ihre Expertise geschenkt haben.

Mein ganz besonderer Dank gilt Herrn Prof. Dr. Alexander Schleppers für das Vertrauen, das er in „Kleine Tode“ gesetzt hat, wodurch schließlich erst die Realisierung ermöglicht wurde.
Frau Dr. Anja Krcek, meiner Lektorin, die so lange an meinem Text gefeilt hat, bis dort auch stand, was ich eigentlich meinte, kann ich gar nicht genug danken.
Ebenso Herrn Georg Hahn (Aufgeweckte Werbung) für die Gestaltung des packenden Covers.
Und dem Team von Aktiv Druck & Verlag GmbH für die äußerst gelungene Umsetzung des Gesamtergebnisses auf das Papier, aus dem Autorenträume sind.

Ohne die uneingeschränkte Unterstützung meiner geliebten Frau hätte ich wohl schon früh die Flinte ins Korn geworfen. Danke, mein Schatz, dass Du stets an mich geglaubt und mir den Rücken freigehalten hast.
Meine Eltern und Geschwister wurden ebenfalls nicht müde, mich mit ihrem Zuspruch zu ermuntern. Vielen Dank, meine Lieben!

Alexandra Bosch und Anja Tödtmann danke ich sehr für ihren kreativen Input und die großartige Hilfestellung, die sie mir bereits ganz zu Anfang gegeben haben.
Herrn Dr. Thomas Laux, Frau Jana Hartmann und Jennifer Kohls möchte ich herzlichst für die Überarbeitung des Manuskripts und ihre ermutigenden Worte danken.

Und last but not least sage ich Danke an alle meine Freunde und Kollegen für Eure ausdauernde Geduld mit mir während meines „Buchprojekts".

B.Y. Clarke